JAYNA DARK

DARKNESS

LEUCHTENDE DUNKELHEIT

Tsunami der Gefühle

Bibliografische Information der
Deutschen Nationalbibliothek:
Die Deute Nationalbibliothek verzeichnet diese Publikation in der
Deutschen Nationalbibliografie; detaillierte bibliografische Daten sind
im Internet über http:// dnb.dnb.de abrufbar

Herstellung und Verlag
BoD – Books on Demand, Nordstedt
Covergestaltung: VercoDesign, Unna

ISBN 978-3-753-47256-0

Sie lebt mit ihrem Mann, ihren beiden Kindern, den Hunden Emma und Chester und Kater Ramses in einem gemütlichen kleinen Seelendorf in Nordrhein-Westfalen.

Bücher üben seit jeher eine Faszination auf sie aus. Denn Wörter können einen nicht nur in eine magische Welt voller Wunder entführen, nein, sie können sogar die Dunkelheit zum Leuchten bringen.

DARKNESS – Leuchtende Dunkelheit, bisher erschienene Titel:

„Lachende Gefühle“
„Die Stille der Gefühle“
„Das Flüstern der Gefühle“
„Tsunami der Gefühle“

Momente, *winzige Augenblicke*, die man einatmet, die man mit dem Herzen fühlt, werden zu unvergesslichen Erinnerungen. Man kann sie einsperren, versuchen zu vergessen, aber sie werden dennoch nie aufhören in dir, in deiner Seele, zu existieren.

Summer

Erschöpft sank ich auf der Matratze zusammen, igelte mich ein… umklammerte meine Beine, während die Gedanken mich davontrugen und sich allmählich in Träume verwandelten. Ich fiel in einen unruhigen Schlaf…

Bilder erwachten.

Nahmen mich gefangen.

Fluteten meinen Geist.

Plötzlich sah ich durch fremde Augen.

Augen, die nicht mir gehörten.

Sondern dem jungen Prinzen.

Jedes Bild, jedes Gefühl… jeder Gedanke… fand den Zugang zu meiner Seele… und ich hörte die in Vergessenheit geratenen ERINNERUNGEN leise flüstern. Fühlte den darin eingesperrten Schmerz.

Den Schmerz.

DES.

PRINZEN.

Prinz der Dunkelheit

Die sternenlose Nacht wirkte ruhig. Sanftmütig. Ja, beinahe… friedlich. Dabei war dieser Moment nichts anderes als eine aus Sehnsüchten und Wünschen manipulierbare Halluzination einer Traumwelt.

Wer schaffte, den aus kalter Furcht bestehenden Schleier der Illusion zu durchschauen, wer aufhörte mit den Augen zu sehen und anfing seinen Gefühlen, seinem Herzen, zu vertrauen, spürte die tiefe Sehnsucht des Schattenreichs, spürte die von Traurigkeit erfüllten Herzschläge eines Königreichs, dass sich seit einer Ewigkeit verloren fühlte. ~~Von der Einsamkeit umarmt. Vom Licht verlassen.~~

Ich lehnte die Stirn gegen das kühle Glas und schaute, tief versunken in meinen Gedanken, aus dem Fenster. Wartete, erfüllt von ungeduldiger Sehnsucht, auf den Moment, wo der schwarze Horizont Vater verschlucken würde, wo er endlich die unsichtbare Grenze überqueren würde, damit das Sternenlicht, zumindest für kurze Zeit, würde zurückkehren können. ~~In dem Licht der Sterne spiegelte sich die Hoffnung der Nacht wider. Eine sanfte Hoffnung, die der Dunkelheit Träume schenkte, gefüllt mit einer Sehnsucht, die das kalte Herz der Einsamkeit tauen ließ, wie Schnee im Frühling.~~

Mein Blick ruhte auf seiner Silhouette. *Verschwinde endlich* flüsterte ich leise knurrend. Denn solange die am Himmelszelt schlafenden Sterne Vaters Anwesenheit spüren konnten, seine grausame Kälte, die zerstörerische Magie, die durch seine Adern floss, würden sich die vielen, unendlich vielen, winzigen leuchtenden Glühwürmchen des Universums verstecken.

Schlagartig durchdrangen mich die unterschiedlichsten Gefühle. Fluteten mich, meinen Geist. Mein Kopf war erfüllt von Kälte.

Eiskalter Kälte.

Und einer damit verbundenen Dunkelheit, die tief in mir verwurzelt war. Immer. Unentwegt.

Seine Silhouette wurde kleiner.

Und kleiner.

Die Gedanken in meinem Kopf dagegen lauter und lauter. Explosionsartig sprengten unendlich viele Fragen meinen Kopf. Prügelten unerbittlich auf mich ein. Schrien. Wollten, dass ich zuhörte, dass ich die Antworten fand, vor denen ich mich insgeheim fürchtete. Buchstaben setzten sich zu Wörtern zusammen. Bildeten Sätze. Fragen. So unendlich viele Fragen.

Wie viel Dunkelheit konnte ein Herz ertragen? Eine unschuldige Kinderseele über sich ergehen lassen, ohne daran zu zerbrechen? Wie lange konnte ich Mo und June vor unserem Vater beschützen? WIRKLICH beschützen?

Die Antworten legten sich wie eine Schlinge, bestehend aus Schneefeuer und Frost, um meine Seele. Eine eisige, allesverschlingende Taubheit, erdrückte mich. Auch wenn ich mich weigerte zuzuhören, die Antworten nicht wahrhaben wollte, durchbrachen diese unbarmherzig meinen Geist. Zertrümmerte meine Gedanken…

Ob ich Angst hatte? Ohhh ja. Und *wie*! Ich hatte sogar eine SCHEISSANGST. Um Mo. Um June. Und *dieses* Gefühl lähmte mich.

Ich konnte bereits spüren, wie diese beklemmende Ausweglosigkeit sich durch meinen Verstand fraß, meine Hoffnung vergiftete, mein Herz zittern ließ und versuchte meiner Seele die Atemzüge zu stehlen.

Fuck! Ich musste mich ablenken.

Irgendwie.

Egal womit.

Vielleicht mochte ich Vater nicht auslöschen, nicht besiegen können, und vielleicht würde ich den Kampf niemals wirklich gewinnen können, aber mein Herz wusste, dass ich alles in meiner Macht stehende unternehmen würde, um nicht zu verlieren. Ich würde kämpfen. Bis zum letzten Herzschlag. Und ich spürte, tief in mir, dass ich niemals aufhören würde zu kämpfen. Dieses Wissen ließ meine Seele atmen.

Plötzlich hörte ich das Lachen meiner Geschwister. Hörte wie sie durch die Flure rannten, wie sie meinen Namen schrien. Hörte, wie das lachende Echo das ganze Schloss erfüllte. Die darin verborgenen Gefühle zauberten mir ein Lächeln ins Gesicht und verwandelten die dunklen Gewitterwolken in einen sonnengtränken Regenbogen.

Mit geschlossenen Augen sog ich den lieblichen Duft der Erleichterung auf, atmete tief durch und schmeckte die zarte Wärme bereits auf der Zungenspitze, ehe sie sich im ganzen Körper verteilte.

Jetzt, wo Vater endlich fort war, würden Mo und June sich, zumindest für kurze Zeit, wieder in glückliche Kinder verwandeln dürfen. Sie dürften lachen… wann immer sie wollten, so oft wie sie wollten… und so laut wie sie wollten, ohne Angst haben zu müssen dafür bestraft zu werden.

Wie jedes Mal, wenn ich ihr Lachen hörte, tief in mir spürte, erwachten die unterschiedlichsten Emotionen. Die unterschiedlichsten Gedanken und Wünsche. Gefühle, die meine dunkle Seele retteten und mich mein Schicksal, mein Erbe, vergessen ließen.

Die Tür öffnete sich und Mo steckte seinen Kopf in mein Zimmer, sah mich mit leuchtenden Kinderaugen freudestrahlend an.

Lächelte und sagte: „Wo bleibst du? Wir warten schon auf dich…“

Prinz der Dunkelheit

Je weiter wir uns vom Schloss entfernten, von dem Ort, wo sich die Gefühle in frostiger Taubheit in den uralten Gemäuern verbargen, sich versteckten, desto stiller wurde die Welt um mich herum, desto stiller wurde der unbezwingbare, wolkenlose Hass. Der Hass auf den König. Auf das maskierte Monster, dass sich Vater schimpfte.

Meine Augen suchten bereits nach dem Schattenwald, ehe sie diesen einen Atemzug später fanden. Erleichtert blinzelte ich, senkte den Kopf und atmete tief durch. Ich spürte, wie sich mein Körper in ein Gefängnis verwandelte, während die im Schattenwald existierende Magie mir half, die Gefühle, die unentwegt in mir wüteten, die mich folterten, quälten, in die tiefsten Tiefen meiner Seele zu verbannen.

Einmal im Monat begab sich der Schattenkönig auf die Suche nach Dämonen, die sich noch immer, entgegen des Gesetzes, dämonisch verhielten. Die *sein* Gesetz missachteten. Die ihre Gefühle nicht, wie von ihm verlangt, zum Verstummen gebracht hatten. Und dass, obwohl jeder Schattendämon wusste, längst begriffen hatte, welchen Preis sie zahlen würden, sollte er sie erwischen.

Während dieser Zeit, während seiner Abwesenheit, suchten wir jedes Mal, jede Nacht, den Schattenwald auf. Mama sagte immer, dass wir erst, wenn der Mond die finstere, sternenlose Nacht erhellen würde, jene im Wald verborgenen Wunder entdecken könnten, die keine Sonnenstrahlen jemals würden, einfangen können. Und es würden so viele, so verdammt viele Wunder darauf warten entdeckt zu werden, dass selbst die Ewigkeit nicht ausreichen würde, um all die damit verbundenen Geheimnisse entschlüsseln zu können.

Für meine Familie und mich fühlten sich diese Momente jedes Mal wie eine schillernde, lachende, Seifenblase an. Eine mit Freude und Leichtigkeit gefüllte Schönheit, in dessen Inneren das Freiheitsgefühl Walzer tanzte, begleitet von den schwebenden Zwischentönen des Lebens. Auch wenn wir wussten, dass diese Augenblicke kurzlebig waren, vergänglich, und in dem Moment, wo *er* zurückkehren würde, stumm schreiend zerplatzen würden, hielt es uns nicht davon ab, zu träumen. ~~Träume, die er uns jedes Mal, immer und immer wieder stahl, genau wie unser Lachen.~~

Er, das Monster, das uns kalt lächelnd daran erinnerte, dass das Gefühl von Freiheit für uns nie greifbar sein würde, ganz einfach, weil es eine für uns nichtexistierende Freiheit war. Und doch fühlte sich diese Lüge real an, schloss uns tröstend in die Arme.

Das Mondlicht begann Schatten in den Nachthimmel zu zeichnen und sofort stahl sich ein Lächeln in mein Gesicht, ehe es einen Wimpernschlag später schlagartig erstarb. Die Luft zitterte, flüsterte mir leise zu, dass dieser heuchlerische Moment des Friedens für unzählige unschuldige Dämonenseelen unentwegtes, nie enden wollendes, Leid bedeutete.

Ich fühlte mich gefangen.

Gefangen, in einem Alptraum.

In einem Alptraum, aus dem es kein Erwachen gab.

Und auch niemals geben würde.

Plötzlich hörte ich den Schmerz der Ungerechtigkeit schreien. Hörte die Schreie, die entsetzlichen Schreie all derer, die der König gefoltert hatte, dessen Herzen er gebrochen hatte, dessen Seelen er versklavt hatte. Und je lauter der wütende Schmerz schrie, mich folterte, mich zwang zuzuhören, desto größer wurde die Sehnsucht nach Stille.

Dieser entsetzliche Lärm, diese Seelenqualen, zertrümmerten meine Gedanken, meinen Glauben an eine bessere Welt, an eine Welt ohne meinen Vater. Ich spürte die Erschöpfung meiner Seele, in jeder Zelle meines Körpers.

Ich war müde.

Müde von Vaters Grausamkeiten.

Müde von *seiner* Welt.

Müde von dem Wunsch, von dem unstillbaren Verlangen, ihn für all das Leid, für all die Schmerzen, zu bestrafen, zu zerstören, für immer zu vernichten. ~~*Uns zu befreien. Uns ALLE zu erlösen.*~~

Ich drehte den Kopf und warf, ohne es verhindern zu können, einen Blick über die Schulter. In dem Moment, wo meine Augen das Schloss fanden, spürte ich die hier existierende Einsamkeit. Spürt den ewigwährenden stummen Schrei nach Liebe.

Wir, die Königsfamilie, lebten fernab der Zivilisation, fernab jeglichen Lebens, in völliger Isolation. Vater behauptete immer, dass es besser für uns wäre. Sicherer. Dass er uns nur so würde beschützen können. Dabei hatten wir längst begriffen, worum es in Wahrheit ging. Hatten die Lügen seiner Bedürfnisse durchschaut. Hatten seine unausgesprochenen Worte entschlüsselt.

Es ging um Kontrolle.

Um Macht.

Um Unterwerfung.

Schon immer.

Für immer.

Das Schloss, unser sogenanntes Zuhause, war im Grunde nichts anderes als eine Gefängniszelle. Eine winzige Zelle.

Und er – der Wärter.

Der gnadenlose Schließer.

Blinzelnd sperrte ich die Bilder weg und versuchte mich auf die bevorstehende Nachtwanderung zu konzentrieren. Mein Blick wanderte nach unten zur Erde, und sofort suchten meine Augen den Wald, den schwarzschimmernden Irrgarten.

Das Schattenreich hielt für einen winzigen Augenblick den Atem an und flüsterte den Bäumen zu, dass wir auf dem Weg waren, um uns von den Geschichten der Dunkelheit verzaubern zu lassen.

Jedes Mal, kaum dass das Monster uns den Rücken zukehrte und verschwand, versuchten wir die Geheimnisse der Nacht zu erkunden. Nächte ohne Angst im Herzen, ohne *ihn,* waren nicht zum Schlafen gedacht. Diese Nächte waren ein Geschenk der Zeit, für all diejenigen, die zusammen mit der Dunkelheit träumen wollten, und zwar mit offenen Augen.

Die unzähligen Bäume, die meterhohen Tannen, der leuchtende Farn, all das symbolisierte sowohl für Mama wie auch für uns Kinder Sicherheit. Eine von der Freiheit umhüllte Geborgenheit.

Hier konnte Mama uns ihre bedingungslose, unwiderrufliche, unsterbliche Liebe, offen zeigen. Konnte uns in die Arme schließen, uns sagen, wie sehr sie uns liebte, ohne Angst haben zu müssen, dass Vater uns, ihre über alles geliebten Kinder, für ihre Gefühle bestrafen würde.

Hier wurde sie nicht von der Angst verschlungen, von der schieren Sorge um Mo, June und mich. Und im Schutz der Bäume, versteckt vor den Augen des Monsters, versuchte sie uns nicht nur auf andere Gedanken zu bringen, sondern wollte uns so viele, unvergessliche, leuchtende Erinnerungen schenken wie nur möglich.

Herzschläge, gefüllt mit der Schönheit der Stille.

Momente, unvergessliche Augenblicke, an die wir uns klammern konnten, wenn die Dunkelheit, Vaters Dunkelheit, wieder einmal drohen würde uns zu verschlingen. Denn in seinem Königreich bluteten die Tage, waren erfüllt von einem grausamen Schmerz, während die Nacht schwarze Tränen weinte.

Immer.

Unentwegt.

Schlagartig wurden verdrängte Erinnerungen lebendig, flossen durch mein Blut, sickerten durch meine Venen, erfüllten meine dunkle Seele.

Bilder, die um Erlösung flehten.

Bilder, die mich anflehten, das Grauen, für das mein Vater verantwortlich war, zu beenden.

So.

Entsetzlich.

Viele.

Bilder.

Ich blinzelte. Blinzelte. Schloss die Augen, sperrte den mit Frost umwobenen, eisigen Hass in meinem Herzen weg. Sperrte die damit verbundene Finsternis weg. Denn mein Hass war nicht greifbar, war unsichtbar wie der Wind, und… tödlich. Nicht mehr lange. Gleich, endlich, wäre es vorbei. Die Gefühle würden verstummen, zumindest jene, die, seit ich denken konnte, mich und meinen Geist versuchten zu versklaven. Jedes Mal sehnte ich diese Momente herbei. Die Momente, die nur meiner Familie und mir gehörte.

Mama.

June.

Mo.

Und mir.

Es gab so viele, vollkommen unterschiedliche, Arten der Stille. Doch die Schönste war die, die sich im Himmel zwischen den Wolken versteckte. Diese Stille konnte ich mit dem Herzen fühlen, mit der Seele spüren.

Während die drei ihre Köpfe in den Nacken legten, in den Himmel starrten und nach mir Ausschau hielten, schenkte ich ihnen ein Lächeln.

„Das ist unfair. Warum kann er fliegen und ich nicht?“, fragte Mo und streckte den Arm in den Himmel, so, als würde er die in den Wolken verborgenen Sehnsüchte der Welt mit den Fingerspitzen berühren wollen.

„Jeder von euch ist einzigartig und somit sind es auch eure Fähigkeiten.“ Mamas Worte brachten Junes Augen zum Leuchten. Zum Strahlen. Und ich hörte, wie sie freudig kicherte.

„Kann ich nicht einzigartig sein UND Schwingen haben, so wie Phoenix?“

„Mo. Mein geliebter Mo. Du siehst, was keiner zu sehen vermag. Du kannst die wahre Natur aller Dinge erkennen. Keine Macht, keine Magie der Welt, wird jemals in der Lage sein dich zu täuschen oder zu manipulieren. Denn du kannst den Schleier der Illusion durchschauen, kannst das wahre Gesicht desjenigen sehen, der dieses versucht hinter einer Maske zu verbergen. DAS können nur sehr, sehr wenige. Diese Fähigkeit ist nicht nur verdammt selten, sondern auch unsagbar wertvoll. Kostbar. Später, wenn du groß bist, wird dich jeder Dämon darum beneiden. Auch dein Bruder." Sie drückte Mo ein Küsschen auf die Stirn, suchte seinen Blick. „Eines Tages, mein Schatz, wird der Tag kommen, an dem du deine Geschwister vor den unsichtbaren Gefahren, die in unserer Welt lauern, beschützen wirst. Spätestens dann wirst du erkennen, dass dein Bruder dich darum genauso beneiden wird, wie du ihn jetzt um seine Schwingen beneidest. Eure Fähigkeiten, jede einzelne, ist ein Geschenk der Schicksalsgöttin. Keine Gabe wird einem grundlos anvertraut."

Ich landete, direkt neben Mo. Suchte seine Augen, wollte seine ungeteilte, volle, Aufmerksamkeit. Und erst, als er meinen Blick erwiderte und mich freudestrahlend angrinste, weil er ganz genau wusste, welche Worte mir jetzt gleich über die Lippen kommen würden, fragte ich ihn leise schmunzelnd: „Was ist? Willst du mit mir zusammen die Wolken kitzeln?"

Er nickte.

Lachte.

Lachte das schönste Lachen.

Einen Wimpernschlag später schloss ich ihn in die Arme, drückte ihn an meine Brust, an mein Herz, breitete meine Schwingen aus und flog mit ihm hinauf zu den Wolken, hinauf in den Himmel, in den dort oben existierenden Zauber des Augenblicks.

Prinz
der Dunkelheit

In der Sekunde, wo wir den Schattenwald betraten, verschmolzen die Mondstrahlen mit der Tiefe und der Schatten, der sich tanzend zu uns gesellte, schloss uns in eine liebevolle, sehnsüchtige Umarmung, während die hier existierende sanfte Dunkelheit sich schützend, wie eine flauschige Decke, um unsere Seelen schmiegte und unsere Herzen wärmte, die darin eingesperrte Kälte vertrieb.

Das Mondlicht, das durch die Baumkronen fiel, offenbarte eine düstere Schönheit, die mit Worten nicht zu beschreiben war.

Regentropfen, Tränen des Nachthimmels, hatten sich in den Blättern der Bäume verfangen, funkelten, glitzerten, in einem lebendigen Blauschwarz. Der moosbedeckte Waldboden leuchtete in den unterschiedlichsten Grüntönen.

Meergrün.

Frühlingsgrün.

Dschungelgrün.

Drachengrün.

Pfefferminzgrün.

Schattengrün.

Die Eisvögel, die sich in den Baumkronen versteckten, begannen leise zu singen. In derselben Sekunde blieben wir stehen. Hörten, wie ihre aus den Herzschlägen der Sonne gewobenen Stimmen das Lied der in Vergessenheit geratenen Sehnsucht sangen.

June griff nach Mamas Hand. Mo nach meiner. Wir schlossen die Augen und lauschten der leisen Melodie, genossen den damit verbundenen Zauber.

Einen Herzschlag und einen Atemzug später flüsterte June leise: „Gehen wir heute zu den Wasserfällen? Zum See der Träume?" Sie sah Mama mit weitaufgerissenen Augen an. Augen die stumm *Bitte* sagten.

Mama nickte, während sich ein Lächeln in ihr Gesicht schlich. Sie wusste, wie sehr wir die Wasserfälle liebten, wie sehr wir die im See verborgenen Irrlichter liebten. Rosegoldene Irrlichter. Denn in jedem Licht, in jedem Wassertropfen, spiegelten sich die mit Hoffnung gefüllten Träume unserer Welt. Unausgesprochene Wünsche, geheime Sehnsüchte.

„Kommt her", sagte Mama freudestrahlend und schaute uns der Reihe nach an. „Nehmt euch an die Hand."

„Teilst du jetzt mit uns den Wind?", fragte Mo.

„Dummerchen", murmelte June leise und verdrehte die Augen.

„Nenn mich nicht so."

„Wie soll ich dich denn sonst nennen?"

„Na…jedenfalls nicht Dummerchen."

„Ach… Und warum nicht?"

„Weil… weil…" Mo fehlten die Worte, die Argumente. Er suchte Junes Blick, ehe er schlagartig verstummte. Nicht, weil er Angst hatte, sondern weil er das Leuchten ihrer Augen liebte, weil er ihre Liebe in diesem Moment nicht nur sehen, sondern auch lachen hören konnte.

Ihre Augen flüsterten nämlich leise schmunzelnd *Ich liebe dich, Dummerchen. MEIN Dummerchen…* während June kichernd fragte: „Weil...?" Sie zog die Brauen hoch und starrte

Mo mit weitaufgerissenen Augen herausfordernd an. „Weil WAS?“

„Weil… ich nicht dumm bin.“ Mo kniff die Augen zu Schlitzen zusammen, versuchte genauso böse, genauso angriffslustig zu gucken wie June.

„Dann hör auf dumme Fragen zu stellen.“

„Scht…“ zischte ich schließlich.

„Selber Scht…“, erwiderten beide gleichzeitig, wie aus der Pistole geschossen.

Mama lachte. „Sagt ihr Bescheid, wenn ihr mit euren Liebesbekundungen fertig seid?“

„Fertig…“, antworteten wir drei. Einstimmig. Fünf Buchstaben die freudig erfüllt das Licht der Welt erblickten. Kaum, dass das Wort unsere Lippen verlassen hatte, begann die Luft zu vibrieren, zu summen, während sich die Umgebung veränderte. Mama teilte nicht einfach bloß den Wind, nein, sie erschuf währenddessen eine vollkommen neue Welt.

Eine Welt, in dem sich jeder Lichtstrahl in eine flauschige, weiche, bunte Regenbogenwolke verwandelte, die aus sonnengetränkten Gefühlen bestand. Gefühle, die sie für gewöhnlich gezwungen war wegzusperren. Doch hier, in dieser stillen Sekunde, gefangen in der Leichtigkeit des Moments, konnte sie uns die Schönheit ihrer Welt zeigen.

Die.

Welt.

Einer.

Liebenden.

MUTTER.

Prinz der Dunkelheit

Mo hüpfte, erfüllt von freudiger Ungeduld, wie ein Flummi auf und ab, während June leise kicherte. Die Wasserfälle waren ein weiteres, nicht in Worte zu fassendes, Phänomen der Dunkelheit. Sofort musste ich an die vielen, vielen Wasserfälle in der Welt der Menschen denken. An die Niagarafälle in Kanada, an die Iguazu-Wasserfälle an der Grenze zwischen Argentinien und Brasilien, an die Huka Falls in Neuseeland, an die Victoriafälle in Afrika, an die Tat Kuang Si Wasserfälle in Laos und die Huai Mae Khamin Wasserfälle in Thailand. In jedem einzelnen spiegelte sich eine unbeugsame Kraft, eine Wasserromantik, gepaart mit einem sagenumwobenen Naturschauspiel.

Summer und ich hatten bereits nach den schönsten, spektakulärsten, atemberaubendsten Wasserfällen gesucht. Und, auch wenn wir unzählige Naturwunder dieser Art dort bereits entdeckt hatten, gab es keinen, nicht einen einzigen, der an die Schönheit unseres Wasserfalls heranreichen konnte. Was daran lag, dass seine Einzigartigkeit ein Geheimnis des Nachthimmels offenbarte.

Nur in der Dunkelheit, wenn die Sonne sich schlafen legte, erwachten die Tränen des Universums aus ihrem Tiefschlaf, kletterten aus dem Himmelsbett und stürzten sich mutig, sehnsüchtig, von den Wolken, nur um dem See neue Träume zu schenken. Winzige rosegoldene Hoffnungsschimmer.

Mo und June sahen sich an, streckten ihre Arme aus, nahmen sich an die Hand und rannten auf das sprudelnde Nass zu, während ich neben Mama stand und die beiden schmunzelnd beobachtete.

„Phoenix… du brauchst die beiden nicht zu beschützen. Jetzt, in diesem Moment, sind sie sicher“, flüsterte Mama leise, kaum hörbar.

Ich seufzte, antwortete ebenso leise: „Schlechte Angewohnheit…“

„Auf seine Geschwister aufpassen zu wollen, damit ihnen nichts passiert… ist keine schlechte Angewohnheit…“ Mama stoppte ihre Gedanken, schloss, für einen winzigen Augenblick die Augen, ehe sie meinen Blick suchte.

„Sieh mich an, mein kleiner Feuervogel…“ bat sie flüsternd, mit zittriger Stimme und schaute mir tief in die Augen. „ER ist nicht hier. Okay? ER kann ihnen nicht wehtun. Sperr ihn aus deinen Gedanken und genieß den Moment.“

„Ach… Mama…“

„Na los, worauf wartest du? Stürz dich ins kühle Nass. Tauch ein und lass dich von den Träumen der Wassertropfen, mit Mos Hilfe, in eine vollkommen neue Welt entführen.“

Ich schenkte ihr ein Lachen. Vertrieb die wirren, grausamen Gedanken an das Monster. Mama hatte Recht. Er war nicht hier. Nicht in diesem Moment. „Nur, wenn du mit ins Wasser kommst…“

Der Satz tanzte, schwebte noch mit ausgebreiteten Flügeln, wie ein leuchtender Kolibri, in der Luft, da stürzte Mama auch schon lachend, kreischend, wie ein Kleinkind, auf meine aus dem Wasser kletternden Geschwister zu, schlang von hinten die Arme um sie und sprang zusammen mit ihnen ins perlende Nass.

Grinsend schüttelte ich den Kopf, nur, um einen Atemzug später loszurennen und nach wenigen Metern kopfüber in den See einzutauchen.

Unter Wasser fanden mich sofort die Augen meiner Familie, ehe Mo in der nächsten Sekunde, mit Hilfe seiner Gabe, den verborgenen Träumen Leben einhauchte.

Plötzlich sahen wir Bilder, wie durch ein Fenster, nein, wie auf einer riesigen Kinoleinwand. So viele bunte, leuchtende, mit Liebe gefüllte Szenen. Mein Herz schlug schneller, jubelte, lachte, wollte sich in dieser atemberaubenden Lebendigkeit verlieren. Alles schimmerte, funkelte.

Diese Momentaufnahmen waren magisch. Zögerlich streckte ich die Hand aus, berührte Mos wundervollbringenden Zauber mit den Fingerspitzen, spürte die darin verborgenen pulsierenden Herzschläge.

„Mama hatte Unrecht… denn ich beneide dich schon jetzt um deine Fähigkeit“, hauchte ich meinem Bruder, vollkommen überwältigt und fasziniert, in Gedanken zu. Meine Stimme war wie ein sanfter Frühlingswind. Warm. Erfüllt von einem unbeschreiblich intensiven Glühen. Seine Gabe zeigte uns das, was uns verborgen blieb.

Das Nichtsichtbare…

Überall funkelte und glitzerte es. Das Licht, das aus den Tropfen zu uns herüberschien, ließ das Wasser in einer Mischung aus perlweiß und azurblau erstrahlen. Ich sah eine Stadt, nein, ganze Dörfer, unzählige Städte und überall pulsierte das Leben in den schönsten Farben. Rubinrote beleuchtete Häuser, hinter dessen Fensterscheiben all die verloren geglaubten Gefühle zurückgekehrt waren. Lachende, mit Freude gefüllte, Gesichter. Familien, die nach draußen auf die Straßen stürmten, um die Nacht zum Tanzen aufzufordern.

Die vom Himmel fallenden Mondstrahlen ließen die Häuser, die Straßen, die Brücken, ja, selbst die Berge, erglühen, als würden sie von innen strahlen. Überall war Licht.

Licht, in den unterschiedlichsten Farben.

In den unterschiedlichsten Facetten.

Und zum ersten Mal schwieg der stumme Schmerz der Dunkelheit, denn seine, in Stille getränkte Sehnsucht, wurde vom Licht tröstend in die Arme geschlossen und die damit verbundene Wärme heilte all seine Wunden.

Das Licht… es war zu ihm zurückgekehrt…

Prinz der Dunkelheit

In nicht allzu weiter Entfernung zum See setzte ich mich auf den moosbedeckten Waldboden, lehnte den Rücken gegen einen Baumstamm und ließ mich, während meine Augen die Umgebung nach Gefahren abscannten und gleichzeitig nach meinen Geschwistern suchten, von der Erinnerung, von den Bildern die Mo uns soeben gezeigt hatte, gefangen nehmen.

Licht dachte ich zynisch, erfüllt von bitterer Zerrissenheit, wird niemals in dieses Königreich zurückkehren können. Niemals. Selbst dann nicht, wenn die Stimme der Unmöglichkeit für immer Schweigen würde.

Vaters Grausamkeit, seine allesverschlingende Dunkelheit würde das Licht, und die damit verbundene Wärme, in dem Moment mit all seiner Kälte, wie eine Lawine überrollen, unter sich begraben und in ewiger Gefühllosigkeit frierend zu Grunde gehen lassen, wo das Licht sich wagen würde ins Schattenreich zurückzukehren.

Meine Gedanken verstummten. Schwiegen. Ich hörte die gebrochenen Herzschläge der Sterne. Hörte die Pulsschläge des Mondes.

Vielleicht hatte es in der Vergangenheit einmal eine Zeit gegeben, wo diese Sehnsucht nicht zur Qual geworden war, weil das Licht Wahrhaftigkeit gewesen ist. Wo in jeder Melodie die Leuchtkraft des Lichts spürbar gewesen war. Wo sich in den unzähligen Liebesliedern über lichtreflektierendes Herzklopfen keine Lüge versteckt hatte.

Doch diese Zeit, selbst wenn sie existiert haben sollte, war verloren. Der Wunsch sie zurückholen zu können, zum Scheitern verurteilt.

Hier, in diesem Königreich, vergiftete *seine* Dunkelheit alles und jeden. Selbst die Sonnenstrahlen mieden das Schloss, den Ort, den wir unser Zuhause nannten. ~~Nennen mussten~~.

Ich schloss die Augen, kniff sie fest zusammen. Zählte meine Atemzüge, versuchte die Kälte, die mich drohte zu verschlingen, auszusperren, nicht an mich heranzulassen.

Erst als meine zu Fäusten geballten Hände aufhörten zu zittern, öffnete ich die Augen und atmete erleichtert aus. Der Gedanke an Vater hatte die Momente der Stille, die hier zum Leben erweckten Augenblicke des Glücks, nicht mit seiner Finsternis infizieren können. Das Monster hatte mir, trotz seiner Abwesenheit, das Leuchten meiner Seele nicht stehlen können, wie dunkle Gewitterwolken das Sonnenlicht.

Erleichtert fiel mein Blick auf Mo und June. Auf Mama. Und auf die Blüten der *Black Sphere,* die wie gefrorene, aus Teer gegossene, Eiszapfen funkelten und den See wie einen schwarzgoldenen Bilderrahmen umschlossen.

„Phoenix?“, hörte ich Mo meinen Namen rufen.

Ich suchte seine Augen, seinen Blick, sah ihn fragend an, wartete auf seine Gedanken, während mich Gefühle fluteten, die mein Herz wärmten und mir ein Lächeln ins Gesicht zauberten.

„Kommst du zu uns ins Wasser?“

„Gleich…“, antwortete ich schmunzelnd.

„Dein *gleich* dauert aber immer so lange“ beschwerte sich Mo und zog einen Schmollmund.

„Wir haben die ganze Nacht Zeit… Du kannst mir noch genug Träume zeigen.“

„Aber…“

Mit den Worten „Lass ihn…“, brachte June unseren Bruder zum Verstummen, schenkte ihm ein Lächeln, ehe sie ihn einen Atemzug später mit sich unter Wasser zog.

Mein Blick fiel auf die Feenreiter der Nacht. Libellen, die in den schönsten Farben der Finsternis leuchteten, wie schwarze Sterne. Sie tanzten mit dem Wind, mit dem Mondlicht. Schwebten über die Wasseroberfläche und kitzelten die Luftringe, in denen sich die Stille der Leichtigkeit verbarg. Ich schloss die Augen und ließ mich, mit einem Lächeln im Gesicht, von der Erinnerung, die mich durchströmte, verzaubern.

Mein Blick wanderte zu Summer, zu meiner Prinzessin. Ihre Seele bestand aus Licht. Magie. Geheimnissen. Und Gefühlen. Unendlich vielen Gefühlen. Emotionen, in unbeschreiblicher Schönheit. Ein Grinsen schlich sich in ihr Gesicht, umspielte ihre Lippen. Summer und ich lagen auf dem Grund des Sees. Lauschten dem Flüstern des Wassers.

Unsere Körper, nur wenige Zentimeter voneinander entfernt. So nah, dass ich nicht wagte mich zu bewegen, nicht wagte zu blinzeln, geschweige denn die Augen zu schließen.

Ihr Blick küsste mich, umarmte mich, flüsterte mir lachende, mit Freude gefüllte, Botschaften zu, ehe mich ihre Gefühle, ihre bedingungslose Liebe, flutete. Mein Herz tobte. Schlug ihren Namen.

Ich öffnete den Mund, wollte und konnte meine Gefühle nicht länger in mir einsperren. Musste sie freilassen, wie zu lang angehaltene Atemzüge auspusten. Jeder Atemzug verwandelte sich in einen mit Luft und Liebe gefüllten Ring der blubbernd an die Oberfläche schwebte.

Ein Geräusch durchbrach die aus tiefer Zuneigung bestehende Erinnerung. Ich starrte auf den See. Lauschte. Versuchte herauszufinden, aus welcher Richtung dieser merkwürdige, undefinierbare Laut gekommen war.

Mein Herz schwieg.

Konzentrierte sich.

Einen Moment lang spielte ich mit dem Gedanken aufzustehen, meine Geschwister zu packen und zusammen mit ihnen und Mama zu verschwinden. Einfach bloß von hier zu verschwinden. Und zwar so schnell wie möglich. Oh, ja. Mein Verstand wollte fliehen, wollte sie in Sicherheit bringen, sie, vor was auch immer beschützen. ~~Vor Vater. Vor dem einzigen Monster, vor dem ich mich fürchtete.~~

Doch aus Gründen, die ich mir selbst nicht erklären konnte, verstummte mein Beschützerinstinkt so schnell wie er erwacht war. Und zwar in dem Moment, wo ich dieses sonderbare Geräusch erneut hörte. Nein, nicht nur hörte… sondern auch spürte. Ein Gefühl erwachte, so sanft und kühl, wie frischer Morgentau.

Geräuschlos stand ich auf, legte den Kopf leicht schräg, zog die Stirn in Falten und versuchte blinzelnd etwas im hohen Farn zu erkennen. Da… schon wieder.

Ich hielt den Atem an, lauschte und hörte es erneut. Klar und deutlich. Ein Keuchen. Ein schmerzerfülltes leises Keuchen. Aus dem Augenwinkel heraus nahm ich direkt rechts von mir eine Bewegung wahr. Der türkisschimmernde Farn bewegte sich. Minimal. Aber er bewegte sich. So, als würde er atmen…

Ich ging in die Hocke, kniete mich hin und drückte den Farn mit den Handinnenflächen vorsichtig auseinander. Im gleichen Atemzug hielt mein Herz die Luft an.

Im ersten Moment war ich überzeugt zu träumen, traute meinen Augen nicht. Dann, endlich, begriff mein Verstand, was sich direkt vor meiner Nase befand.

Ein Soulseeker. Eine sonderbare, und ehrlich gestanden, auf den ersten Blick furchteinflößende, Mischung aus Fledermaus und Opossum, mit zotteligem Fell. Seine Flügel waren mit unzähligen Kratzern übersät. Aufgeschürfte Narben. Auf seinem Kopf klaffte eine offene Wunde. Blutstropfen, winzige Blutstropfen, stürzten leise schreiend auf den Farn, auf den Boden.

In diesem Moment vergaß ich all meine Bedenken, all meine Sorgen, all meine Ängste. Denn, auch wenn diese Tiere als gefährlich galten, dass in ihnen schlummernde Gift als tödlich, so wusste ich, dass von diesem wehrlosen, verletzten Tier keine Bedrohung ausging.

„Scht…“, flüsterte ich leise, „dir wird nichts passieren.“

Seine zuvor noch pechschwarzen Augen weiteten sich, veränderten die Farbe. Einen Wimpernschlag später löste sich das darin eingesperrte Nichts in Luft auf. Plötzlich spiegelte sich in seinem Blick die Unendlichkeit wider.

Eine Unendlichkeit, die heller leuchtete als der Mond.

Heller als die Sterne.

Und in denen sich Geheimnisse versteckten, die nur in den Schatten der Nacht erblühen konnten. So wie die in Vergessenheit geratenen tiefschwarzen Mohnblumen, die im Mondlicht von einer Schönheit erzählt hatten, die keine Sonnenstrahlen jemals zu sehen bekommen hatten.

Die Augen des kleinen Kerls sperrten den Schmerz und die damit verbundene Finsternis des Schattenreichs in sich ein, während die Welle der Angst drohte das Licht seiner Seele zu verschlingen.

„Ich werde dir nichts tun. Ich werde dir nicht weh tun. Versprochen. Ich möchte nur helfen. Okay?“ Mit diesen

Worten versuchte ich ihn zu beruhigen, die Angst in seinen Augen verschwinden zu lassen.

So vorsichtig wie möglich hob ich ihn hoch, legte seinen zitternden, unterkühlten Körper an meine Brust, drückte ihn an mein pochendes Herz, während ich in Gedanken nach meiner Familie rief.

„Was ist?“ fragte June und suchte in meinen Augen bereits nach einer Antwort, ehe ihr Blick auf das kleine Bündel Fell fiel, dass ich festhielt. Sie machte einen Schritt auf mich zu, wollte gerade die Hand danach ausstrecken als sie mit einem leisen Schrei ängstlich zurückwich.

„Bist du… lebensmüde? Das… das Ding…ist…“

„Verletzt“, beendete ich ihre wirren Gedanken. „Es hat Schmerzen.“

„Pass lieber auf, dass es dir keine Schmerzen zufügt. Weißt du eigentlich, WAS du da in deinen Händen hältst? Verdammt… Phoenix. Ein Biss… und keine hier existierende Magie wird dich retten können. Hast du vergessen, dass diese Biester tödlich sind? Selbst für jemanden Unsterblichen…!“

„Sieht dieses Tier etwa gefährlich aus?“

„Nur, weil es vielleicht jetzt, in diesem Moment, nicht gefährlich aussieht, bedeutet es noch lange nicht, dass es *nicht* gefährlich ist.“ Ihre Stimme zitterte. Ein Blick in ihre Augen ließ mich erkennen, dass June diesem kleinen Knirps, auch wenn sie es niemals zugeben würde, genauso helfen wollte, wie jeder andere hier. Ich hörte das Mitleid in ihren Augen. Sah, wie sich sein Schmerz in ihrem Blick spiegelte.

Leise schmunzelnd seufzte ich und konnte nicht aufhören sie anzusehen. Nach außen hin wirkte June emotionslos, unnahbar… aber ich wusste, wie groß ihr Herz war, wie sehr die in ihr eingesperrte Liebe, sowie all die weggesperrten Gefühle, ihr Leben bestimmten.

June kniff die Augen zu Schlitzen zusammen, funkelte mich herausfordernd an und versuchte dabei böse zu gucken. „Hör auf damit, Phoenix. Das… das ist unfair."

„Ich mach doch überhaupt nichts."

„Doch! Du starrst mich an… Mich… und dieses Ding!"

„Und?"

„Du weißt ganz genau, was ich meine. Hör auf das Ding so anzugucken, als wenn… als wenn es schön wäre… als wenn dieses hässliche *Irgendwas* kein Tod bringendes Monster wäre…"

„Chaim ist nicht hässlich."

„Du hast ihm bereits einen Namen gegeben?" June verdrehte kopfschüttelnd die Augen, ehe sie einen Herzschlag später erneut meinen Blick suchte. Mich weiterhin versuchte mit ihren Augen einzuschüchtern. Und dass, obwohl sie wusste, dass sie gegen mich keine Chance hatte, denn egal was sie versuchen würde, ganz egal, welche Argumente sie aus der Luft zaubern würde, nichts würde mich von meinem Entschluss abbringen können.

„Jeder hat einen Namen verdient."

„Aber… LEBEN? Warum nennst du ihn ausgerechnet **Leben**? Nein, warte. Ich weiß es… WEIL er, sobald er gesund ist, *uns* das Leben aushauchen wird."

Ich grinste, ehe mein Blick zu Chaim huschte. „Nein, weil er verdient hat *zu* leben. WEIL ich in dem Moment, wo ich ihn gesehen habe, beschlossen habe, ihn hier draußen nicht sterben zu lassen."

„Du… wirst ihr immer ähnlicher. Summer muss auch immer jedem Geschöpf einen Namen geben."

„Nein… sie schenkt ihnen einen Namen. DAS ist etwas anderes, als einem einfach nur einen Namen zu *geben*."

June suchte Mamas Blick. „Sag was", flehte sie leise. „Sag ihm, dass er das hässliche Biest loswerden soll. Sag ihm, dass er es nicht behalten darf."

Mamas Augen suchten mich, fanden mich. Genau wie ihre Worte: „Schaffst du Chaim vor *ihm* zu verstecken?"

Ich nickte.

June warf den Kopf in den Nacken, starrte in den Himmel, in die Nacht, während sie leise die Worte „Ich wusste es" vor sich hinmurmelte. Drei Worte, in denen sich die Angst um ein Wesen unserer Welt versteckte, dass June mit aller Macht nicht in ihr Herz zu schließen versuchte. Ein Versuch, der bereits in dem Moment gescheitert war, als sie den Schmerz, die Hilflosigkeit und die Verletzlichkeit in seinem Blick gesehen hatte.

„Na los… worauf wartet ihr? Lasst uns zurück gehen. Lasst uns seine Wunden versorgen…" Mamas Gedanken schwebten noch flüsternd über unsere Köpfe, als wir uns auch schon an den Händen festhielten und darauf warteten, dass sie den Wind teilte.

Prinz der Dunkelheit

Vor dem riesigen schmiedeeisernen Tor, dessen Mauern um das ganze Schloss herum verlief, endete unsere Nachtwanderung. Oh, wie sehr ich diesen Anblick hasste. Verabscheute. Dabei wirkte der Ort, der sich hinter dieser Mauer verbarg, auf den ersten Blick weder wie ein Hochsicherheitstrakt noch wie eine riesige Folterkammer.

Unzählige Blumenwiesen und ausgedehnte Rasenflächen umgaben das Schloss. Und doch wirkten die Farben wie verwelktes Sonnenlicht, das Grün des Grases, bei genauerer Betrachtung, stumpf, trist. Einfach nur leblos. Vollkommen… emotionslos.

Selbst die vielen Rosenranken, die unzähligen weißen Hortensiensträucher und Eukalyptusbäume wirkten versteinert, wie in Beton gegossen. Genau wie die beiden Springbrunnen. In keinem floss Wasser, sondern Eis. Selbst die Wasserlilien glitzerten im Mondlicht wie aus Frost gewobener Morgentau. Als hätte die Magie der Zeit alles Leben eingefroren, mit einer Kälte übergossen, und zu einem ewigwährenden Schlaf verflucht.

Wir liefen die tiefschwarze, sandige Einfahrt entlang. Kurz bevor wir die erste Stufe des Hauptgebäudes betraten, öffneten sich die marmornen Flügeltüren und Cayden trat zu uns nach draußen. Er zog die Stirn in Falten, sah uns fragend an. „Ihr seid schon zurück? Die Nacht hat doch gerade erst begonnen…“

„Es gab… einen Notfall", sagte Mama lächelnd. In dem Moment, wo Cayden den Soulseeker entdeckte, und begriff, was sich schutzsuchend an meinen Oberkörper schmiegte, verschwand das Lächeln aus seinem Gesicht.

Ich sah die Angst in seinen Augen, ebenso wie all seine unausgesprochenen Gedanken. Bevor ich jedoch die Möglichkeit bekam zu sagen, dass er aufhören konnte sich Sorgen zu machen, begriff ich, dass er bereits in einer stillen Unterhaltung mit Mama vertieft war.

In seinem Blick verbarg sich eine Liebe, die unserer Mutter jeden Tag aufs Neue ein Lächeln ins Gesicht zauberte. Zwar versuchte Cayden seine Gefühle geheim zu halten, vor uns und unserem Vater zu verbergen, doch ich hatte diese Liebe schon vor einer Ewigkeit entdeckt. In seinen Augen. Und in den Augen meiner Mutter. Sie liebte Cayden und doch wussten beide, dass diese Liebe nicht nur verboten war, sondern UNMÖGLICH.

Mamas Blick huschte zu mir, zu Chaim, auf die, noch immer blutende, Kopfwunde. „Das muss genäht werden. June… geh und besorg bitte eine Schüssel mit warmem Wasser und einen Lappen. Mo, Phoenix… ihr geht schon mal mit ihm nach oben." Sie suchte meinen Blick, sagte: „Geht in dein Zimmer und wartet dort auf mich." Kaum waren die Gedanken von ihren Lippen gesprungen, marschierte Mama los.

„Wir treffen uns oben. Ich beeil mich", flüsterte June, ehe sie sich umdrehte und mit den Schatten von Mama und Cayden verschmolz.

Mo und ich machten uns auf den Weg zu meinem Zimmer. Während wir die Treppe emporstiegen, versuchte ich mich auf die Stufen zu konzentrieren, auf den tiefroten Teppich, versuchte die an den Wänden hängenden Bilder zu ignorieren, den riesigen Ölgemälden keine Beachtung zu schenken. Doch, egal wie sehr ich mich anstrengte, ich schaffte es nicht. Wie jedes Mal fanden meine Augen die Bilder.

Bilder, gemalt mit den Farben des Grauens. Und jeder blutgetränkte Pinselstrich erinnerte an unendliches Leid. Erinnerte an unsagbare Seelenqualen. Nein, diese Bilder strahlten nichts Friedliches aus. Nichts Sanftes. In jedem einzelnen spiegelte sich ein- und dasselbe Gesicht.

Zerstörung.

Folter.

Leid.

Schmerz.

Bilder, vor denen man am liebsten die Augen verschließen würde.

Bilder, die man nicht sehen wollte, weil man das darin eingesperrte Leid, nicht ertragen konnte.

Bilder, die keine Kinderaugen zu sehen bekommen sollten.

Bilder, die uns jeden Tag daran erinnerten, in welchem Königreich wir aufwuchsen, in welchem Teil der Welt wir ZUHAUSE waren.

In.

Seiner.

Welt.

Dieser Gedanke wurde, wie jedes Mal, zur Gewissheit. Quälte mich. Folterte mich. Zertrümmerte im Bruchteil einer Sekunde meine Hoffnung und sofort schmeckte mein Herz die Panik, die Verzweiflung. Ich wollte meine Augen schließen, wollte den Blick abwenden, die Szenen, das Grauen aussperren, doch meine Seele verwandelte sich in ein Grabtuch und verschluckte die Stille, die Todesstille, die mich würgte.

„Phoenix?“ flüsterte Mo und legte seine Hand auf meine Schulter. In dem Moment, wo er mich berührte, löste sich die innere Versteinerung und ich atmete erleichtert tief durch. Hauchte mit zittriger Stimme: „Danke.“

In meinem Zimmer angekommen, legte ich Chaim vorsichtig aufs Bett. Seine Flügelchen flatterten kraftlos. Zitterten vor Kälte. Vor Schmerzen. Ich kniete mich auf den Boden, legte meine Hand um seinen bebenden Körper und ließ meine Magie in seinen Körper fließen, versuchte auf diese Weise den in ihm eingesperrten Schmerz zum Schweigen zu bringen oder zumindest erträglicher zu machen. Denn zu sehen, wie er litt, tat weh. Einfach nur so verdammt weh.

Seine Augen weiteten sich, wechselten die Farbe, wie ein Schattenspiel des Lichts. Ich blinzelte und ehe ich wusste, ehe ich begriff, was mit mir geschah, verlor ich mich in dem Farbenspiel seiner Augen.

Plötzlich spürte ich die Wärme der Sonne, spürte die darin verborgene schiere Kraft. Spürte die unendlichen Weiten aller Meere, aller Ozeane. Sah das Funkeln, das Leuchten seiner Seele. Ein Leuchten, das nur in den Schatten der Dunkelheit erblühen konnte, mit einer Schönheit, die kein Licht der Welt jemals würde begreifen können. Mondlicht spiegelte sich in seiner Seele, wie Sternenstaub auf den Wolken bei Nacht.

Ehrfürchtig strich ich über seine Flügelchen. Über sein blutverkrustetes Fell. In diesem Moment erinnerte ich mich an all die schrecklichen, furchteinflößenden Namen, die man ihm gegeben hatte.

Namen, die uns Angst einjagen sollten.

Namen, die letztendlich dafür missbraucht worden waren, noch immer missbraucht wurden, um uns das Fürchten zu lehren und um jeden Schattendämon dazu zu bringen, diese Geschöpfe zu jagen, damit *er* sie töten konnte, auslöschen.

Seelenzerstörer.

Lichtlöscher.

Herzensfresser.

Dabei wurden diese Tiere nur dann zur tödlichen Gefahr, wenn sie versuchten ihr eigenes Leben zu schützen. Denn keine Kreatur, kein Lebewesen, kein Geschöpf dieser Welt ließ sich ohne jegliche Gegenwehr zur Schlachtbank führen.

Für einen Moment verwandelten sich Gedanken auf meiner Zungenspitze in Worte. Gedanken, die ein Geheimnis offenbaren würden, dass jedoch nicht gelüftet werden durfte. In diesen Augen verbarg sich ein geflüstertes, stilles… Wunder. Sofort sperrte ich die Worte weg, atmete jeden Buchstaben des Alphabets wie zu lang angehaltene Luft ein.

„Du… du kannst es sehen…“ hörte ich eine leise, ehrfürchtige Stimme murmeln. So leise, dass ich im ersten Moment nicht wusste, ob ich mir die Worte vielleicht nur eingebildet hatte.

Ich hielt den Atem an, suchte Mos Gesicht, seine Augen. Fragte geräuschlos, kaum hörbar: „Was kann ich sehen?“

„Seine Seele… seine wahre Natur…“

„Du? Du hast mir diesen Blick gestattet?“

Mo schüttelte den Kopf. „Nein. Diesen Blick habe nicht ich dir gestattet… sondern er. Er *wollte* es dir zeigen.“

„Aber…“ begann ich stockend, zögerlich, nur um einen Atemzug später in Schweigen zu versinken. Mir fehlten die Worte. Verstohlen beobachtete ich Chaim. Konnte, nein, wollte nicht glauben, was ich gesehen hatte. Konnte dieses Geheimnis nicht begreifen. Konnte die darin eingesperrte

Schönheit nicht begreifen. Mein Herz schlug mir bis zum Hals, vor Freude, vor lachender Ungläubigkeit.

Ein Klopfen riss mich aus der Verwunderung. June stand im Türrahmen und sah uns an, ehe sie auf Zehenspitzen zu uns ins Zimmer geschlichen kam.

„Du musst nicht leise sein", sagte ich, während ein trauriges Lächeln meine Lippen umspielte. „*Er* ist nicht hier. Er kann uns nicht hören..."

„Ich weiß, aber..." June stoppte ihre Gedanken und ihr Blick stürzte betreten, nein, ängstlich... zu Boden. Sie schloss die Augen, atmete tief durch. Und ich zählte ihre Herzschläge.

Eins.

Zwei.

Drei.

Dann kehrte die Stimme zu ihr zurück und sie schaffte den angefangenen Satz zu beenden. „Aber... ich kann ihn trotzdem spüren. Irgendwie... ist er *immer* bei mir."

Ich wusste, was June meinte. Wusste, was sie dachte, was sie quälte. Denn, auch wenn er jetzt, in diesem Moment, körperlich unerreichbar für uns war, war sein Geist immer bei uns. Wie ein Parasit, der sich in unseren Köpfen eingenistet hatte.

June stellte den Eimer auf den Boden, tauchte den Lappen ins Wasser, wrang ihn aus und reichte ihn mir. Vorsichtig begann ich die Wunde zu säubern, wusch das Blut aus seinem Fell. Jedes Mal, wenn ich den Lappen ins Wasser tunkte, wurde es dunkler, und dunkler. Mittlerweile war es so schwarz wie in der Sonne geschmolzener Teer.

„Arcana quidem venustate..." flüsterte June leise, so leise, dass ich im ersten Moment nicht wusste, ob June wirklich etwas gesagt hatte oder ob es die Gedanken des Windes gewesen waren, die mir soeben übers Gesicht gestreichelt hatten.

„Was hast du gesagt?" fragte ich deshalb und suchte bewusst ihren Blick.

„Hässlich. Ich sagte… dieses Ding ist *hässlich.*"

Jetzt, wo ich wusste, dass es tatsächlich ihre Gedanken gewesen waren, ihre leise, zaghafte Stimme, die Chaim soeben *versteckte Schönheit* genannt hatte (denn genau das bedeuteten die Worte) widersprach ich ihr schmunzelnd. Sagte: „Nein. Hast du nicht…".

„Hab ich wohl…"

Ich schüttelte grinsend den Kopf.

„Ach?! Und was habe ich, deiner Meinung nach, dann gesagt?"

„Warum kannst du es nicht zugeben?", fragte ich schmunzelnd.

„Was zugeben?"

„June!"

Sie funkelte mich grimmig an. Hüllte sich in Schweigen. Sagte kein Wort.

„Du kannst es fühlen… Nicht wahr?"

„Ich weiß nicht, wovon du redest…" beharrte sie, ohne mir dabei länger ins Gesicht gucken zu können. Denn sie wusste, dass ihre Augen sie verraten würden, dass ich die Lüge, die sich zwischen ihren Worten verbarg, entdecken würde. June versuchte, seit ich denken konnte, ihre Gefühle in sich einzusperren, ihr Herz vor der Welt außerhalb dieser Schlossmauern zu verschließen. Nicht, weil sie kaltherzig war oder grausam, sondern weil sie Angst hatte. Schreckliche Angst.

Jedes Mal, wenn sie etwas in ihr Herz geschlossen hatte, ganz egal ob ein Tier, eine Blume oder irgendeinen Gegenstand, hatte Vater es vor ihren Augen zerstört, während er sie gezwungen hatte dabei zuzusehen. Als Warnung, damit sie verstand, dass jedes Mal, wenn sie gegen seine Regeln verstieß, jemand anderes dafür mit seinem Leben würde bezahlen müssen.

Er nannte ihre Liebe stets GIFT.

Toxisches GIFT.

Nein… TÖDLICHES Gift.

„Wir brauchen ein sicheres Versteck für ihn", sagte Mo.

„Es gibt in diesem Schloss kein sicheres Versteck! Und… das wusstet ihr. Ihr habt es gewusst… und ihn trotzdem hierhergebracht." Junes Augen wurden dunkel. Schwarz. „Ihr hättet ihn genauso gut direkt selbst umbringen können. Denn es ist nur eine Frage der Zeit, bis er ihn findet." Sie suchte meinen Blick, sah mir tief in die Augen. Fuhr mit zitternder Stimme fort: „Du weißt, was mit ihm passieren wird. Du weißt, dass du derjenige sein wirst, der ihn dann umbringen muss. Du weißt, wie er dich dazu zwingen kann."

„Er wird ihn nicht finden. June… Ich werde nicht zulassen, dass er ihm wehtut. Nicht dieses Mal."

„Hör auf, Phoenix. Hör auf dich selbst belügen zu wollen."

„ER. WIRD. IHN. MIR. NICHT. WEGNEHMEN."

„Nein, du hast Recht", lachte sie kalt, gespielt herzlos. „Nicht ER wird ihn dir wegnehmen. DU selbst wirst derjenige sein. Oder hast du etwa vergessen…"

„Sei still, June", unterbrach ich sie. Denn, auch wenn meine Schwester Recht hatte, so wollte ich die Wahrheit dennoch nicht aus ihrem Mund hören. Wollte nicht hören, wie

Vater mich dazu bringen konnte mich seinem Willen zu beugen, zu unterwerfen. Wollte den Gedanken nicht zulassen. Und doch holte mich die Erinnerung ein, schleuderte mich mit voller Wucht durch die Luft, wie ein beschissener, verflucht wütender Tornado.

June weinte. Jede Träne, jede einzelne, die ihr von der Wange tropfte und auf den Boden aufschlug, zertrümmerte mein Herz, während das Echo ihres Schmerzes meine Herzschläge vergiftete, meine Seele folterte. Ich schloss die Augen, konnte die Trauer, die Wut, die Verzweiflung, die in Junes Blick gefangen gehalten wurde, nicht länger ertragen. Für einen winzigen Moment gab ich mich der Illusion hin, dass nicht ich derjenige war, der für diesen Schmerz die Verantwortung trug.

„Worauf wartest du?“ Vaters Worte fanden mich, fluteten mich, zerschmetterten mich. Ich öffnete die Augen, suchte sein Gesicht. Spürte seine erbarmungslose, kalte, unbarmherzige Gleichgültigkeit als sein Blick auf Mo fiel, der zusammengekauert vor seinen Füßen auf dem Boden lag. „Töte endlich dieses verkrüppelte Vieh.“

„Bitte… tu ihm nichts. Du… du darfst ihn mir nicht wegnehmen, Phoenix. Bitte…“ flehte June leise, mit zitternder, bebender Stimme. Dabei wusste June, genau wie ich, dass Vater mir keine andere Wahl ließ. Wenn ich ihr geliebtes Tier nicht töten würde, würde er Mo dafür bestrafen. Einen Moment war ich benommen von der Hilflosigkeit, von dem stummen Schrei der Ungerechtigkeit.

Dann hörte ich Mo husten. Ohne zu zögern, stürzte ich zu ihm, kniete mich neben ihn und strich ihm die tränennassen Haarsträhnen aus dem Gesicht, sah, wie sich seine Augen mit weiteren, stummen, Tränen füllten. Spürte seinen Schmerz in jeder Zelle meines Körpers. Mo schaute mich an, sagte leise, kaum hörbar: „Nicht. Du darfst ihn nicht gewinnen lassen.“

„Mo… er wird gewinnen.“ Ich seufzte, wischte meinem kleinen Bruder die Tränen von der Wange. „Er wird immer *gewinnen.“*

„Nein. Irgendwann wird er verlieren."

Ich wollte gerade den Mund öffnen, um ihm zu antworten, um ihm zu widersprechen, als sein Blick mich unverzüglich zum Schweigen brachte. Einen Atemzug später hörte ich Mos Stimme in meinem Kopf. „Vielleicht gewinnt er dieses Mal. Vielleicht auch nächstes Mal… ABER… Phoenix, versprich mir, dass der Tag kommen wird, wo du ihn nicht gewinnen lässt."

Ich wollte ihm sagen, dass dieser Tag niemals kommen würde. Wollte ihm sagen, dass ich mich niemals gegen ihn oder June entscheiden würde. Wollte ihm sagen, dass… keine Ahnung, was ich ihm alles sagen wollte, denn letztendlich spielte es keine Rolle und würde es auch nie. Doch, um Mo zu beruhigen, sagte ich ihm das, was er hören wollte. „Ich verspreche dir, dass DIESER Tag kommen wird. Hörst du? Ich verspreche es dir."

„Nein, das reicht mir nicht. Schwör es."

„Mo…"

„Schwör es. Bitte. Du musst es mir schwören…"

„Ich… schwöre dir, dass der Tag kommen wird, wo ich ihn nicht gewinnen lassen werde." *Kaum waren die Worte gedankenlos von meinen Lippen gesprungen, verfluchte ich mich. Denn ich wusste, dass ich soeben einen Schwur geleistet hatte, den ich niemals würde halten können. Über die Konsequenzen wagte ich nicht einmal nachzudenken. Sofort stoppte ich meine Gedanken. Alle Gedanken.*

In diesem Augenblick bescherte mein Zögern Mo einen erneuten Tritt in die Nierengegend. Ich spürte, wie die Dunkelheit in mir erwachte. Wie sich meine Gefühle versteckten. Mein Blut wurde kalt. Eiskalt. Genau wie meine Seele, während die Kälte durch meine Haut brach, sich befreite.

Gerade als ich auf Vater losgehen wollte, um ihn für Mos Schmerzen zu bestrafen, hörte ich June hinter mir schreien. Er war gewaltsam in ihren Kopf eingedrungen, quälte sie, und das nur, um mir zu zeigen, dass ich nicht den Hauch einer Chance gegen ihn hatte.

Ich schaute mich um, und mit jedem Atemzug wurde mir zunehmend bewusst, in welcher aussichtslosen Lage wir uns befanden. Ich wusste, genau wie Vater, dass er gewonnen hatte.

Ich schloss die Augen, ließ meine Dunkelheit frei, befreite das, in den Tiefen meiner Seele, lauernde Monster in mir. Als ich einen Atemzug später die Augen wieder aufschlug, war das erste was mich fand, der leere Blick von Junes geliebter Nachtkatze…

June schaute mich an. Schaute mir tief in die Augen. „Verstehst du jetzt? Bisher hatte er von dir immer nur verlangt *unsere* Tiere zu töten. Tiere, die du zwar in dein Herz geschlossen, an die du aber niemals dein Herz unwiderruflich verloren hattest. Bist du wirklich bereit jemanden zu töten, den du liebst? Denn, wenn nicht, dann würde ich Chaim jetzt sofort, auf der Stelle, dorthin zurückbringen, wo du ihn gefunden hast."

„Wenn ich ihn jetzt zurückbringe… dann stirbt er."

„Er wird so oder so sterben…" Kaum hatte June diese Worte, diese mörderischen Worte, ausgesprochen, drehte sie sich um und verließ das Zimmer.

„Phoenix?"

Ich löste den Blick von der Tür, durch die June soeben verschwunden war. Murmelte nachdenklich: „Hmm?"

„Du weißt, dass wir ihn nicht zurückbringen können. Du weißt, dass er unsere Hilfe braucht…"

„Ich weiß", seufzte ich und streichelte Chaim, der sofort seinen Kopf in meine Handinnenfläche schmiegte, als würde er mir Trost spenden wollen. „Aber… wir beide wissen auch, dass June Recht hat. Deshalb müssen wir Chaim, sobald er gesund ist, zurückbringen… bevor er ihn findet."

„Wirst du ihn Summer zeigen?“

Im ersten Moment verwirrte mich Mos Frage und ich zog nachdenklich die Stirn in Falten. Dann begriff ich, sagte schmunzelnd: „Es gibt nichts, was ich ihr nicht zeigen würde…“

Prinz
der Dunkelheit

Schon von Weitem entdeckte ich Summer und sofort schlich sich, ohne dass ich es hätte verhindern können, ein Lächeln in mein Gesicht, während mein Herz wie wild anfing gegen meinen Brustkorb zu hämmern, weil es raus wollte, weil es ihr entgegenfliegen wollte.

Einen Wimpernschlag später breiteten sich meine Schwingen aus. Jedes Mal, sobald meine Augen ihr Gesicht fanden, verschwand der Zauber, der das Geheimnis meiner Herkunft, meiner wahren Identität verschleierte, weil ich gegen das Gefühl sie beschützen zu müssen, machtlos war. Meine Schwingen wollten sie für die Welt unsichtbar machen, wollten sie vor meinem Vater verbergen.

Als diese sich ihr zum ersten Mal gezeigt hatten, hatte sie ehrfürchtig die Luft angehalten und mich gefragt, ob ich, genau wie sie, königlichen Blutes wäre. Doch anstatt ihr die Wahrheit zu sagen, hatte ich sie belogen. Hatte ihr gesagt, dass diese Fähigkeit bei Schattendämonen genauso weit verbreitet wäre wie die Fähigkeit Erinnerungen zu manipulieren.

Bis heute wusste ich nicht, warum ich sie belogen hatte. Oder, noch schlimmer, warum ich nicht schaffte ihr die Wahrheit zu sagen. Unzählige Male hatte ich es versucht. Aber jedes Mal, wenn ich kurz davor gewesen war, ihr diese Lüge zu gestehen, hatten sich meine Gedanken in Beton verwandelt und die Worte waren mir im Hals stecken geblieben.

Nächtelang hatte ich wachgelegen und mir den Kopf darüber zerbrochen. Ohne Erfolg. Die Antwort versteckte sich, wollte nicht gefunden werden. Doch… wer weiß, vielleicht versuchte mein Unterbewusstsein sie vor *seiner* Welt zu beschützen. Vielleicht versuchte ich bloß zu verhindern, dass sie mit *dieser* Welt in Berührung kam.

Seufzend schob ich die Hände in die Taschen meiner Jeans. Chaim, der sich, seit wir das Schloss verlassen hatten, unter meinem T-Shirt versteckte, krabbelte nach hinten auf meinen Rücken, schmiegte sich wie eine schnurrende Nachtkatze an meine flauschigen Federn.

Summer lächelte mich an. Und dieses Lächeln ließ mich im Bruchteil einer Sekunde all meine Ängste, all meine Sorgen und all meine Dunkelheit vergessen. Hier, in ihrer Gefühlswelt, gab es nur uns.

Uns…

und unsere Liebe.

Oh, ich liebte einfach alles an ihr. Ich liebte ihre Grübchen. Das Leuchten ihrer Augen, in denen sich die Hoffnung unserer Welt verbarg. Ihre unbeschwerte Art. Ich liebte es, wie sie mich ansah. Summer war die Einzige, die MICH sehen konnte. Sie sah, wie ich wirklich war, und was tief in mir schlummerte. Doch selbst diese grausame Dunkelheit, vor der ich mich insgeheim fürchtete, selbst diese liebte sie. Ich liebte es ihr zuzuhören, mich von ihren Gefühlen in eine vollkommen neue Welt entführen zu lassen, mich von ihrem Lachen verzaubern zu lassen.

Ich.

Liebte.

Ihr.

LACHEN.

Und wie ich es liebte… Es gab nichts Schöneres. Nichts, was mich glücklicher machte.

„Was versuchst du vor mir zu verstecken?“, fragte sie schmunzelnd, während ihre Augen mich umarmten, mich küssten… und meine Seele in Brand steckten.

„Wie kommst du darauf, dass ich etwas vor dir verstecke?“

„Phoenix.“ Allein wie sie meinen Namen aussprach, ließ mich, ebenso wie meine Gedanken, ein weiteres Mal in Flammen aufgehen, so dass sämtliche Buchstaben vom Feuer verschluckt wurden.

Als sie direkt vor mir stand, und mich ansah, mich einfach nur ansah, wusste ich, dass sie in diesem Moment fühlte, welchen Effekt, welche Wirkung ihre Nähe auf mich ausübte. Ich wusste, dass sie dasselbe empfand wie ich. Dass dasselbe Feuer in ihr loderte, nein, lichterloh brannte. Alles, woran ich denken konnte, denken wollte, war sie zu küssen.

Und genau das tat ich. Ich legte eine Hand in ihren Nacken, zog sie zu mir, so nah, dass sich unsere Nasenspitzen berührten, dann schloss ich die Augen… küsste sie.

Mein Herz hörte auf zu schlagen.

Ihr Herz hörte auf zu schlagen.

Unsere Herzen schwammen auf den Wellen der Liebe, hielten lachend die Luft an und tauchten auf den Grund des Ozeans. Verwandelten das Meer in eine Welt, die nur uns beiden gehörte.

Oh, dieses Gefühl, liebte ich ebenso wie ihr Lachen.

„Also“, hauchte sie leise, ohne dass sich unsere Lippen trennten. Ich schmeckte ihre Neugier, ihre grenzenlose Neugier. „Was versteckt sich hinter deinem Rücken?“

„Das, was sich immer hinter meinem Rücken verbirgt. Meine gigantischen Schwingen. Die schönsten Schwingen, die das Schattenreich je zu sehen bekommen hat."

Ich fühlte, wie sie lächelte, ehe sie mir in die Seite knuffte. „Und was verbergen diese majestätischen, atemberaubenden, umwerfenden, einzigartigen Schwingen vor mir?"

„Wenn ich dir das verrate, dann…"

„Dann *was*?"

„Dann muss ich dich leider zum Schweigen bringen…"

„Hörst du deshalb nicht auf mich zu küssen?", neckte sie mich und biss mir leicht in die Lippe, knabberte daran. „Versuchst du mich so zum Schweigen zu bringen?"

„Funktioniert es denn?"

„Sieht es so aus, als wenn es funktionieren würde?"

Ich lachte. „Vielleicht mit ein bisschen mehr Übung..."

„Wenn das so ist…"

Ich legte beide Hände um ihr Gesicht, suchte ihren Blick, sah ihr tief in die Augen, flüsterte leise, kaum hörbar: „So ist es… und daran wird sich nie etwas ändern. Weil ich es LIEBE dich auf diese Weise zum Schweigen zu bringen."

„Phoenix?"

„Ja?"

„Du redest zu viel…"

Ich atmete ihre Worte ein, während ich gleichzeitig ihr Gesicht näher zu mir zog, so nah, dass ihre Lippen nur noch wenige Millimeter von meinen entfernt waren, so nah, dass ich sie bereits fühlen konnte, schmecken konnte. So nah… und doch nicht nah genug.

Niemals.

Nah.

Genug.

Prinz der Dunkelheit

„Hör auf", lachte Summer, „das kitzelt..."

Bevor ich in der Lage war zu reagieren, drückte sie mich auch schon kichernd von sich weg. Der Ausdruck in ihren Augen katapultierte mich innerhalb eines Herzschlags in eine Dimension, die jenseits von Zeit und Raum existierte, zu der keine Dunkelheit der Welt sich jemals würde Zugang verschaffen können. Allein dieser Blick verriet, dass sie vor Chaim, der inzwischen auf meiner Schulter hockte, und der zweifelsohne dafür verantwortlich war, dass wir den Kuss hatten beenden müssen, keine Angst hatte. Nicht die Geringste.

Soulseeker mochten vielleicht im Schattenreich Angst und Schrecken verbreiten, und mit Sicherheit auch im Reich des Lichts, doch Summer spürte die in ihm verborgene Schönheit, die sanftmütige Güte.

Sie streckte die Hand nach ihm aus. Streichelte über sein schimmerndes Fell. Flüsterte ehrfürchtig, kaum hörbar: „Deine Seele ist älter als der Mond, älter als die Sterne... älter als der Himmel selbst. Und genauso unsterblich."

Ich wollte sie fragen, welches Geheimnis sich hinter ihren Worten verbarg, wollte wissen, ob sie, genau wie ich die in ihm existierende Welt der Magie hatte sehen können. Doch ich schwieg, war viel zu fasziniert von den in ihr erwachten Gefühlen.

Als Chaim leise zu schnurren anfing, drehte ich den Kopf in seine Richtung und fragte lachend: „Was bist du? Ein Soulseeker oder eine Katze?"

„Weder… noch…" hörte ich Summer antworten und drehte den Kopf ruckartig zurück in ihre Richtung. Sah sie mit Fragezeichen im Blick an. Nein, starrte sie an. „Was soll das heißen? Was willst du damit andeuten?"

„Weißt du…", sagte sie grinsend, hauchte mir ein Küsschen auf die Wange, ehe sie sich wieder Chaim widmete. „Das… wirst du noch früh genug herausfinden…"

Tausend Fragen explodierten in meinem Kopf, wie ein Leuchtfeuerwerk. Ich wollte fragen, was sie gesehen hatte, was sie gefühlt hatte. Wollte fragen, warum sie ihre Gefühle von dem Moment an vor mir verschleiert hatte, als sich ihre Gedanken in Worte verwandelt hatten. Doch, von allen existierenden Fragen, waren es *diese* Worte, die das Licht der Welt erblickten: „Kannst du auf ihn aufpassen?"

Sofort hob Summer den Kopf, suchte mein Gesicht, meine Augen und wartete darauf, dass ich ihren Blick erwiderte. Ich spürte ihre unausgesprochene Frage. Spürte ihre Neugier, spürte, dass sie wissen wollte, wovor ich Chaim versuchte zu verstecken.

Ich seufzte. Alles wäre einfacher, wenn ich ihr sagen könnte, WER mein Vater war. Wer ICH war. Welches Schicksal das Schattenreich für mich vorgesehen hatte. In welche Fußstapfen ich würde treten *müssen*. Mein Erbe würde meine Seele, mein Herz, MICH, eines Tages zerstören und ich wollte verflucht nochmal nicht, dass sie es herausfand.

Nicht jetzt.

Nicht in diesem Augenblick.

Nicht, in einem Augenblick, der nur uns beiden gehörte.

Nicht nur, weil ich sie vor meinem Vater beschützen wollte, sondern, so wurde mir schlagartig bewusst, auch vor mir. Vor meiner wahren Natur. Weil ich wusste, weil ich verflucht nochmal wusste, dass sie versuchen würde, mich zu retten, ohne wahrhaben zu wollen, dass es keine Rettung geben würde. Nicht für den Thronerben der Dunkelheit.

Vielleicht wäre alles, oder zumindest vieles, einfacher und somit weniger kompliziert, wenn mein Bruder nicht kurz nach unserer Geburt gestorben wäre. Weil dann nämlich er derjenige wäre, der den Thron würde besteigen müssen.

Er.

Nicht ich.

Dieses finstere, aus den Herzschlägen der Schatten gewobene Schicksal war seit jeher für den Erstgeborenen vorbestimmt. Nicht für den Zweitgeborenen… es sei denn… der Zweitgeborene wurde über Nacht zum einzigen Thronerben…

Obwohl ich die Schicksalsgöttin einerseits dafür verfluchte, war ich ihr auf der anderen Seite, so absurd und verstörend das auch klingen mochte, dankbar. So blieb meinem Bruder nicht nur dieses düstere Schicksal erspart, sondern auch Vaters Grausamkeiten.

„Er hat dich auserwählt. Nicht mich." Summers Worte holten mich ins Hier und Jetzt zurück und ich schaffte die grausame Wahrheit zurückzudrängen, und zwar bevor sie mich hatte in den Abgrund reißen können.

„Aber… bei dir wäre er sicher."

„Sicher? Wovor?"

„Vor… vor meinem Vater." Innerlich erstarrte ich. Verfluchte meine Gedanken, die sich, gegen meinen Willen, befreit hatten.

„Vor deinem Vater?"

„Wenn er ihn findet…" Ich ließ den Satz unausgesprochen, schaffte nicht, nein, ich weigerte mich diesen zu Ende zu sprechen. Zu wissen, dass Summer die Gefühle, die mich gerade überwältigten, dennoch fühlen konnte, jagte mir eine Scheißangst ein. Sie wusste zwar, dass mein Vater grausam war, dass er ein Monster war… nur wusste sie eben nicht WELCHES Monster.

„Phoenix… dein Vater, selbst wenn er ihn finden sollte, er wird ihn nicht töten können. Vertrau mir."

„Du hast keine Ahnung, wozu mein Vater fähig ist."

„Nein… aber ich weiß, dass selbst dein Vater diese unsterbliche Seele nicht sterben lassen kann."

Ich lachte. Kalt. Eiskalt. Gequält schloss ich die Augen. Die Luft zitterte und, während die nächsten Worte meine Lippen verließen, hielt die Welt schweigend den Atem an. „WIR sind Dämonen. WIR sind unsterblich… und doch kann man uns töten. Und… bei der Schicksalsgöttin… du willst gar nicht wissen, wie viele, angeblich unsterbliche Seelen, mein Vater bereits…"

„Nicht…" flüsterte Summer leise, mit zerbrechlicher, schmerzerfüllter Stimme und stoppte meine Gedanken. Verhinderte, dass sich die damit verbundenen Bilder erneut befreien und mich verschlingen konnten.

Ich öffnete die Augen, schaute ihr ins Gesicht. Sah, wie sich *mein* Schmerz in ihrem Blick spiegelte und fühlte wie sich *meine* damit verbundene Dunkelheit in ihr ausbreitete.

Selbst die Tatsache, dass sie mir immer wieder, wenn das passiert war, versichert hatte, dass meine grausame Seele sie nur tröstend in die Arme schloss, ohne sie mit meinem toxischen Erbe zu vergiften, hasste ich diese Momente. Hasste die damit verbundene Hilflosigkeit. Meine Atmung beschleunigte sich, während das erbärmliche Zittern meines Herzens mich in Ketten legte.

„Phoenix…“ flüsterte Summer leise und umschloss mit beiden Händen mein Gesicht, suchte meinen Blick. In ihren Augen erwachte dieses wundervollbringende Gefühl.

Das schönste Gefühl der Welt.

Des gesamten Universums.

In diesem Gefühl offenbarte sich die tiefe Verbindung unserer Seelen und ließ mich die Einzigartigkeit zwischen ihrem Licht und meiner Finsternis erkennen.

Einen Atemzug später verlieh Summer ihrem, nein, unserem Gefühl Flügel, ließ dieses, wie unzählige Male zuvor, einfach frei. Ein schimmernder Schatten erwachte, schwebte über unsere Köpfe. Mit einem Lächeln, das unsere Lippen umspielte, streckten wir unsere Finger danach aus, berührten den von Nebel umhüllten Schatten. Wie eine Seifenblase zerplatzte er, zersplitterte wie ein aus Sonnenlicht bestehender Spiegel. In jedem Splitter funkelten unendlich viele Lichter. Ein leuchtender Gefühlsregen. Und jeder schillernde Regentropfen verwandelte sich in einen Schmetterling.

Die Zeit lachte.

Die Welt lachte.

Unsere Welt.

Ich legte den Arm um Summer, zog sie an meine Brust, an mein tobendes Herz. Wollte den Zaubertrank des Lebens zusammen mit ihr trinken, wie einen lieblichen Wein. Wollte, dass das Glück uns umarmte, küsste.

Wir lachten unbeschwert. Frei. Wir lachten, bis wir nicht mehr atmen konnten, bis das Glück uns unseren Atem stahl. Wir lachten, bis wir nur noch einen leisen Seufzer von uns gaben. Bis sich jeder Tropfen in einen türkisschimmernden Schmetterling verwandelt hatte. Ich drehte Summer zu mir, sah sie abwartend an. Wartete auf ihre Gedanken.

Summers Blick war, als sie anfing zu sprechen, auf die vielen Schmetterlinge gerichtet. „Hast du dir eigentlich jemals die Frage gestellt, warum all unsere Gefühle sich jedes Mal in Schmetterlinge verwandeln?"

Ich wusste, dass unsere Gefühle sich in diesen Schattenwolken verpuppten, wie Raupen in ihrem Kokon, doch warum sie sich letztendlich in Schmetterlinge verwandelten, anstatt in irgendeine andere existierende Lebensform, darüber hatte ich mir ehrlich gestanden nie großartig Gedanken gemacht. Vielleicht hüllte ich mich deshalb in Schweigen und zog es vor sie abwartend anzusehen.

Summer streckte die Hand aus, als wollte sie die Luft berühren, während ihre Augen den türkisenen Gefühlen zuhörten. Ein Schmetterling landete auf ihrer Fingerspitze.

„In jedem Leuchten unserer Gefühle verbirgt sich Leichtigkeit. Freude. Verspieltheit. Und LIEBE. Genau wie in jedem Schmetterling."

Ihre Augen suchten mich, fanden mich. Lächelnd verwandelten sich ihre Gedanken erneut in Worte. „Diese winzigen und gleichzeitig großartigen Insekten möchten jedem, mit dem sie in Berührung kommen, helfen die Leichtigkeit des Seins zu erkennen, die Schönheit des Lebens zu begreifen. Das Geheimnis liegt, tief verborgen, in der Einfachheit. Und der Schmetterling möchte genau dieses Geheimnis mit dir teilen, möchte dir zeigen, wie facettenreich das Leben ist, in wie vielen bunten, unterschiedlichen Farben es glänzt, schimmert und schillert."

„Es gibt mehr als das Auge sieht…", flüsterte ich leise.

„Ja. Es gibt so viel, so verdammt viel das wir nicht sehen *wollen*… und vieles, das wir deshalb nicht sehen *können*. Und der Schmetterling möchte all das für uns sichtbar machen. Damit unsere Seele erwacht, sich befreit und wir sehen können, was unseren Augen verborgen bleibt."

„Warum sind die Schmetterlinge dieses Mal alle türkis? Ich mein… sonst waren sie bunt, sind in den unterschiedlichsten Farben zum Leben erwacht…"

„Wusstest du, dass deine Augen die Farbe wechseln können?"

Ich sah Summer an. Verwirrt. Denn ich begriff nicht, was die Farbe meiner Augen mit den Farben der Schmetterlinge zu tun haben sollte. „Kein einziger Schmetterling ist jemals schwarz gewesen…"

„Phoenix… deine Augen waren nie *nur schwarz*…"

Nachdenklich runzelte ich die Stirn. „Aber die einzige Farbe, die meine Augen annehmen können… ist schwarz. Genau wie bei jedem anderen Schattendämon. Sie werden DUNKEL. So lange, bis jegliche Gefühle abgeschaltet sind. Bis kein Licht mehr im Inneren existiert. Bis alles SCHWARZ wird…"

„Sieh mich an."

„Ich sehe dich doch an."

„Nein. Tust du nicht", widersprach sie leise, während sie ihre Hände an mein Gesicht legte, meinen Blick suchte und mir tief in die Augen schaute. „Du siehst durch mich hindurch. Ich möchte, dass du mich ansiehst. MICH. Verstehst du?"

„Prinzessin…" Die Liebe in ihrem Blick ließ mich augenblicklich verstummen. Sämtliche Buchstaben wurden von der

Zeit, die lächelnd den Atem anhielt, verschluckt. Völlig mühelos brachte sie das zerstörerische Chaos in meinem Kopf zum Stillstand, weil alles, woran ich jetzt noch denken konnte, alles, was mein Herz fühlen wollte, ihre Nähe war. Erfüllt von freudiger Ungeduld wartete ich auf ihre Gedanken, darauf, dass sie diese mit mir teilte.

„Phoenix… deine Augen mögen die meiste Zeit smaragdgrün sein, und… hin und wieder vielleicht auch schwarz werden… aber trotz alledem konnte dich die Finsternis, vor der du dich so fürchtest, nie verschlingen… WEIL du es nie zugelassen hast, weil du dagegen angekämpft hast. Immer und immer wieder... Und jedes Mal, wenn sich die Farbe deiner Augen verändert, egal ob sie jetzt schwarz werden oder wieder grün… jedes MAL leuchten sie, für den Bruchteil einer Sekunde in derselben Farbe wie diese Schmetterlinge."

„Türkis?" Mein Herz zog sich zusammen. Unterschiedliche Gefühle erwachten und versuchten den Nebel meiner Gedanken zu durchbrechen, weil ich nicht glauben konnte, was Summer gerade gesagt hatte. Meine Augen sollten *türkis* leuchten? Das war… absurd. Einfach… unmöglich. Ich war ein Schattendämon. In unserer Welt gab es kein Licht, keine Farben. Nicht, seit… Ich schüttelte den Kopf, sperrte die Gedanken, die meine Seele zittern ließen, weg.

„Türkis…" bestätigte Summer nickend. Schenkte mir ein Lächeln, ohne den Blickkontakt zu beenden. „Deine Augen leuchten in der Farbe des Meeres, der Lagunen, des Himmels."

Ich schüttelte ungläubig den Kopf.

„Soll ich dir ein Geheimnis verraten? Ich mein, möchtest du wissen, warum sie von allen Farben dieser Welt ausgerechnet türkis leuchten? Denn… nichts geschieht jemals ohne Grund. Zumindest nicht in unserer Welt.“

Ich starrte Summer an. Unfähig meine Gedanken in Worte zu verwandeln. Das Einzige, wozu ich in der Lage war, war ein leichtes Kopfnicken.

„Die Farbe türkis schützt uns seit jeher vor dem Bösen. In ihr vereinen sich die Geister des Himmels und der Meere. Türkis schenkt der Seele nicht nur Trost, sondern wehrt auch sämtliche Manipulationsversuche ab.“

„Was willst du damit sagen? Dass… dass ich in Wahrheit kein Monster bin? Dass ich nicht der Sohn meines Vaters bin? Dass ich nicht dasselbe Blut habe, nicht dieselben grausamen Gedanken, nicht dasselbe mörderische Gen… wie ER?“

„Phoenix…“ Hauchte sie zärtlich meinen Namen. Ihre Augen begannen zu leuchten, zu strahlen, verwandelten sich in eine Schönheit, die sich ebenso wenig in Worte fassen ließ wie die des Mondes. Ihre Stimme küsste mich und ich fühlte wie sich ihre aus Sternenlicht gewobene Liebe in mir verteilte. Ihre unausgesprochenen Worte berührten mein Herz, verzauberten meine Seele. Allein ihr Blick schickte unendlich viele glitzernde Funken, wie wärmende Sonnenstrahlen, die sich auf den Wellen der Meere spiegelten, durch jede Zelle meines Körpers.

„DU bist NICHT dein Vater. DU bist nicht das Monster, für das du dich hältst.“

„Summer“, widersprach ich und schmeckte das Zittern der Luft, spürte, wie das Schattenreich den Atem anhielt, ehe ich meine Gedanken, die sich krampfhaft versucht hatten an meiner Zunge festzuklammern, in die mich umgebene Kälte hinausspuckte. Leise. Und doch ohrenbetäubend laut. „Du weißt nicht, was ich getan habe. WAS…“

„DU. BIST. NICHT. WIE. ER. Und tief in deinem Inneren weißt du das. Auch… wenn dir das nicht bewusst zu sein scheint. Ich weiß, dass du Angst hast. Ich kann es fühlen. Aber… die Augen werden nicht umsonst als der Spiegel der Seele bezeichnet. Phoenix… DU. BIST. DU! Dein Herz ist nicht nur wunderschön, es leuchtet. DU leuchtest. Und… du bist PERFEKT. Für mich bist du perfekt. Weil ich so viel mehr in dir sehen kann als du je für möglich halten würdest. Dein Licht ist es, was diesen Schmetterlingen Leben eingehaucht hat.“

„Es ist DEIN Licht. DEINE Gabe. Aber mit Sicherheit nicht…“ Summer ließ mich erst gar nicht ausreden, fiel mir, wie so oft, ins Wort. Ohne es verhindern zu können, begann ich zu schmunzeln, zu lächeln.

„UNSER Licht.“ Sie strahlte. Ihre Augen, ihre Seele. Einfach alles an ihr. „Meine Gabe“, fuhr sie leise lachend fort, „könnte ohne deine leuchtende Dunkelheit nicht einem einzigen Schmetterling Leben einhauchen. Ohne DICH könnte ich kein einziges Gefühl verwandeln.“

„Ach ja? Warum konnte ich die Schmetterlinge dann an dem Tag sehen, an dem ich diesen Ort zum ersten Mal entdeckt habe? Als ich dir HIER… in deiner Gefühlswelt, zum ersten Mal begegnet bin?“

„Die Schmetterlinge, die du gesehen hattest, das waren MEINE Gefühle. Meine. Nicht UNSERE. Und bis zu diesem Tag, bis ich dir begegnet bin, konnte ich keinem einzigen fremden Gefühl Leben einhauchen. Ich weiß nicht WARUM oder WIESO sich meine Gabe verändert hat. Okay? Und, ehrlich gestanden ist mir das auch vollkommen egal. Es gibt nun einmal nicht auf jede Frage eine Antwort. Dennoch kann ich dieses kosmische Wunder, das uns verbindet, fühlen. Genauso wie ich fühlen kann, WARUM sich unsere Liebe, warum sich jedes einzelne in uns existierende Gefühl, zusammen mit all den unzähligen bunten, schillernden Farben, verpuppt. Verstehst du denn nicht? All das ist nur möglich, weil sich in deiner Dunkelheit eine Schönheit verbirgt, die du nur deshalb nicht sehen kannst, weil du sie nicht sehen *willst.*“

„Weil ich ANGST vor ihr habe. Weil ich schon immer Angst vor ihr hatte…“

„Ich weiß“, sagte sie leise und hauchte mir einen Kuss auf die Lippen. „Und doch verstehe ich nicht, *wieso* du dich vor ihr fürchtest.“

„Prinzessin… das, was in mir existiert, was in den Tiefen meiner Seele schlummert… ist gefährlich. Wenn…“ Ich stoppte meine Gedanken, überlegte was ich sagen konnte, wie viel ich ihr verraten durfte. Ich presste die Zähne aufeinander, schloss die Augen und atmete tief durch. „Jedes Mal, wenn ich dieser Schönheit, wie du sie nennst, die Kontrolle überlasse, zerstört sie alles, was ihr gefährlich werden könnte. Das Feuer… es verbrennt MICH. Und jedes Mal, jedes beschissene Mal, wenn das passiert, wenn ich die verbrannten Gefühle, die in Asche verwandelten Flocken, auf der Zunge schmecken kann, dann…“ Ich stockte. Schaffte nicht den Satz zu beenden.

„Vielleicht willst du es nicht hören, aber… ich werde es dir trotzdem sagen. Deine Dunkelheit zerstört nur dann, wenn sie dazu gezwungen wird, wenn sie spürt, dass sie DICH beschützen muss.“

Ich spürte ihren unerschütterlichen Glauben an MICH, und obwohl ich ihr antworten wollte, versteckte sich meine Stimme.

„Hat deine Dunkelheit jemals jemanden verletzt, den du liebst?“

„Nein“, gab ich nach einer gefühlten Ewigkeit leise zu. Dieses Wort mochte vielleicht keine Lüge sein, aber sie entsprach dennoch nicht der Wahrheit.

„Wen hat deine Dunkelheit dann in Flammen aufgehen lassen?“

„Nicht. Bitte… Prinzessin… Frag nicht, wenn du die Antwort nicht wirklich hören willst.“

„Ich würde nicht fragen, wenn…“

„Nicht! Lass es. Selbst, wenn du die Antwort wirklich würdest hören wollen… gibt es da immer noch MICH. Prinzessin, ich werde dir nicht sagen, was du hören willst… weil ich diese Antwort nicht laut aussprechen *kann*.“ ~~Nicht ohne daran zu zerbrechen~~. „Und, ganz egal, was du sagst… diese Antwort werde ich auf EWIG in mir einsperren. Also… könnten wir bitte über etwas anderes reden? Irgendetwas. Egal was. Nur BITTE nicht über das Monster, dass in mir schlummert.“

Es war seltsam diese Worte auszusprechen, die eigenen Gedanken wirklich zu hören. Auf eine Art befreiend. Doch andererseits… es fühlte sich an als würde ich MICH selbst einsperren. Allerdings war dieses Gefühlschaos nicht das Einzige was mich verwirrte. Zu spüren, dass Summers Gefühle, die sich in genau diesem Moment in mir ausbreiteten, MEINER Dunkelheit galten, war verstörend und raubten meiner Seele die Atemzüge.

Mein Erbe würde sich eines Tages, innerhalb eines Herzschlages, in ihren Untergang verwandeln. Weil kein Licht, keine damit verbundene Magie, jemals in der Lage sein wird diese Dunkelheit aufzuhalten. Nicht einmal *ihr* LICHT.

Es war also nur eine Frage der Zeit. Ich wusste, ob ich es wahrhaben wollte oder nicht, dass der Tag kommen würde, an dem ich das Erbe antreten würde, würde antreten müssen.

Summer küsste mich.

Küsste mich.

Immer.

Und immer wieder.

Und mit jedem Kuss wurde die innere Anspannung leiser und leiser, bis sie endgültig verstummte. Ebenso wie die damit verbundene Angst.

„Weißt du, Phoenix… in dir verbirgt sich dieselbe Hoffnung auf eine bessere Welt, wie in jedem einzelnen Schmetterling. Und, damit du DAS niemals vergisst, möchte ich, dass du diesen behältst." Sie schaute den Schmetterling, der noch immer auf ihrem Finger saß, lächelnd an, ehe sich dieser in einen eisgrünen, türkisblauen, schimmernden Anhänger verwandelte. Summer griff nach meiner Hand und legte mir den Schmetterling in die Handinnenfläche.

Ich spürte das Pulsieren seiner Herzschläge auf meiner Haut. Spürte, wie mich eine bisher unbekannte Wärme durchströmte. Spürte, wie die Gefühle des Schmetterlings meiner Seele Trost spendeten.

„Ich möchte, dass du ihn immer bei dir trägst. Denn, wenn irgendwann der Tag kommen sollte, an dem du überzeugt sein wirst, dass du *seiner* Dunkelheit nicht mehr entkommen kannst, wird dich dieser Schmetterling retten… Weil er UN-

SER LICHT in sich trägt. Das LEUCHTEN unserer Gefühle. In dem Moment, wo dein Licht aufhören sollte die Dunkelheit zu erhellen, wird die in ihm eingesperrte Magie dich zurückbringen. Zurück ins Licht. Zurück in unseren türkisblauen Himmel..."

Chaim sprang, als hätte er nur auf diesen Moment, auf genau dieses Stichwort gewartet, von meiner Schulter, flog hinauf zu den Wolken, hinauf in den Himmel, um dort mit den übrigen Schmetterlingen in der Luft tanzen zu können. Ich beobachtete ihn und bewunderte, zufrieden schmunzelnd, seine innere Zufriedenheit.

„Der Anhänger soll dich daran erinnern, wer du bist. Wer du wirklich bist…"

„Ach?", sagte ich und hauchte ihr ein Küsschen auf die Nasenspitze. „Und WER bin ich?"

Sie lächelte. Küsste mich. Flüsterte, ohne den Kuss zu unterbrechen: „Du bist MEIN Prinz. Mein dunkler, wunderschöner Schattenprinz…"

Panik erfüllte mich, betäubte mich. Erschrocken riss ich die Augen auf, suchte Summers Blick und fragte, während ich das Zittern aus meiner Stimme verbannte: „Wie hast du mich gerade genannt?"

Ihre Augen lächelten, genau wie sie. „Schattenprinz…" Dann küsste sie mich. Kurz. Viel zu kurz. Fuhr leise fort: „Phoenix. Wenn ich eine Prinzessin bin…"

„Du. Bist. Eine. Prinzessin."

„Ja, DEINE Prinzessin."

„Nein. Ich mein… ja, schon. ABER du bist nicht nur meine Prinzessin, du bist eine richtige, eine wahrhaftige Prinzessin. Du bist die Thronerbin des Lichts."

„Nein. Genau genommen ist das Lia. Sie ist älter."

„Ganze zwei Minuten."

„Trotzdem ist sie älter…"

„Du lenkst vom Thema ab…"

„Du hast angefangen. Und überhaupt… was ist so schlimm daran, dass ich dich Schattenprinz nenne? Ich mein, wenn wir zwei eines Tages heiraten, dann wirst du ganz offiziell zum Prinzen. Und, auch wenn du dann ein Lichtprinz wärst, würdest du für mich immer der geheimnisvolle Prinz aus dem Schattenreich bleiben. Also… MEIN Schattenprinz."

Prinz der Dunkelheit

Ein Paradies, in den unterschiedlichsten Grüntönen. Als wäre das farbenprächtige Land unter uns eine riesige Leinwand, ein lebendiges Gemälde. Ein Kunstwerk der Natur.

Auch wenn Summer die Menschen bewunderte, liebte, genauso wie die vielen, zum Teil verborgenen Schätze dieser Welt, so liebte sie die Wälder, die smaragdgrünen Picassos dieser Erde, und die darin verborgene Farben- und Artenvielfalt, dennoch mehr als alles andere.

Und ich wusste, warum uns der Wind ausgerechnet hierhergeführt hatte. Diese Wälder atmeten, lebten, und in jedem Baum schlugen unendlich viele Herzen. Herzschläge eines unbeschreiblichen Wunders. Und gleichzeitig symbolisierte dieser Ort all das, was in Summers Seele existierte. Als wäre dieses grüne Paradies ein Spiegelbild ihrer Gefühlswelt.

Liebe.

Harmonie.

Hoffnung.

Echtes, pures Glück.

Liebe.

Liebe.

Immer wieder… LIEBE…

Die Menschen, die hier lebten, fernab der Zivilisation, fernab der digitalen, modernen, hektischen, lauten, gestressten, kalten Welt, waren in ihren Augen jene Menschen, die wussten, was es bedeutete den Moment genießen zu können, fühlen zu können. Jeden Augenblick, und sei er noch so winzig, sei er scheinbar noch so unbedeutend, einatmen zu können… wie frische Meeresluft.

„Phoenix?"

„Hm?"

„Meinst du sie weiß, dass wir kommen?" Diese Frage stellte Summer jedes Mal. Dabei kannten wir beide die Antwort, auch, wenn wir diese bis heute nicht verstehen konnten.

Selbst unsere erste Begegnung, vor ein paar Jahren, hatte Chepi vorausgeahnt, weil sie schlicht und ergreifend davon geträumt hatte. Wobei ihre Träume, so wie sie uns versichert hatte, keine gewöhnlichen Träume wären, sondern himmlische Botschaften, in denen sich die Geheimnisse des Universums verbergen würden.

Vielleicht lag es an ihrem Namen. Vielleicht vertraute der Kosmos ihr deshalb in ihren Träumen jene verborgenen Wunder an, die kein menschliches Auge in der Lage war zu begreifen.

Immerhin bedeutete ihr Name Fee, Elfe. Und Elfenmagie war ebenso mysteriös und geheimnisvoll wie die in mir schlummernde Schattenmagie.

„Alles andere würde mich wundern. Mit Sicherheit wartet Chepi schon unten am Flussufer…" Meine Antwort brachte Summers Herz zum Leuchten. Ich fühlte wie die Wärme, ihre Wärme, mich durchströmte. Chaim, der es sich auf meinem Rücken gemütlich gemacht hatte, begann leise zu schnurren, woraufhin ich mir erneut die Frage stellte, ob er in Wahrheit nicht doch eine verkleidete Nachtkatze war. Schmunzelnd griff ich nach Summers Hand, verschränkte unsere Finger und erst als sie mir in die Augen sah, mich mit ihrem Blick umarmte, setzten wir zur Landung an.

„Ihr habt euch dieses Mal echt Zeit gelassen." Chepis Stimme zitterte, und Summer spürte, dass sich hinter diesen Worten ein eisiges Gefühl verbarg. Ein Gefühl, dass sie, trotz ihrer Gabe, in diesem Moment jedoch nicht schaffte zuzuordnen, ganz einfach, weil sie es nicht richtig zu fassen bekam.

„Wissen die Anderen Bescheid? Hast du ihnen erzählt, dass wir kommen?", fragte ich und schaute Chepi mit hochgezogenen Brauen nachdenklich an.

Irgendetwas stimmte hier nicht.

Irgendetwas…

Ein mulmiges, abscheuliches Gefühl schlängelte sich durch meine Adern und einen Herzschlag später konnte ich das Erwachen spüren. Spürte wie das wispernde Unheil sich in schreckliche Gewissheit verwandelte. Es war etwas Schlimmes passiert…

„Nein, habe ich nicht. Aber dieses Mal habe ich es ihnen aus einem anderen Grund verschwiegen. Nicht, damit ihr sie überraschen könnt, sondern damit sie nicht anfangen sich Hoffnung zu machen. Immerhin wusste ich nicht, ob ihr es rechtzeitig schaffen würdet."

„Rechtzeitig? Chepi… WAS ist passiert?" In Summers Augen erwachte Angst. Chepis Angst. Und im Bruchteil einer Sekunde wurde Summer von diesem Gefühl verschlungen.

Durch unsere Seelenverbindung konnte ich sehen, was sie in diesem Moment quälte, welche Emotionen sie unter Wasser zogen, ihr die Luft zum Atmen nahmen. Chepis Gefühle hatten sich in Bilder verwandelt, und jedes einzelne trieb Summer Tränen in die Augen, folterte sie, bis der damit verbundene, von Angst erfüllte, Schmerz so groß wurde, dass ich, ohne nachzudenken, in ihre Gefühlswelt eintauchte, um sie zu beschützen, um sie zurückzuholen…

Chepi beobachtete uns. Schweigend. Erfüllt von Furcht. Während ich Summer ansah. Ich schaute ihr in die Augen. So lange, bis sie meinen Blick erwiderte, bis mich ihre Augen fanden, und mir wie eine sanfte Berührung über die Wange strichen, mich streichelnd versuchten zu beruhigen, ehe ich sie küsste und sich unsere Liebe in Musik verwandelte, in eine Melodie, die nur uns beiden gehörte.

Ich lächelte, doch dann kehrte Chepis Angst schlagartig in ihren Körper zurück. Summer zuckte erschrocken zusammen und suchte Chepis Gesicht. Suchte ihre Augen. Ihren Blick.

„Was… was ist passiert?“ Meine Worte… wie in Beton gegossene, zu Stein verwandelte, Buchstaben.

„Die Goldgräber… sie sind gestern Nacht zurückgekehrt… und…“ Chepi verstummte. In ihren Augen sammelten sich Tränen. Jede Träne offenbarte ewiges Leid und in Grausamkeit getränkte Freude all derer, die nicht verstanden, welches Lied der Himmel sang. Ein Schauer aus Entsetzen glitt über meinen Rücken, als Chepis Augen jegliche Farbe verloren.

„Und was…?“

„Hiakoda ist verletzt. Sie… sie haben…“

„Was haben sie mit ihm gemacht? WAS haben sie ihm angetan?“

„Als er versucht hat sie zu verjagen… da… da haben sie auf ihn geschossen. Sie… sie haben einfach geschossen…“ Stumme Tränen tropften von ihrer Wange. Leise schluchzend fragte sie: „Könnt ihr ihn retten? So… so wie ihr mich damals gerettet habt?“

„Wir werden ihn nicht sterben lassen…" versicherte ich ihr, denn alles, was ich in diesem Moment wollte, war sie von ihrer Trauer zu erlösen, sie von dieser schieren Ungewissheit, von der in Verzweiflung getränkten Sorge, zu befreien.

Doch kaum waren diese Worte zittrig zu Boden getropft, wie vom Himmel stürzende gefrorene Regentropfen, ohne Fallschirm, ohne Rettungsleine, tränkte kalter, schwarzer Rauch meinen Blick, flutete meinen Geist, während ich das dunkle Feuer, die bittere verbrannte Asche, auf der Zunge schmeckte. Das Einzige, woran ich plötzlich denken konnte, nein, denken wollte, war Vergeltung.

Rache.

Rache.

Rache.

Ich wollte die Monster, die Hiakoda das angetan hatten, leiden sehen, wollte sie bluten sehen. Wollte, dass sie in ihrer Gier, in ihrem Goldrausch ertranken, von der Welt verschluckt wurden, wie von einem dreckigen, dampfenden Sumpfloch, wo sich die schwarze Erde in flüssiges Gold verwandeln würde, ihre Lungen fluten und ihre Herzen verstummen lassen würden. Der Zorn, der meine Gedanken vergiftete, offenbarte ein grausames Versprechen.

„Phoenix…" flüsterte eine leise Stimme. Zart. Zerbrechlich. Und ich fühlte, wie die damit verbundenen Gefühle mich retteten, den Sturm der Verwüstung zum Verstummen brachten und die beklemmenden, würgenden Gedanken aus meinem Kopf verbannten.

„Und doch hätten sie es verdient. Jeder einzelne", knurrte ich und sah Summer an. Ein Blick in ihre Augen reichte und ich ertrank in ihrer Wärme, ertrank in ihrem unerschütterlichen Glauben an das Gute.

„Lass nicht zu, dass dich das Feuer verschlingt…"

Das Feuer, das gerade eben meine Seele in Brand gesteckt hatte, loderte seit Ewigkeiten in meiner Brust, in meinem Herzen. Das Verlangen, das unstillbare Verlangen, das in solchen Momenten immer wieder aus den Tiefen meiner Seele emporstieg, meinen Verstand versklavte und mich in Ketten legte, weil alles, woran ich dann noch denken konnte, war, dass solche Monster gestoppt werden mussten, aufgehalten werden mussten.

Monster, wie mein Vater.

Monster, wie die Goldsucher.

Monster, die über Leichen gingen, bloß um ihre Gier zu stillen, ihre unmenschliche Gier nach Macht. Nach Reichtum.

Und WOZU?

Wozu… verdammt nochmal…?!

Diese Frage schmeckte nach brennender Luft. Nach verbrannter Hoffnung. Denn die Antwort war ebenso grausam wie herzlos und wurde seit Ewigkeiten mit dem Blut Unschuldiger vergossen. Monster nahmen sich, was sie wollten.

Plünderten.

Stahlen.

Mordeten.

Aber nicht, um zu überleben. Nein. Es war Egoismus. Purer, kranker, nicht in Worte zu fassender, Egoismus.

Diese Monster gingen über Leichen, um Macht erlangen zu können, in dem irrwitzigen Glauben, so die Welt regieren zu können, manipulieren zu können, Menschenseelen versklaven zu können, damit diese sich aus Furcht ihrem Willen beugen würden, sich unterwerfen würden, während die Menschlichkeit wie ein mit Helium gefüllter Heißluftballon in den Himmel aufsteigen würde und die Empathie für alle Zeiten vom Universum verschluckt werden würde, so dass diese für all die Marionetten für immer in unerreichbare Ferne rücken würde...

„Es sind nicht alle Menschen… böse…"

„Ich weiß… und doch…"

„Nein. Menschen wie Chepi, wie Hiakoda, wie Huyana… bedeuten HOFFNUNG. Genau wie jeder einzelne, der hier lebt. Sie tragen die Hoffnung in sich und sind die Herzschläge einer in Vergessenheit geratenen Welt. Phoenix, du und ich, wir können den Menschen helfen. Doch… lass uns später darüber reden. Im Moment zählt für mich nur Hiakoda. Er ist es, der JETZT unsere Hilfe braucht."

Prinz der Dunkelheit

Die Lahyuhn lebten in großen, kreisförmigen Gemeinschaftshäusern, mitten im Paradies. Normalerweise hörte man hier stets das freudige Lachen der Kinder, die auf dem Dorfplatz spielten. Doch von dem Zauber der Fröhlichkeit, der Leichtigkeit und der Harmonie war jetzt, in diesem Moment, nichts spürbar. Denn die Stille, die uns willkommen hieß, war durchtränkt von Schweigen. Von einer ohrenbetäubenden Geräuschlosigkeit.

Alles war still.

Alles.

Selbst das Knistern der Flammen auf den unzähligen Kochstellen der Dorfbewohner verstummte in dem Moment, wo Chepi uns zu Hiakoda führte.

„Die Heilerinnen konnten zwar die Kugel, die in seiner Brust gesteckt hatte, entfernen… doch…“ Für einen kurzen Moment verstummte Chepi, seufzte, holte tief Luft und beendete schließlich ihren angefangenen Satz. „Doch… die Wunde… die will nicht aufhören zu bluten. Als wenn… keine Ahnung. Als wenn die Kugel noch immer in seiner Brust stecken würde… wie ein unsichtbarer Schatten…Und… seit wir ihn gefunden haben… schläft er. Er hat nicht einmal die Augen aufgeschlagen. Nicht ein einziges Mal.“

„Wir werden ihn nicht sterben lassen“, sagte Summer, suchte Chepis Blick, griff nach ihrer Hand und spendete ihr, mit Hilfe ihrer Gabe, wortlos Trost.

Hiakoda lag leise stöhnend auf der Liege. Sein Körper glühte, als würde das Feuer des Fiebers ihn von innen heraus verbrennen wollen. Der Verband war blutdurchtränkt. Und die Luft, die ihn umgab, schmeckte nach… Tod. Dieser Anblick, Hiakodas Anblick, wie er dort ums Überleben kämpfte, ließ etwas in mir zerspringen.

Ich sah nur noch seinen schmerzenden Körper. Konnte nur noch daran denken, weshalb er dort lag, weshalb man versucht hatte ihn umzubringen, weshalb das Fieber ihn verschluckte, weshalb er litt, anstatt lachend mit seinen Geschwistern im See nach Fischen zu angeln oder Fangen zu spielen.

Dann hörte ich das Gift in seiner Wunde, hörte das schreiende Blut, und ich wusste, nein, ich spürte, dass das Gift, dass sich in seinem Körper verteilte, sich durch seinen Geist, seine Seele schlängelte wie eine hinterlistige Kobra, nicht von dieser Welt war. Es stammte aus unserer Welt.

Was verflucht nochmal hatte das zu bedeuten? Wie waren die Goldgräber an dämonisches Gift gekommen? An Dark-Dreams? An jenes Gift, das einem Dämon dunkle Träume bescherte und gleichzeitig dafür sorgte, dass es aus dem Albtraum, in dem man gefangen gehalten wurde, kein Entkommen gab.

Die Wut verschlang mich und die damit verbundene Aggression erschütterte meinen Körper, vibrierte in meinen Knochen, pulsierte in meinen Venen und mein Herz war erneut erfüllt von dem Wunsch nach Rache.

Hiakodas Keuchen ließ mich erstarren, alles in mir geriet aus dem Gleichgewicht. ICH geriet aus dem Gleichgewicht. Summer berührte meinen Arm, legte ihre Hand an meine Wange und obwohl ich meinen Kopf in ihre Richtung drehte, war mein Körper erstarrt, wie versteinert. Ich blinzelte. Einmal. Zweimal. Dann explodierten Sterne in mir, in meiner Seele. Summers Gefühle schossen durch meinen Körper, verwandelten das kochende Magma, das durch meine Venen geströmt war, in ein sanftes Pulsieren. Mein Blut wurde leiser. Und leiser.

„DarkDreams…“, knurrte ich kaum hörbar. Presste meinen Kiefer zusammen. Doch Summer hatte mich gehört. Hatte verstanden, was ich gesagt hatte.

„DarkDreams?“ Panik versteckte sich in ihrer Stimme. „Bist du sicher? Ich mein…“ Ihre Augen suchten mich, flehten mich an ihr zu sagen, dass ich mich irrte, dass ich mich irren *musste*…

„Ja. Ich bin SICHER. Ich kenne den Geruch…“

Zum Glück fragte Summer nicht, woher ich diesen Geruch kannte. Woher ich wusste, um welches Gift es sich handelte. Ich wollte ihr nicht sagen, dass es dasselbe Gift war, dass unser Erzeuger bereits bei Mo eingesetzt hatte.

Als Druckmittel.

Als Folterwerkzeug.

Weil er MICH damit hatte bestrafen wollen.

Nächtelang hatte ich neben Mo auf dem Boden gekauert, hatte versucht ihn aus der Hölle, in den Vater ihn gesperrt hatte, zu befreien. Ohne Erfolg. Egal, was ich versucht hatte, nichts hatte funktioniert, nichts hatte ihn retten können, nichts hatte ihn von diesen Qualen erlösen können.

Nichts.

Absolut… NICHTS.

Das Einzige, was meinen Bruder letztendlich hatte retten können, war das Gegengift gewesen. Welches mein Vater ihm erst verabreicht hatte, nachdem ich seine Lektion gelernt und mich seinem Willen gebeugt hatte. Als ich, auf seinem Befehl hin, seinen Gefangenen, wie ursprünglich verlangt, Schmerzen zugefügt hatte.

Das war der Moment gewesen, wo ich begriffen hatte, dass er die Liebe zu meinen Geschwistern immer wieder als Druckmittel benutzen würde, dass er meine Liebe jedes Mal dann als Waffe missbrauchen würde, wenn ich mich weigern würde seine Befehle, wie auch immer diese aussehen mochten, auszuführen. Wobei er diese Foltermethode jedes Mal, kalt lächelnd, eine Entscheidung genannt hatte, so, als wenn ich tatsächlich eine Wahl gehabt hätte…

„Prinzessin, du bleibst hier. Ich bin nicht lange weg. Versprochen."

„Wo willst du denn hin?"

„Ohne das Gegengift wird er nicht aufwachen. Nie wieder."

„Das Gegengift? Wo willst du es herbekommen? Die Black Lilac sind alle zerstört worden. ALLE."

Ich starrte sie mit ausdruckslosen Augen an. Schwieg. Gab keinen Ton von mir. Einen Atemzug später schaffte ich endlich ihr die Frage zu beantworten, die unausgesprochene Frage.

„Ich weiß, denn ich war es, der sie vernichtet hat…"

„Du meinst…" Ihre Augen umarmten mich, küssten mein blutendes Herz, ehe sie ihre Gedanken leise zu Ende sprach, „die du hattest zerstören *müssen*… "

„Was macht das für einen Unterschied? Hm? Die schwarzen Mohnblumen wurden vernichtet, als hätte es sie nie gegeben."

„Doch das Heilmittel, dass sich in den Blüten befunden hatte..."

„Ich sollte die Blumen zerstören… was ich auch gemacht habe. Von dem Saft der Blüten war nie die Rede…" Ich küsste sie, kurz, viel zu kurz, dann teilte ich den Wind.

Prinz

der Dunkelheit

Ich wollte gerade die Treppe hinunter stürmen, um zu Hiakoda zurückzukehren, um ihm das Gegengift so schnell wie möglich verabreichen zu können, als ich schlagartig erstarrte. Mein Blick ruhte, wie versteinert, auf die weit offenstehenden Flügeltüren, ruhte auf das dort untenstehende Monster.

Vater.

Er war zurück.

Doch… er war nicht allein.

Hinter ihm knieten unzählige Dämonen. Geknebelt. Gefesselt. Mit vor Angst ausdruckslosen, zitternden Augen. Wohingegen seine schwärzer waren als die tiefste Nacht, erfüllt von Hass, purem, pechschwarzem Hass.

Ich hörte meinen kleinen Bruder, direkt hinter mir. Sofort drehte ich mich um, fletschte leise knurrend die Zähne und drang, ohne Vorwarnung, in Mos Kopf. Wollte ihn warnen. MUSSTE ihn warnen. *„Geh. Verschwinde hier. Sofort. Hast du verstanden!?“*

„Aber…“

„Ich sagte VERSCHWINDE! Und sei verdammt noch mal STILL.“

„Er…“ Mo verstummte, wagte nicht einmal den Satz in Gedanken zu beenden. Die bloße Vorstellung, dass unser Vater zurückgekehrt war, versetzte meinen kleinen Bruder in Angst und Schrecken, beraubte ihn seiner Stimme.

„Geh in mein Zimmer. Versteck dich mit Chaim unterm Bett… und warte auf mich.“ Kaum waren die Worte raus, kletterte Chaim von meinem Rücken, lief auf Mo zu, der ihn sofort auf seine Schultern setzte. *„Und Mo… egal was passiert, egal was du hörst… versprich mir, dass du nicht unterm Bett hervorkommst. Nicht, bis ich dich holen komm…“*

„So schlimm?“

Ich nickte. Murmelte leise, kaum hörbar: *„So schwarz waren seine Augen noch nie…“*

Mo stolperte geräuschlos einen Schritt zurück, tastete in der leeren Luft hinter ihm nach der Wand, nach etwas, was seinen Sturz verhinderte. Seine Hände fanden die Wand. Fanden den Halt, den er brauchte, um nicht den Boden unter seinen Füßen zu verlieren, um nicht in Panik zu geraten. Er atmete die angehaltene Luft aus, drehte sich um und rannte, so leise wie vom Himmel fallender Schnee, los, wollte so schnell wie möglich von hier verschwinden. Sich verstecken. Sich vor Vaters grausamer Kälte in Sicherheit bringen.

Erleichtert atmete ich tief durch. Vater hatte weder Mo bemerkt noch Chaim. Hatte keinen von ihnen, wie befürchtet, entdeckt.

Aber vielleicht hätte er Mo ohnehin nicht wahrgenommen, denn ein Blick in seine Augen verriet, dass seine komplette Aufmerksamkeit den Gefangenen galt. Das erklärte auch, warum er selbst mich bis jetzt nicht wahrgenommen hatte. Ich blinzelte, wollte mich zurückziehen.

Doch im gleichen Atemzug spürte ich einen stechenden Schmerz, spürte, wie mich die Gefühllosigkeit, seine in Einsamkeit getränkte Brutalität, versuchte in Ketten zu legen, während er gewaltsam in meinen Kopf eindrang. *„Wolltest du dich gerade vor mir verstecken? Wie ein elender Feigling?“*

Ich schenkte Vater ein unheilvolles Lächeln. Knurrte bedrohlich: „Du nennst mich einen Feigling?! Ausgerechnet DU?!" Meine Stimme verspottete ihn. Verhöhnte ihn. Und, obwohl ich wusste, dass es ein Fehler war, ein verfluchter Fehler, schaffte ich nicht, den Hass in mir zum Schweigen zu bringen.

Anstatt erneut in meinen Kopf, in meinen Geist, einzudringen, starrte er mich mit einer Gleichgültigkeit an, die mich mehr erschreckte, als wenn er versucht hätte mich zu foltern, zu quälen.

Vater kniff die Augen zusammen, knurrte, und wie aus dem Nichts heraus tauchte Cayden plötzlich auf. Stand jetzt, mit gesenktem Blick, direkt neben ihm, ehe unser Buttler, sein Handlanger, sein Fußabtreter, den Kopf hob und in meine Richtung guckte. Mich anstarrte.

Ich hörte die Stimme in meinem Kopf leise flüstern. Hörte die Worte *„Es tut mir leid, mein Prinz…"* Dann ging alles rasend schnell. Etwas Kaltes legte sich um mein Herz, als ich begriff, dass es Caydens Hände waren, die mich gepackt hatten und mich jetzt die Treppe herunterzerrten. Hinunter zu ihm. Zu dem Monster.

Doch, anstatt mich zu wehren, zu verteidigen, wie ich es für gewöhnlich tat, ließ ich es geschehen. Genauso wie ich all die Empfindungen, die mich in diesem Moment durchströmten, die mir meine Sinne raubten, meinen Verstand vernebelten, zuließ.

Einfach.

Zuließ.

Ohne jegliche Gegenwehr.

Bis… ich eine zierliche Gestalt wahrnahm. Bis ich Mamas Schluchzen hören konnte. Bis ich das Flehen ihres Herzens hören konnte. Bis ich die angsterfüllte Verzweiflung in ihren Augen schreien hören konnte.

„Verschwinde, Holly. Du hast hier nichts zu suchen."

„DU erteilst MIR keine Befehle. Nicht DU. Und… Lass gefälligst meinen Sohn in Ruhe."

„DEINEN Sohn?" Er lachte. Grausam. Herzlos. „DEINEN Sohn hast du verloren. Das hier ist MEIN Sohn. MEIN Blut fließt durch seine Adern. Er gehört MIR. Und, wenn du ihn nicht auch noch verlieren willst, dann verschwinde, und zwar bevor ich ihn für deine Aufmüpfigkeit bestrafen werde. Also… worauf wartest du? Willst du etwa zusehen? Willst du wirklich dabei zusehen, wie ich die Dämonen foltere, die du liebst?" Vater spuckte das Wort *liebst* aus, als wäre dieses Gefühl nicht nur toxisch, sondern, genau wie alle anderen Gefühle, tödlich.

Fuck! Die Worte *die Dämonen, die du liebst…* fluteten mich, jagten mir eine Scheißangst ein. Denn ich begriff, dass die Liebe zwischen Cayden und Mama, kein Geheimnis war. Vater wusste Bescheid. Und er versuchte die Liebe einer Mutter gegen die verbotene Liebe ihres Herzens auszuspielen.

Ich versuchte meine Handgelenke aus Caydens Griff zu befreien, während ich im gleichen Atemzug in seinen Kopf eindrang. *„Ich will dir nicht wehtun, also… lass mich los."*

„Das… das kann ich nicht. Ich wünschte, ich könnte… Aber ich kann nicht. Du weißt, genauso gut wie ich, dass er seine Wut nicht an uns auslassen würde. Sondern an ihr. Er wird deiner Mutter das Herz brechen. Phoenix… es tut mir leid. Glaub mir, wenn ich eine Wahl hätte…" Cayden ließ den Satz unausgesprochen.

Zu wissen, dass er Recht hatte, machte alles noch schlimmer. Noch unerträglicher. Ich wusste, auch ohne, dass Vater es hatte aussprechen müssen, WAS er wollte, WAS er von mir verlangte. WAS er mit diesem ganzen Theater bezweckte. Er wollte nicht nur die Dunkelheit in mir heraufbeschwören, er wollte, dass ich, zusammen mit ihm, die Gefangenen folterte, und zwar so lange, bis ihre Seelen die Fähigkeit zu fühlen verloren hätten. Nur deshalb spielte er dieses Spielchen.

Cayden war, genau wie Mama, für Vater nichts weiter als Mittel zum Zweck. Genau wie ihre Liebe. Alles und jeder war eine Schachfigur. Auf SEINEM Spielbrett. Ein Bauer. Austauschbar.

Das Perverse war, dass jede seiner Figuren eine Seele besaß… und somit angreifbar war, verletzbar… verwundbar. Und Vater liebte nichts mehr, als sich in dem Schmerz seiner Opfer, seiner sogenannten Schachfiguren, zu suhlen. Er liebte seine Macht. Liebte es, über Leben und Tod entscheiden zu können, wohlwissend, dass man das Böse, den schwarzen König, nicht töten konnte. Genauso wie jeder Bauer wusste, längst begriffen hatte, welche Rolle er auf dem Spielbrett, auf dem Schlachtfeld *seiner* Welt, zu erfüllen hatte.

Ich schloss die Augen, betäubte meine Seele, sperrte mein Herz weg und ließ, einen Atemzug später, das Monster frei. Befreite es aus seinem Gefängnis.

Cayden versuchte sich nicht einmal zu wehren, als ich ihn herumriss und mit voller Wucht gegen die Wand schleuderte. Er spielte seine Rolle, genau wie ich. Die Dunkelheit verschluckte mich, während im gleichen Atemzug der Schmetterlingsanhänger, den ich sicher verborgen unterm T-Shirt trug, anfing zu pulsieren. Das Leuchten unserer Gefühle erwachte, und verwandelte sich in einen türkisschimmernden Anker, den niemand sehen konnte. Niemand. Nicht einmal mein Vater.

Die Kraft des Schmetterlings floss durch meine Venen, durch meinen gesamten Körper, schenkte meiner Seele die Wärme, die ich brauchte, damit mich die Kälte, seine Kälte, nicht verschlingen konnte.

Dann… fanden mich Mutters Augen. Und der Schmerz, der sich darin spiegelte, steckte meine Seele in Brand, ließ mich in Flammen aufgehen, während der Rauch, zusammen mit ihrem stummen Schrei, wie ein Signalfeuer in den Himmel aufstieg.

Mama kämpfte sich an Vater vorbei, rannte zu Cayden, kniete sich neben ihm und legte ihre Hand auf seine Stirn, versuchte die Blutung zu stoppen.

„Du versuchst ihm zu helfen? IHM?“, sagte Vater leise, mit vor Wut unterdrückter, zitternder Stimme.

„Dir ist ja nicht mehr zu helfen.“

„WAS hast du gesagt?“

„Mutter“, zischte ich eisig, suchte ihre Aufmerksamkeit, suchte ihren Blick. Ich wollte, dass sie mir in die Augen sah. MIR. Nicht ihm.

„Ich werde JETZT mit Vater die Gefangenen nach unten bringen. Und… wenn wir zurück sind, will ich, dass das Stück Dreck, dass dort unten auf dem Boden liegt, verschwunden ist.“ Jedes unausgesprochene Wort verwandelte sich in Glas. In Millionen winziger Glasscherben, die meine Seele verwundeten, die mein Herz bluten ließen.

Ich wünschte, ich könnte die Buchstaben, die Worte, all meine Gefühle und Gedanken, die mich in diesem Moment folterten, loswerden. Ich wünschte, ich könnte Mama versichern, dass ich einen Weg finden würde, um uns alle aus dieser Hölle zu befreien, um uns alle von diesem Monster zu erlösen.

Doch nach all den Jahren, nach all dem Leid, wagte ich nicht einmal daran zu glauben. Hoffnung, so begriff ich, die sich nicht erfüllte, war grausam. Zerstörerisch.

Genau deshalb wagte ich nicht den winzigen Hoffnungsschimmer, der noch immer in mir glühte, auszusprechen, wagte nicht einmal ihn in Gedanken am Leben zu erhalten, obwohl dieses Licht ständig, unentwegt, ums Überleben kämpfte.

Denn ich wusste, dass dieses Gefühl, sollte es meine Lippen jetzt verlassen, blutend, schwer verletzt, zu Boden stürzen würde…mit der Gewissheit, dass ich es jetzt, hier und jetzt, nicht würde retten können…

Prinz der Dunkelheit

Ich wünschte mein Herz würde verstummen, endlich aufhören mich zu foltern. Genauso wie ich wünschte, dass mir die Hölle einen Moment der Stille schenken würde. Nur einen, winzigen, Moment. Damit ich die Wirklichkeit und die damit verbundene Vielfalt der Gefühle zum Schweigen bringen könnte.

Gefühle, die mir fremd waren.

Gefühle, die ich nicht verstand, nicht begreifen konnte.

Gefühle, die ich nicht zu analysieren vermochte.

Ganz einfach, weil mir diese Gefühle nicht gehörten.

Seit ich die Hölle verlassen hatte, verfolgten mich die Gefühle der Dämonen, die ich, auf seinen Befehl hin, hatte foltern müssen. Dabei wollte ich ihre Seelen nicht länger schreien hören.

Wollte den Stimmen ihrer Herzen nicht länger zuhören müssen.

Herzen, die mich angefleht hatten.

Herzen, die erfüllt gewesen waren von Furcht.

Herzen, die blutige Tränen vergossen hatten.

Herzen, die trotz der Schmerzen, nicht hatten aufhören wollen zu kämpfen.

Um ihre Gefühle zu kämpfen.

Um ihre LIEBE zu kämpfen.

UM.

FÜR.

DIE.
LIEBE.
ZU.
KÄMPFEN.

„Du bist zurück.“ Summers Stimme rettete mich. Ihre Liebe war *die* Welle im tosenden Meer, in den eisigen Fluten, die mich ans Ufer schwemmte.

Ein schwaches Lächeln umspielte ihre Lippen als sie mir in die Augen sah. Ihr Blick berührte mein Innerstes und ich spürte, dass sie in den Tiefen meiner Seele nach Antworten suchte. Summer wollte wissen, was mich jetzt, in diesem Moment quälte. Sie versuchte herauszufinden, was passiert war, suchte nach Antworten.

Antworten, die ich weder begreifen noch verstehen konnte.

Antworten, vor denen ich mich insgeheim fürchtete.

Antworten, die mich erkennen lassen würden, wer ich war.

Welches Monster sich in mir versteckte.

Wie grausam dieses Monster war.

WIE grausam ICH in Wahrheit war.

~~Wie verzweifelt. Denn die in mir existierende Grausamkeit war erfüllt von dunklen Geheimnissen.~~

Summer griff nach meiner Hand und im gleichen Atemzug zerfielen all meine Gedanken zu Staub, denn alles, was mein Herz sah, sehen konnte, sehen wollte, war ihre tiefe, stille, innere Schönheit.

Ich griff in meine Hosentasche und holte die winzige, mit Stacheldraht umzogene, Phiole hervor, in der sich das Gegengift befand. Die Flüssigkeit funkelte, wie ein Meer bestehend aus winzigen Glühwürmchen in der sich die Kraft des Mondes verbarg.

Ich kniete mich neben Hiakoda, öffnete die Phiole und träufelte das lebendige Licht in die offene Wunde. Glühender Zauber floss durch seine Venen, durch seine Adern, ließen seinen Körper von außen in einem gleißenden Licht erstrahlen. Hiakodas Seele leuchtete, genau wie sein Herz. Der in ihm eingesperrte Schmerz wurde leiser, löste sich zusammen mit den dunklen Träumen in Luft auf, der beim nächsten Atemzug aus seiner Kehle emporstieg.

Gespannt, mit rasendem Herzen, warteten wir auf den Moment, wo Hiakoda endlich die Augen aufschlagen würde. Ich zählte seine Atemzüge.

Eins.

Zwei.

Drei.

Erleichterung huschte über die umherstehenden Gesichter, schloss jeden einzelnen von uns lachend in die Arme. Das Gegengift hatte seinen Zauber vollbracht, es hatte die Dark-Dreams beenden können.

Hiakoda öffnete blinzelnd die Augen. Sagte leise, kaum hörbar „Danke."

Fünf Buchstaben.

Ein Wort.

Ein kleines, winziges Wort – und doch verbarg sich darin ein Universum. Ein Universum voller Gefühle. Seine von Herzen kommende Dankbarkeit machte die Kälte, meine Kälte, erträglicher. Wärmte mein Herz. Wärmte *mi*ch. Ein Wort, das mein Herz nie wieder vergessen würde.

Doch, wie oft sagten wir DANKE?

Wie oft huschten diese Buchstaben über unsere Lippen?

Wie oft hauchten wir diesem Gefühl Leben ein?

D A N K E

Oft vergaßen wir uns zu bedanken… weil wir das, was uns und unsere Seelen berührte, für selbstverständlich ansahen. Dabei besaß dieses winzige Wort eine unvorstellbare Kraft. Es konnte Eisberge zum Schmelzen bringen. Konnte einem ein Lächeln ins Gesicht zaubern. Konnte Herzen zum Leuchten bringen.

Dank war, genau wie die Liebe, das schönste Glück auf Erden. Dank zu empfinden, ohne es mit anderen zu teilen, war wie unterm Weihnachtsbaum verpackte Geschenke nicht auspacken zu dürfen.

Prinz
der Dunkelheit

Schreie rissen mich aus dem traumlosen Schlaf. Entsetzliche Schreie. Sofort begann mein Herz zu rasen, hämmerte mit beiden Fäusten wie verrückt gegen meinen Brustkorb. Blinzelnd, erfüllt von beklemmender Sorge, huschte mein Blick durchs Zimmer und blieb einen zitternden Atemzug später an den lebendig wirkenden Schatten vorm Fenster hängen. Nebelartiger Rauch, in denen schwarze Flammen, zusammen mit der sternenlosen Nacht, zu einer von Grausamkeit umschleierten finsteren Melodie tanzten.

Ein Schrei ertönte.

Ein Schrei, der alle anderen übertönte.

Die darin eingesperrte Panik brachte die Welt um mich herum zum Verstummen. Der Schmerz schwieg, während Furcht und Sorge sich in mir vermischten, mich fluteten und sich jeder Atemzug in brodelnde Lava verwandelte und meine Seele in Flammen aufging. Die Luft brannte. ICH brannte.

Blitzartig sprang ich aus dem Bett, stürmte zur Tür, stürmte nach draußen auf den Flur. Alles, woran ich denken konnte, woran ich verflucht nochmal denken konnte, war Mo. Jeder Gedanke galt ihm. Meinem kleinen Bruder. Noch immer hörte ich seinen Schrei. Spürte ihn in jeder Zelle meines Körpers. Ich musste so schnell wie möglich zu ihm. Musste ihn beschützen.

Die Wut, die sich schlagartig in mir ausbreitete, berauschte mich und meine Seele fletschte knurrend die Zähne. In diesem Moment schwor ich mir, sollte Vater für Mos Schrei, für das Echo seines Schmerzes, die Verantwortung tragen, sollte ich ihn gleich in seinem Zimmer vorfinden und sehen, wie er seine Grausamkeit erneut an Mo ausließ, würden gleich nicht länger die Schreie der gefolterten Dämonen die Flure erfüllen… sondern seiner. ~~Ich durfte meinen Vater nicht umbringen. Ich WOLLTE. Aber ich DURFTE nicht. Sein Tod wäre mein Untergang. Seine Dunkelheit würde an mich weitervererbt werden. Und auch wenn ich wünschte, ich könnte die Welt, uns ALLE, von ihm erlösen, musste ich erst einen Weg finden, der verhinderte, dass ich mich in sein EBENBILD verwandeln würde. Sollte das passieren, wäre ich nicht länger in der Lage diejenigen, die ich liebte, zu beschützen… Denn der SCHATTENKÖNIG konnte nicht lieben. Kein einziger König, kein einziger meiner Vorfahren, war jemals in der Lage gewesen das Böse, dass in der Dunkelheit lauerte, zu bekämpfen, dagegen anzukämpfen. Und dieses Risiko durfte ich nicht eingehen. Noch nicht.~~

Ich riss die Tür auf und sofort suchten meine Augen das Zimmer nach Mo ab, ehe ich meinen kleinen Bruder einen Wimpernschlag später zusammengekauert auf dem Bett entdeckte.

Allein.

Vollkommen allein.

Erleichtert stieß ich die angehaltene Luft aus. Meine schlimmsten Gedanken hatten sich nicht bewahrheitet. Vater hatte ihn nicht, wie befürchtet, gequält.

Dann schaute ich in sein Gesicht. In seine Augen. Sah seine tränennassen Wangen. Spürte, wie sein Schmerz durch jede Zelle meines Körpers schoss, mich schreiend anflehte zuzuhören. Ich wusste, dass Mo die Gefühle, die ihn in diesem Moment durchströmten, nicht kontrollieren konnte. Genauso wie ich wusste, dass er keine Ahnung hatte, dass seine Seele zu mir sprach. Seine Gefühle schrien, zerrten an mir, prügelten auf mich ein, weil sie verzweifelt versuchten den fremden Schmerz auszusperren. Dabei wollte dieser nur verstanden werden.

Der Schock traf mich völlig unvorbereitet, zog mir den Boden unter den Füßen weg und ich wusste, mit absoluter Sicherheit, dass das Grauen, das Mos zerbrechliche Seele würgte, Vaters Handschrift trug.

Mos Augen waren starr vor Schreck. Ein unbestimmtes Schicksal spiegelte sich in den eisblauen Wellen auf dem grünschimmernden Meer wider. Mein Herz begann zu schreien, während meine Seele schwarze Tränen vergoss.

Tränen, die von dem in mir stattfindenden Sturm genauso verschluckt wurden wie die hasserfüllten Schreie, die sich in jedem einzelnen Herzschlag versteckten. Ich sperrte alles in mir ein. Tief in mir.

Mit langsamen Schritten ging ich auf Mo zu, ehe ich mich zu ihm aufs Bett setzte und ihn in die Arme schloss. Ich hielt ihn so lange fest, bis sein Körper aufhörte zu zittern. So lange, bis die Panik, die ihn verschluckt hatte, endlich freigab.

„Ich habe von ihnen geträumt…", sagte Mo leise, im Flüsterton.

„Von wem hast du geträumt?" Die Worte hatten meinen Mund verlassen, ehe ich es hatte verhindern können. Die Antwort, ich kannte sie längst. Ich wusste, wen Mo meinte. Ich wusste, dass er von den gefolterten Seelen, von den verlorenen Gefühlen geträumt hatte. Weil er immer von ihnen träumte. Immer. Jedes Mal, wenn Vater sich an ihnen verging, wenn er sie bluten ließ, wenn er versuchte sie zu rekrutieren, oder… wenn er versuchte sie zum Schweigen zu bringen.

„Weißt du, Phoenix… In meinen Träumen, da… da kann ich das schwarze Feuer nicht nur sehen, ich kann es spüren. Wenn… wenn ich von ihnen träume, dann spüre ich, wie ihre Gefühle in Flammen aufgehen, wie die Glut sie verbrennt… bis sie zu Asche zerfallen. Und… jedes Mal, wenn ich ihnen helfen möchte, verschluckt mich ihr Schmerz und die Zeit hält mich gefangen. Sperrt mich in ein viel zu enges Gefängnis."

„Spürst du ihn immer noch?", fragte ich mit bebendem Herzen und suchte Mos Blick, weil ich mich überzeugen musste, dass es ihm gutging. „Den Schmerz… meine ich. Kannst du ihn noch immer spüren...?"

„Nein." Er schüttelte leicht mit dem Kopf. „Jetzt… in diesem Moment spüre ich ihn nicht. Aber… es tut noch immer weh… wie ein Wundschmerz."

Kaum hatte Mo seine Gedanken ausgesprochen, ertönten erneut diese entsetzlichen, undämonischen Laute.

„Wird es jemals enden?" Mos Worte brachten mein Herz ins Stolpern, ließen mich, für einen winzigen Moment, erstarren. Denn diese Frage begleitete mich, unentwegt, wie ein Schatten. Doch, genau wie ein Schatten, ließ sich die Antwort nicht einfangen. „Ich weiß es nicht, Mo. Aber wir dürfen die Hoffnung nicht aufgeben."

„Phoenix?"

„Hm?"

„Gehst du mit June und mir in den Schattenwald? Zu den Sperical Stars? Ich…" Mo verstummte, senkte den Blick. Seufzte leise und beendete seinen angefangenen Satz. „Die

Schreie… machen mir Angst. Und… ich will keine Angst mehr haben müssen. Nicht heute Nacht. Nicht, nachdem ich von ihnen geträumt habe…“

Prinz
der Dunkelheit

Der vom Himmel fallende, leise rieselnde, Sternenstaub erhellte das schwarzleuchtende Blumenmeer, ebenso wie die Bäume, die diese kosmische Lichtung umschlossen. Der türkisschimmernde Farn bewegte sich im Wind, lachte, und forderte das Licht, dass sich in den Blüten versteckte, zum Tanz auf. Während die Nacht leise flüsternd die Wunden auf unseren Seelen heilte und uns das damit verbundene Grauen, für den Moment, vergessen ließ.

„Lasst uns was spielen", schlug June vor und setzte sich im Schneidersitz auf den Waldboden, direkt neben Mo. Chaim, der uns auf unserer Flucht aus dem Schloss begleitet hatte, und mir, seit ich ihm das Leben gerettet hatte, wie ein unsichtbarer Schatten überall hin folgte, schmiegte sich leise schnurrend an June, die daraufhin lächelnd anfing ihm durch sein wuscheliges Fell zu streicheln.

„Und was?", fragte Mo, während sich ein Lächeln auf sein Gesicht schlich. Seine Augen konnten, oder vielmehr, wollten nicht aufhören die vor uns liegende kosmische Lichtquelle, zu bewundern.

„Hm?", entfuhr es June nachdenklich, ehe sie den Kopf in den Nacken legte und hinauf zum Mond schaute. „Was haltet ihr vom Schattenspiel? Jeder muss das Tier in die Schatten zeichnen, in dass er sich gerne verwandeln würde… während die anderen versuchen müssen es zu erraten…"

Mo nickte. Fragte im gleichen Atemzug: „Darf ich anfangen?"

„Klar…", antworteten June und ich gleichzeitig.

Kaum, dass das Wort unsere Lippen verlassen hatte, tunkte Mo seinen Finger vorsichtig, wie einen zu kleinen Pinsel in einen zu großen Eimer Farbe, in die Blüte eines Kugelsterns und begann mit dem Licht die Umrisse eines Tieres auf die Leinwand der Dunkelheit zu zeichnen.

„Ein Blackcupine?" lachte June kurze Zeit später. „Ernsthaft? Wenn du könntest… würdest du dich in eines dieser stachligen Biester verwandeln? Du weißt schon, dass sie nicht besonders groß sind… und überhaupt… Warum nicht in einen Drachen? Oder in ein… keine Ahnung… in ein Einhorn?"

Blackcupines waren winzige Nagetiere, deren „Fell" aus unzähligen Stacheln bestand, die in den schönsten Farben der Nacht glitzerten, während sie tagsüber für das Auge unsichtbar blieben.

„Weil ich nun einmal Blackcupines liebe… und bewundere", seufzte Mo schmunzelnd. Erfüllt von Freude. Erfüllt von lachender Leichtigkeit.

Dank seiner Gabe konnten seine Augen, im Gegensatz zu unseren, die wilde Schönheit, die sich in diesem Tier verbarg, sehen. Und zwar auf eine Art und Weise, wie sie June und mir nicht möglich war. Genau deshalb wartete ich auf seine Antwort, während mich die kindliche Ungeduld kichernd in ihre Arme schloss.

„Meinetwegen. Aber DAS ist keine Antwort auf meine Frage. Also…? Warum liebst du diese Tiere? Denn, ganz ehrlich Mo, diese Viecher sind hässlich. Einfach nur… hässlich."

Hörte ich June sagen, während sie Mo ansah, als wenn er der verrückte Hutmacher aus Alice im Wunderland wäre.

„Warum musst du eigentlich immer alles hässlich finden?"

„Diese Biester SIND hässlich."

„Sind sie nicht. Außerdem sagst du das nur, weil du ihre Schönheit nicht erkennst. Du siehst eben nicht das, WAS ich sehe."

„Schön. Und WAS wäre das? Was siehst du, was ich nicht sehe?"

„Die in den Stacheln existierende Magie ist wie ein Sensor… der dich vor schmerzhaften Begegnungen, egal welcher Art, warnt. Außerdem… wenn ich ein Blackcupine wäre, und mich meine eigenen Borsten pieken würden, würde ich lernen, dass sowohl die nicht sichtbaren Narben auf meiner Seele, als auch die sichtbaren, die Vater auf meinem Rücken hinterlassen hat, eine Geschichte erzählen, die erzählt werden muss. Doch, ich kann sie erst in die Welt hinausschreien, wenn ich jeder Narbe, und zwar jeder einzelnen, anfange zuzuhören, wenn ich den darin eingesperrten Hass lerne zu verstehen. *Wirklich* zu verstehen. Und, wenn ich lerne MICH, so wie ich bin, zu akzeptieren. Denn… das… das ist verdammt schwer. Dabei weiß ich, dass diese Wunden, egal wie hässlich der damit verbundene Schmerz auch sein mag, mich erst zu dem gemacht haben, der ich bin. Wisst ihr… alles, was ich möchte, alles, was ich mir wünsche… ist, dass ich lerne die Person zu lieben, in die Vater mich verwandelt hat. Ich möchte nicht ständig Angst haben müssen. Außerdem möchte ich meine Gedanken, die, die ich tief in mir einsperren muss, damit Vater sie nicht findet, endlich freilassen können." Mo stockte, hörte auf zu sprechen. Seufzte. Suchte erst Junes Blick, dann meinen. Flüsterte schließlich: „Wir alle, wir können stolz auf uns sein. Denn, ganz egal, was Vater uns angetan hat… und ganz egal, was er versucht hat, eines hat er bisher nie geschafft…" Mo stoppte seine Gedanken, unterbrach diese, um June und mir erneut in die Augen sehen zu können, ehe die nächsten Worte leise seufzend, erfüllt von tiefem Stolz, von seinen Lippen sprangen. „Egal wie grausam er auch gewesen sein mochte… seine Dunkelheit konnte das in uns existierende Licht nie auslöschen. Es brennt noch immer. In jedem von uns. Doch… dass er meins bisher nicht geschafft hat zu stehlen, dass verdanke ich euch. Weil… weil ihr immer auf mich aufpasst, weil ihr mich immer wieder versucht zu beschützen…"

„Und damit werden wir auch nicht aufhören, Mo! NIEMALS. Hast du verstanden. Weder June noch ich, werden zulassen, dass er dir DEIN Licht stiehlt."

„Mo…" Junes Stimme zitterte. „Jetzt versteh ich, warum du diese hässlichen, borstigen, Viecher liebst. Und… soll ich dir was verraten? Ich habe mich gerade eben, genauso unsterblich in sie verliebt, wie du es schon die ganze Zeit über warst." Leise Tränen tropften June von der Wange. Sie versuchte nicht einmal dagegen anzukämpfen, geschweige denn diese vor uns zu verbergen.

Chaim stupste seine Nase gegen ihre Wange. Und, während seine Augen versuchten sie zu trösten, sie liebevoll umarmten, begann sein Körper, für einen winzigen Augenblick, von innen heraus zu leuchten. Als würden weiße Flammen in den Himmel emporsteigen.

Als June anfing mit ihrem Finger feine, winzige Linien in die Nacht zu zeichnen, stockte mir der Atem. Jeder Pinselstrich verwandelte sich in einen funkelnden Herzschlag, in ein vom Mond geküsstes Gemälde, in dem sich ihre tiefsten Wünsche und Sehnsüchte versteckten.

Seit ich denken konnte, hatte June gemalt, hatte versucht die Schönheit dieser Welt, jene Schönheit, die nur unschuldige Kinderaugen in der Lage waren zu erkennen, auf die Leinwände der Nacht zu zeichnen, weil sie der festen Überzeugung gewesen war, dass sie dieser Schönheit auf diese Art und Weise Unsterblichkeit schenken könnte.

Doch von dem Moment an, wo Vater angefangen hatte uns SEINE Welt zu zeigen und wir gezwungen wurden seine grausame Schönheit zu verstehen, zu begreifen, hatte June nicht nur ihre Träume weggesperrt, sondern auch aufgehört zu malen.

Einmal hatte ich sie gefragt, warum sie etwas aufgegeben hatte, was sie liebte.

Einmal.

Ein einziges, verdammtes Mal.

Danach… nie wieder.

Denn die Antwort *ich kann keine Schönheit malen, die für uns aufgehört hat zu existieren* hatte mir das Herz gebrochen. Von dem Tag an hatte ich June nie wieder danach gefragt.

Sie jetzt, tief versunken in ihren Sehnsüchten zu sehen, war herzerwärmend und schmeckte so wie heiße Schokolade mit unzähligen, winzigen, süßklebrigen Marshmallows.

Das, was June zeichnete, war nicht bloß ein Kunstwerk. Nein. Es war ein geflüstertes Versprechen an sich selbst, an das Kind, dass noch immer in ihrer Seele steckte, und dass darauf wartete, dass die Schönheit in dieser Welt zu ihr zurückkehrte.

Jeder Lichtstrahl verteilte sich auf der Schattenleinwand wie flüssiges Gold. Leuchtete so hell wie vom Himmel fallende Sternschnuppen.

Als ich sah, was sie gezeichnet hatte, küsste mich mein schmerzendes Herz. June wollte sich genauso wenig in einen Drachen oder ein Einhorn verwandeln können, wie Mo. Ihre Wahl, ihr Herzenswunsch, fiel auf ein Seepferdchen. Auf ein winziges Geschöpf.

„Ein Seepferdchen…", seufzte Mo leise, erfüllt von mystischer Sehnsucht. Er wusste, genau wie ich, warum June dieses Tierchen gezeichnet hatte. Seepferdchen konnten die Welt auf eine Art und Weise erkunden, wie es keinem anderen Geschöpf gestattet war. Sie konnten auf den Gefühlswellen der Meere reiten, konnten nach jenen tiefen Gefühlen tauchen, die sich auf dem Grund des Ozeans versuchten vor dem Licht zu verstecken. Genau deshalb besaßen sie die Fähigkeit die Wahrheit zu FÜHLEN, konnten *sehen*, dass Dinge oft nicht so waren, wie sie für das Auge erschienen…

Dann war ich an der Reihe. Ich zeichnete und die Leinwand trank das in den Linien eingesperrte Licht des Universums. Trank die damit verbundenen Gefühle und Gedanken.

„Ein Armadillo?" June verdrehte die Augen, während Mo anfing bis über beide Ohren zu grinsen, zu schmunzeln, ehe beide anfingen zu lachen. Mos Augen glitzerten und die Schönheit, die sich in seinem Blick spiegelte, war jene wundervollbringende Perfektion, die sich in der Seele meines gezeichneten Armadillos verbarg. Mo konnte das nicht sichtbare Wunder sehen, konnte das wispernde Geheimnis, dass sich in seinem Panzer verbarg, sehen.

Mein Kopf stellte sich die Frage, warum ich mich ausgerechnet für dieses Tier entschieden hatte, während mein Unterbewusstsein die Antwort längst kannte. Diese war so selbstverständlich wie Atmen, so leicht wie Luft und doch nicht greifbar.

Diese Tiere bedeuteten Sicherheit, waren wie ein Schutzpanzer für Herz und Seele. Ganz besonders für meine Seele. Mit diesem Panzer könnten die Wunden nicht nur verheilen, nicht nur aufhören wehzutun, sie würden mit der Zeit in Vergessenheit geraten, so dass jede weitere, von Vater ausgedachte Manipulation an diesem Schutzschild abperlen würde, so dass jede Illusion, egal wie machtvoll, egal wie stark und zerstörerisch sie auch sein würde, nicht länger in der Lage wäre meinen Geist zu kontrollieren, MICH zu kontrollieren. ~~Und das in der Dunkelheit lauernde Böse könnte mich nach Vaters Tod nicht finden.~~

Plötzlich begannen die Zeichnungen zu vibrieren, die Konturen wie Diamanten zu glitzern, als wären sie der Frühling der Dunkelheit, der aus seinem Winterschlaf erwachte.

Eiskalt.

Wunderschön.

Lichtstrahlen, die die Finsternis küssten, und wo sich jeder Kuss in einen tanzenden Schatten verwandelte. Das Seepferdchen schwamm, zusammen mit dem Blackcupine auf den Wellen, während der Armadillo in Flammen aufging… und einen Herzschlag später zu Staub und Asche zerfiel. Wortlos, tief versunken in meinen Gedanken, starrte ich in die Luft. Traute meinen Augen nicht. Die glitzernde Asche bewegte sich, brach aus dem Korsett des lodernden Feuers aus und befreite sich von der Enge, von dem Gefühl des Eingesperrtseins und verwandelte sich, vor unseren Augen, in einen Phönix…

„Was zum Teufel…?“ June suchte meinen Blick, sah mich mit weit aufgerissenen Augen fragend an. Dabei wusste ich selbst nicht, was das zu bedeuten hatte.

„Warum hat sich dein Tier in einen…“ June schüttelte ungläubig, vollkommen verwirrt, irritiert, den Kopf. Beendete ihre Gedanken. „In einen… Phönix verwandelt?“

„Ich… keine Ahnung. Ehrlich… Ich weiß es nicht.“

Prinz
der Dunkelheit

Anstatt in mein Zimmer zurückzukehren, jetzt, wo June und Mo friedlich schlummernd in ihren Betten lagen, schlich ich zu der Treppe, die hinab in die Hölle führte. In *sein* tief unter der Erde liegendes Reich. Ein Reich, dass man, ohne seine Erlaubnis, nicht betreten durfte. Warum ich das Risiko erwischt zu werden dennoch einging, wusste ich selbst nicht so genau. Daher versuchte ich mir erst gar keine Gedanken darüber zu machen. Niemand, absolut niemand, der bei klarem Verstand war, würde sich freiwillig hierher begeben.

Am Ende der Stufen angekommen stieß ich die morsche Holztür auf und sofort wurden die illusionären Flammen, der an den Wänden hängenden Fackeln, von der hier unten lauernden, eiskalten, Dunkelheit verschluckt.

Im Bruchteil einer Sekunde wurde alles um mich herum schwarz. Pechschwarz. Instinktiv schloss ich die Augen, atmete tief durch und versuchte mein verängstigtes Herz zu beruhigen. Dabei war es nicht die hier unten lauernde Dunkelheit, die mein Herz zittern ließ, sondern die Vorstellung von dem, was meine Augen in dem Moment finden würden, wenn ich den Schleier der Schattenmagie durchschauen würde, wenn ich, dank meines Erbes, das zu sehen bekommen würde, wovor die Lichtmagie jedes Mal zurückwich und sich, ohne jegliche Gegenwehr, *einfach* verschlingen ließ.

Wie aus dem Nichts heraus tauchte Chaim neben mir auf und sah mich mit seinen bernsteinfarbenen Augen an. Mit einem Blick, der sagte, dass ich meiner Angst nicht zuhören durfte.

„Als wenn das so einfach wäre“, murmelte ich leise vor mich hin. Kaum waren die Gedanken von meinen Lippen geweht worden, segelten die einzelnen Buchstaben, wie vom Wind in den Himmel gewirbelte Fallschirmspringer einer Pusteblume, leise tanzend durch die Luft. Der Ausdruck, der in Chaims Blick erwachte, brachte mich zum Schmunzeln, denn ich verstand jedes seiner unausgesprochenen Worte.

Kopfschüttelnd ging ich vor ihm in die Hocke, damit er auf meine Schulter klettern konnte. Im Bruchteil einer Sekunde durchströmten mich Gefühle, die ich nicht mal ansatzweise benennen konnte, während ich im gleichen Atemzug meine Angst zum Verstummen brachte, diese, als sei es das Einfachste der Welt, einfach wegsperrte.

Ich bog um die Ecke und sofort fiel mein Blick auf die vor mir liegende Tür. Für einen winzigen Moment blieb ich stehen, zögerte, dann ging ich darauf zu und erkannte, dass diese einen kleinen Spalt breit offenstand.

Überall auf dem Boden lagen Bücher. Kreuz und quer. Die vor mir liegende Wand war mit unzähligen Schriftzeichen versehen. Die einzelnen Buchstaben, Symbole und nicht zu entschlüsselnden Zeichen verwischten, als würden sie miteinander verschmelzen. Wörter, die sich wie Äste eines Baumes labyrinthartig verzweigten. Je länger ich die Wand anstarrte, entsetzt, und doch vollkommen fasziniert anstarrte, desto besser konnte ich die in der Wand eingesperrte Magie flüstern hören. Konnte die Herzschläge der märchenerzählenden Magie, die all die verborgenen Geheimnisse der Dunkelheit, der Kälte und der Schatten in sich einsperrte, hören. Und doch verstand ich sie nicht, verstand ihre Sprache nicht. Wusste nicht, was sie erzählte, welche Geheimnisse sie mir versuchte anzuvertrauen.

Die restlichen Wände wurden mit Regalen verdeckt. Regale, die bis zur Decke reichten und mit unzähligen Kristallen gefüllt waren. Mitternachtsschwarze Kristalle.

Mein Blick huschte von einem zum anderen und mir fiel auf, dass sie sich, rein äußerlich betrachtet, ähnelten und doch schienen sie grundverschieden zu sein. Das Schwarz funkelte in den unterschiedlichsten Facetten. Einige wirkten finster, unheilvoll, während andere fast schon lebendig wirkten.

Lautlos verschluckte mich der Moment. Wie hypnotisiert starrte ich auf einen dieser Kristalle, auf den sich darin bewegenden Nebel. Was verflucht nochmal…?! Nein. Unmöglich. Ich schüttelte den Kopf, traute meinen Augen nicht, und doch konnte ich es nicht leugnen.

DAS war kein Nebel.

Es war ein Schatten.

Ein lebendiger Schatten.

Und er versuchte verzweifelt aus dem Gefängnis, aus dem viel zu engen Gefängnis, in das ihn kein Geringerer als das Monster höchst persönlich gezwängt hatte, auszubrechen.

Mein Herz hielt den Atem an, während ich erstarrte, während der Moment erstarrte, weil sich meine Augen in schwarze Eiszapfen verwandelten. In frostige Blicke. Und ich mir die Frage stellte, stellen musste, was das zu bedeuten hatte. Was waren das für Kristalle? Was hielt Vater darin gefangen? Und warum? Was waren das für sonderbare Schatten? Schatten… in denen Herzschläge pulsierten, die lebendig wirkten, so verdammt lebendig…

Ich wollte den Blick senken, auf meine Füße schauen, auf die am Boden liegenden Bücher schauen, wollte meine Augen davon überzeugen, dass das, was ich sah, zu sehen glaubte, gefährlich war. Dabei wünschte ich, ich könnte den Schatten erlösen, ihn retten, ihn aus der Hölle, in die Vater ihn gesperrt hatte, befreien.

Ein Geräusch, leise, kaum hörbar, erregte meine Aufmerksamkeit. Ich blinzelte. Blinzelte erneut. Hörte noch immer dieses sonderbare Flüstern. Angestrengt lauschte ich der Stille, die sich in dieser sonderbaren Stimme verbarg. Je konzentrierter ich versuchte zuzuhören, desto mehr verwandelte sich das leise Flüstern in einen luftgeküssten Nebel. Es war zu leise. Viel zu leise. Ich konnte die Worte, die der Wind mir entgegen pustete, nicht verstehen.

Zögerlich umschlossen meine Finger den Kristall und in derselben Sekunde spürte ich das darin eingesperrte Leben, spürte die verängstigten, viel zu schnellen, viel zu lauten, Herzschläge.

In dem Moment, wo ich mir den Kristall ans Ohr halten wollte, um dem Flüstern besser zuhören zu können, um die stillen Worte so vielleicht endlich verstehen zu können, ertönte hinter mir ein Räuspern.

In diesem Laut spiegelte sich eine eisige Überheblichkeit, eine Arroganz, eine Zerstörungswut... Auch ohne mich umdrehen zu müssen, wusste ich, dass Vater es war, der mich von hinten mit seinem Blick durchbohrte.

Mein erster Gedanke galt Chaim. Hatte er ihn gesehen? Hatte er ihn entdeckt? Wenn ja, was...? Nein, ich weigerte mich, mir dieses Horrorszenario vorzustellen. So unauffällig wie möglich suchten meine Augen das Regal ab, in dem sich das kleine Kerlchen, nachdem er von meiner Schulter geklettert war, hingelegt hatte. Doch... er war wie vom Erdboden verschluckt. Spurlos verschwunden. Als hätte er sich einfach in Luft aufgelöst.

Ich atmete tief durch, dann drehte ich mich um, während ich den Kristall im Bruchteil einer Sekunde in meiner Tasche verschwinden ließ.

„DU", knurrte Vater gefährlich leise, „hast hier, in DIESEM Raum, nichts verloren."

„Ich habe dich gesucht… und nachdem ich gemerkt habe, dass die Tür nicht verschlossen war, wollte ich nur kurz nachsehen, ob du hier bist."

„Und wie genau hast du gemerkt, dass die Tür nicht verschlossen ist?"

„Sie… sie stand offen..." Meine Stimme stockte. Mein Zögern, meine Unsicherheit, würden mir, wenn ich nicht aufpasste, zum Verhängnis werden. „Vater, ich wollte nicht…"

„WAS wolltest du nicht…?!" Seine Augen verwandelten sich in ein gefrorenes Versprechen, in ein grausames, schmerzerfülltes Versprechen. In dem Moment, wo ich die blutige Brutalität seiner Worte auf der Zunge schmeckte, seinen boshaften, in Niedertracht geschmiedeten Wunsch mich für meine Dreistigkeit, für mein, in seinen Augen, unverzeihliches Vergehen, zu bestrafen, schloss ich die Augen und spürte wie meine eigene Dunkelheit erwachte. Wie sie bedrohlich knurrte. Wie sie sich gegen ihn aufbäumte und versuchte MICH zu beschützen.

„Ich wollte nicht rumschnüffeln. Ich sagte bereits, dass ich auf der Suche nach dir war…" Meine von gefühlloser Kälte erfüllten Augen suchten seinen Blick, hielten seinem stummen Verhör stand.

„Ach ja?! Und wo genau hast du mich gesucht? Etwa im Regal?"

„Was sind das für Kristalle?“

Seine Augen verengten sich zu Schlitzen, schrien mir drohend zu, dass ich still sein sollte, dass ich nicht wagen sollte, weitere Fragen zu stellen. „DAS geht dich nichts an. Und jetzt verschwinde. Oder aber…“

„Konntest du unsere Armee verstärken? Hast du geschafft neue Marionetten zu rekrutieren?“ Mein geheucheltes, nach Galle schmeckendes Interesse, lenkte ihn ab. Weckte seine psychopatische, kranke Aufmerksamkeit.

„Einen… muss ich noch überzeugen. Sofern…“ Er stoppte seine Gedanken, hörte auf zu sprechen, während seine Augen frostig lächelten.

„Was? Was willst du damit sagen?“

„DAS geht dich nichts an.“

„Es geht mich nichts an? Erst lässt du mich die Dämonen foltern und jetzt, ganz plötzlich, bist du der Ansicht, dass es mich nichts mehr anginge?!“

„Wenn du deine Arbeit RICHTIG gemacht hättest, so, wie ich es von dir verlangt hatte, dann müsste ich jetzt nicht gucken wie ich...“

„Wie du WAS? Wie du es beendest? Ist es das, was du sagen wolltest?“

„Wie gesagt. Um das Problem werde *ich* mich kümmern. Und zwar auf *meine* Art und Weise.“ Seine Worte fanden mich. Und die darin versteckte tödliche Wahrheit zertrümmerte vollkommen mühelos den Schutzpanzer meiner Seele.

Plötzlich war mein Inneres von einer Taubheit erfüllt, als würde mich das schwarze Nichts, der Schatten seiner infizierten Manipulation, verschlingen. Meinem Herz, die Herzschläge stehlen.

„Vielleicht hätte ich mich von Anfang an darum kümmern sollen, anstatt einem Stümper wie dich, die Arbeit erledigen zu lassen."

„Ach? Du glaubst, dass ich sie nicht ausreichend genug gefoltert habe?!"

„Wenn du es auf MEINE Weise gemacht hättest, so, wie ich es dir beigebracht habe, dann hätte dieser erbärmliche Taugenichts mir längst die Treue geschworen. So wie alle anderen. Und zwar freiwillig." Das letzte Wort stieß er kalt lachend hervor. Auf eine verstörende Art. Ein boshaftes Grinsen umspielte seine Mundwinkel. Es war seine, nach Fäulnis stinkende, Dunkelheit die lachte. Nicht sein Herz. Er trug, wie immer, die Maske eines Psychopathen. Versteckte seine wahren Gedanken. Seine wahren Absichten.

„Freiwillig?!" wiederholte ich leise knurrend.

„Mehr oder weniger *freiwillig*."

„Als wenn sie eine Wahl gehabt hätten…"

„Man hat IMMER eine Wahl."

„Das nennst du *eine Wahl haben*?!"

„JA! DAS nenn ich eine Wahl haben. Was glaubst du, wie viele von diesen jämmerlichen Kreaturen mich in den letzten Jahren freiwillig aufgesucht haben, weil sie wollten, dass ich ihnen eine Fähigkeit verleihe, irgendeine, scheißegal welche. Und DAS, obwohl sie wussten, WAS der Preis für meine Hilfe ist."

„DIESE Dämonen, die ich für DICH habe foltern müssen, die haben dich NICHT freiwillig aufgesucht."

„Und doch hatten sie eine Wahl…"

„Ach ja?! Und wie genau soll die ausgesehen haben? Oder bezeichnest du den Tod ernsthaft als eine Wahl?! Denn wir beide wissen, dass jeder, der sich dir widersetzt, der dir

NICHT seine Treue schwört, einen grausamen Tod STIRBT…

„DAS. IST. DIE. WAHL. Und zwar die EINZIGE, die ich ihnen gestatte. Du vergisst, dass das mein Königreich ist. MEINS. ALLES was ich sage ist GESETZ. Und genau deshalb wirst du jetzt tun, was ich sage. Geh, bereite die Zellen vor. Es kann nicht mehr lange dauern, bis unsere nächsten *Gäste* hier eintreffen werden…"

„Du hast… Wie viele? Wie viele sind auf dem Weg hierher?" Ich wollte die Antwort nicht hören, wollte die Wahrheit nicht hören, wollte seine verlorene Seele nicht länger lachen hören, denn die damit verbundene Grausamkeit verschluckte meine Stimme, während mich Gefühle würgten, die mir das Atmen erschwerten.

„Das wirst du noch früh genug herausfinden… Jetzt verschwinde endlich."

Ein Blick in sein Gesicht, in seine schwarzen, pechschwarzen Augen, bestätigte meine Vermutung. Meine schlimmste Befürchtung. Was hatte ich erwartet? Gnade war für ihn ein Fremdwort. Schon immer gewesen. Vor mir stand das personifizierte Böse, ein maskiertes Monster, dessen kaltes Herz freudig triumphierte.

„Ich brauche willenlose Gefolgsleute. Marionetten. Keine denkenden Dämonen. Geschweige denn FÜHLENDE…"

Prinz der Dunkelheit

Ich wollte, nein, sollte von hier verschwinden. Und zwar so schnell wie möglich. Doch, in dem Moment, wo ich die Tür aufdrückte, und im Begriff war diesem Monster den Rücken zuzukehren, erwachte ein Gedanke, eine Frage. Und diese *musste* raus. Ich konnte sie nicht länger in mir einsperren.

„Worauf wartest du?! Ich sagte VERSCHWINDE!"

„Wie kommen die Menschen an DarkDreams?" Zögerlich drehte ich mich zurück in seine Richtung. Eine tiefe Furche erschien zwischen seinen Brauen, während seine Augen belustigt funkelten. Sofort begann mein Herz vor Entsetzen zu zittern, denn ich begriff, dass die Stille seiner Gedanken, die Stille seiner Worte, schlimmer, grausamer war, als wenn er mir die Antwort entgegengeschrien hätte.

„Du… Du hast ihnen das Gift gegeben…"

Er grinste.

Grausam.

Triumphierend.

„Warum?" Meine Stimme zerriss die Stille.

Keine Reaktion.

Er starrte mich einfach nur dreckig grinsend an.

„Ich fragte WARUM?"

„Wenn die Menschen sich gegenseitig vernichten wollen… bitte… MIR EGAL. Was interessieren mich diese jämmerlichen Kreaturen? Sie wollten meine Hilfe… und ich habe sie ihnen gestattet. WAS sie letztendlich damit anfangen…" Er zuckte lächelnd mit den Schultern.

„Was hast du dafür bekommen? Ihre Seelen? Haben sie dir im Gegenzug ihre Seelen versprochen?"

„Junge… sie versprechen uns seit jeher ihre Seelen. Zumindest die, die ohnehin keine besitzen. Nein. Mir ging es nicht um ihre nichtvorhandenen Seelen."

„Aber…"

„Denk nach. Denk verdammt nochmal nach…"

Ein grausamer Gedanke erwachte. Es ging ihm um die Seelen der Opfer. Um diejenigen, die dank seiner *Hilfe* in Träumen gefangen gehalten werden würden, aus denen nur er sie würde befreien können. Er würde sich in ihre Träume schleichen und ihnen anbieten, sie aus dieser Hölle, in der sie gefangen gehalten wurden, zu befreien, sie von diesen nie enden wollenden Qualen zu erlösen. Wohlwissend, dass sie ihm alles geben würden. ALLES. Selbst ihre unschuldige Seele.

„Warum hilfst du diesen… diesen Monstern?"

„Weil sie, genau wie ich erkannt haben, dass Gefühle ausgelöscht werden müssen. Und… überhaupt… wieso interessierst du dich für die Menschen? Soll ich dir verraten, WIE diese sterblichen Monster sind? Wie sie WIRKLICH sind?! Du magst es vielleicht nicht glauben, aber sie sind noch weitaus grausamer als ich."

Ich lachte.

Kalt.

Gehässig.

„Du glaubst mir nicht? Dann solltest du dir die Menschen, wenn du ihnen das nächste Mal *einen Besuch* abstattest, mal genauer anschauen. Du wärst überrascht, was du in ihren Seelen, in ihren Gedanken, findest… wenn du nur tief genug tauchst…“ Er lachte. „Was glaubst du... woher ich meine Foltermethoden habe?“

Prinz der Dunkelheit

In dem Moment, wo ich um die Ecke bog und Vaters Blick sich nicht länger in meinen Rücken bohrte, bohren konnte, teilte ich den Wind und betrat, nur einen Herzschlag später, eine vollkommen andere Welt. Einen von der Magie verschleierten Ort, den niemand sehen, geschweige denn betreten konnte. Niemand. Außer Summer und mir.

Unsere.

Welt.

Ich lief durch das rubinrote Mohnblumenmeer direkt auf den gigantischen, aus Schmetterlingsblüten bestehenden, Blauregen zu. Hörte das Lachen des Windes, der Wolken, spürte, wie die in den Schmetterlingen leuchtenden Gefühle mir zärtlich übers Gesicht streichelten, mich begrüßten, mir halfen die Dunkelheit in meinem Herzen zum Schweigen zu bringen. Ehe mich *ihre* Gefühle küssten.

Summer landete, mit ausgebreiteten Schwingen, direkt vor mir, sah mich an, lächelte, lachte das schönste Lachen und im gleichen Atemzug begannen ihre Schwingen zu leuchten. In den unterschiedlichsten Farben zu glitzern.

Sofort umschlossen meine Hände ihr Gesicht und alles, woran ich denken konnte, denken wollte, waren ihre Lippen. Ihre geschwungenen, samtweichen Lippen. Sehnsüchtig, erfüllt von tiefer Leidenschaft, presste ich meinen Mund auf ihren.

Küsste sie.

Küsste sie.

Wünschte, ich bräuchte nie wieder damit aufhören. DAS, was ich fühlte, was ich in diesem Moment fühlte, war überwältigend, atemberaubend und erfüllte mich mit Gefühlen, die ich nicht mal ansatzweise beschreiben konnte.

SUMMER war nicht bloß mein Licht in der Dunkelheit. Ihre Liebe nicht nur der Leuchtturm meiner Seele, nein, Summer war mehr.

So.

Viel.

MEHR.

Summer.

War.

JEDES.

Gefühl.

Langsam hob ich die Hand, zeichnete mit der Fingerspitze die Konturen ihrer Schwingen nach, während die über uns fliegenden Schmetterlinge im Bruchteil einer Sekunde sich veränderten, die Farbe wechselten. Plötzlich leuchteten sie alle, jeder einzelne, in ein- und derselben Farbe.

TÜRKIS.

Allein dieser Anblick zauberte mir ein Lächeln ins Gesicht, versetzte mich ins Staunen, und verschlug mir die Sprache. Wortlos, vollkommen überwältigt, schaute ich ihr in die Augen, während ihr Lächeln mir die Sinne vernebelte, mir den Verstand raubte… ehe sie anfing an meiner Unterlippe zu knabbern.

Leise stöhnend schloss ich die Augen, gab mich ihren Gefühlen hin, UNSEREN Gefühlen. Ließ zu, dass meine Dunkelheit sie küsste, umarmte, und immer wieder küsste. Jeder

Kuss verwandelte sich in einen schimmernden, mit Herzschlägen gefüllten Schatten, der lachend hinauf in den Himmel schwebte. Hinauf in die Unendlichkeit. In eine Welt jenseits der Zeit.

„Prinzessin“, hauchte ich gefühlvoll und beendete schweren Herzens den Kuss. Suchte ihren Blick. Dann holte ich den Kristall aus der Innentasche meiner Jacke hervor, um ihr diesen zu zeigen. „Weißt du, was das für ein Kristall ist? Hast du so einen jemals schon gesehen?“

Sie nahm den Kristall in ihre Hand, hielt diesen ins Licht und runzelte nachdenklich die Stirn. Oh, wie sehr ich diesen Anblick liebte. Ich könnte ihr stundenlang zusehen, sie bewundern, betrachten…

„Nein. So einen habe ich noch nie gesehen. Wo… hast du ihn her?“ Sie blinzelte. Blinzelte. Fragte leise: „Was… ist das?“ Kaum waren die Worte auf Zehenspitzen schleichend von ihren Lippen gehüpft, hielt sie mir den Kristall vor die Nase. „Da… siehst du das? Da drin… bewegt sich was…“

„Ich weiß. Aber… ich weiß nicht, WAS es ist. WAS mein Vater darin eingesperrt hat.“

„Dein Vater?“ Ihre Augen weiteten sich, starrten, erfüllt von tiefer Traurigkeit, erst den Kristall an, dann mich. Ein Blick in ihr Herz bestätigte meine Vermutung. Summer wusste, hatte im Gegensatz zu mir, begriffen, was sich da im Inneren des Kristalls bewegte, was das für ein merkwürdiger Schatten war.

„Ich weiß zwar nicht, WAS das für ein Kristall ist“, sagte sie leise, „aber das, was wie ein Schatten aussieht… ist kein gewöhnlicher Schatten…“ Summer suchte meine Augen, suchte meinen Blick, während sie im gleichen Atemzug den Arm hob und ihr Finger in den Himmel zeigte. Auf den dort oben schwebenden Schatten. Unseren Schatten. UNSERE GEFÜHLE.

„Du meinst…“

Sie nickte. Flüsterte, mit zitternder Stimme: „Ja, das sind Gefühle. Und zwar jede Menge Gefühle…“

„Was für Gefühle? Ich mein, der eingesperrte Schatten… ist er wie UNSER Schatten? Gehören die Gefühle verschiedenen Dämonen?“

„Nein. Diese Gefühle gehören ein- und demselben Dämon. In jedem von uns steckt Licht und Dunkelheit…“ Im ersten Moment wollte ich ihr widersprechen, wollte ihr sagen, dass sie sich irrte, dass es Monster gab, in denen kein Licht existierte, die so grausam, so herzlos waren, dass selbst die Dunkelheit sich vor ihnen fürchtete. Doch ich schwieg. Behielt meine Gedanken für mich.

„Dein Vater… er hat diesem Dämon, wer auch immer er sein mag, nicht nur die lichtgefüllten Gefühle oder nur die dunklen gestohlen, nein, er hat ihm ALLE genommen…“ Summers Augen füllten sich mit Tränen, ehe sie leise fortfuhr und sagte: „Dann hat er die Gefühle in Flammen aufgehen lassen. Das, was in dem Schatten funkelt, und wie das zaghafte Pochen verlorener Herzschläge aussieht, ist ein Feuer, das nicht aufhören will zu brennen. Die Flammen des ewigen Feuers mögen vielleicht seine Gefühle in Asche und Rauch verwandelt haben, aber nur, weil keine Magie unserer Welt in der Lage ist unsere Gefühle unwiderruflich auszulöschen. Und dieser Kristall hier… er muss irgendeinen Zauber beinhalten, die in der Lage ist, diese Gefühle in sich einzusperren.“ Summer zog nachdenklich die Stirn in Falten, während sie den Kristall musterte und versuchte das in ihm schlummernde Geheimnis zu entschlüsseln. „Dieser Kristall, Phoenix… ist ein Gefängnis. Ein winziges Gefängnis…“

Gefängnis… Dieses Wort weckte Erinnerungen. Plötzlich hörte ich Mos Worte. Klar und deutlich. Als würde er direkt vor mir stehen. Seine Gedanken fanden mich, fluteten mich. *„In meinen Träumen, da… da kann ich das schwarze Feuer nicht nur sehen, ich kann es spüren. Wenn… wenn ich von ihnen träume, dann spüre ich, wie ihre Gefühle in Flammen aufgehen, wie die Glut sie verbrennt… bis sie zu Asche zerfallen. Und… jedes Mal, wenn ich ihnen helfen möchte, verschluckt mich ihr Schmerz und die Zeit hält mich gefangen. Sperrt mich in ein viel zu enges Gefängnis.“*

Als ich mir in Erinnerung rief, wie viele Kristalle ich in diesem Raum entdeckt hatte, wurde mir schlecht. Wie oft hatte Mo diesen Schmerz in seinen Träumen ertragen müssen? War dem Feuer hilflos ausgesetzt gewesen? Wie viel Leid hatte er über sich ergehen lassen müssen? Ohne, dass er in der Lage gewesen war den Schmerz von sich fernzuhalten, diesen auszusperren, nicht an sich und seine zerbrechliche Kinderseele herankommen zu lassen. Unendlich viele Fragen explodierten in meinem Kopf. Zerschmetterten mich, während mich das Meer, die meterhohen Wellen der Hilflosigkeit, erbarmungslos unter Wasser drückten.

„Kannst du den Schatten befreien?“

„Ich… ich weiß nicht. Ich mein, ich weiß nicht wie. Und selbst wenn ich es herausfinden würde… Wem sollte ich sie zurückgeben? Wir wissen ja nicht einmal, welchem Dämon sie gehören…“

„Was, wenn wir das gar nicht wissen müssten…“

„Wie… meinst du das?“ Die Worte zitterten, waren zögerlich, kaum hörbar, von ihren Lippen geschlichen. Summer sah mich aufmerksam an. Neugierig. Erfüllt von leiser, freudiger Hoffnung.

„Naja… vielleicht findet der Schatten von ganz allein zurück. Vielleicht braucht er unsere Hilfe nur, um aus diesem Gefängnis ausbrechen zu können…"

„Vielleicht…" murmelte Summer nachdenklich. „Aber… so lange wir nicht wissen, WIE wir den Schatten befreien können, müssen wir den Kristall vor deinem Vater verstecken. Wer weiß, was er mit ihm vorhat."

Das türkisschimmernde Leuchten, dass über unsere Köpfe schwebte und die Luft erfüllte, brachte die abscheulichen Fragen in meinem Kopf zum Verstummen, ehe ich überhaupt in der Lage war meine Gedanken in Worte zu verwandeln. Ich atmete tief durch.

Nickend nahm ich ihr den Kristall aus der Hand und wollte diesen gerade zurück in meine Jackentasche stecken, als Summer mein Handgelenk umklammerte und ihre Augen mir leise „Nicht. Nimm ihn nicht mit…", zuflüsterten.

Ich sah sie an. Zog die Brauen zusammen. Doch bevor ich in der Lage war nach den Buchstaben zu greifen, um daraus eine Frage formulieren zu können, fanden mich Summers Gedanken. Leise, erfüllt von Zuversicht. „Nur *hier* ist er vor deinem Vater sicher."

„Du meinst…"

„Ja, lass ihn uns hier verstecken. Diesen Ort kann er nicht betreten… und somit wird er diesen Kristall auch niemals finden können. Und wir… wir haben Zeit, um herauszufinden, wie wir den Schatten aus diesem Gefängnis befreien können, ohne Angst haben zu müssen, dass er…"

Meine Worte „Es gibt noch mehrere…“ brachten Summer schlagartig zum Verstummen. Mit weitaufgerissenen Augen sah sie mich an. Starrte mich an.

„Wie viele, Phoenix? Wie vielen Dämonen hat dein Vater die Gefühle gestohlen?“ Summer suchte meinen Blick. Guckte mich an. Abwartend. Erfüllt von tiefem Entsetzen.

Im ersten Moment wollte ich ihr diese Frage nicht beantworten. Doch, je länger ich schwieg und versuchte meine Gedanken für mich zu behalten, desto lauter schrie ihr weinendes Herz, schluchzte, weil die Stille, die sich um unsere Seelen gelegt hatte, ihr die Wahrheit leise zuflüsterte. Eine Wahrheit, die so entsetzlich war, so barbarisch, dass sie verstand, warum ich die Antwort nicht geschafft hatte, auszusprechen.

Summer fühlte das damit verbundene Grauen. Fühlte die schiere Verzweiflung, die Hilflosigkeit. Und meinen Wunsch IHN für all das zu bestrafen.

Ich schüttelte den Kopf. „Zu vielen. Viel zu vielen…“

„Aber … warum? Ich mein, was hat er davon?“

„Willst du darauf ernsthaft eine Antwort?!“ lachte ich kaltherzig und spürte wie meine Augen dunkler wurden.

Dunkler.

Und.

D U N K L E R…

Prinz
der Dunkelheit

Schattenmärkte fanden ausschließlich in Vollmondnächten statt, welche, seit ich denken konnte, zu meinen Lieblingsnächten zählten. In Nächten wie diesen, wo das Licht des Universums Vaters Dunkelheit verspottete, sich seiner finsteren Seele widersetzte, vertrauten mir die Mondstrahlen ein Geheimnis an.

Das Geheimnis des Schattenreichs.

Das.

Geheimnis.

UNSERER.

Welt.

Und, sowohl damals wie heute, begriff ich, auch wenn ich nicht wagte daran zu glauben, dass jede Dunkelheit irgendwann endete, weil das Licht immer einen Weg zurückfand. Immer.

Der Mond kannte, im Gegensatz zur Sonne, all unsere Geheimnisse, genau wie die verborgenen Gedanken des Kosmos. Und in Vollmondnächten versuchte er mit seinem Leuchten nicht nur Licht ins Dunkle zu bringen, sondern uns die Fragen zu beantworten, die wir am Tag, den wärmenden Sonnenstrahlen des Lichts, niemals zu stellen wagen würden.

Doch, wir konnten die Antworten, das leise Flüstern der Mondstrahlen, oft nicht verstehen, weil wir uns vor der Wahrheit, die wir tief in uns spürten, fürchteten, weil wir die

Antworten im Grunde gar nicht hören wollten. Weil wir einfach nicht bereit waren zuzuhören. Wirklich zuzuhören…

Auf dem Schattenmarkt wimmelte es von Dämonen, die diese Nacht nutzten, um an all die verbotenen Waren zu gelangen, deren Besitz einen im schlimmsten Fall das Leben kosten könnte.

Auf den ersten Blick gab es nichts, was es nicht gab. Stände, soweit das Auge reichte. Mit den unterschiedlichsten Waren. Dabei wusste jeder Schattendämon, dass die hier angebotenen Zaubertränke, die vielen bunten, mit Magie versetzten Pulver ebenso eine Fälschung waren wie die verwunschenen Artefakte.

Mein Blick huschte nach links und sofort fanden meine Augen ihr Gesicht. Das, meines Engels. Alles, was ich sah, was ich verflucht nochmal sehen wollte, war ihr Licht. Ihr Lachen. Der Moment küsste mich, wurde zur Ewigkeit. Ich spürte wie Summer meine Dunkelheit erhellte, sie zum Leuchten brachte.

Einen Atemzug später tauchte ich, gegen meinen Willen, in eine Erinnerung ein, hörte Vaters Worte, spürte die damit verbundene bittere Verachtung. *„Das Licht, mein Junge, ist gefährlich. Verstehst du? Es kann so hell strahlen, dass es dich blendet, deine Augen täuscht. Und, ohne dass du es merkst, ohne, dass du es begreifst, raubt es dir die Fähigkeit, in der Dunkelheit sehen zu können.“*

Doch, konnte Licht wirklich gefährlich sein? Gab es Licht, dass einen auf dieselbe Art manipulieren, auf dieselbe heuchlerische Art versklaven konnte, wie es *seine* Dunkelheit vermochte? War nicht jedes Licht, jeder noch so winzige Funken, DAS Gefühl, für dass es sich zu leben lohnte? Küsste das Licht nicht seit jeher die Dunkelheit? Schloss es tröstend in die Arme, um die Kälte erträglicher zu machen? Wie viele Stürme hatte das Licht im Laufe der Zeit zum Verstummen gebracht? Sobald die Seele im Ozean der Liebe eintauchte, lernte der Sprache der Wellen zuzuhören, wurde der Durst nach Geborgenheit gestillt.

Vielleicht hasste Vater die Helligkeit, weil er wusste, dass seine Seele die Sprache des Lichts verstand, eine Sprache, vor der sich sein Wahnsinn jedoch fürchtete. Ganz einfach, weil sein Verstand sich weigerte den unbezwingbaren Durst zu stillen. Ein Verlangen, das in dem Moment gestillt werden würde, wenn seine Seele im Ozean der Liebe eintauchen und sein kaltes Herz von den Wellen der Sehnsucht davongetragen werden würde.

Ich wusste, dass Vater DAS niemals zulassen würde. Alles, was er wollte, wonach er strebte, schon immer gestrebt hatte, war das Meer der Dunkelheit kontrollieren zu können.

Summer suchte den Markt unauffällig nach Gefühlen ab, die sich nicht nach Verrat anfühlten, oder nach kalter Gleichgültigkeit. Während ihre Augen von einem zum anderen huschten, spiegelten sich all die Emotionen in mir wider, die sie wahrnahm. Darunter befanden sich die unterschiedlichsten Gefühle. Wir beide spürten, dass jeder Marktbesucher versuchte seine Emotionen ebenso wie seine Gedanken, vor den Marionetten des Königs, die überall, an jeder Ecke lauerten, zu verbergen.

Trotz der vielen, teils verstörenden, oder beängstigenden Gefühle, versuchte sich jeder Dämon einen winzigen Hoffnungsschimmer zu bewahren. Jeder, selbst die größten Verbrecher unter ihnen, hofften, entgegen aller Logik, auf das Erwachen oder vielmehr auf die Rückkehr einer Welt, die für uns alle, für jeden einzelnen Schattendämon, vor einer Ewigkeit aufgehört hatte zu existieren.

Summers Blick blieb an dem Stand direkt vor uns hängen, ehe sie einen Wimpernschlag später zielstrebig auf den Dämon mit den stahlgrauen Augen zusteuerte. Ich folgte ihr. Sah dem Dämon, als ich vor ihm stand, direkt in die Augen und drang, ohne Vorwarnung in seinen Kopf, während ich meine Hand in die Innentasche der Jacke steckte und den Kristall ein wenig hervorzog, ohne ihn wirklich rauszuholen.

„Was ist das für ein Kristall?"

„Woher soll ich das wissen?!" Er schenkte mir ein arrogantes Lächeln, während seine Augen mich gleichzeitig verspotteten. Oh, wie ich diese überhebliche Arroganz hasste.

„Du hast ihn dir nicht einmal angesehen…" knurrte ich leise.

„DU, mein Prinz, hast nicht einmal um ERLAUBNIS gebeten in meinen Kopf eindringen zu dürfen…"

Die Tatsache, dass er wusste, wer ich war, und wer somit mein Vater war, irritierte mich und sofort beschlich mich ein ungutes Gefühl. *„Du weißt WER ich bin?! Und dennoch wagst du es, MIR in die Augen zu sehen?!"* Meine Stimme – kalt. Eiskalt.

„Du…" zischte er herablassend, *„bist ungefragt in meinen Kopf eingedrungen. Warum also sollte ich dir mehr Respekt entgegenbringen als du mir?"*

„Du wagst es so mit mir zu reden?! So… respektlos?!"

„Wie gesagt, RESPEKT, mein Prinz, beruht auf Gegenseitigkeit." Seine Augen wurden dunkel, wechselten die Farbe und ich spürte, auch ohne Summers Hilfe, dass die in ihm erwachten Gefühle gefährlich waren. Allerdings nicht für mich. Leise knurrend starrte ich ihn an, gab ihm stumm zu verstehen, dass er zwar mich angucken durfte, aber nicht Summer. NICHT mit *diesem* Blick. Irgendetwas an der Art und Weise

wie er sie angesehen hatte, hatte meinen Beschützerinstinkt geweckt.

„Deine Begleitung… die scheint allerdings keine Ahnung zu haben WER du bist. Du hast es ihr nicht verraten? Wovor hast du Angst? Wieso verheimlichst du ihr deine Identität? Kannst… oder willst du ihr nicht sagen WER du bist…"

„Sei still. Oder ich bring dich zum Schweigen!"

„Ich dachte, du willst wissen, was das für ein Kristall ist?! Wenn du mich zum Schweigen bringst, tja, dann wirst du es nie erfahren. Denn…" Er schaute sich um. Sah sich die umliegenden Stände an, ehe seine Aufmerksam kalt lächelnd zu mir zurückkehrte und er seinen angefangenen Satz beendete. *„Keiner der hier anwesenden Dämonen wird das Risiko eingehen, es dir zu verraten. Nicht ein einziger. Also… was gedenkst du zu tun, mein Prinz?"*

„Hör verdammt nochmal auf mich ständig **mein Prinz** *zu nennen! Und wag es nie wieder, hast du verstanden?!... NIE WIEDER meine Begleitung noch einmal* **so** *anzusehen!"*

„Wenn du willst, dass sie niemand mehr so ansieht, wie ich gerade eben, dann frag ich mich, warum du sie überhaupt erst hierhergebracht hast. Zu uns… ins Schattenreich…"

„Was willst du damit andeuten?" Ein ungutes, mulmiges Gefühl erwachte. Mein Puls raste. Mein Herz geriet ins Stolpern. Und, um Summer nicht unnötig zu beunruhigen, sperrte ich sie aus.

„Sie leuchtet heller als alle Sterne im gesamten Universum…"

„Du weißt… WER… sie ist?" Wusste er wirklich, dass Summer die Prinzessin des Lichts war? Oder versuchte dieser Bastard, der allen Anschein nach die in mir erwachte Furcht in meinen Augen erkannt hatte, bloß mit mir zu spielen?

Wenn ja, dann… Nein. Ich schüttelte den Kopf. Sperrte die dunklen Gedanken weg.

Ich weigerte mich mein Erbe freizulassen. Das durfte nicht passieren. Niemals. Nicht, wenn Summer sich in meiner unmittelbaren Nähe aufhalten würde. Sie würde mich retten wollen, ohne akzeptieren zu können, dass jeder ihrer Versuche scheitern würde. Mein Erbe war mein Fluch. Meine wahre Natur könnte ihr Verderben sein, ihren Untergang bedeuten. Meine Dunkelheit war so viel grausamer, als sie es sich jemals würde vorstellen können.

Die Finsternis, die mein Vater mir vererbt hatte, floss durch meine Venen und wartete auf den Moment, wo ich endlich aufhören würde, dagegen anzukämpfen. ~~Ich wünschte Summer könnte mich davon befreien, mich erlösen, mich retten.~~ Die Dunkelheit konnte nicht ausgelöscht werden, aus dem ganz einfachen Grund, weil sie genauso unsterblich war wie das Licht. Unsere Welt war nicht umsonst in zwei Königreiche aufgeteilt worden.

Es gab das Licht.

Und die Dunkelheit.

Zwei Königreiche.

Zwei unsterbliche Mächte.

„Was dachtest du denn?“ verhöhnte er mich. *„Und, wenn ihr nicht bald verschwindet, wird es auch jeder andere hier begriffen haben. Es ist nur eine Frage der Zeit, bis JEDER das Leuchten ihrer Seele sehen kann.“* Der Dämon suchte meinen Blick, sah mich an. In seinen Augen flammte eine bedrohlich wirkende Entschlossenheit auf, die in mir den Wunsch hervorrief, ihn hier und jetzt für seine Gedanken zu bestrafen. Seine Augen lachten. Gehässig. Berechnend. Hinterhältig. Und forderten mich heraus. Verspotteten mich. *„Die Dunkelheit sehnt sich nach dem*

Licht. Und diese Sehnsucht… ist… Naja, sagen wir mal so… Deine Magie wird sie nicht ewig vor der Dunkelheit des Schattenreichs verbergen können. UND, wenn du nicht das Risiko eingehen willst, dass dein Vater sie entdeckt, dann würde ich sie schleunigst von hier fortbringen…"

Kaum hatte er den Satz beendet, explodierte etwas Schwarzes, etwas Unheilvolles in mir. In diesem Augenblick verschluckte mich die Grausamkeit und ich fühlte mehr als ich fühlen wollte. Es fiel mir unsagbar schwer NICHT zu verschwinden, seiner stummen Aufforderung nicht nachzukommen. Wenn dieser Bastard ihr Licht spüren konnte, dann setzte ich gerade ihr Leben aufs Spiel. Warum konnte meine Magie sie nicht beschützen? Warum schaffte ich nicht ihr Licht zu tarnen, für die Augen hier unsichtbar erscheinen zu lassen? Die Gefahr schwebte über uns, über unsere Köpfe.

Doch ich wusste, dass Summer nicht eher von hier verschwinden würde, bis wir Antworten gefunden hätten. Antworten, die uns zumindest verraten würden, um WAS für einen Kristall es sich handelte.

„Du willst, dass wir verschwinden?! Dann SAG mir, was das für ein Kristall ist…" knurrte ich leise. Ungehalten. Bedrohlich.

„Bring sie weg. JETZT. Sofort." Seine Stimme war erfüllt von Furcht. Eiskalter Furcht. Und… von Hoffnung. Ein Widerspruch, der keinen Sinn ergab. *„Wenn sie in Sicherheit ist, erst dann, und nur dann, kommst du zurück… und… sollte der* ***König*** *bis dahin verschwunden sein, werde ich dir helfen…*

Kaum hatte er das Wort „König" wie ein Schimpfwort ausgespuckt, spürte ich auch schon Vaters Gegenwart. Spürte, wie seine dunkle Seele nach mir rief, nach dem in mir weggesperrten Erbe. Ich brauchte mich nicht umzudrehen, um zu wissen, dass Vater hier war. Ganz in der Nähe. „*Woher weiß ich, dass…*“

„*Du musst mir schon vertrauen…*“ unterbrach er mich, ehe ich überhaupt in der Lage gewesen war meine Bedenken in Worte zu formulieren.

„*Dir? Warum sollte ich?*“ Fassungslos starrte ich den Unbekannten an. Er wollte, nein, verlangte, dass ich ihm vertraute? Ihm? Einem völlig Fremden? Noch dazu einem Dämon, der es gewohnt war zu lügen und zu betrügen? Das war… ein Witz. DAS konnte er unmöglich ernst gemeint haben. Jeder wusste, dass man Dämonen, die bei Vollmondnächten versuchten, ihr Geld auf Schattenmärkten zu verdienen nicht über den Weg trauen durfte.

„*Weil wir beide dasselbe Ziel verfolgen… und jetzt geh…*“ Die Aufrichtigkeit, die in seinem Blick aufflackerte, ließ mich, aus unerklärlichen Gründen nicht an seinen Worten zweifeln. *Dasselbe Ziel.* Ich wusste, dass es Schattendämonen gab, die sich gegen den König verschworen hatten.

Vielleicht spürte ich deshalb, dass dieser Dämon, der mich mit seinem Blick fesselte, lieber das Risiko zu sterben in Kauf nehmen würde, als stillschweigend dabei zuzusehen, wie mein Vater UNSER Königreich zerstörte. UNS zerstörte.

Ich ließ den Kristall in der Innentasche meiner Jacke verschwinden, griff nach Summers Hand und teilte im Bruchteil einer Sekunde den Wind. Es wurde höchste Zeit von hier zu verschwinden.

Prinz der Dunkelheit

„**W**arum mussten wir so plötzlich verschwinden?“

„Mein Vater…“ knurrte ich, schloss die Augen und versuchte der Stimme der Dunkelheit, die unentwegt in mir schrie, die mit beiden Fäusten gegen meinen Brustkorb hämmerte, die freigelassen werden wollte, nicht zuzuhören. Ich durfte mich nicht von ihr verschlingen lassen. Nicht jetzt. Nicht hier. Nicht in *unserer*, aus unendlich vielen leuchtenden Gefühlen bestehenden, Welt.

„Phoenix“, flüsterte sie leise meinen Namen, direkt an mein Ohr. Ich fühlte ihren warmen Atem. Fühlte ihren Duft. Dann fanden mich ihre Augen. Ihr Blick. Ihre Liebe.

Ihre Hände legten sich auf meine Brust, auf mein Herz, dass wie wild pochte, freudig gegen ihre Fingerspitzen hämmerte, um ihr zu sagen, dass es nicht nur wegen ihr schlug, sondern dass mein Herz ihren Namen schlug.

I M M E R.

Morgens.

Mittags.

Abends.

Nachts.

Ja, selbst dann, wenn ich schlief. Und dass sich daran niemals etwas ändern würde. Summer, meine wunderschöne Prinzessin, sie war nicht nur mein Licht in tiefster Dunkelheit. Nein.

Sie war…

MEIN.

HERZ.

Mein Universum.

Wie von selbst wanderten meine Hände ihren Rücken herunter und ich zog sie näher an mich heran. So nah, bis ich ihren Herzschlag fühlen konnte. Meine Lippen strichen über ihre, unsere Augen schlossen sich, während wir in einem Kuss versanken, der nach Wunder schmeckte.

Wir taumelten gegen den Blauregen, und ich hob sie hoch, drückte sie mit dem Rücken gegen den Baumstamm, während ihre Beine sich um meine Taille legten. Sie fuhr mit ihren Händen durch mein Haar, zog daran, presste ihren Körper noch enger an mich.

Ich küsste sie stürmischer.

Noch leidenschaftlicher.

Ich küsste sie.

Und wollte nie wieder damit aufhören.

Unsere Gefühle explodierten, unsere Körper bebten. Als unsere Lippen sich trennten, waren wir beide außer Atem und doch konnte ich an nichts anderes denken, als sie erneut zu küssen. Zu schmecken. Mit ihr zu verschmelzen.

Die Schmetterlinge des Blauregens flatterten durch die Luft, schwebten über unsere Köpfe, kitzelten uns, und zauberten ihr ein Lächeln ins Gesicht. Das schönste Lächeln, dass ich je gesehen hatte.

Sie lachte. Und ich beugte mich vor, öffnete meine Lippen, schob meine Zunge zwischen ihre, um sie endlich erneut küssen zu können. Ihre Liebe ließ mich meine Finsternis vergessen. Immer. Jedes Mal. In Momenten wie jetzt, wo sie mir gehörte, und ich ihr, gab es nur uns. Ich beendete den Kuss, legte meine Stirn gegen ihre.

„Küss mich“, bat sie leise lächelnd, und ich gehorchte. Ich küsste sie sanft. Zärtlich. Suchte ihren Blick, sah ihr tief in die Augen und lächelte. Wartete auf den Moment, wo sie mich erneut bitten würde, sie zu küssen.

Sie grinste, beugte sich zu mir und hauchte mir die Worte „Küss mich noch mal“ ins Ohr. Meine Lippen wanderten ihren Hals hinauf, immer höher und höher, bis sich unser Atem vermischte und wir in einem stürmischen Kuss versanken.

Wir küssten uns.

Immer.

Und.

Immer.

Wieder.

Und jeder einzelne Augenblick verwandelte sich in eine lachende, mit Liebe gefüllte, bunte, schillernde Wolke, die zusammen mit den Schmetterlingen ins Universum schwebte, um sich dort oben von der Ewigkeit küssen zu lassen, bis ans Ende der Zeit…

Prinz der Dunkelheit

Ich wünschte, unser Kuss hätte nicht enden müssen. Ich wünschte, ich könnte mich noch immer an sie kuscheln, meine Arme um ihren Körper legen, sie an mich drücken, sie festhalten, einfach nur festhalten. Doch… ich hatte verschwinden müssen. Hatte zurück zum Schattenmarkt gehen müssen, um herauszufinden, um was für einen Kristall es sich handelte, den wir beide, bevor ich mich aus dem Staub gemacht hatte, neben dem Baum der Empathie vergraben hatten.

Der Dämon – er war noch immer da. Wartete, wie versprochen, auf meine Rückkehr. In dem Moment, wo er mich entdeckte, ertranken seine Augen schlagartig in Wachsamkeit. Und sein Blick verriet, dass er die Antworten kannte, die ich hören musste, die ich brauchte. Er wusste, was das für ein Kristall war. Er hatte es von dem Augenblick an gewusst, wo er diesen in meiner Jackentasche hatte rausblitzen sehen.

„Also“, begrüßte ich ihn von weitem und schenkte ihm, während ich auf ihn zulief, ein kaltes Lächeln. Dieses Mal drang ich nicht ungefragt in seine Gedanken. Oh, nein. Dieses Mal würde ich warten, bis er mich aufforderte. Mal sehen, ob er das, was er zu sagen hatte, wirklich bereit war laut auszusprechen. Immerhin wimmelte es hier von königlichen Marionetten. Handlangern, die Dämonen wie ihn suchten.

„WAS ist das für ein Kristall?“

Er schaute sich um. Guckte nach rechts. Nach links. Und erst als er sicher war, dass uns oder vielmehr mir niemand zugehört hatte, flüsterte er mit zusammengepresstem Kiefer: „Worauf wartest du?"

„Tja… Worauf warte ich?" grinste ich und meine Worte schmeckten nach Sarkasmus.

„Also schön", knurrte er leise, „Erlaubnis erteilt…"

„WAS ist das für ein Kristall? Was ist so besonders an ihm…?"

„Du willst wissen, warum der König ganze Dörfer vernichtet, nur um an diese Kristalle zu kommen?"

Ich nickte, während mich das Grauen verschluckte. Für das, was mein Vater getan hatte, was er seinem eigenen Volk angetan hatte, noch immer antat, gab es keine Worte. Dieser Horror überstieg jegliche Vorstellungskraft und tränkte meinen Verstand mit einer Schwärze, die in mir den Wunsch hervorrief, fliehen zu wollen. **Flucht.** Das war alles, woran ich denken konnte. Doch ich konnte nicht fliehen. Genauso wenig wie jeder andere. Es gab kein Entkommen. Das personifizierte Böse konnte nicht aufgehalten, nicht gestoppt werden. Nicht in unserer Welt.

ER war überall.

In unseren Köpfen.

In unserem Verstand.

In unseren… Herzen.

„Also? Warum? Was macht diesen Kristall so besonders?"

„Soulstorm… oder auch Seelensturm genannt, sind die einzigen Kristalle, die nicht zerstört werden können…"

„Wie meinst du das? Was… soll das heißen? Dass…"

„Das, was der Kristall in sich einsperrt, bleibt eingesperrt… Keine Dunkelheit, egal wie mächtig sie auch sein mag, ist in der Lage diesen Kristall zu zerstören." Er seufzte und in seinem Blick erwachte

eine tiefe Traurigkeit. *„Die Seele, die die Dunkelheit in diesem Kristall gefangen hält…"*

„Seele? Du meinst… dieser Schatten, dass… sind gar keine Gefühle."

„Der Schatten IST die Seele… und das, was sich in diesem Schatten bewegt, diese winzigen Herzschläge… sind seine Gefühle." Er sah sich um, und erst als er sich unbeobachtet fühlte, hörte ich ihn sagen: *„Siehst du die Marionetten des Königs? Es sind ihre Gefühle, die er in diesen Kristallen gefangen hält. Nur so kann er sie kontrollieren…"*

„Aber… warum foltert er sie, wenn er ihnen so oder so die Seele raubt?" Noch während ich den Gedanken aussprach, erwachte der Hass in mir. Dieses Gefühl überdeckte alle anderen Gefühle. Schmeckte nach brennenden Herzen, nach kalter, eiskalter Asche.

„Weil er es genießt… weil er ein Monster ist…"

Ein Monster. Nein. Mein Vater war nicht bloß *ein* Monster. Er war schlimmer, so viel schlimmer. Grausamer. Barbarischer. Kälter. Eine kranke Seele, mit Herzschlägen einer Gefühlskälte, die einem das Blut in den Adern gefrieren ließ und einen mit Gefühlen konfrontierte, die jegliche Vorstellungskraft überstieg, die man nicht mal ansatzweise ertragen konnte.

Angst erwachte.

Schreckliche Angst.

Nicht um mich. Sondern um Summer. Wenn Vater sie finden würde, wenn er erfahren würde, WAS sie mir bedeutete, wie sehr ich sie liebte, würde er diese Liebe nicht nur zerstören wollen, nein, er würde dieses Gefühl genauso in eine Waffe verwandeln, wie er die Liebe zu meinen Geschwistern in etwas Schreckliches verwandeln lassen konnte.

„Aber unabhängig davon, solltest du dir lieber die Frage stellen, warum die Marionetten deines Vaters sich dennoch unterscheiden… warum sie unterschiedlich sind…"

Ich nickte. Schwieg. Wartete auf seine Gedanken.

„Da, wo du den Kristall her hast… gab es da noch andere Kristalle? Ich mein…"

„Ja", unterbrach ich ihn, *„einen ganzen Raum voll…"*

„Hast du dir die Kristalle angesehen? Ich meine… ALLE?"

„Worauf willst du hinaus?" Nachdenklich zog ich die Stirn in Falten, suchte seinen Blick, suchte in seinen Augen nach Antworten.

„Den Kristall, den du mir gezeigt hast… in diesem befindet sich die Seele zusammen mit dessen gesamter Gefühlswelt… doch, wenn ein Dämon dem König seine Treue schwört, sich somit seinem Willen beugt, ist dessen Seele an den König gebunden. Er ist, wenn du so willst, wahrhaftig der Marionettenspieler, der die Fäden in seinen Händen hält. Deshalb brauch er diesen Marionetten die Seele nicht entziehen. Wozu auch? Sie sind ihm gegenüber schließlich loyal, krankhaft loyal. Das Einzige, was er ihnen jedoch entzieht… ist die Empathie, die Fähigkeit zu fühlen. Verstehst du? Es dürfen nur diejenigen ihre Seele behalten, die sich dem Teufel gegenüber verpflichtet haben, die ihm hörig sind…"

Prinz
der Dunkelheit

„Ich weiß, was sich in den Kristallen befindet…“ Diese Worte schleuderte ich meinem Vater in dem Moment entgegen, wo meine Augen ihn entdeckten, ihn fanden. Kalt grinsend stand er neben dem Regal, neben all den unzähligen, gefangengehaltenen, Seelen. Betrachtete, nein, bewunderte die Kristalle wie einen Schatz, wie eine beim Spiel gewonnene Trophäe. Ein Spiel, bei dem jeder, der sich ihm in den Weg stellte, zu stellen versuchte, nur verlieren KONNTE.

Ich spürte das Leid dieser Seelen, jeder einzelnen Seele. Konnte die Kälte, in der sie blind umherirrten, in meinem Herzen spüren. Diese grausame, allesverschlingende Einsamkeit – ich konnte sie schreien hören.

Ein Eissturm, ein kalter, eiskalter Schneetsunami, braute sich in mir zusammen. Frostige, grausame Gefühle und Gedanken erfüllten mich und alles, woran meine Seele denken konnte, denken wollte, war, das vor mir stehende Monster zusammen mit seiner aus unsterblicher Finsternis gewobenen Magie in der bläulich glitzernden, trügerischen Schönheit der Winterwüste erfrieren zu lassen. Ich wünschte, mein Hass könnte seine Seele in winzige Eissplitter zerbrechen, damit ich diese in dasselbe Gefängnis würde einsperren können, in das er so viele, so verdammt viele, unschuldige Seelen einsperrte. Dieser bitterkalte, düstere Wunsch küsste mein Herz. „Ich weiß WAS du darin einsperrst.“

„Ach ja…“ sagte er kühl, herablassend. Seine Stimme hüllte sich in Emotionslosigkeit und doch spürte ich seine Vorsicht. „Und WAS glaubst du… sperre ich darin ein?“

„Gefühle…“ knurrte ich leise, mahnend, anklagend. Doch, bevor ich die Worte *zusammen mit der Seele* aussprechen konnte, erwachte schlagartig ein ungutes, mulmiges Gefühl in mir. Schlängelte sich durch meinen Körper, fraß sich durch meinen Verstand. Versetzte mich mahnend in Alarmbereitschaft. Und so schluckte ich die Worte, die ich soeben noch hatte aussprechen wollen, runter. Starrte ihn stattdessen schweigend an. Forderte ihn stumm auf, mir zu antworten, während ich meine restlichen Gedanken wegsperrte.

Seine Augen tranken meine unterdrückte Wut. Meinen Hass.

Und obwohl er wusste, obwohl er sehen KONNTE, welche Gefühle in mir wüteten, darum kämpften freigelassen zu werden, sagte er kein Wort. Gab keinen Laut von sich. Alles, was er tat, war, mich anzustarren, fragend, herablassend… und schweigend.

Während die Zeit uns beide verschluckte.

In seinem Blick lag eine tiefverwurzelte, allesverschlingende Kälte. Frostige, schwarze Flammen loderten in seinen Augen, verschluckten jegliches Licht. Er schenkte mir ein herzloses Lächeln. Verspottete mich.

Ich hielt die Stille nicht länger aus. Musste meine Gedanken in Worte verwandeln. Ganz einfach, weil ich Antworten brauchte. Ich brauchte verflucht nochmal irgendwelche Hinweise. Irgendetwas, womit ich etwas anfangen konnte.

„Allerdings verstehe ich nicht *wieso*. Ich mein… du willst die Gefühle in unserem Königreich auslöschen, warum vernichtest du diese dann nicht? Warum sperrst du sie stattdessen ein?"

Seine dunklen, tiefschwarzen Augen prügelten auf mich ein. Vater sah mich an, starrte mich an. Und für den Bruchteil einer Sekunde schien es als würde Zweifel darin erwachen. Eine winzige Flamme, die leise zischend aufloderte. Dieser Moment war jedoch so schnell wieder vorbei, dass ich mir nicht sicher sein konnte, ob das, was ich glaubte gesehen zu haben, auch wirklich existiert hatte.

Vater liebte das Spiel, die Manipulation. Und egal, was meine Augen auch glaubten gesehen zu haben, oder zu sehen bekommen würden, DAS dürfte ich niemals vergessen. Schon die kleinste Unachtsamkeit könnte fatale Folgen nach sich ziehen.

Ich konzentrierte mich auf meine Atmung, richtete meine komplette Aufmerksamkeit auf das leise Pochen meines Herzens, hörte wie es mich vor dem Monster, das unmittelbar vor mir stand und mich mit nachdenklicher Miene musterte, warnte.

Plötzlich spürte ich einen heftigen Windstoß, hörte die Luft knistern und sah wie die Dunkelheit, seine Dunkelheit, erwachte. Schwarze, aus Kälte gesponnene Fäden, wirbelten durch die Luft. Seine Magie erwachte zum Leben, wirkte so lebendig wie nie zuvor.

Mein Atem stockte, meine Sicht verschwamm und mein Herz schnürte sich immer enger zusammen. Mein Körper war machtlos gegen seine Dunkelheit. Doch mein Verstand war wach, hellwach. Sofort zog ich meine mentalen Mauern hoch, sperrte jedes einzelne in mir existierende Geheimnis weg, brachte es vor ihm genauso in Sicherheit wie vor seiner in Finsternis gehüllten Magie.

Als hätte er meinen Widerstand gespürt, schlug er mir ins Gesicht, ehe er einen Atemzug später gewaltsam in meinen Kopf eindrang.

„*Gefühle können weder vernichtet noch ausgelöscht werden, man kann lediglich dafür sorgen, dass sie in Vergessenheit geraten.*“

„*Aber… wozu sperrst du sie in ein Gefängnis, dass nicht sicher ist? Ich mein… man kann sehen, was sich im Inneren dieser Kristalle befindet. Was, wenn jemand versucht diese zu zerstören?*“

„*Diese Kristalle können nicht zerstört werden. Von NIEMANDEM.*“

„Wie meinst du das… von Niemandem?“ flüsterte ich erschrocken, während ich mich im gleichen Atemzug gegen die in mir erwachte Angst versuchte zur Wehr zu setzen.

„Bist du schwer von Begriff?“

„Ich habe verstanden WAS du gesagt hast, und doch verstehe ich es nicht.“

„Diese Kristalle können NICHT zerstört werden.“

„Alles kann zerstört werden. ALLES. In unserer Welt kann alles vernichtet werden, selbst die Unsterblichkeit kann ausgelöscht werden. Es gibt immer ein Schlupfloch. Immer. Verstehst du?! Man muss nur lange genug danach suchen…“ Warum zum Teufel hatte ich DAS gesagt? Warum hatte ich nicht einfach meine Klappe halten können? Warum…? ~~Weil ich hoffte, dass er meine Vermutung bestätigte. Er sollte mir verflucht nochmal versichern, dass es einen Weg gab, um die Gefängnisse zu zerstören.~~

„Tja, mein Junge… vielleicht hast du Recht. Vielleicht ist das, was du sagst, gar nicht so verkehrt...“

„Ich weiß, dass ich Recht habe." Meine Worte hörten sich viel selbstsicherer an, als ich mich fühlte. Doch ich konnte mir nicht erlauben verunsichert zu klingen. Nicht in diesem Moment.

„Und doch ändert dieses Wissen nichts an der Tatsache, dass diese Kristalle nicht zerstört werden können. Dieses Gefängnis ist das einzige, dass in der Lage ist, jedes in ihm eingesperrte Geheimnis zu bewahren, sodass die in ihm weggesperrten Gefühle NIEMALS, verstehst du?!... NIEMALS gefunden werden können. Denn in der tiefsten Tiefe, in der dunkelsten Dunkelheit, kann nichts gefunden werden. Und willst du auch wissen WIESO?! Weil… je tiefer man taucht, desto schneller vergisst man wonach man überhaupt sucht…"

Prinz der Dunkelheit

Die Dunkelheit rauschte noch immer durch meinen Körper, pulsierte in meinen Venen und verwandelte jeden meiner Herzschläge in toxische Gleichgültigkeit. Und genau deshalb, weil mir seine Worte am Arsch vorbei gingen, weil es mir SCHEISSEGAL war, was er von mir wollte, was er von mir verlangte, ging ich nicht, wie befohlen, zurück auf mein Zimmer, sondern lief den Korridor entlang. Richtung Kerker.

Meine Augen wollten, um es begreifen zu können, wirklich begreifen zu können, sehen. Mussten sehen, was er seinem eigenen Volk angetan hatte.

Einer? Schoss es mir durch den Kopf. Von all den Gefangenen soll nur ein einziger Dämon dieses Martyrium lebend überstanden haben? Ein Einziger, der nicht bereit gewesen war, seine Seele an den Teufel zu verkaufen? Alle anderen hatten ihm also die Treue geschworen? Zogen ein Leben als willenlose Marionette dem Tod vor?

Das war… mir fehlten die Worte, die Gedanken, während das Grauen in mir wuchs und wuchs, sich ins Unermessliche steigerte, bis es sich schließlich in eine Gewitterwolke verwandelte.

Federleicht.

Tonnenschwer.

Dieses empfindungslose grauenvolle Gewicht drohte über mir zusammenzubrechen, drohte mich zu zerquetschen.

Erfüllt von bitterer Schwere ließ ich den Blick durch die Dunkelheit der Kerkerzellen schweifen und war kurz davor mich in meinen eigenen Gedanken zu verirren, als ein merkwürdiges Geräusch meine Aufmerksamkeit erregte. Was zum…?! Waren das Atemzüge, die ich hörte, die stumm flüsternd die Luft erfüllten? Angestrengt lauschte ich und versuchte herauszufinden aus welcher der vor mir liegenden Zellen dieses Geräusch zu hören gewesen war.

Ich blinzelte und erkannte, dass in der Zelle direkt vor mir, jemand zusammengekrümmt auf dem Fußboden lag. Mit zitterndem Herzen schlich ich auf den Körper zu, und blieb nach wenigen Schritten, unmittelbar vor ihm, stehen… und erstarrte. Dieser Dämon war keiner von den Gefangenen, die ich hatte foltern müssen.

Es war aber auch kein Fremder.

Nein.

Es war ein vertrautes Gesicht…

Es war der Dämon, der mir auf dem Schattenmarkt den Namen des Kristalls verraten hatte. Der mir versucht hatte zu helfen. Mir. Und Summer.

Plötzlich erwachten unzählige Fragen, vermischten sich mit Schuld und Reue. Lag er meinetwegen hier? Hatte uns etwa einer von Vaters Marionetten heimlich beobachtet? Ohne, dass es mir aufgefallen war? War ich unvorsichtig gewesen? Hatte man ihn aufgrund unseres Gesprächs zur Schlachtbank geführt?

Auf seinem Gesicht tanzten bereits eiskalte Schattenschleier, die versuchten den Schmerz in seinem Inneren zu betäuben, um ihn so in die Bewusstlosigkeit führen zu können. Dorthin, wo die Schwärze ihn von seinen Qualen erlösen würde. Für immer erlösen…

Doch noch atmete er, zumindest hob und senkte sich sein Brustkorb, wenn auch nur minimal. Erleichtert stieß ich die angehaltene Luft aus und ging vor ihm in die Hocke, kniete mich auf den blutgetränkten, eiskalten, Boden. Ohne mir über die möglichen Konsequenzen meines Handelns Gedanken zu machen, legte ich beide Hände auf seinen Brustkorb, ließ meine Magie durch seinen Körper fließen. Ich konnte, nein, durfte ihn nicht seinem Schicksal überlassen. Denn ohne meine Hilfe, ohne meine dunkle Heilkraft, würde er sterben. Vater hatte ihn hier, vollkommen allein, zum Sterben zurückgelassen. Er hatte sich weder die Mühe gemacht seine Folter zu beenden noch die Zelle zu verschließen, weil er wusste, weil er verdammt noch mal wusste, dass ihm die Kraft fehlen würde zu fliehen, weil der Schmerz, der sich in seinem Körper verteilt hatte, es ihm unmöglich gemacht hätte.

Sacht strich meine Dunkelheit über die unzähligen Wunden, die sich einen tobenden Herzschlag später schlossen, bis nichts weiter von ihnen übrigblieben als blasse Schattennarben.

Ein erstickter Seufzer entfuhr dem Mann, ehe er erschrocken, erfüllt von Panik, nach Luft schnappte und sich seine Hände um den Hals legten, als müsste er sich vergewissern, dass dort tatsächlich keine fremden Hände mehr waren, die ihn würgten, die ihm die Stimme stahlen.

Er blinzelte, suchte meinen Blick und sah mich mit tränenerfüllten Augen an. Augen, die *Danke* sagten. Augen, die mehr Leid hatten über sich ergehen lassen müssen, als ein Dämon ertragen konnte.

In dieser stillen Sekunde wurde mir, wie so oft, bewusst, dass wir in keiner gerechten Welt lebten, dass wir Schattendämonen in einem Reich lebten, dass von einem Tyrannen regiert wurde. Einem Tyrannen, dem ein Dämonenleben vollkommen gleichgültig war, dem egal war, wie viele Leben er würde beenden müssen, um sein Ziel zu erreichen, wie auch immer dieses aussehen mochte…

Es ging nicht nur darum, dass er seine eigene Familie unterdrückte, manipulierte und versuchte zu versklaven, es ging um jeden in diesem Königreich lebenden Schattendämon. Solange er lebte, solange er hier regierte, so lange würde es niemals Gerechtigkeit geben können, so lange würde das Licht und die damit verbundene Wärme niemals hierher zurückkehren können.

Der König, er musste nicht nur gestürzt oder aufgehalten werden, nein, er musste sterben. Denn ich wusste, besser als jeder andere, dass mein Vater sich niemals ändern würde. Er würde nicht eher ruhen, bis er alles und jeden zerstört hätte. Bis er jeden Dämon, jedes Lebewesen, alle, die nicht an sein verdrehtes Weltbild glaubten, die sich weigerten ihre Empathie gegen diese kalte Gleichgültigkeit einzutauschen, ausgelöscht hätte.

„Mein Sohn…“ sprach der Mann mit brüchiger, kaum hörbarer Stimme. „Finde ihn… bitte, du musst ihn finden.“

„Deinen Sohn? Wie… wie heißt er?“

„Sein Name ist Dean…“

„Hält mein Vater ihn hier gefangen? Hat er ihn…“ Ich wagte nicht den Gedanken zu beenden, diesen laut auszusprechen. Millionen Szenarien schossen mir durch den Kopf, fluteten meinen Geist, während sich die Schlinge der Angst immer enger um meinen Hals zusammenzog, mir die Luft abschnürte. ~~In meinem tiefsten Inneren ahnte ich, dass das, was mein Vater dieser unschuldigen Kinderseele angetan hatte, meine Vorstellungskraft überstieg.~~

Der Mann starrte mich an.

Starrte.

Starrte.

Konnte nicht aufhören mich anzustarren.

„Mein Prinz…“ Er hustete, röchelte. Versuchte seinen angefangenen Satz zu beenden. Fuhr flüsternd fort. „Dein Vater…“

„Er mag vielleicht mein Erzeuger sein, aber mit Sicherheit nicht MEIN Vater…“, unterbrach ich ihn knurrend und spürte wie meine Augen dunkler wurden. Dunkler. Immer dunkler. Doch, kurz bevor mich der brennende Hass komplett verschlingen konnte, hörte ich ein leises Räuspern.

Die Augen des Mannes funkelten wütend. Und er konnte nicht aufhören mich anzustarren. Sein Blick war so intensiv, dass ich nicht wagte wegzuschauen.

„Du bist wahrhaftig nicht sein Sohn… denn Du, mein junger Prinz, trägst Liebe in deinem Herzen. Deine Seele… sie leuchtet.“

„Was weißt du schon von meiner Seele? Seine Dunkelheit… fließt trotz alledem durch meine Adern. Also… bin ich im Endeffekt, kein Deut besser. Auch ich bin ein Monster.“

„Ein Monster, dass keines sein will. Ein Monster, mein Prinz, dass gerade eben, einem im Grunde vollkommen Fremden, gerettet hat, anstatt ihn seinem Schicksal zu überlassen. Ein Monster, dass unter der Herrschaft dieses Tyrannen genauso leidet, wie jeder andere von uns.“

„Ich will nicht über IHN reden. Nicht jetzt." Ich schloss die Augen, atmete tief durch. „Wie heißt du?"

„Phil…"

„Also schön, Phil… Du hast gesagt, dass ich deinen Sohn finden soll…", mit diesen Worten griff ich das eigentliche Thema wieder auf. „Hat er ihn ebenfalls hierhergebracht? Zu uns… ins Schloss?" Angestrengt versuchte ich mich an den Moment zu erinnern, als Vater mit den neuen Gefangenen heute früh, bei Sonnenaufgang, zurückgekehrt war. Doch, egal wie sehr ich es versuchte, an ein Kind konnte ich mich nicht erinnern. Beim besten Willen nicht. Denn dieses Bild hätte sich zweifelsohne in mein Gedächtnis gebrannt.

Phil schüttelte den Kopf. Sagte: „Nein. Er hält sie im Niemandsland gefangen…"

„Im Niemandsland?!"

Tränen aus Schmerz sammelten sich in seinen Augen, ehe sie ihm leise von der Wange perlten, auf den Boden aufschlugen und sich dort mit seinem Blut vermischten. Seine Stimme zitterte, bebte, genau wie sein Körper. „Der König… er bringt sie alle dorthin… Immer. Jeden einzelnen von ihnen."

„Wen bringt er dorthin?" Das mit der Frage verbundene Grauen konnte ich bereits auf der Zunge schmecken, wie verbrannte eiskalte Asche.

„Unsere Kinder…

„Eure Kinder? W-warum?"

„Er benutzt sie… als Sucher…"

„Wonach lässt er sie suchen…? Dort… dort gibt es nichts…"

Phil öffnete seinen Mund, wollte mir gerade die Frage beantworten, als er im gleichen Atemzug erstarrte und sich seine Augen mit der Farbe dunkler Panik füllten. Ich brauchte mich nicht umzudrehen, um zu wissen, wer für den Ausdruck in seinem Blick verantwortlich war. Abgesehen davon spürte ich, wie glühender Zorn in mir erwachte und sich mit jedem Atemzug meines Herzens steigerte. Das, was ich für meinen Vater empfand, ging weit über dieses brennende Verlangen hinaus. Dieser Hass, dieser abgrundtiefe Hass, war der Zündstoff für meine Dunkelheit, ließ mich atmen und gleichzeitig drohte sie das in mir existierende Licht explosionsartig auszulöschen.

„Wieso widersetzt du dich MEINEM Befehl?!“ Die Stille seiner Worte, seiner Gedanken, zeigten wie wütend er war, und… wie unberechenbar es ihn machte.

„Ich musste es mit eigenen Augen sehen…“

„WAS?“, zischte er knurrend. „WAS musstest du sehen?“

„Ob es wahr ist…“

„Du wolltest wissen, ob es wahr ist?“ Seine Stimme verspottete mich, triefte vor Boshaftigkeit, vor Sarkasmus. „Ob was wahr ist? Ob es tatsächlich nur einen Überlebenden gibt? Oder ob auch wirklich alle anderen tot sind.“ Er grinste, erfüllt von lachender, in Wahnsinn getränkter, Herzlosigkeit.

„Tot? Aber ich dachte…“

„Wie oft soll ich dir noch sagen, dass du aufhören sollst zu DENKEN! Ja. Sie sind tot. Alle. Diese jämmerlichen Kreaturen hatten es verdient zu sterben.“

„Verdient? Hattest du mir nicht versucht zu erklären, dass jeder deiner Gefangenen eine Wahl hat?! Korrigier mich, ABER genau das haben sie getan. Sie haben eine WAHL getroffen. Und… wenn du mich fragst… die einzig RICHTIGE.“

„Das ist der Unterschied, mein Junge. ICH hatte ihnen die Wahl gelassen. Jedem einzelnen. UND ich hatte diese akzeptiert. Im Gegensatz zu dir. Denn… dank DIR hat sich die Anzahl der Überlebenden gerade eben verdoppelt. Jetzt sind es zwei. Wobei ich mich frage, warum du diesem Stück Dreck das Leben gerettet hast? Wäre es nicht wesentlich gnädiger gewesen, ihn von seinem Leid zu erlösen? Dank dir, wird er jetzt weitaus größere Schmerzen über sich ergehen lassen müssen. Schmerzen, die du ihm hättest ersparen können. Denn… meine Wut auf dich, wird er zu spüren bekommen. Er wird leiden, schlimmer als zuvor. Und du, mein Junge, wirst ihn auf seinem Leidensweg begleiten…“

Prinz der Dunkelheit

Blinzelnd öffnete ich die Augen und sofort fand mich die Schwärze, umarmte mich. Es dauerte nur den Bruchteil einer Sekunde, bis ich realisierte, wo ich mich befand.

Er hatte mich eingesperrt.

In.

Eine.

Winzige.

Zelle.

Direkt neben Phil.

Explosionsartig befreite sich der Zorn, brach durch meine Knochen, durch meine Haut, fraß sich durch jede Zelle meines Körpers. Dieses Gefühl… schmerzte, betäubte meinen Verstand. Ich schloss die Augen, hoffte dass die Müdigkeit siegen und mich erneut davontragen würde.

Ein leises Knarren versetzte mich augenblicklich in Alarmbereitschaft. Gegen meinen Willen zwang ich mich die Augen erneut zu öffnen.

„Du bist wach“, hörte ich eine leise Stimme erleichtert flüstern. „Wurde auch verdammt nochmal Zeit. Ich dachte… ich dachte, du würdest nie wieder aufwachen…“

„Will ich wissen, was passiert ist?“

„Willst du?“

Ich schüttelte den Kopf, murmelte: „Nein.“

„Hab ich mir gedacht…“, seufzte Phil. „Weißt du, mein Prinz...“

„Phoenix", unterbrach ich ihn leise, „Mein Name ist Phoenix."

Phil grinste, dann verwandelte sich sein Gesicht erneut in eine Leinwand der Traurigkeit. „Ich hatte keine Ahnung, wie sehr du ihn hasst. Deinen Erzeuger." Er schüttelte betroffen den Kopf. So, als würde er sich schuldig fühlen. Dabei war ich ehrlich gesagt erleichtert, mehr als erleichtert, dass er ihn Erzeuger genannt hatte, und nicht *Vater*...

Für einen winzigen Moment verschluckte uns die Stille. Wir schwiegen. Waren in unseren eigenen Gedanken versunken.

Er in seine.

Und ich... in meine.

„Als ich dir auf dem Schattenmarkt begegnet bin, da..." Er stoppte seine Gedanken. Seufzte leise, ehe sich weitere Wörter auf seiner Zungenspitze sammelten, die er nachdenklich, zögerlich, von seiner Lippe schubste. „Naja... im ersten Moment war ich überzeugt gewesen, dass du genauso grausam und herzlos wärst wie... wie dieses Monster, dass du..." Erneut zögerte er. Sprach nicht weiter. Als wüsste er nicht, ob er mir das, was er zu sagen hatte, auch wirklich sagen konnte. „Naja... dass du demnach auch genauso verloren wärst..."

„Verloren?", lachte ich herzlos. „Mein Vater... ist nicht verloren... Er wurde bereits als MONSTER geboren..."

„So... meinte ich es nicht..."

„Wie dann?"

„Die Dunkelheit, die ihn kontrolliert, die, wenn wir ehrlich sind, in jedem Schattendämon existiert, sie hat ihn nicht nur zerstört... diese Dunkelheit hat sein LICHT, die darin leuchtende Wärme, mit einer Kälte infiziert, für die es kein Heilmittel gibt. Sein Licht… es ist erloschen. Und… ohne dieses, wird er niemals mehr zurückfinden können. Der König… er ist verloren. Und zwar… für immer."

„Licht…", lachte ich zynisch. „Er ist, wie ich bereits sagte, ohne dieses Licht geboren worden…"

„Lange Zeit habe ich geglaubt, dass dieses maskierte Monster, dass nachts unsere Dörfer überfällt und viele von uns hat verschleppen lassen, nicht nur uns einfache Dämonen versuchte zu versklaven, sondern auch unseren König, deinen Vater."

„Versuchst du mir gerade zu sagen, dass mein Vater sein Gesicht, wie ein jämmerlicher Feigling, hinter einer Maske versteckt, während…" Ich schloss gequält die Augen, sperrte all die dunklen Gefühle, die in diesem Moment erwachten, zurück in die hintersten, tiefsten Winkel meiner Seele.

„Ja. Genau das versuche ich dir zu erzählen. Jedes Mal hat er eine Maske getragen. Aber… es war nie dieselbe. Jedes Mal war es eine andere Maske. Sodass wir nie wussten, WER uns überfiel. Bis… bis wir erkannten, bis wir begriffen, dass das Gesicht, dass sich dahinter verbarg… immer dasselbe war. Denn jede Tat, jedes Verbrechen, trug ein- und dieselbe Handschrift. Nämlich SEINE. Die des Phantoms. Deshalb haben wir lange Zeit geglaubt, oder vielmehr denken es die anderen immer noch, dass die in dem Phantom existierende Dunkelheit unseren König in Ketten gelegt hätte, dass die damit verbundene Kaltherzigkeit ihn gefangen hält… und dass er deshalb nicht in der Lage ist sein Volk vor diesem Monster zu beschützen. Seit letzter Nacht weiß ich, dass das maskierte Monster, und der Schattenkönig… dass es ein- und derselbe Dämon ist. Dein Vater – er ist das Phantom. Denn die

Maske, die sein dunkelstes Geheimnis vor der Welt da draußen verbergen sollte, die hatte er in dem Moment abgenommen, als er sicher war, dass von uns Gefangenen niemand dieses Schloss lebend verlassen würde. Sodass niemand die wahre Identität des Phantoms würde verraten können."

„Wie viele Angriffe hast du überlebt, bevor er dich…"

„Zu viele, mein Prinz. Viel zu viele…"

Ich hörte Phils Worte und spürte wie seine Seele blutete, wie sehr er litt, wie sehr ihn der Gedanke quälte, dass er seine Familie nicht hatte beschützen können, dass er seinen Sohn nicht hatte retten können. Mein Herz krampfte sich zusammen, als ich Bilder vor meinem inneren Auge sah, die ich nicht ertragen konnte, während mich gleichzeitig die Gewissheit verschluckte, dass ich mich, genau wie alle anderen Marionetten dieser Welt, seinem Willen würde beugen müssen, dass ich mich, um meine Familie zu beschützen, würde unterordnen müssen. Zumindest so lange, bis ich einen Weg aus diesem beschissenen Irrgarten des Horrors herausgefunden hätte. Ich spürte die Tränen unserer Welt auf meiner Haut, spürte, wie der Wind mich tröstend umarmte und versuchte die tiefen Wunden auf meiner Seele zu heilen.

Dann… plötzlich… schrie der Himmel, während die Finsternis der Hölle erwachte. Der Teufel, er war zurück.

Prinz
der Dunkelheit

Die Hölle verschluckte Phil und mich. Jeden Tag. Immer und immer wieder. Es verging keine Sekunde, in der ich nicht nach einem Ausweg suchte. Nach einer Möglichkeit, um Phils Leiden zu beenden, um ihn von diesem Monster zu befreien, um uns beide von diesen Qualen zu erlösen. Vaters Grausamkeiten steigerten sich mit jedem weiteren Tag. Er spielte mit uns, mit unseren Gefühlen, schickte uns durch unzählige Höllen.

„Warum?", knurrte ich bedrohlich, während mich gleichzeitig das beklemmende Gefühl von Furcht würgte, mir meine Atemzüge stahl. „Warum tust du das? Ich… versteh es nicht. Ich mein, ich versuche dich zu verstehen…"

„NEIN!", schrie er mit hasserfüllter Stimme, „Tust du nicht. Du versuchst es noch nicht einmal! Du verstehst NICHT, dass ich nur dein Bestes will…"

„MEIN Bestes?", unterbrach ich ihn, schüttelte ungläubig den Kopf. „MEIN BESTES?!" Sarkastisch lächelnd starrte ich ihn mit der in mir erwachten Dunkelheit herausfordernd an.

„Ja, mein Junge. DEIN Bestes. Verstehst du denn nicht? Gefühle, egal welcher Art, machen dich angreifbar. Wenn du zulässt, dass Gefühle dich kontrollieren, dann wirst du niemals frei sein. Solange du fühlst, solange du etwas für jemand anderen empfindest, so lange wirst du angreifbar sein, erpressbar… UND so gut wie tot. Alles, was in dieser Welt zählt, alles, was hier von Bedeutung ist, ist MACHT. Nichts anderes. Doch, um Macht, wahre Macht, erlangen zu können, musst du endlich anfangen deine Gefühle auszulöschen. Du musst skrupellos werden, unbarmherzig, kalt. GRAUSAM. Nur, wenn dich die Dämonen unserer Welt fürchten, wirst du in der Lage sein sie zu kontrollieren."

Ich wollte ihm widersprechen, wollte ihm sagen, dass er sich irrte, doch er ließ mich erst gar nicht zu Wort kommen.

„Meinst du vielleicht, ich wüsste nicht, wie viele meinen Tod herbeisehnen? Glaubst du allen Ernstes, wenn ich Gefühle zuließe, würde ich noch leben? Oder du? Wenn irgendjemand dort draußen der Meinung wäre, dass ich dich, einen deiner Geschwister oder deine Mutter lieben würde…" Er spuckte das Wort aus als hätte es sich auf seiner Zunge in Salzsäure verwandelt. „Dann hätte man längst einen von euch entführt, um MICH zu erpressen… Doch sie wissen, jeder einzelne von diesen jämmerlichen Kreaturen hat begriffen, dass mir nichts und niemand etwas bedeutet. ICH bin nicht erpressbar. ICH bin, im Gegensatz zu DIR, nicht angreifbar. Bei der kleinsten Schwäche hätte ich verloren, man würde hinterrücks über mich herfallen. Doch, glaubst du ernsthaft, dass sie weniger grausam, weniger skrupellos wären… wie ICH?! GEFÜHLE haben in MEINER WELT nichts zu suchen. Und du, mein Junge, wurdest in meiner Welt geboren, ob es dir gefällt oder nicht."

„Ohne Gefühle… hört man auf zu leben… Ohne Gefühle… ist man innerlich tot."

„Falsch…", knurrte er leise. „Wer fühlt stirbt… es ist nur eine Frage der Zeit…"

Vater stand direkt vor mir. Die von ihm ausgehende Kälte ließ die Luft gefrieren, genau wie meine Lungen. Jeder Atemzug verwandelte sich in klirrendes Eis.

„Du bist so naiv, mein Junge. Du willst einfach nicht begreifen, dass du dich selbst in Gefahr bringst. Und solange das so bleibt, werde ich dich beschützen. Vor dir selbst…"

„Du? Mich beschützen? Wie? Indem du mich einsperrst?!", fauchte ich, erfüllt von purer Kälte. „Oder indem du versuchst ein Monster aus mir zu machen? Ein gefühlloses Monster… so wie du eines bist?! Wann kapierst du endlich, dass ich niemals so werden will wie du? ICH. WILL. ES. NICHT. Und diesen Willen wirst du mir nicht nehmen können. Niemals."

„LERNE. Und stell verflucht nochmal deine Gefühle ab. ALLE! Oder ich werde jeden einzelnen, der dir etwas bedeutet, vor deinen Augen quälen, so lange, bis du begreifst WER du bist. WER du wirklich bist. Und? Willst du wissen, mit wem ich anfangen werde?" Sein Blick durchbohrte mich, zertrümmerte meine Knochen. Sein Lächeln ließ mich, genau wie seine Worte, sterben. Tausend Tode sterben. „Mit DEINEM Licht."

Erfüllt von schierer Panik starrte ich ihn mit weitaufgerissenen Augen an. Woher wusste er von meinem Licht? Woher wusste er von Summer? NEIN! NEIN! DAS durfte nicht sein. DAS konnte nicht sein. UNMÖGLICH. Sollte ihr etwas passieren… Dieser Gedanke zerstörte mich, während meine Seele schrie. Ihren Namen schrie. Und der Augenblick mich folterte.

„Oh… hast du etwa geglaubt, ich wüsste es nicht? ICH weiß ALLES. Also… ?" Er lachte mir ins Gesicht. Kalt. Eiskalt. „Du bist verflucht nochmal der Thronerbe. Und als solcher habe ich dich zu beschützen. Vor dir. UND vor dem Licht…"

Bevor ich ihn anschreien konnte, bevor ich ihm die Pest an den Hals wünschen konnte, bevor ich ihm den Tod wünschen konnte, war er auch schon verschwunden. Trotzdem hinderte mich diese Tatsache nicht daran ihm hinterherzuschreien: „ICH werde DICH umbringen. Hast du gehört?! ICH. BRING. DICH. UM!"

Der von Dunkelheit erfüllte Sturm, der in mir wütete, der mir den Boden unter den Füßen wegzog, verstummte innerhalb eines Herzschlages, wich vor der in mir explodierenden Kälte zurück, während meine Seele Tränen vergoss, Eistränen, gefüllt mit kalter Stille.

„Töte mich… bitte… lass mich sterben…" Phils Worte brachten alles in mir zum Verstummen. ALLES.

Ich starrte ihn an. Wollte ihm sagen, dass ich das nicht konnte, dass ich das nicht durfte, doch mir fehlten die Worte, die beschissenen Buchstaben, einfach alles…

„Bitte…", flehte er leise, mit zerbrechlicher Stimme und suchte meinen Blick, sah mir in die Augen.

„Aber…", begann ich zögerlich, doch noch immer wusste ich nicht, was ich sagen sollte, geschweige denn, was ich denken sollte. Denn diese Bitte, diese grausame Bitte, würde meinen Verstand mit Bildern fluten, die ich niemals würde vergessen können. Bilder, die mich jeden Tag daran erinnern würden WER ihm dieses Leid, diese Seelenqualen angetan hatte. WER ihn jeden Tag aufs Neue durch die Hölle geschickt hatte. ~~Hatte schicken müssen~~. Denn nicht Vater war es, der ihn die letzten Tage gefoltert hatte.

Ich.

Ich bin es gewesen.

Während das Monster kaltlächelnd dabei zugesehen hatte, während Mo und June in der Zelle neben uns eingesperrt gewesen waren. Nur meinetwegen hatte Phil leiden müssen, hatte Schmerzen über sich ergehen lassen müssen, die jeden anderen Dämon längst von seinen Qualen erlöst hätte… doch dank meiner Magie, die, seit ich ihn geheilt hatte, durch seinen Körper floss, war es ihm nicht gestattet zu sterben, es sei denn ICH hätte es zugelassen.

Doch ich hatte ihn nicht sterben lassen *wollen.* Weil ich mich an den Gedanken geklammert hatte, dass ich, zusammen mit ihm, seinen Sohn finden würde. Es war der Wunsch gewesen, der lächerliche Wunsch, VATER und SOHN retten zu können, sie zusammenführen zu können, der mich daran gehindert hatte all das hier zu beenden. Es endlich zu beenden. Nur, weil ich mein Gewissen hatte erleichtern wollen, indem ich versucht hatte mein Handeln vor mir zu rechtfertigen, hatte ich ihn nicht sterben lassen. Egal, wie sehr er es sich gewünscht hatte. Denn meine Magie verhinderte es…

„Beende es. Nur so wirst du ihn aufhalten können."

„Ich kann dich nicht töten… nicht nachdem…" Ich wollte es ihm erklären, wollte ihm sagen, dass… Doch ich konnte nicht. Was hätte ich ihm auch sagen sollen? WAS?! Für das, was ich getan hatte, gab es keine Worte.

„Er hat es gewusst. Er hat es von Anfang an gewusst…"

„Was? Was hat er gewusst?"

„Dass du mich retten würdest… dass du mich nicht sterben lassen würdest. Und, soll ich dir noch was verraten? Er hatte es genau so geplant. Von Anfang an…" Phil sah mich an. Und, auch ohne, dass er es aussprach, wusste ich, dass er all meine Gedanken längst kannte, dass er längst begriffen hatte, was seine Heilung bedeutete, für ihn… und für mich…UND welchen Preis ich für seinen Tod zahlen würde.

„Deine Magie… sie fließt nicht nur durch meinen Körper… sie ist es, die mich jedes Mal heilt, die verhindert, dass ich sterbe…“

„Wenn ich geahnt hätte… verflucht… ich… ich hätte es wissen müssen…“

„Du wolltest nur helfen… Gib dir nicht die Schuld.“

„Verflucht… ICH. KENNE. MEINEN. VATER. Ich kenn seine Psychospiele und… Fuck…“

„Rette meinen Sohn. Und DEIN Licht. Mich kannst du nicht retten, und das weißt du… doch für die beiden ist es noch nicht zu spät. Bitte…“

„Weißt du, was du von mir verlangst?“

„Ja. Mein Prinz, das weiß ich. Und… ich wünschte ich bräuchte dich nicht darum zu bitten. Aber… nur so wird es aufhören, endlich aufhören. Bitte, beende es. Töte mich.“

„Hätte ich dich bloß nie geheilt… Dann, dann wäre dir all das erspart geblieben…“

„Mag sein… aber dann wäre auch mein Sohn verloren gewesen. Denn ohne deine Magie, ohne den Wunsch mich retten zu wollen, hätte ich dir nicht von ihm erzählen können… Vielleicht sollte es so sein, vielleicht ist das mein Schicksal…“

„Pfff… von wegen Schicksal…“

„Nichts geschieht ohne Grund…“

„Welchen verfluchten Scheißgrund sollte es für all das hier geben? Hmm?! Welchen?! Glaubst du ernsthaft, dass es irgendeinen beschissenen Grund gibt, der all das rechtfertigt? Es gibt keinen. Und es wird auch niemals einen geben.“

„Rette meinen Sohn. Und rette die LIEBE, rette dein LICHT. Und… eines Tages, das schwöre ich dir, mein junger

Prinz, wirst du uns alle retten. Jeden einzelnen Schattendämon...Weil ihr beide das Licht hierher zurückbringen werdet. Das EINE... kann und darf nicht ohne das ANDERE existieren. Dort, wo Dunkelheit ist, dort muss es auch Licht geben. Immer... Nur so werden Schatten geboren."

Prinz
der Dunkelheit

„Er hat dich… freigelassen?“

Ich schwieg, blieb meiner Schwester die Antwort schuldig.

„Aber…“ June starrte mich an, bis Begreifen in ihrem Blick erwachte. „Du… du hattest kein Recht ihn zu töten.“

„ER wollte sterben, June. Phil wollte, dass ich ihn töte, dass ich ihn von diesem Leid erlöse. Okay?! ER. WOLLTE. ES!“

„Phil war unschuldig…“ June atmete so hastig, dass nicht nur ihre Stimme zitterte, sondern auch ihr Körper. In ihren Augen schlug die Panik, zusammen mit der Wut, wild um sich. Wild. Unkontrolliert. Erfüllt von blankem Entsetzen.

„DAS seid ihr auch. Du weißt genauso gut, wie ich, dass er mir keine Wahl gelassen hat. Er wusste, dass ich über kurz oder lang genau DAS tun würde, was er von mir verlangt.“ Ich holte zittrig Luft. So tief, als wollte ich der Welt den Atem stehlen.

„Du hättest…“ June versuchte zu sprechen, versuchte ihren Gefühlen Ausdruck zu verleihen, doch kurz bevor die Buchstaben sie finden konnten, verschluckte sie das Grauen. Stahl ihr die Stimme. Ließ sie scheitern. Immer. Jedes Mal.

„WAS?! Was hätte ich tun sollen? Ihn leben lassen und dabei zusehen, wie er euch stattdessen foltert? Vor meinen AUGEN?“ Ich versuchte die Angst, zusammen mit dem Hass, aus meiner Stimme zu verbannen.

„Das…“ Ein Wort, das einsam und verlassen zu Boden stürzte. Zersplitterte. In Millionen winzige Scherben. Während June versuchte ihr stolperndes Herz zu beruhigen.

„Genau das hätte er getan. Weil er weiß, dass ich ALLES tun würde, um euch zu beschützen. ALLES. Und… er wollte mit Summer anfangen…“

„Er weiß von Summer? Aber…“

„Keine Ahnung, woher er das weiß. Ehrlich gesagt, spielt es auch keine Rolle, denn es ändert nichts. ER. WEISS. ES. Okay?! Wie er es herausgefunden hat, ist mir scheißegal, ich will bloß, dass er sie nicht findet, dass er sie verflucht nochmal in Ruhe lässt…“

„Vergiss sie…“ murmelte Mo, leise, so verdammt leise.

„WAS hast du gesagt?“, zischte ich. „ICH soll WAS? Sie vergessen?! Sie ihrem Schicksal überlassen? Die Augen schließen, während er sie meinetwegen…“

„Nein“, unterbrach er mich. „Du sollst sie bloß vergessen. Alles, was Vater will, was er seit jeher von dir verlangt, ist, dass du deine Gefühle abstellst. Er will die Liebe, die in dir existiert, auslöschen. Genauso wie er die Liebe zu ihr vernichten will. Er will Summer nur aus einem Grund foltern, weil er hofft, dass du, um sie zu retten, deine Gefühle aufgibst. Weil er begriffen hat, dass sie dein Licht in der Dunkelheit ist. Verstehst du? Es geht ihm nicht um Summer. Es geht ihm einzig und allein um DICH. Wenn er also erfährt oder vielmehr spürt, dass du diese Liebe, auf seinen Wunsch hin, hast sterben lassen, wird er das Interesse an ihr verlieren.“ Mo schaute mir tief in die Augen. Tief in mein Herz. Ehe er seine Gedanken ein weiteres Mal in Worte verwandelte.

„Denn, du vergisst… sollte er Summer angreifen, riskiert er nicht nur einen offenen Krieg, sondern auch, dass der

Lichtkönig ihm seine Magie stiehlt. Summers Vater, so besagt es der Pakt, dürfte ihm, mit Hilfe der Schicksalsgöttin, seine Dunkelheit und somit all seine Kräfte, entziehen… Warum sollte er seine MACHT opfern wollen, wenn er erfährt, dass sein Thronerbe…“

„Selbst wenn ich sie vergessen würde… wüsste Summer immer noch wer ich bin.“

„Dann…“

„Nein“, unterbrach ich ihn, ließ ihn seine Gedanken erst gar nicht zu Ende denken. „Nein, sie würde mich niemals freiwillig aufgeben. Sie würde ihre Erinnerungen an mich, an uns, nicht opfern. Für niemanden.“

„Doch… wird sie…“

„Ach ja? Wie?“

„Das… lass mal meine Sorge sein. Ich… ich lass mir was einfallen…“

Prinz
der Dunkelheit

Mit den Fingerspitzen berührte ich die Blüten der Sperical Stars und im selben Moment erwachte der schwarzleuchtende Kosmos der Erde zum Leben. Verzauberte Summer und mich mit seinem magischen Funkenregen. Die Luft funkelte und glitzerte in den schönsten Blautönen. Türkisschimmernde Tränen des Nachthimmels forderten, zusammen mit dem Wind, das Sternenlicht leise lachend zum Tanzen auf.

Ich griff nach Summers Hand, verschränkte unsere Finger miteinander und sofort durchströmte mich ein magischer Zauber, der sich nicht in Worte fassen ließ, während ich die Nacht stumm um Hilfe bat. Die Dunkelheit anflehte, mich von dem Schmerz, der sich in meiner Seele ausbreitete, zu befreien. Diesen zu stoppen, und zwar bevor er mich verschlingen konnte. Für das, was ich vorhatte, was ich glaubte tun zu müssen, brauchte ich jede erdenkliche Kraft und Willensstärke.

Während Mo nach einem Weg suchte, um Summer davon zu überzeugen all ihre Erinnerungen oder vielmehr die Erinnerungen an mich, an UNS, aus freien Stücken aufzugeben, war ich im Begriff etwas zu tun, was unverzeihlich war. Ich wollte etwas zerstören, was uns beide ATMEN ließ. Etwas das uns beiden gehörte. Ihr. Und mir.

Aber, wie heißt es so schön?! Monster zerstören WEN oder WAS sie wollen, wann immer sie wollen. Der bloße Gedanke daran war so grausam, dass mich eine heuchlerische

Stille verschluckte. Eine Stille, die mein Herz zum Schweigen brachte, während der Sturm, der außerhalb dieses Nebels wütete, laut schreiend nach dem WARUM fragte. Eine Frage, die ich nicht beantworten konnte. Selbst wenn ich wollte.

Der Moment hielt mich gefangen, wurde zur Ewigkeit, verwandelte sich in eine Zerrissenheit, die ich bereits jetzt kaum ertragen konnte, weil die damit verbundene Sehnsucht mich in Ketten legte. Ich schloss die Augen. Atmete mühsam beherrscht tief durch.

Ein Atemzug.

Zwei Atemzüge…

Meine Gefühle verstummten und meine Gedanken wurden zu einem leisen, kaum hörbaren, Flüstern. Und doch konnte ich die Stimme in meinem Kopf schreien hören. Eine Stimme, die mich unentwegt daran erinnerte, in was für ein Monster ich mich verwandeln würde, sollte ich mein Vorhaben tatsächlich in die Tat umsetzen. ~~*Du bist ein Monster. Schon immer gewesen… du hattest nur versucht es zu vergessen, zu verdrängen. DOCH… du kannst nicht ändern WAS du bist…*~~

Ich biss mir auf die Lippe. Sperrte die Schuldgefühle, die drohten auszubrechen, einfach weg. Wie auf Knopfdruck.

„Komm her“, flüsterte ich leise und zog Summer, kaum hatte ich die Worte ausgesprochen, auch schon an meine Brust, legte meine Hände auf ihren Rücken. Sie hob den Kopf, suchte meinen Blick, während ich sie enger an mich drückte.

Wir sahen uns in die Augen, und die Liebe, die mich verschlang, die mich in Flammen aufgehen ließ, war das schönste, wundervollste und atemberaubendste Gefühl, das existierte. Verdammt! Dieses Gefühl wollte, konnte, nein, durfte ich nicht aufgeben, nicht vergessen. Und doch würde es passieren, passieren müssen.

Vielleicht nicht jetzt.

Vielleicht nicht hier.

Aber nur, weil sich die Zeit, dieses *vielleicht,* noch nicht in einen von Kälte geküssten Schmetterling verwandelt hatte…

„Weißt du, *warum* ich diesen Ort liebe?“, hauchte sie leise, zärtlich. Ihre Lippen legten sich auf meine, ohne mich wirklich zu berühren. „Weil hier… an diesem magischen Ort… selbst die tiefste Dunkelheit anfängt zu leuchten.“

In dem Moment, wo mich ihre Worte fanden, berührten, küssten, setzte mein Herz schweigend aus. „Prinzessin…“ Meine Zunge strich über ihre Unterlippe, bat stumm um Einlass, den sie mir bereitwillig gewährte. Lächelnd sanken wir zu Boden, wo ich sie sanft nach hinten drückte, bis sie mit dem Rücken auf der Erde lag und wir umgeben waren von unzähligen Kugelsternen.

Ich beugte mich über sie, hielt inne und genoss ihren Anblick. Sie lachte leise und ihre Augen leuchteten, glitzerten, funkelten wie winzige Diamanten, lockten mich, forderten mich auf sie erneut zu küssen. Mich endlich in ihr zu verlieren.

Dieser Blick, dieses unbändige Verlangen, dass mir entgegenstrahlte, raubte mir den Verstand, ließ mein Herz beben, zittern, und alles, woran ich denken konnte, war… sie zu küssen. Jetzt. ~~Bis in alle Ewigkeit.~~

Meine Lippen legten sich auf ihre, während die Welt um uns herum versank, einfach aufhörte zu existieren. Es gab nur noch uns. Summer und mich.

Sie stöhnte in meinen Kuss, drückte den Rücken durch, presste ihren Körper gegen meinen. Oh, ich liebte dieses Geräusch. Wollte es hören. Immer. Und immer wieder. Ich küsste sie. Wild. Voller Leidenschaft. Wollte, dass dieser Kuss niemals endete.

Träume und Sehnsüchte vermischten sich mit meiner Dunkelheit, erinnerten mich kalt lächelnd daran, dass die Zeit nicht stehen bleiben würde, ganz egal, wie sehr ich es mir insgeheim auch wünschen mochte.

Ich ignorierte die Wahrheit, sperrte den Schmerz weg, blendete ihn aus. Dieser Moment gehörte UNS. Und keine Zeit, kein Schicksal und keine Macht der Welt würde uns diesen zerstören.

Summer suchte meinen Blick und sah mir tief in die Augen, während ihre Hände unter mein Shirt glitten, hinauf zu meiner Brust. Mein Herz raste, bebte, zitterte, während meine Seele im Meer der Wünsche eintauchte. Ich wünschte, ich könnte diesem wunderbaren Moment, diesem winzigen Augenblick, Unsterblichkeit einhauchen, ihn in einen von Glück beschwipsten Wassertropfen verwandeln. Summer war der Ozean meiner Seele. Schon immer. In jedem Wassertropfen pulsierte ihre Liebe.

Eine Liebe, die meinen Verstand flutete.

Eine Liebe, die jeden Herzschlag in ein Lichtermeer und jeden meiner Atemzüge in meterhohe Wellen verwandelte.

Eine Liebe, die unsere Gefühle untrennbar miteinander verband.

Unsere Liebe war ein Ozean.

Wunderschön.

Sanft.

Stürmisch.

Unergründlich.
Geheimnisvoll.
Tief.
So.
Verdammt.
TIEF.

Prinz
der Dunkelheit

Summers Kopf ruhte auf meinem Schoss, während ihre Augen das schwarze Lichtermeer bewunderten. Mein Herz verwandelte sich in einen Kolibri, flatterte wild, aufgeregt, war erfüllt von lachender Schönheit. Ich hauchte ihr einen Kuss auf die Stirn, auf die Nasenspitze. Strich ihr sanft eine Haarsträhne hinters Ohr.

Ein vertrautes, in den Farben der Düsternis gezeichnetes, schimmerndes Leuchten erregte meine Aufmerksamkeit und versetzte mich schlagartig ins Staunen. Welches Geheimnis würde dieses Mal in den Sperical Stars erblühen wie eine aus dem Winterschlaf erwachte, im Schatten geborene und längst in Vergessenheit geratene, pechschwarze Mohnblume?

Das Licht der Kugelsterne strich zärtlich, leise tanzend, über meine Haut. Alles wurde dunkel. Stockdunkel. Schwarz. So schwarz wie eine Nacht ohne Morgen. Und doch schimmerte die Finsternis. Funkelte. Glitzerte. Wirkte…

LEBENDIG.

So.

Verdammt.

L E B E N D I G.

Es war überwältigend.

Atemberaubend.

Majestätisch.

Wunderschön.

Das Sternenlicht jeder einzelnen Blume verwandelte sich in einen aus Blütenstaub bestehenden Nebelschleier, den der Wind durch die Luft wirbelte. In den schönsten Farben des Schattenreichs.

Mitternachtsschwarz.

Samtschwarz.

Tintenschwarz.

Blauschwarz.

Der Augenblick hielt mich gefangen. Und, während das Glück in meinem Herzen, in meiner Seele tobte, freudig jubelte, würgte mich die Angst. Ich hörte die in mir eingesperrte, von Verzweiflung gekrönte Furcht, flüstern. Spürte, wie sich die Einsamkeit meiner Gedanken in einen Traum verwandelte, gefüllt mit einer eiskalten, wundervollbringenden Sehnsucht.

„Siehst du das?“ flüsterte Summer leise, kaum hörbar.

Mein Mund lächelte an ihrer Schläfe. Die Magie schwebte geräuschlos über uns, während im gleichen Atemzug der Zauber des Moments erwachte.

Die Wellen des tiefschwarzen Lichtermeeres bäumten sich auf, verwandelten sich unter dem Schleier der unergründlichen Finsternis des Schattenreichs in eine Lebendigkeit, die mich atmen ließ. Jedes Mal, wenn Summer und ich hier waren, gemeinsam, vereint, erzählte uns die Schicksalsgöttin eine in Vergessenheit geratene Geschichte. Nein. Keine Geschichte. Ein in Vergessenheit geratenes Geheimnis. ~~*In jedem Licht existiert Dunkelheit und in jeder Dunkelheit leuchtet das Licht.*~~

„Es ist immer dieselbe Geschichte…“, seufzte Summer leise, mit einer Traurigkeit in der Stimme, die jeden meiner Herzschläge in eine frostige Eiswüste verwandelte, vor dessen Kälte ich mich, selbst wenn ich wollte, nicht ewig würde schützen können. Meine Brust hob und senkte sich. Schnell. Viel zu schnell. Mit einem tiefen Seufzer schloss ich die Augen, versuchte mich auf Summers Stimme zu konzentrieren.

„Eine Wahrheit… die verloren scheint…"

Ich dachte über ihre Worte nach, während ich die damit verbundenen Gefühle ausblendete, sie einfach ignorierte. Und doch drohte mein Herz in einem Meer unterdrückter Gedanken zu ertrinken. Ich kämpfte, versuchte Luft zu holen. Einen Atemzug später legte Summer ihre Hände um mein Gesicht, flüsterte leise meinen Namen.

„Phoenix?"

Ich versuchte zu sprechen. Wollte ihr antworten. Wollte ihr sagen, dass es mir gut ging, dass sie sich keine Sorgen machen brauchte. Mit einem tiefen Seufzer öffnete ich die Augen, begegnete ihrem Blick.

„Nein. Nicht verloren. Sondern… VERGESSEN", hörte ich mich gegen meinen Willen flüstern, ehe meine Gedanken schlagartig wieder verstummten, weil ich sie zum Schweigen brachte, weil ich ihnen verflucht noch mal nicht zuhören wollte. Nicht jetzt. Nicht in diesem Augenblick.

„Vergessen?" Fragend sah Summer mich an. Vollkommen verwirrt. Verwundert. Ihre Augen suchten *mich*, den Zugang zu meiner Seele. Fanden mich. Und in derselben Sekunde fesselte mich ihr Blick, entführte mich in eine Welt, die ich jetzt, hier und jetzt, im Grunde nicht bereit war zu betreten.

Ich wusste, dass Summer die Botschaft, die sich in diesem einen, scheinbar unbedeutenden, Wort verbarg, bereits in dem Moment verstanden hatte, als dieses unbeabsichtigt das Licht der Welt erblickt hatte. Fuck! Warum hatte ich überhaupt etwas sagen müssen? Warum hatte ich nicht ganz einfach meine Gedanken für mich behalten können. ~~Weil ich es~~

~~hatte aussprechen MÜSSEN. Weil mich meine Gedanken unentwegt quälten. Und weil es ALLES war. Alles. Außer… EINFACH. Unabhängig davon wusste ich, hatte ich längst gespürt, dass Summer den leisen Stimmen meiner damit verbundenen Gefühle angefangen hatte zuzuhören~~. Doch, bevor ich etwas sagen konnte, irgendetwas, verwandelte sie ihre Gedanken erneut in Worte. „Dann lass uns die Dämonen daran erinnern. Lass uns dieses Geheimnis zurückholen… zurück in unsere Welt."

„Wenn Herzen erfrieren, Seelen aufhören zu fühlen und Worte einen nicht mehr berühren, dann…"

„Dann… was?"

Ich senkte den Blick, schaffte nicht ihr länger in die Augen zu sehen. Die Hoffnung, die anfing sich in mir auszubreiten, war ihre. Nicht meine.

Ich wollte ihren Gefühlen nicht zuhören. Durfte es nicht. Weil ich wusste, dass die damit verbundene süße Sehnsucht mich mit Emotionen geflutet hätte, die ich, über kurz oder lang, lernen musste, zu unterdrücken.

„Willst du sagen, dass es dann zu spät ist?"

„Wenn man vergisst WER man ist oder WER man sein möchte, dann JA… dann ist es zu spät."

„Es ist nie zu spät…" Ihre Stimme zitterte. Ihre Gefühle wurden leiser. Und leiser.

„Doch, Prinzessin… manchmal ist es zu spät." Ich zog meine Mauern hoch, sperrte MICH ein. Dieses Gespräch war gefährlich. Genau wie die damit verbundenen Gedanken.

„Nein!", widersprach sie mir heftig. Aufgebracht. „Das glaub ich nicht. UND ich will es auch nicht glauben…"

„Summer… wenn etwas verloren geht, dann, und nur dann, kann man es zurückholen, weil man weiß, wonach man sucht. Doch, wenn es in Vergessenheit gerät…“ Ich seufzte. Musste aufpassen WAS ich sagte. Dieses Mal durfte sie unter keinen Umständen das zwischen meinen Worten versteckte Geheimnis entschlüsseln. Sie durfte unter keinen Umständen herausfinden, dass es bei diesem Gespräch, zumindest was mich betraf, nicht um die Schattendämonen ging, sondern einzig und allein um MICH. Um das, was in dem Moment mit mir passieren würde, wenn ich sie vergessen würde, wenn ich aufhören würde mich an sie, an uns, zu erinnern. ~~Ohne ihr Licht, ohne ihre Liebe, war ich verloren. Unwiderruflich. Weil ich MICH noch im gleichen Atemzug VERGESSEN würde.~~

„Wie? Wie willst du etwas finden, wenn du nicht einmal weißt, wonach du suchst?“ Die Dunkelheit in mir schrie, prügelte auf mich ein. „*Vergessen*…“, flüsterte ich leise, kaum hörbar, „ist schlimmer. So viel schlimmer…“

„Dann lass uns die Dämonen daran erinnern…“

Ich spürte ihre Entschlossenheit, ihren unbeugsamen Willen, ihr grenzenloses Vertrauen, ihre Stärke… IHR LICHT in jeder Zelle meines Körpers. Und das, obwohl ich sie versuchte auszusperren.

„Hast du mir nicht zugehört?“

„Doch! Aber du hast *mir* nicht zugehört. Die Dämonen mögen es vielleicht vergessen haben. ABER… das zählt nicht für uns. Was glaubst du wohl, warum uns die Dunkelheit jedes Mal, wenn wir zusammen hier sind, daran erinnert? Weil sie verhindern will, dass auch WIR vergessen. Verstehst du? Solange wir beide wissen, wonach wir suchen müssen, solange… besteht HOFFNUNG.“

Kaum hatte Summer das Wort *Hoffnung* ausgesprochen begannen die schwarzen Lichter in den Wellen zu flackern. Zu

Funkeln. Als wollte das Meer den Gefühlen, den unausgesprochenen Gefühlen der Schicksalsgöttin, Leben einhauchen. Es war ein atemberaubender Anblick. Ein Farbenspiel der Finsternis.

Summer griff nach meiner Hand. Verschränkte unsere Finger miteinander. Sofort raste ihre Liebe, in freudiger, lachender Ungeduld, durch meinen Körper. Unsere Augen bewunderten, erfüllt von faszinierender Sehnsucht, das aus dunkler Seide bestehende Meer.

Plötzlich tauchten Fledermäuse aus den Wellen auf. Im ersten Moment sahen sie alle gleich aus. Schwarz. Doch die in der Luft umherschwirrende Magie verlieh ihnen eine Schönheit, die nicht in Worte zu fassen war. Innerhalb eines Wimpernschlages veränderte sich ihr Aussehen. Das tiefe Pechschwarz wurde heller. Und heller.

Schwarzgrau.

Graphitgrau.

Steingrau.

Platingrau…

LICHTGRAU.

Ehe jede in der Dunkelheit geborene Fledermaus in den Farben des Regenbogens erstrahlte. ~~Unsere Liebe, die Liebe zwischen Licht und Dunkelheit, war mächtig. Mächtiger, als ich es je für möglich gehalten hätte. UNSERE Liebe war in der Lage jede verlorengeglaubte Farbe zurückzubringen. Zurück ins Schattenreich. Und es gab so viele, so verdammt viele FARBEN.~~

Das aus Fledermäusen bestehende bunte, leuchtende Meer, verwandelte sich erneut. In jedem Regenbogentropfen wütete ein Tsunami. Der Wind pustete uns den Blütenstaub um die Ohren. Luft und Wasser verbündeten sich. Die im schwarzen, tosenden Meer, erwachte Magie sah uns an. Mit einem Blick, der älter war als die Zeit selbst. Die türkisblauen Augen weiteten sich, schimmerten, wechselten die Farbe. Wurden dunkel. Hell. Beides gleichzeitig. Das Meer veränderte seine Gestalt, begann, genau wie die Luft, zu flackern, zu flimmern, als wüsste die Magie nicht, ob sie uns das, was in ihr schlummerte, was in ihr eingesperrt war, wirklich anvertrauen sollte.

Von einer Sekunde auf die andere verwandelten sich die Augen in einen Nebelschleier, ehe einen Atemzug später das mächtigste Tier unserer Welt aus der Nebelwand emporstieg, aus der Asche der Dunkelheit… auferstand.

Ein PHÖNIX.

Ein gigantischer Phönix, dessen Schwingen lichterloh brannten. Dessen Federn aus orangeroten, züngelnden Flammen bestanden. Ein Feuer, dass die Dunkelheit des gesamten Schattenreichs innerhalb eines Atemzuges verschlucken könnte. Sodass nichts weiter davon übrigbleiben würde als Asche und Staub.

„Phoenix?"

„Hm?"

„Deine Schwingen…"

„Was ist mit meinen Schwingen?"

„Sie brennen. Sie stehen… in Flammen…"

Ehrfürchtig, verwirrt, verängstigt, vollkommen durcheinander berührte ich, nur mit den Fingerspitzen, das Feuer. Doch der Schmerz blieb aus. Körperlich spürte ich… nichts. Vielleicht konnte ich aber auch nur deshalb nichts spüren, weil alles, was ich in diesem Moment empfand, die Vollkommenheit eines magischen Augenblicks war.

Ich blinzelte. Einmal. Zweimal. Überall, soweit das Auge reichte, funkelten, leuchteten Glühwürmchen und verwandelten den Schattenwald, zusammen mit den Sperical Stars, in etwas magisches. ~~Königin der Nacht~~.

Die Bäume mit ihren saphirblauen Blüten, das Flüstern des Waldes, die schwarzen Mohnblumen, die wie von Geisterhand auf der Lichtung erschienen… all das, ließ diesen Moment… majestätisch erscheinen.

Ich traute meinen Augen nicht. Dieser düstere Wald mit seinen sanften Schatten erwachte… und für einen Moment kehrte das Licht zurück. Verzauberte uns. Ließ uns träumen.

Schlagartig ertönte ein Flüstern in meinem Kopf. Worte, die ich nicht hören wollte. Eine Stimme… leise… viel zu leise… Gedanken verhedderten sich. Ich schloss die Augen. Konzentrierte mich aufs Atmen.

Die Stimme wurde lauter.

Buchstaben setzten sich zu Wörtern zusammen.

Zu Fragen.

Fragen, die ich mir nicht stellen wollte… und doch hörte ich sie. Klar und deutlich.

Was zum Teufel hatte DAS zu bedeuten? Was versuchte die Schicksalsgöttin mir zu sagen? Dass ich der Dunkelheit in mir nicht zuhören sollte? Nicht… zuhören durfte? Dass ich, wie dieser Phönix, aus dem Gefängnis, in das mein Vater mich, seit ich denken konnte, einzusperren versuchte… ausbrechen sollte?

Innerlich lachte ich. Kalt. Zynisch. Als wenn DAS jemals möglich wäre. Ein grausamer Gedanke erwachte. Verschluckte mich. Versenkte mich. Meine Gefühle – kalt wie Eissplitter.

Oder… versuchte die Göttin mir, zusammen mit der Dunkelheit des Schattenreichs, zu sagen, dass sich das Schicksal, *mein* Schicksal, das SIE für mich vorgesehen hatte, endlich erfüllen musste? Ein Schicksal, dass mit dem Tod meines Bruders auf mich übergegangen war…? Sollte dieser Phönix mir in Wahrheit sagen, dass es Zeit wurde sich zu verwandeln? Und zwar in das Monster, das tief in mir schlummerte?

War der Zeitpunkt gekommen?

Sollte, nein, musste ich mein Erbe antreten?

Ich brauchte Zeit.

Mehr Zeit.

MEHR.

Einfach nur *mehr*.

Ich war noch nicht so weit. Wollte mein Licht, meine Prinzessin, nicht jetzt schon verlieren.

Meine Gefühle verwandelten sich in ein Flüstern, in ein zaghaftes Wispern. Wurden leiser. Und LEISER. Meiner Seele wurde die Orientierung geraubt. Ich konnte nichts mehr hören, nichts mehr fühlen, weil in mir ein Sturm wütete. Bestehend aus Zorn. Rasendem Zorn. Und eiskalter, unberechenbarer Wut, gefüllt mit Herzschlägen purer Verzweiflung…

Prinz der Dunkelheit

Je länger ich die Flammen betrachtete, desto unwirklicher erschien mir das Ganze. Es war… als würde ich träumen. Nur, dass es sich hierbei um einen Alptraum handelte. Ich wünschte, ich könnte aufwachen, mich aus dieser Hölle befreien. Ich spürte, wie das Feuer durch meinen Körper schoss, sich in ein brennendes Verlangen verwandelte. Mit jedem Atemzug fiel es mir zunehmend schwerer, den in meiner Seele eingesperrten Hass nicht in die Welt hinauszuschreien.

Hoch oben, in der Dunkelheit der Nacht, schossen mehrere Schatten hinter dem Mond hervor. Silhouetten, bestehend aus dunklem Rauch, mit Augen in denen die Sterne zusammen mit der Finsternis tanzten.

Was zum Teufel passierte hier gerade?

Summer beobachtete die fliegenden Schatten, ehe sie erneut meinen Blick suchte. Ihre Augen lächelten, strahlten. Neugierig beäugte sie mich, versuchte meinen Gefühlen zuzuhören. Als sie begriff, dass ich diese in Dunkelheit gehüllt hatte, um sie vor ihr zu verbergen, runzelte sie nachdenklich die Stirn. „Wieso sperrst du mich aus?“

Ich zuckte mit den Schultern. Blieb ihr die Antwort schuldig. Ihre goldschimmernden, kaffeebraunen Augen durchbohrten mich. Sie starrte, nein, funkelte mich herausfordernd an. Mit jeder Menge Fragezeichen im Blick. Oh ja, sie wartete auf eine Antwort. Auf eine Reaktion.

Ich lächelte.

Hüllte mich weiterhin in Schweigen.

„DAS ist nicht witzig“, brummte sie, „Beantworte mir gefälligst meine Frage…“

„Und wenn ich nicht will?“

„Was? Warum…?“

„Prinzessin… vielleicht möchte ich den Anblick einfach noch eine Weile genießen. Denn… weißt du… ich LIEBE diesen fragenden und zugleich vorwurfsvollen Ausdruck in deinem Blick.“

„Phoenix…“ Sie lachte. Drückte mich nach hinten ins Gras, beugte sich über mich, doch anstatt mich zu küssen, schaute sie mir einfach nur tief in die Augen.

„Worauf wartest du?“, flüsterte ich und umschloss mit beiden Händen ihr Gesicht. „Küss. Mich.“

„Weißt du, WAS ich LIEBE?“ Ihr Mund näherte sich meinen, doch, kurz bevor sich unsere Lippen berühren konnten, drehte sie den Kopf und flüsterte mir die Worte „Ich liebe es dich zappeln zu lassen“ ins Ohr.

„Weißt du, was ich noch mehr liebe als diesen vorwurfsvollen Blick?“, hauchte ich leise und fing an ihren Hals mit sanften Küssen zu bedecken, strich mit den Lippen über ihr Schlüsselbein, ehe mein Mund den ihren suchte, ohne sie jedoch zu berühren. Unsere Atemzüge vermischten sich. Innerhalb eines Herzschlages umschlangen meine Arme ihre Taille und wir drehten uns, wechselten die Position. Jetzt lag sie unter mir. Wehrlos. Mir vollkommen ausgeliefert.

„Wenn deine Augen mich anflehen DICH endlich zu küssen…“ Mein Mund lag auf ihrem Hals, ich spürte ihr Verlangen, in jeder Zelle meines Körpers. Es fiel mir zunehmend schwerer mich zusammenzureißen. Aber… noch wollte ich nicht nachgeben, auch wenn diese süße Qual mich bereits jetzt in den Wahnsinn trieb.

„Meine Augen sprechen also mit dir?" flüsterte sie leise, suchte meinen Blick und lächelte.

Ich strich ihr eine Haarsträhne hinters Ohr, streichelte ihre Wange, beugte mich ihr entgegen. „Ohhh ja… Immer. Unentwegt."

„Allerdings…", begann sie, doch anstatt den Satz zu beenden, ließ sie ihre Gedanken unausgesprochen. Zärtlich berührte sie meine Schwingen, wohlwissend, dass es nur noch eine Frage der Zeit wäre, bis ich sie endlich, endlich… küssen würde.

„Allerdings… WAS?" Die Worte stolperten aus meinem Mund. Leise knurrend. Weil meine Stimme mir nicht mehr gehorchte und mein Verstand dabei war sich aufzulösen, genau wie meine Entschlossenheit.

„Allerdings scheinst du DAS, was sie sagen, nicht sonderlich gut zu verstehen. Vielleicht…"

„Oh, doch…", unterbrach ich sie. Lächelte durchtrieben. „Ich verstehe es sogar VERDAMMT gut. Um ehrlich zu sein… viel zu gut…"

„Sicher?" neckte sie mich, beugte sich mir entgegen und fing an, an meiner Lippe zu knabbern.

„Sicher…" Mein Herz pochte. Raste. War kurz davor zu zerspringen. Ihre Lippen waren meinen zu nah. Viel zu nah.

„Phoenix!"

„Gib nach", flüsterte ich, ganz dicht an ihrem Ohr, ehe ich einen Atemzug später ihre Wange küsste, ihr Kinn, ihre Nasenspitze. Zärtlich knabberte ich an ihrem Ohr. Ein leises Wimmern drang aus ihrer Kehle.

Ich lächelte. Zog sie an mich, während mein Verlangen sich ins Unermessliche steigerte. Summer griff nach meinem Shirt, zog es mir überm Kopf aus. Es wurde still um uns herum. Alles, was ich hörte, war meinen schneller werdenden Atem. Alles, was ich spürte, war meine Lust. Meine Gier. Mein Verlangen.

Ohne zu zögern, griff ich nach ihrem Shirt, stülpte es ihr in einer fließenden Bewegung über den Kopf. Sah ihr in die Augen. Senkte den Blick, bewunderte ihren perfekten Mund. Lippen, die ich küssen wollte. Küssen MUSSTE.

Ein triumphierender Ausdruck umspielte ihre Mundwinkel, während ich ihren BH öffnete. Beiseite warf. Und meine Hand, nur einen Wimpernschlag später, ihre Brust umschloss.

Summer küsste mich, ließ die Hände über meine Bauchmuskeln gleiten, über meine Brust, meine Oberarme… meine Schwingen. In quälender Sanftheit streichelte ich ihre Brüste, ihren Bauch, glitt mit der Hand tiefer. Und tiefer.

Plötzlich lag ich unter ihr. „Ich werde dir IMMER nachgeben…“ hauchte sie, ehe sie mich küsste.

Prinz der Dunkelheit

Summer und ich saßen am Strand, lauschten der Melodie des Windes, der Wellen. Ließen uns von der Schönheit des Meeres verzaubern. Leise lachend färbte sich das Wasser, verwandelte sich in ein Spiegelbild des Horizonts.

In dem Moment, wo ich den Kopf in den Nacken legte und die Augen schloss, spürte ich wie die mohnrote Wärme sich in meinem Körper ausbreitete, wie das Sonnenlicht leise schmunzelnd durch meine Adern floss und meine Dunkelheit umarmte, ehe sich diese einen Atemzug später in einen tanzenden Schatten verwandelte.

Sonnenaufgänge waren Liebeserklärungen des Lichts an die Dunkelheit. Jedes Mal, für den Bruchteil einer Sekunde, innerhalb eines Wimpernschlages, schloss die Wärme die Dunkelheit in die Arme, hauchte ihr einen leisen, geflüsterten Kuss zu, gefüllt mit unendlich vielen Geheimnissen, gesponnen auf dem Spinnrad der Liebe.

„Phoenix?“

„Hm?“

„Warum hattest du mich vorhin ausgesperrt?“

„Keine Ahnung wovon du sprichst…“

„Tu das nicht. Du weißt, dass ich es fühlen konnte. Also, versuch erst gar nicht mich anzulügen. Ich konnte deine Mauern fühlen, genauso wie ich fühlen konnte, wie du versucht hast dich dahinter zu verstecken.“ Summer seufzte leise. „UND ich konnte deine Angst fühlen.“

Ich schwieg.

Sagte kein Wort.

Was hätte ich auch sagen sollen?

Die Wahrheit?

Ausgeschlossen.

„Wovor hast du Angst?"

Noch immer hüllte ich mich in Schweigen. Senkte den Kopf, starrte auf den feinen Sand, auf die vielen winzigen Sandkörner. Ich wünschte, ich könnte ihr sagen, was mich bedrückte, was mich quälte, dass ich den Gedanken sie VERGESSEN zu müssen nicht ertragen konnte. Doch ich wollte es ihr nicht sagen, durfte es verflucht nochmal nicht.

„Phoenix… sieh mich an… Bitte. Hör auf dich vor mir verstecken zu wollen…"

Gegen meinen Willen hob ich den Kopf, doch anstatt ihr ins Gesicht zu gucken, in die Augen, starrte ich aufs Meer, ehe mein Blick einen Atemzug später erneut zu Boden glitt. Ich seufzte, spürte, wie ihre unausgesprochenen Worte mich drängten zu reden, mich anflehten die Stille zwischen uns zu beenden.

Ich fühlte, wie ihr Blick über meine Haut strich, fühlte, wie ihr Licht meine Seele flüsternd zum Tanz aufforderte. Zu einem Tanz, den ich jedoch nicht bereit war zu tanzen.

Summer saß nicht länger neben mir, sondern kniete genau vor mir. Ihre Hände legten sich um mein Gesicht, zaghaft hob sie es an, solange, bis ich ihr in die Augen sehen musste.

Sofort verstärkte ich die Mauern. Ich durfte ihr keinen Blick auf das gestatten, was dahinter schlummerte. Die Gefühle, die sich dahinter verbargen, die ich versuchte vor ihr zu verstecken, würden nicht nur meinem Herzen die Atemzüge stehlen. Sondern auch ihrem. Und dieses Risiko war ich nicht bereit einzugehen. Abgesehen davon fiel mir das Atmen ohnehin schon schwer genug.

Und doch fanden ihre Augen völlig mühelos den Zugang zu meinem Herzen. Sofort spürte ich wie sich ihre Liebe in mir ausbreitete. Ihr Licht ließ meine Seele strahlen, ließ mich schweben, doch die Gewissheit, dass ich diese Liebe, über kurz oder lang, würde zum Verstummen bringen müssen, stürzte mich in eine grausame Tiefe, während mein Herz schwarze Tränen vergoss und vergaß Luft zu holen.

Plötzlich verwandelte sich das Meer in eine gleißende Lichtquelle. Jeder Wassertropfen leuchtete, funkelte, wie Millionen winziger Diamanten. Ich hob die Hand, legte diese wie ein Schutzschild vor mein Gesicht und flüsterte leise, erfüllt von tiefer Ehrfurcht: „Prinzessin… dreh dich um. Das Meer…“ Noch bevor ich den Satz zu Ende sprechen konnte, bevor ich meine Gedanken überhaupt hatte in Worte verwandeln können, erwachten die Lichtstrahlen zu neuem Leben und ein Sternenlichtdrache durchbrach die Wasseroberfläche.

Seine Flügel bestanden aus unendlich vielen Lichtstrahlen, leuchteten so hell wie von der Sonne reflektierender Schnee. Es war das erste Mal, dass ich einen zu Gesicht bekam. Summer hatte zwar schon oft von diesem Drachen erzählt, aber niemals hätte ich zu träumen gewagt diesem magischen Wesen wirklich zu begegnen, dieses unsterbliche Licht auf meiner Haut, tief in meiner Seele spüren zu dürfen.

Jeder Schattendämon wusste, dass diese Drachen, seit Vater das Licht aus unserem Königreich verbannt hatte, es sich zur Lebensaufgabe gemacht hatten die Seelen jedes einzelnen Lichtdämons zu beschützen.

War er deshalb aufgetaucht? Versuchte dieser Drache Summer zu beschützen? Vor mir? Vor dem, was in mir lauerte, was ich versuchte vor der Welt zu verbergen?

Denn eins stand außer Frage… dieser Sternenlichtdrache wusste, mit absoluter Sicherheit, WER ich war. Die Angst, dass er mein Geheimnis lüften könnte, meine Identität, meine wahre Identität, vor Summer preisgeben würde, lähmte mich.

Meine Dunkelheit erwachte, versuchte meine Seele, mein Herz zu beschützen, ehe einen Wimpernschlag später die Furcht sich explosionsartig aus dem Gefängnis, in dass ich sie gesperrt hatte, befreite. Ich atmete verbrannte Gefühle ein, schmeckte die Asche eines inzwischen pechschwarzen Regenbogens.

Direkt vor mir in der Luft blieb der Drache stehen, schwebend… senkte den Kopf, während seine Augen mich suchten. In dem Moment, wo ich seinen Blick erwiderte, wo mich das Licht der Sterne küsste, hörte ich seine Stimme in meinem Kopf. *„Fürchte dich nicht, mein Prinz.“*

„Also hatte ich Recht… du weißt WER ich bin…“

„Natürlich…“

„Und? Wirst du es ihr verraten?“

„Was sollte ich ihr denn, deiner Ansicht nach, verraten?“

„Na… Wer ich bin…“ erwiderte ich, als wenn das nicht offensichtlich wäre, als wenn er nicht wüsste, WAS ich gemeint hätte.

„Glaubst du nicht, dass sie DAS längst weiß?“ Ein Hauch von einem Lächeln erschien in seinen Augen. Augen, die mehr wussten, als ich zu wissen glaubte.

„Nein. Sie weiß nicht WER ich wirklich bin…“

„Vielleicht weißt bloß du nicht, WER du wirklich bist…“

„Willst du mir unterstellen, dass ich…“

„Ich unterstelle dir gar nichts. Ich versuche bloß zu helfen…"

„Wem? Mir? Warum solltest du mir helfen wollen? Dem Thronerben der Dunkelheit? Du weißt, welches Schicksal mich in dem Moment erwartet, wo ich den Thron besteige… ob ich will oder nicht." Ich schaute ihn nicht an. Und doch konnte ich seinen Blick überall auf meiner Haut spüren. In meinen Gedanken. In meinem Herzen.

„ICH weiß, was die Schicksalsgöttin für dich vorgesehen hat."

„Jeder weiß es. DAS, was mich erwartet, ist schließlich dort, wo ich herkomme, kein Geheimnis", knurrte ich leise, kaum hörbar.

„Oh, mein Prinz… du irrst dich. Schon wieder. Denn das wahre Geheimnis, dass hat sich dir bis jetzt noch nicht offenbart…"

Irgendetwas an seinen Worten, an der Art WIE er seine Gedanken formulierte, machte mich stutzig. Wachsam. *„Verspottest du mich gerade? Glaubst du, ich wüsste es nicht? Ich versichere dir, DU bist diejenige die sich irrt. Ich weiß, welches Geschenk die Göttin für mich bereithält…"*

„Ja… es ist wahrhaftig ein Geschenk. Ein Geschenk, dessen wahren Wert du erst begreifst, wenn der Zeitpunkt gekommen ist und du dein Erbe, das was DU bist, endlich akzeptierst."

„Tja… dann werde ich dieses Geheimnis wohl nie lüften können. Denn ich werde das, was in mir existiert, niemals anerkennen. Im Gegenteil. Ich werde dagegen ankämpfen. Jeden Tag. Jeden beschissenen Tag. Bis zum letzten Atemzug."

„Wogegen willst du denn ankämpfen? Gegen die Dunkelheit? Oder gegen das Licht?"

Ich blickte dem Drachen überrascht in die Augen. Suchte darin nach Antworten, dessen Fragen ich nicht einmal gestellt hatte. *„In mir existiert kein Licht…"*

„In jedem existiert Licht. Auch in dir."

„Sobald ich SIE vergesse, wird das, was du als Licht bezeichnest, aufhören zu brennen. “ Meine Stimme war kalt. Kalt wie Eissplitter.

„Du kannst vielleicht die Erinnerungen daran aufgeben, aber dieses Licht wird in jedem unsterblichen Moment weiterleben… Vergiss das nicht… “

Dann warf er mich aus seinen Gedanken. Sperrte mich aus, und egal was ich versuchte, ich fand keinen Zugang mehr zu ihm.

„Ihr habt mich aufgesucht…“

„Ja“, hörte ich Summer sagen.

Tja, scheinbar war das Gespräch zwischen dem Sternenlichtdrachen und mir wohl beendet.

„Was weißt du über Soulstorms? Kristalle, die in der Lage sind Seelen einzusperren?“

Doch, bevor der Drache antworten konnte, stellte ich die Frage, die weitaus wichtiger war.

„Wo genau befindet sich das Niemandsland?“

„Das, was du suchst, kann nur von der Dunkelheit selbst gefunden werden. Kein Licht wird dieses Land jemals finden können.“

„Das Niemandsland? Phoenix? Was…?“

„Wenn du der Dunkelheit zuhörst, lernst ihr zu vertrauen… wird sie dir den Weg weisen… Doch, du musst dich beeilen. Das Schicksal dieser Kinder hängt von eurer Suche ab. Noch ist die Geschichte oder vielmehr deren Ende nicht geschrieben worden. Finde die verlorenen Seelen, finde die Kinder und bring sie ins Königreich des Lichts. Nur dort werden sie vor ihm in Sicherheit sein. Nur dort wird dein Vater ihnen nichts mehr antun können. Du weißt WARUM… “

„Weil er sich vor der Magie des Lichts fürchtet… Aber… ich kann sie nicht alleine finden… “

„Du bist nicht allein. Und du wirst es auch niemals sein…“

Obwohl der Drache mich längst aus seinem Kopf geworfen hatte, irrten noch immer geflüsterte Gedanken durch meinen Körper, versuchten meinen Verstand zu erreichen.

Ich blinzelte. Blinzelte. Starrte den Drachen an. Sah ihm in die Augen. Augen, in denen das Universum des Lebens leuchtete. Goldschimmernd. Wunderschön.

Ich blinzelte.

Blinzelte.

„Du hast uns die Frage nicht beantwortet…“

„Doch. Und es liegt an dir, ob du die Antwort verstehst… oder nicht.“

„Warum kannst du nicht einfach sagen, wo sich dieses beschissene Niemandsland befindet? Du hast selbst gesagt, dass das Schicksal dieser Kinder…“

„Du musst lernen zuzuhören, mein kleiner Phönix.“

„Nenn mich nicht so“, knurrte ich leise, bedrohlich. Angriffslustig. Dieser Name steckte meine Knochen in Brand, versengte meine Haut, meine Gedanken. Einfach ALLES.

„Gefällt dir dieser Name etwa nicht?“

„Mir gefällt nicht, wofür er steht…“

„Kommt ganz drauf an…“

„Ach ja?! Worauf? Darauf, wofür ich mich entscheide?“ Er sollte still sein. Er sollte verdammt nochmal endlich, ENDLICH, aufhören mich an mein Schicksal zu erinnern.

„Die Wahl, mein Phönix… die hast du doch bereits getroffen. Oder nicht?“

„Phoenix? Wovon redet ihr? Welche Wahl?“

„Nicht jetzt, Prinzessin.“

„Phoenix?“

„Ich sagte NICHT JETZT!“

Prinz der Dunkelheit

Mein Herz weinte dunkle Tränen, während in meinem Kopf explosionsartig Gedanken erwachten, die ich nicht bereit war zuzulassen. Jedes damit verbundene Bild zeigte mir die Zukunft. MEINE Zukunft. ~~Und… meine Vergangenheit. Mein Leben. Mein Licht.~~ Der Sternenlichtdrache hatte Recht. Natürlich hatte ich längst eine Wahl getroffen. ~~Eine, die mir bereits jetzt das Herz aus dem Körper riss.~~ *Eine Wahl,* dachte ich erfüllt von bitterer Schwere. Als wenn ich jemals die Möglichkeit gehabt hätte zu *wählen.*

Und ganz egal, wie sehr ich mir wünschte, dass es einen anderen Weg geben würde, hatte ich begriffen, *schmerzhaft* begreifen müssen, dass das Schicksal nicht nur ein mieser Verräter war, sondern ein verfluchter Bastard.

Mein Entschluss stand fest. Ich wünschte bloß, dass ich den Zeitpunkt noch etwas hinauszögern könnte. Das Problem bei diesem speziellen Wunsch war, dass das Gefühl des Nichtwahrhabenwollens ALLES noch schlimmer machte.

Noch grausamer.

Noch unerträglicher.

Meine Seele spannte laut schreiend ihre Schwingen aus, wollte davonfliegen. Wollte fliehen, vor einem Schmerz fliehen, den ich bereits jetzt, obwohl mein Licht mich noch nicht verlassen hatte, kaum in der Lage war zu ertragen.

Angst, nein… Panik… vermischte sich mit unbändigem Hass auf meinen Vater, auf mein Erbe, auf mein beschissenes Schicksal.

Alles wurde dunkel.

So.

Verdammt.

Dunkel.

Ich war kurz, verdammt kurz davor eine Welt zu betreten, die ich mir geschworen hatte niemals in ihrer Gegenwart zu betreten.

„Phoenix?" Der Klang ihrer Stimme ließ mein Herz atmen, während ihr Licht, ihre Wärme, ihre bedingungslose Liebe meine eiskalte Finsternis tröstend in die Arme schloss.

Ich suchte ihren Blick, musste ihre Liebe sehen, musste das Gefühl aller Gefühle mit meinen eigenen Augen sehen, damit ich diesen Moment, diesen leuchtenden Moment, wenn der Zeitpunkt gekommen wäre, meiner Schwester würde anvertrauen können. Diesen Zauber konnte, nein, durfte ich UNMÖGLICH sterben lassen. Dieser Zauber musste, auch wenn ich mich nicht daran würde erinnern können, lebendig bleiben.

Genau aus diesem Grund hatte ich soeben beschlossen, dass ich June bei der nächsten sich ergebenen Gelegenheit bitten würde, die Erinnerung an diesen Blick, zusammen mit all den wundervollen Empfindungen, für mich aufzubewahren.

„Darf ich dir eine Frage stellen?"

„Kommt drauf an…" antwortete ich leise. Zögerlich.

„Worauf?"

„Darauf, ob ich diese beantworten muss… oder nicht…“ Ich schloss die Augen, versuchte den in mir erwachten Gefühlen zuzuhören, während ich gleichzeitig versuchte die Stimme meiner finsteren Gedanken auszublenden, der Antwort, auf ihre unausgesprochene Frage keine Beachtung zu schenken. Denn die Frage, die Summer mir im Begriff war zu stellen, ließ mich schon jetzt eine Welt betreten, vor der ich mich fürchtete.

„Als Elara…“

„Du hast dem Drachen den Namen Elara geschenkt?“ unterbrach ich sie, um sie von ihrer eigentlichen Frage abzulenken.

„Ja. Immerhin war sie in der griechischen Mythologie eine Naturgöttin. Dieser Name ist ein Symbol für Mutterliebe. UND Sternenlichtdrachen LIEBEN und BESCHÜTZEN uns Lichtdämonen… also liegt es nahe, dass ich ihr diesen Namen geschenkt habe.“ Summer suchte meinen Blick, grinste. „Doch das, was du vorhast… funktioniert nicht.“

„Ach? WAS habe ich denn vor?“

„Du versuchst der Frage auszuweichen…“

„So offensichtlich?“

Sie nickte. Küsste mich, ehe sie ihre eigentliche Frage stellte. „Also… als Elara dich vorhin gefragt hat, ob du den Namen „Phönix“ nicht magst… hast du geantwortet, dass dir nicht gefällt, *wofür* er steht…“

„DAS ist keine Frage…“

„Du weißt genau, was ich dich fragen möchte.“

„Summer… bitte…“

„Okay. Du willst nicht. Schön. ABER darf ich dir wenigstens meine Gedanken verraten?“

„Wozu?“

„Darf ich?"

Ich zuckte mit den Schultern.

„In meinen Augen steht der Phönix für das Verbrennen des alten Ichs. Für alles, was dich daran hindert der zu sein, der du wirklich bist. Denn… solange dich die Vergangenheit festhält, fest umklammert und dich daran hindert, du selbst zu sein, solange wirst du ein Gefangener in einer Welt bleiben, die dunkel und eiskalt ist, die aus nichts anderem besteht als Schmerz. Ich weiß, dass dein Vater grausam ist. Nicht nur, weil er Schattendämonen die Seele stiehlt und sie in ein viel zu enges Gefängnis einsperrt… sondern weil ich sehe, weil ich fühle, wie sehr DU unter ihm leidest. Und ich glaub, nein, ich bin überzeugt, dass die Schicksalsgöttin dir mit dem Erscheinen des Phönix versucht zu helfen. Sie möchte, dass du dich von deinem Schmerz befreist, dass du die Angst zusammen mit der manipulierten Abhängigkeit abstreifst, endlich hinter dich lässt. Alles, was dich traurig macht, alles, was dich quält, was dich innerlich auffrisst… wirf es ins Feuer, Phoenix. Lass die Flammen all DAS verbrennen."

Summer presste die Lippen zusammen, schloss für einen Atemzug die Augen, ehe sie meinen Blick erneut suchte. Ihre Gefühle tranken mich, küssten mich, dennoch war ich nicht bereit mich von ihr auffangen zu lassen.

„Du darfst deinem Vater nicht so viel Macht über dich geben. Befrei dich von ihm. Bitte… denn, dich so zu sehen… es bricht mir das Herz. Ich… will dir helfen, aber ich spüre… dass du mich nicht lässt…"

Prinz
der Dunkelheit

Ich saß gerade auf meinem Bett, als es an der Tür klopfte. Leise. Kaum hörbar. Im gleichen Atemzug schmerzte meine Brust, mein Herz. Es gab nur einen, der sich stets versuchte hinter der Stille zu verstecken. Und zu wissen, warum sich Mo jedes Mal, so leise, so zaghaft verhielt, schnürte mir die Kehle zu. Seit ich denken konnte versuchte mein kleiner Bruder sich unsichtbar zu machen, damit das Monster ihn nicht finden konnte.

Ganz langsam öffnete sich die Tür und Mo steckte zögerlich seinen Kopf zu mir ins Zimmer. Seine Augen suchten das Zimmer ab, huschten von einer Ecke in die nächste.

„Er ist nicht hier“, sagte ich leise, stand auf und lief ihm entgegen. Ich zog Mo ins Zimmer, schloss die Tür und kniete mich vor ihm, sodass ich ihm in die Augen gucken konnte. „Solange ich hier bin, wird dir nichts passieren. Okay? Ich werde nicht zulassen, dass er dir weh tut.“

„Ich weiß. Aber…“

„Aber?“ Kaum hatte ich das Wort ausgesprochen erfüllte mich das Gefühl von Sorge, tiefer Sorge und je länger mich die traurigen Augen meines kleinen Bruders ansahen, nein, verzweifelt und verängstigt anstarrten, desto mehr steigerte sich dieses Gefühl, ehe es sich schließlich in eiskalte Furcht verwandelte.

Doch es war nicht meine Angst, die sich durch meine Adern, durch meinen Verstand fraß. Sondern seine. Noch bevor Mo schaffte seine Gedanken in Worte zu verwandeln, wusste ich auch, wovor er sich fürchtete. Er machte sich Sorgen. Aber nicht um sich. Sondern einzig und allein um mich. Weil er wusste, was es für mich bedeutete, wenn ich mich schützend vor ihn stellte, wenn ich Vaters Aufmerksamkeit versuchte auf mich zu lenken, sodass ich derjenige war, der seinen Zorn, seinen allesverschlingenden Hass stattdessen zu spüren bekam.

„Es ist okay. Hör auf dir Sorgen zu machen."

„Ich mach mir aber Sorgen…"

Ich lachte. Leise. Legte meinen Arm um ihn und zog Mo an meine Brust. „Sich Sorgen zu machen, ist die Aufgabe der Älteren und du, kleiner Scheißer, bist nun einmal jünger. Also… Pech für dich."

Seufzend befreite sich Mo aus meiner Umarmung und funkelte mich böse an. Naja, zumindest versuchte er es. Er stemmte, um seine stille Anklage zu untermauern, die Arme zu beiden Seiten in die Hüfte. Das sah so ulkig aus, dass ich mich zwingen musste nicht zu lachen.

In dem Moment, wo er die Brauen zusammenzog und die Augen zu Schlitzen zukniff, löste sich meine Selbstbeherrschung in Luft auf. Ich lachte. Lachte, aus tiefster Seele.

„Nicht. Sei still", flüsterte Mo. Sofort legten sich seine kleinen Hände auf meinen Mund. Der Schatten eines Lächelns versteckte sich in seinen Augen, huschte über seine Lippen, während er mich anstarrte, während er mich still aufforderte, endlich mit dem Lachen aufzuhören.

Ich nickte. Zwinkerte. Hörte auf zu lachen, wobei ich mir das Grinsen, als er seine Hände von meinem Mund nahm, jedoch nicht verkneifen konnte.

„Erzählst du mir von eurem geheimen Ort? Von den Schmetterlingen? Welche Farbe hatten sie dieses Mal? Waren sie wieder türkis?“

„Langsam, Kleiner. Langsam.“

„Jetzt sag schon.“

„Wir waren dieses Mal nicht an unserem Ort.“

„Nicht? Wo… wo wart ihr dann? Ihr seid die ganze Nacht weggewesen.“

„Wir waren bei den Kugelsternen.“

„Und? Was habt ihr dort gesehen? In was hat sich das Licht dieses Mal verwandelt?“

„In Fledermäuse. Zuerst waren sie dunkel. Pechschwarz. Doch dann haben sie angefangen ihre Farbe zu verändern. Plötzlich waren sie bunt. So bunt wie ein Regenbogen.“

„Weißt du wofür die Fledermaus steht? Ich mein… die Schicksalsgöttin hat dir diese Tiere mit Sicherheit nicht ohne Grund geschickt.“

In meinen Augen stand die Fledermaus für Tod. Für Tod und… Wiedergeburt. Genau wie der Phönix. Und, obwohl ich das wusste, versuchte ich weiterhin die Augen vor der Wahrheit, vor meinem Schicksal, zu verschließen.

Ich nickte.

„Und? Habt ihr auch den Sternenlichtdrachen gefunden? Hat er euch verraten, wo sich dieses Niemandsland befindet? Jetzt sag schon. Rede endlich…“

„Ja. Und nein…“, gestand ich zögerlich.

„Was soll das denn bitteschön bedeuten?“

„Ja, wir haben den Drachen gesehen. Und nein, er hat es uns nicht verraten."

„Wie? Er wollte euch nicht helfen?" Mo sah mich mit großen Augen fragend an. Ich spürte seine Verblüffung. Seine Verwunderung.

„Nein. Doch… ich mein… irgendwie schon."

„Ja, was denn jetzt?"

„Das Einzige, was er gesagt hat, war… dass ich lernen müsste der Dunkelheit zuzuhören und ihr zu vertrauen… dann, naja, dann würde ich diesen Ort finden…"

„Also hat er euch doch geholfen."

„Wie soll mir DAS weiterhelfen? Oder den Kindern? Warum dieses geheimnisvolle Getue? Warum keine klare Ansage?! Hm? Warum konnte er uns nicht einfach den Weg dorthin erklären?"

„Aber… das hat er doch. Er hat dir genauso geholfen wie die Schicksalsgöttin. Oder warum glaubst du hat sich das Licht der Kugelsterne in Fledermäuse verwandelt? Ich dachte…" Mo stoppte seine Gedanken, zog die Stirn in Falten und sah mich ungläubig an. „Du hast doch gerade eben gesagt, dass du wüsstest, WOFÜR die Fledermäuse stehen." Jetzt, wo er aufgehört hatte zu reden, suchte er in meinem Gesicht nach Antworten.

„Tu ich auch… Ich weiß sehr wohl wofür diese Biester stehen. Trotzdem… Im Endeffekt hat mir weder der eine noch der andere geholfen. Keiner von ihnen hat mir gesagt WAS ich wissen wollte."

„Doch. Haben sie."

„Ach ja?!"

„Ja."

„Warst du etwa dabei?", fragte ich leise schmunzelnd und zog die Brauen zusammen, ehe ich einen Atemzug später zum Fenster lief und nach draußen schaute. In den Himmel. Sofort verlor sich mein Blick in den Wolken. Im Grunde wollte ich nicht hören, was Mo zu sagen hatte. Ich wusste, dass sich seine Worte, Worte, die ich nicht hören wollte, noch im gleichen Atemzug in eine schwarze Stille des Begreifens verwandeln würden.

„Nein, war ich nicht. ABER im Gegensatz zu dir höre ich zu."

„Du meinst also, dass ich ihm nicht zugehört hätte?!" Ich schmunzelte. Genau dafür liebte und bewunderte ich meinen Bruder. Und obwohl ich Mo nicht in die Augen gucken wollte, drehte ich mich zurück in seine Richtung und suchte seinen Blick.

„Nicht richtig. Denn, wenn du es getan hättest, dann wüsstest du, was er dir versucht hat zu sagen."

„Entschuldige, aber im Gegensatz zu dir kann ich nun mal NICHT zwischen den Zeilen lesen."

„Doch! Kannst du! Du hast bloß Angst. Das ist alles. Nur verstehe ich nicht wovor. Ich mein… die Fledermaus will dir helfen in der Dunkelheit sehen zu können. Richtig zu sehen. Und doch willst du ihre Hilfe nicht annehmen…"

„Ich? Angst?" Ich lachte. „Und WOVOR hab ich Angst?" Mein Herz schlug schnell. Bedrohlich schnell. Mo hatte Recht. Ich hatte Angst. Eine Scheißangst. Und doch weigerte ich mich diesem Gefühl zuzuhören. Ich ballte die Hände zu Fäusten. Schluckte dieses lähmende Gefühl runter, während ich die Maske der Gleichgültigkeit aufzog.

„Du bist der Schlüssel, deine Dunkelheit die Tür… warum steckst du den Schlüssel nicht einfach ins Schloss, um sie zu öffnen?“ Mo betonte jedes Wort so, als wenn das, was er von mir verlangte, wirklich die EINFACHSTE Sache der Welt wäre. Als wenn die in mir schlummernde Dunkelheit etwas Friedliches, etwas Sanftes wäre… anstatt ein Todbringendes Monster.

Ich schwieg. Starrte Mo einfach nur an.

„Hinter dieser Tür befindet sich die Antwort. Wenn du die Kinder finden willst, musst du die Dunkelheit in dein Herz lassen, in deinen Verstand. Nur, wenn du anfängst ihr zuzuhören, wirklich zuzuhören, wird sie dir den Weg zeigen können.“

„Vielleicht hast du Recht. Vielleicht muss ich der Dunkelheit zuhören. Vielleicht würde ich das sogar schaffen. Aber… der Drache sprach auch davon, dass ich dieser vertrauen müsste. Und ich weiß nicht, ob ich das kann.“

„Finde es heraus.“

„Mo… DAS ist nicht so leicht, wie du dir das vorstellst…“

„Doch. Ist es.“ Kaum hatten diese Worte seine Lippen verlassen, spürte ich seinen unerschütterlichen Glauben an mich. Seine bedingungslose Liebe. Ebenso wie seine Bewunderung. Seinen Stolz. Er glaubte an mich… und ohne es verhindern zu können, sprangen seine Gefühle auf mich über, vertrieben die dunklen Wolken und brachten meine Zweifel zum Verstummen.

„Um das herausfinden zu können, brauch ich Summer an meiner Seite.“

„Dann lass uns…“

„Nein“, unterbrach ich ihn. „DU, Bruderherz, bleibst wo du bist. Du wirst mich bei diesem Versuch mit Sicherheit nicht begleiten. Ich muss mich konzentrieren können, und das kann ich nicht, wenn ich auf dich aufpassen muss. Und, wenn du jetzt sagst, dass ich das nicht bräuchte, dann muss ich dir leider antworten, dass es keine Rolle spielt. Weil ich…"

„Okay…"

„Okay?" Fragte ich leise, ungläubig… als hätte ich mich verhört.

„Ich weiß, dass ich dich ablenken würde. Also werde ich hierbleiben. Bei June."

Prinz
der Dunkelheit

Mit dem Rücken lehnte ich an einem Baumstamm. Bewunderte, während ich auf Summer wartete, das Meer der Kugelsterne, ehe ich einen Herzschlag später lächelnd in das schwarze Licht eintauchte, die Wellen ritt und mich vom Leuchten verzaubern ließ.

Plötzlich verschluckte mich die Erinnerung an das Gespräch mit Vater. Über die Menschen. Darüber wie sie, seiner Ansicht nach, wirklich waren.

Ohne es verhindern zu können, ließ ich die vielen Besuche bei den Menschen noch einmal Revue passieren. Schaute währenddessen nicht in ihre lachenden Gesichter, in ihre strahlenden Augen, sondern blickte, wie er es von mir verlangt hatte, in ihre Herzen, in ihre Seelen… und tauchte tiefer als jemals zuvor.

Erst als sich die Erinnerungen schlafen gelegt hatten, und zwar alle, fing ich an die Bilder zu analysieren. Ich begriff etwas, was ich nicht hatte begreifen wollen… nur um es am Ende zu verstehen. Wirklich zu verstehen.

Schlagartig begann ich die Menschen mit anderen Augen zu sehen. Fing an sie zu verachten. Stellte die Menschen, ihre ganze Spezies in Frage. Sie achteten weder ihre Sterblichkeit noch respektierten sie das Leben. Weder das ihrer Mitmenschen noch ihr eigenes. Weil sie einfach nicht begreifen wollten, dass sie, im Gegensatz zu uns, kein unsterbliches Dasein führten.

Nächstenliebe, Mitleid, Güte, Toleranz, Hilfsbereitschaft… all das sollte Menschlichkeit auszeichnen? Gerade eben hatte ich gesehen, dass diese Begriffe oft, viel zu oft, nichts weiter als schön verpackte Worte waren. Wie eine Pralinenschachtel… wie eine LEERE Pralinenschachtel. ~~Es gab Ausnahmen. So wie die Layhuns. Wie Chepi und ihr Volk. Wie unzählige andere unschuldige Seelen, die sich nach Frieden sehnten, deren Herzen genauso hell leuchteten wie das Herz meiner Prinzessin. Weil es immer Menschen und Dämonen geben wird, die verstanden haben, was es bedeutet ein FÜHLENDES Geschöpf zu sein.~~

Summer glaubte an das Gute in den Menschen, das hatte sie schon immer, allerdings zählte das nicht länger für mich. Nicht, nachdem was mein Vater mir erzählt hatte. Nicht, nachdem ich jetzt wusste, dass viele, viel zu viele, letztendlich genauso verloren waren wie mein Vater… oder dass sie, genau wie er… ohne Seele geboren worden waren.

Während Summer stets das Licht gespürt hatte, die Liebe, die Hoffnung in den Herzen der Menschen… hatte ich gerade eben jene Dunkelheit spüren können, die mich seit jeher folterte.

Der Mensch lebte nicht, er existierte. Und zwar in einer modernen Welt, wo der Fortschritt hochgeschrieben wurde. Wo die Ungerechtigkeit sich wie ein wärmender Mantel um die Seelen legte, um die Herzen. Wo der Schatten einem still und leise die Atemzüge stahl, damit die Liebe ungesehen erstickte.

Langsam und qualvoll erstickte…

Nicht sichtbar für die Sehenden…

Nicht spürbar für die Fühlenden…

Still und leise.

Und…

U
N
B
E
M
E
R
K
T

Prinz der Dunkelheit

Summer kam auf mich zugelaufen. Allerdings kam sie nicht, wie erwartet, allein. Tyler war bei ihr. Erwartungsvoll sahen die beiden mich an. So, als wüsste ich, wie wir ins Niemandsland kommen, als würde ich tatsächlich den Weg in dieses verfluchte Land kennen.

Dabei wusste ich einen Scheißdreck. Ich war genauso ahnungslos wie die beiden. Woher hätte ich auch plötzlich wissen sollen, wo wir mit der Suche beginnen sollten? Oder vielmehr… wo diese enden sollte?

Summer suchte meinen Blick. In dem Moment, wo mich ihre Augen fanden, spürte ich ihr Vertrauen. Dieses Gefühl umhüllte mich wie eine Wolke, wie eine flauschige, samtweiche Wolke. Lebendigkeit durchströmte mich, floss durch meine Adern, meinen Körper und ich wusste, ohne es begreifen zu können, dass ihr Vertrauen, zusammen mit ihrer Zuversicht… uns helfen würde die Kinder zu finden.

Die beiden blieben direkt vor mir stehen. Tyler links von mir, Summer rechts. Die beiden mochten vielleicht den Wind teilen können, aber hier und jetzt durften sie es nicht. Die Gefahr, dass die Schattenmagie meines Vaters ihr Licht entdecken könnte, war einfach zu groß. Also griff ich nach ihren Händen, um sie mit Hilfe meiner Magie abschirmen zu können.

Kaum, dass ich sie berührte, erfasste mich ein sonderbares Gefühl. Eine Art Schwindel. Im selben Moment, wo dieser

Nebel sich in mir ausbreitete, sich einen Weg zu meiner Seele suchte, drang goldschimmerndes schwarzes Licht durch meine Haut und ich spürte wie das Vertrauen in mich, in meine Dunkelheit, erwachte. Sich von den Fesseln befreite und mich mit Emotionen flutete, die mich schlagartig meiner Ängste beraubten.

Langsam, ganz langsam, erfüllte mich die Schwärze, küsste mich und ich spürte die Herzschläge des Schattenreichs. Spürte, wie die lauten, aggressiven, verstörenden Gefühle und Gedanken verstummten.

Alles, was ich jetzt hörte, hören konnte, waren Stimmen. Kinderstimmen. Leise. Ohrenbetäubend laut. So viele, unterschiedliche, angsterfüllte Stimmen.

Plötzlich wusste ich, ohne es mir erklären zu können, mit absoluter Sicherheit, dass meine Dunkelheit uns zu den Kindern führen würde. Zu den Stimmen. Zu den verzweifelten Hilferufen.

Ich schloss die Augen, teilte den Wind. Wurde eins mit der Luft, fühlte mich lebendig. So verdammt lebendig. Ich verschmolz mit der Leichtigkeit, mit der Magie, atmete Summers Sternenlicht ein und spürte, wie die Wärme mich durchströmte.

Schlagartig veränderte sich die leuchtende Dunkelheit. Wurde strahlender, bunter. Farben explodierten, verwandelten das Leuchten in einen Picasso des Regenbogens. Ein sanftes Wispern erfüllte die Luft. Samtweich, wie das zarte Flüstern des Nachthimmels. Doch ich konnte die Worte nicht verstehen, also schloss ich die Augen, konzentrierte mich auf die Stimme, ehe die Reise abrupt endete.

„Was ist da gerade eben passiert?" fragten Tyler und Summer gleichzeitig. Verwirrt. Verzaubert. Vollkommen überwältigt.

„Habt ihr verstanden, was die Stimme geflüstert hat… Kurz bevor die Dunkelheit uns ausgespuckt hat?"

„Meinst du die Farbexplosion?" wollte Tyler wissen und sah mich abwartend an. Ein ungutes Gefühl breitete sich in mir aus als ich begriff, dass keiner der beiden die Stimme, oder was auch immer dieses Wispern gewesen sein mochte, gehört hatte.

„Ihr… habt es also nicht gehört?"

Beide schüttelten mit dem Kopf.

Hatte ich mir das Flüstern nur eingebildet?

„Wann hat die Stimme angefangen mit dir zu sprechen?"

Ich zuckte die Schultern. Murmelte: „Keine Ahnung." Kaum, dass die beiden Wörter aus meinem Mund gestolpert waren, blitzte eine Erinnerung auf. Die Stimme… es war dieselbe gewesen wie in dem geheimen Zimmer, wo Vater die Kristalle aufbewahrte. Obwohl ich das Flüstern damals gehört hatte, hatte ich die Worte nicht verstehen können. Nachdenklich legte ich die Stirn in Falten, ehe ich einen Atemzug später den Gedanken abschüttelte, diesen einfach ausblendete. Dafür war jetzt weder der richtige Zeitpunkt noch der richtige Ort.

Mein Blick huschte von rechts nach links. Überall standen Bäume. Meterhohe Tannen und Fichten. Trotz der Stille strahlte dieser Wald etwas Bedrohliches aus.

Wo zum Teufel befanden wir uns? Das hier, dieser Ort, konnte unmöglich das Niemandsland sein. Oder? Andersrum… es musste einen Grund geben, warum die Dunkelheit uns ausgerechnet hier, mitten im Wald, ausgespuckt hatte, anstatt uns direkt zu den Kindern zu führen.

Chaim landete auf meiner Schulter, schmiegte seinen Kopf an meine Wange. Langsam drehte ich mich um die eigene Achse, versuchte herauszufinden, ob mir etwas bekannt vorkam, ob ich etwas, irgendetwas, wiedererkennen würde.

Ein leiser Gedanke erwachte. Zusammen mit einem unguten Gefühl. Irgendwie kam mir dieser Ort vertraut vor. Schrecklich vertraut. Und dieses Gefühl, dass ich hier schon mal gewesen bin, wuchs mit jedem Atemzug.

Die vor mir liegenden Bäume begannen zu flimmern, zu flirren und wie von Geisterhand löste sich der grüne Spiegelschleier plötzlich in Luft auf. Zum Vorschein kam ein kleiner See. Dunkel, so dunkel wie eine Mondlose Nacht. Fassungslos schüttelte ich den Kopf, während meine Augen auf der Wasseroberfläche ruhten, die in allen erdenklichen Farben der Finsternis funkelte.

DARK DEPTH.

Nicht nur, dass ich diesen See kannte, nein, ich wusste auch, wozu die Illusion, die Spiegelwand gedient hatte. Vater hatte sie damals bloß aus einem einzigen Zweck erschaffen. Nicht um andere vor der Magie, die diesen See so gefährlich, so unberechenbar machte, zu schützen, sondern um mich von ihm fernhalten zu können.

Die Gefahr, die ich vorhin wahrgenommen hatte, war von dem Wasser ausgegangen. Summer und Tyler, die den See inzwischen ebenfalls entdeckt hatten und diesen wie einen verlorengegangenen und wiedergefundenen Schatz bewunderten, hatten keine Ahnung WIE gefährlich der See war. Oder vielmehr die darin lauernde Macht.

Das Schimmern, dass sich in ihren Augen spiegelte, und das dafür sorgte, dass sie nicht schafften den Blickkontakt zu beenden, war wie der Klang einer Sirene. Die unsichtbare Macht, die von jedem einzelnen Wassertropfen ausging, hypnotisierte die beiden.

„Der See… er wirkt so… so lebendig."

„DAS liegt daran, dass er *lebendig* ist", knurrte ich, erfüllt von bitterer Kälte und drehte die beiden ruckartig in die entgegengesetzte Richtung, sodass sie jetzt mit dem Rücken zum See standen.

„Wie meinst du das? Lebendig?" Mit gerunzelter Stirn sah Tyler mich fragend an. Wartete auf eine Erklärung.

„In ihm existiert eine gefährliche Macht…"

„Was für eine Macht?", unterbrach er mich, anstatt mich zu Ende reden zu lassen.

„Keine Ahnung."

„Woher weißt du dann, dass sie gefährlich ist?"

„Würdest du BITTE aufhören mich ständig zu unterbrechen?! Hör zu, wir sind hier in meiner Welt. Nicht in eurer. Okay?! Hier ist alles gefährlich, WEIL die Dunkelheit selbst gefährlich ist. Gefährlich UND unberechenbar."

„Aber…"

Die Tatsache, dass Tyler meine Worte anzweifelte, machte mich wütend. Ebenso wie seine Gefühle, die ich auf unerklärliche Weise gerade eben hatte spüren können. Tief in mir. Denn anstatt Angst zu haben, diesen See mit Vorsicht, mit Skepsis und Wachsamkeit zu betrachten, hatte ich die Zärtlichkeit in seinen Gedanken spüren können. Als würde er sich weder vor dem See fürchten noch vor der Dunkelheit. Als würde er eine Schönheit sehen, die unmöglich existieren konnte. Das Wasser, die unsichtbare Gefahr, sie musste bereits seine Gedanken verseucht haben, musste ihm Trugbilder in den Kopf gepflanzt haben. *Verdammt! Ich hätte besser aufpassen müssen.* Die Magie, die auf dem Grund des Sees lauerte, fing an seine Gefühle zu manipulieren…

„Du glaubst mir nicht? Nur zu… Probiere es aus. Geh zum See. Mal sehen, wie lange du der Magie, die ohnehin schon deinen Verstand vernebelt hat, noch widerstehen kannst."

„Meinem Verstand geht es bestens."

„Beweis es!"

„Wozu? Ich weiß, dass ich ihr widerstehen kann."

„Und ich, mein Freund… weiß, dass du es nicht kannst. WEIL niemand dieser Magie widerstehen kann. Nicht einmal die dunkelste Seele. Und da deine, soweit ich weiß, aus Licht besteht, wirst du, genau wie die Schatten, die sich auf der Wasseroberfläche bewegen, dem See genau DAS geben, was er von dir verlangt."

„Ach… und das WÄRE?" Neugier erwachte in seinem Blick.

„Deine Erinnerungen, zusammen mit den Gefühlen."

„Was, wenn es Erinnerungen gibt, die ich loswerden möchte?"

„Du verstehst es nicht. Wenn du ihm eine Erinnerung gibst, ganz egal welche, wirst du das damit verbundene Gefühl verlieren. Für immer."

„Wie meinst du das? Für immer?", fragte Summer leise. Sanft. Ja, beinahe… zärtlich…

Meine Hände suchten ihr Gesicht. Ich wollte, dass sie mir für das, was ich ihr gleich sagen würde, in die Augen schaute.

„Für immer bedeutet, dass du nie wieder in der Lage sein wirst dieses Gefühl empfinden zu können."

„Was soll schlimm daran sein, wenn ich… naja… wenn ich nie wieder in der Lage wäre… zu hassen."

Ich wusste, worauf sie hinauswollte. Die Hoffnung in ihrer Stimme, die Hoffnung MICH auf diese Weise von dem Schmerz befreien und meine Seele retten zu können, erschütterte mich. Brach mir das Herz.

Ich schloss die Augen. Lehnte meine Stirn gegen ihre und hauchte leise, kaum hörbar: „Du würdest nicht nur den Hass vergessen… du würdest gleichzeitig die Fähigkeit zu lieben vergessen."

„Aber… du hast gerade gesagt…"

„Ich weiß WAS ich gesagt habe. Aber in unserer Welt, sowohl in deiner als auch in meiner, muss es immer ein Gleichgewicht geben. Wo Licht ist, ist auch Dunkelheit. Wo Hass ist, ist auch Liebe."

„Du meinst…" begann Tyler, schaffte aber nicht seine Gedanken zu beenden. Ich suchte seinen Blick. Wollte das Begreifen in seinen Augen sehen. Fassungslos starrte er mich mit weit aufgerissenen Augen an.

„Sieh an… Er hat es kapiert. Löscht du das eine aus, dann löscht du automatisch auch das andere aus. Deshalb sollte man NIEMALS versuchen etwas vergessen zu wollen. Der Preis… ist einfach zu hoch. Erinnerungen sind wertvoll, gerade in unserer Welt. Willst du auch wissen wieso? Weil du, dank uns Schattendämonen und unserer Fähigkeit Erinnerungen manipulieren oder sie, im schlimmsten Fall stehlen zu können, niemals mit Gewissheit wirst sagen können, ob es sich bei deinen Erinnerungen auch wirklich um deine eigene handelt."

„Ich weiß, wozu ihr fähig seid…"

„Gut. Denn DAS solltest du niemals vergessen. Und genau das ist der Grund, warum du so etwas Wertvolles wie deine eigenen Erinnerungen auch niemals so leichtfertig aufs Spiel setzen darfst. Hier… hat alles seinen Preis. Doch in diesem Fall… wäre der Preis, den du würdest zahlen MÜSSEN, zu hoch."

Summer sah mich an. „Welche Erinnerungen hattest du dem See überlassen wollen?" Meiner Prinzessin entging nichts. Natürlich begriff sie etwas, was ich nicht einmal hatte aussprechen müssen.

„Die… an meinen Vater…" gestand ich zögerlich.

Ich stand vor dem See. Hörte, wie das Wasser mich rief. Leise. So leise. Und doch verstand ich jedes geflüsterte Wort. Spürte die Stimme. Tief in mir. Spürte, wie sie versuchte meine Seele zu berühren. Spürte ihre Worte. „Gib mir die Erinnerungen, die dich am meisten quälen, die dir jeden Atemzug erschweren. Gib sie mir… und ich werde dich von dem Hass erlösen, dich davon befreien, sodass du frei sein kannst. Endlich FREI."

Die damit verbundene Leichtigkeit, die in diesem Moment in meinen Adern pulsierte, verlieh mir Flügel. Plötzlich fühlte sich alles so… leicht an. So unbeschreiblich… einfach.

Um diese Enge, diesen unbezwingbaren, zerstörerischen Hass, der sich, seit ich denken konnte, durch meinen Körper schlängelte, endlich loswerden zu können, um diesem Gefühl nie wieder zuhören zu müssen, müsste ich nichts weiter tun, als dem See jede blutgetränkte Erinnerung zu geben. Jede hasserfüllte.

Was, wenn ich eine vergaß? Immerhin gab es so viele, so verdammt viele, dass ich im ersten Moment nicht wusste, ob ich auch jede weggesperrte Erinnerung würde heraufbeschwören können. Denn ich wollte sie

ALLE loswerden. Jede aus Hass geborene Erinnerung in dem See ertränken.

Jede einzelne.

JEDE.

Ich atmete nicht.

Sperrte die Gefühle weg.

Und begriff, dass es keine Rolle spielte, oder spielen würde. Selbst wenn ich einige vergessen würde, ganz egal welche Erinnerung, das Gefühl des Hasses, das Feuer, dass in jedem einzelnen Moment brannte, würde in dem Moment, wo das erste Bild die Wasseroberfläche durchbrechen würde, verschwinden.

Für IMMER.

Das Wort bekam in diesem Augenblick eine vollkommen neue Bedeutung. Wurde zu einem Rettungsring auf dem stürmischen Ozean des kalten Grauens.

Ich schloss die Augen. Streckte die Hand aus und merkte, wie sich ein Lächeln in mein Gesicht schlich. Gleich würde ich frei sein. Endlich… FREI.

Plötzlich wurde ich herumgerissen. Als ich die Augen öffnete, starrte ich in das Gesicht des Mannes, dessen Erinnerungen ich gerade versucht hatte auszulöschen. Seine Augen wurden schwarz. Glühender, brennender Zorn spiegelte sich in seinem Blick.

„WAS zum Teufel soll das werden?"

„Wonach sieht es denn aus? Ich will dich vergessen. Ich will diesen HASS, den ich in deiner Nähe empfinde, der mir die Luft zum Atmen nimmt, nicht mehr spüren. Ich will frei sein. FREI von DIR."

Er lachte. Bitter. Kalt. „Du glaubst… indem du diesem See deine Erinnerungen gibst, würde dieser dich von deinem Hass befreien?"

„Ich weiß ES!"

„Hat die Magie dir auch den Preis genannt, den du dafür zahlen musst?"

„Der Preis… ist mein Hass. Und den bin ich gerne bereit zu zahlen."

„Du glaubst, dass der Hass der Preis wäre? Wie naiv bist du?"

„Du… versuchst bloß mich zu verunsichern. Doch DAS, Vater, wird dir nicht gelingen Nicht dieses Mal."

„Wenn du diesen Worten glaubst, ohne sie zu hinterfragen, bist du ein Narr. Hast du denn immer noch nicht verstanden in welcher Welt du lebst? DAS hier ist das Schattenreich. Was glaubst du wohl, wozu es die Dunkelheit gibt?""

„Und wenn schon. Mir egal."

„Ach? Es ist dir egal, wenn du die Fähigkeit zu lieben… verlierst? Denn DAS wäre der wahre Preis. Die LIEBE, mein Junge. Du würdest dich nicht nur von deinem Hass befreien, sondern auch von dem einzigen Gefühl, dass bisher in der Lage gewesen ist deine Geschwister zu beschützen. Doch, was glaubst du wird passieren, wenn Mo und June dir egal sein werden? Wenn dir demnach auch egal sein wird, WAS ich mit ihnen mache? Wer wird sie beschützen? Vor mir? Und… vor DIR? Bist du bereit diesen Preis zu zahlen?"

„Du lügst!"

„Du glaubst, ich lüge?" Er lachte. Erfüllt von sadistischer Grausamkeit. „Die eigentliche Frage lautet… bist du wirklich bereit das Risiko einzugehen, um es herausfinden zu wollen? Was, wenn ich Recht habe? Was dann? Denn DAS, was der See sich nimmt, gibt er nie wieder her."

„Ich weiß, dass du lügst."

„Ach? Und woher?"

„Wenn der Preis wirklich die Liebe wäre, so wie du behauptest, hättest du mich nicht aufgehalten. Im Gegenteil. Du hättest mich eigenhändig ins Wasser geworfen."

„Wenn NUR die Liebe der Preis wäre… dann ja. Dann hätte ich dich schon längst dazu gebracht in diesem verfluchten See baden zu gehen. Und, obwohl ich will, dass du die Liebe in dir auslöscht, kann ich dennoch nicht zulassen, dass du diesen Preis zahlst. Um eines Tages den Thron besteigen zu können, musst du in der Lage sein zu HASSEN. Das ist es, was uns Schattenkönige atmen lässt. Der HASS. Doch wie willst du mein Königreich regieren, wenn du dieses Gefühl nicht in der Lage bist zu empfinden, weil du es vergessen hast? Glaubst du allen Ernstes, dass ich zulassen würde, dass das Licht hierher zurückkehrt? In MEIN Königreich?"

Die Erinnerung spuckte mich aus. Blinzelnd kehrte ich ins Hier und Jetzt zurück.

„Und… warum hast du es nicht getan? Warum hast du dich entschlossen die Erinnerungen an deinen Vater zu behalten?" Tyler sah mich fragend an.

„Warum? Ernsthaft? Du stellst mir allen Ernstes die Frage nach dem WARUM?!"Ich schüttelte langsam den Kopf. Ungläubig. Wütend. „Wenn du mir zugehört hättest, wüsstest du die Antwort…"

Prinz der Dunkelheit

Der Wind funkelte in tiefschwarzem Licht, als würde er aus unendlich vielen winzigen Spiegelscherben bestehen. Flüsternde, in frostigem Grau getränkte Schatten tanzten vor uns auf dem Waldboden. Ich konnte die Stille, die sich in den dichten Baumkronen verbarg, atmen hören. Konnte spüren, wie ihre düsteren Gedanken versuchten meinen Verstand zu vernebeln.

In dem Moment, wo das Wispern unendlich vieler Stimmen in meinem Kopf ertönte, verstummten abrupt die düsteren, verschleierten Gedanken. Ich wusste, dass ich keine Zeit verlieren durfte. Also lief ich los, hinein in die ausgebreiteten Arme des Waldes, während die beiden mir schweigend folgten.

Mit jedem Schritt, den wir zurücklegten, gewann das gespenstische Flüstern an Stärke, wurde lauter, und lauter, verwandelte sich in Buchstaben. Der Nebel in meinem Kopf lichtete sich und die einzelnen Buchstaben setzten sich zu Worten zusammen. Worte, die mir das Blut in den Adern gefrieren ließen. *Finde uns, bitte… du musst uns finden…*

Die Bäume veränderten ihre Farbe und schwarze Regentropfen sammelten sich auf den Blättern, tropften still und ungehört auf den Boden vor uns. Nein, keine Regentropfen. Tränen. Der Wald weinte. Jede vergossene Träne verwandelte sich in ein Schattenspiel des Lichts, glitzerte wie ein Kaleidoskop in allen erdenklichen Farben der Finsternis. In jeder Farbe spiegelten sich verlorene Gefühle, gefüllt mit stiller Sehnsucht.

Die Schatten, die uns bis jetzt verfolgt hatten, oder eher begleitet hatten, begannen zu flüstern. Erfüllten die Luft mit einer leisen Warnung. Ich schloss die Augen, suchte nach der Dunkelheit in mir und bat sie, als ich sie gefunden hatte, um Hilfe. Bat sie das Geheimnis, dass das Schattenreich seit jeher versuchte zu bewahren, zu entschlüsseln.

Gefühle, tief verborgen in der Vergessenheit, warten darauf, dass man sich an sie erinnert. Welche Gefühle? Die der Kinder? Des Schattenreichs? Der Dunkelheit selbst? Plötzlich, ohne ersichtlichen Grund, lösten sich die Schatten auf, wurden vom Wind in alle Himmelsrichtungen gepustet.

Die Hilferufe der Kinder strichen mir wie tausend Atemzüge über die Wange, forderten all meine Konzentration. Die Fragen nach der Bedeutung des Geheimnisses, dass es galt zu entschlüsseln, konnte warten. Musste warten.

Ich hörte die Stimmen. Hörte die verzweifelten, angsterfüllten Hilfeschreie, die mir meine Magie in meine Gedanken pustete. Es waren dieselben Rufe, die der Wind mir, während ich mit ihm verschmolzen war, immer und immer wieder zugeflüstert hatte.

Solange ich schaffte zuzuhören, der Stille zu lauschen, würde ich die Kinder finden. Davon war ich fest überzeugt. Denn ich spürte, dass meine Magie der Kompass war, dessen Nadel auf das Einzige zeigte, was es in diesem Moment galt zu finden.

Das Niemandsland.

Die verlorenen Kinder.

Prinz der Dunkelheit

Ich zog ein Messer aus der Hosentasche, mit langer scharfer Klinge, und hielt es Summer entgegen, wollte, dass sie es an sich nahm, um sich im Notfall verteidigen zu können.

„Ein Messer?"

„Es ist kein *gewöhnliches* Messer. Die Klinge… ist aus purem schwarzem Gold."

„Was…?"

„Wenn du angegriffen wirst, dann wirst du dich damit verteidigen. Hast du verstanden?! DAS ist die einzige Waffe, die in der Lage ist, die Marionetten des Königs aufzuhalten."

„Des Königs? Dann… dann arbeitet dein Vater für den König?"

Ich nickte. Sperrte meine Gefühle weg und sah ihr mit festem Blick in die Augen. „Hätte ich gewusst, dass Tyler mitkommt, dann hätte ich zwei Messer besorgt…"

„Hauptsache Summer passiert nichts. Der Rest… spielt keine Rolle."

„Natürlich spielt es eine Rolle! Tyler!"

Tyler zog Summer an sich. Suchte ihren Blick. „Solltest du das Messer dafür einsetzen, um MICH zu verteidigen, anstatt dich, dann…" Seine Stimme war betäubt von Schmerz, während in seinen Augen Angst und Entsetzen erwachten.

„Darauf kannst du Gift nehmen, Ty!"

„Ich bin aber nicht so wichtig wie DU!"

„Für MICH schon! Du dämlicher Idiot, du bist mir sogar verdammt wichtig. Und DAS weißt du."

„Das weiß ich. Aber es ändert nichts. Bitte. Ich werde nur dann kämpfen können, wenn ich weiß, dass du..."

„Dass ich WAS?! Dabei zusehe, wie einem von euch etwas passiert?! Verdammt, Tyler. Ich schwöre euch, sollte einem von euch etwas passieren, nur weil ihr meint mich, anstatt euch selbst verteidigen zu müssen, dann... dann werde ich euch eigenhändig erwürgen. Einen nach dem anderen. Kapiert?!"

Prinz der Dunkelheit

Mit jedem Atemzug verstärkte sich das beklemmende Gefühl. Die Gefahr, die hier lauerte, die sich hier versteckte und auf einen Moment der Schwäche wartete, um uns für unser Vergehen hinterrücks angreifen und bestrafen zu können, war mir bestens vertraut.

Es war seine Magie.

Seine Dunkelheit.

Er ließ uns beschatten, seit wir den Wald betreten hatten.

Im Bruchteil einer Sekunde flutete mich Entsetzen, vermischte sich mit einer Fassungslosigkeit, die mir den Boden unter den Füßen wegzog, während mich seine Magie kaltlächelnd in die Knie zwang. Wie angewurzelt blieb ich stehen. Starrte auf die riesige Feuerwand, die aus dem Nichts heraus direkt vor meinen Augen aus dem Boden emporschoss.

Das war kein normales Feuer. Nein. Diese tiefschwarzen Flammen spiegelten die Herzschläge *seiner* Finsternis wider, während *seine* Macht ihr Lebendigkeit verlieh.

Summer und Tyler blieben wie angewurzelt stehen, starrten, genau wie ich, entsetzt auf das Feuer, das uns den Weg versperrte, das uns mit sengender Hitze aufhielt.

„Was zum Teufel…“

Im Gegensatz zu den beiden wusste ich, wessen Magie uns versuchte aufzuhalten. Zögerlich hob ich den Arm, streckte die Hand nach den Flammen aus.

„Nicht…“ Tyler streckte die Hand aus und versuchte mich von dem Feuer wegzuziehen, er wollte mich daran hindern das Feuer zu berühren.

„Scht…“, zischte ich leise, „Ich will was ausprobieren…“

„Ach ja? Und WAS?! Verdammt, Phoenix… das ist Teufelsfeuer. Deine Seele wird schneller in Flammen aufgehen als…“

In dem Moment, wo meine Fingerspitzen das brennende Schwarz berührten und vor mir zurückwichen oder vielmehr eine Art Durchgang freigaben, verstummte Tyler. Augenblicklich.

„Wie… wie ist das möglich?“ Summer sah mich mit einer sonderbaren Mischung aus Stolz und Furcht an. Wartete auf eine Antwort, auf eine Reaktion von mir.

„Der Drache hatte gesagt, dass ich das Land nur dann finde, wenn ich anfange meiner Dunkelheit zu vertrauen. Und, da sie uns bereits bis hierher geführt hat…“ Ich zuckte mit den Schultern, überlegte was ich sagen sollte, sagen konnte, ohne mich zu verraten. Die Wahrheit sperrte ich weg, in die hintersten Winkel meiner Gedanken.

„Vielleicht… keine Ahnung. Vielleicht ist sie es, die mich mit Hilfe ihrer Magie vor den Flammen beschützt… wie eine Art magischer Tarnumhang.“ Dass Vaters Magie mich als seinen Sohn erkannte, verschwieg ich. Nicht, dass er versuchte mich zu beschützen, nein, er brauchte mich. Lebendig.

„Tarnumhang? Ernsthaft?“ Tyler schüttelte lachend den Kopf. In seinen Augen glitzerte Misstrauen, vermischte sich mit unzähligen Fragen. Fragen, die er jedoch nicht wagte auszusprechen. Je länger ich ihm in die Augen schaute, desto sicherer wurde ich mir, dass die Fragen, die er sich insgeheim stellte, genau die waren, die ich nicht hören wollte. Ein ungutes Gefühl erwachte, versetzte mich in Alarmbereitschaft, mahnte mich zur Vorsicht.

Wusste Tyler, warum das Feuer mich verschonte, anstatt meine Seele in Flammen aufgehen zu lassen? Ahnte er etwa, dass mir das Feuer nur deshalb nichts anhaben konnte, weil es die Verbindung zwischen seinem Erschaffer und mir spürte?

Die Verbindung zwischen… Vater und Sohn?

König… und Prinz?

„Worauf wartet ihr?"

„Nur, weil die Flammen DIR nichts antun, bedeutet es nicht, dass für uns dasselbe gilt. Was, wenn sie uns in dem Moment, wo wir mit ihnen in Berührung kommen, verschlingen?" Die Art WIE er diesen Satz betonte, gefiel mir nicht. Ganz und gar nicht. Doch, anstatt etwas, irgendetwas, zu sagen, schwieg ich. Keine Ahnung was ich sagen konnte, ohne sein Misstrauen noch mehr zu verstärken.

„Wenn unsere Seelen Feuer fangen, und du weißt, dass genau DAS passieren könnte, wirst auch du dieses Feuer nicht löschen können. Weil die darin eingesperrte Magie böse ist. Abgrundtief böse", fuhr Tyler, unbeirrt von meinem Schweigen fort. „Vielleicht kannst du durch dieses Feuer gehen, weil du ein Schattendämon bist, vielleicht spürt die Magie deine Verbindung zu diesem Königreich, aber das zählt nicht für uns. Summer und ich… wir sind Lichtdämonen. In den Augen der Dunkelheit demnach Eindringlinge. Und… was macht man mit Eindringlingen? Richtig! Man hält sie auf."

„Vertraut mir. Euch wird nichts passieren." Ernsthaft? Was Besseres war mir nicht eingefallen?! Noch immer suchte ich nach einer Antwort, nach einer plausiblen Erklärung… ohne wirklich eine finden zu können.

„Woher willst du das wissen?“

„Ich spüre es.“

„Das reicht mir nicht“, knurrte Tyler leise.

„Ich… ich kann es nicht erklären. Es ist… ein Gefühl.“

„Ein Gefühl? Wir sollen…“

„Meine Dunkelheit… ich vertrau ihr…“ Warum konnte er nicht aufhören ALLES in Frage zu stellen? Warum konnte er mir nicht ganz einfach vertrauen? Immerhin wusste er, dass ich das Risiko Summer verlieren zu können NIEMALS eingehen würde. Nicht, wenn ich mir nicht sicher wäre. Und zwar absolut sicher.

„Ach, plötzlich vertraust du ihr? Falls ich dich daran erinnern darf, hast du ihr, bis vor… keine Ahnung, bis vor wenigen Stunden NICHT vertraut. Warum also jetzt? WAS hat sich geändert?“

„Es war MEINE Dunkelheit, die uns hierhergeführt hat. Oder etwa nicht?“

„Vielleicht vertraust du ihr, aber ich…“

„Vertraust du MIR? Tyler?“

„Verdammt, Phoenix…“

„Ich frag dich nicht, ob du meiner Dunkelheit vertraust. Sondern ob du mir vertraust. MIR…“

„Du… du dämlicher Bastard. Natürlich vertrau ich dir. Aber…“

„Glaubst du, dass ich irgendein Risiko eingehen würde? Wenn ich nicht sicher wäre, würde ich euch nicht einmal in die Nähe des Feuers lassen.“

„Hör zu. Ich weiß, wie sehr du Summer liebst… und genau deshalb weiß ich auch, dass du nichts tun würdest, um sie in

Gefahr zu bringen… ABER, wir sind hier in einem Königreich, dass es sich zur Aufgabe gemacht hat das Licht auszulöschen. Und dieses Feuer, das spüre ich, wird uns vernichten."

„Ich vertrau dir." Summer sah mich an.

„Summer!", knurrte Tyler, „was soll das? Hast du mir nicht zugehört? Hier geht es nicht um Vertrauen. Es geht darum, dass diese Magie dazu erschaffen wurde, um Lichtdämonen aufzuhalten. Dieses Königreich, diese kalte Finsternis, ist unberechenbar. Und daran wird auch Phoenix nichts ändern können."

„Meine Dunkelheit, das schwöre ich, bei meiner Seele, wird euer Licht für die Flammen unsichtbar machen."

„Also schön. Angenommen du liegst mit deiner Vermutung richtig, und angenommen ich würde DEINER Dunkelheit vertrauen… wie willst du uns beide abschirmen. Selbst wenn du wolltest oder davon überzeugt bist… keine Dunkelheit, egal wie mächtig, wird jemals in der Lage sein können zwei Lichter ungesehen an den Flammen vorbeischleusen zu können… DAS ist UNMÖGLICH."

„Phoenix ist aber nicht der einzige Schattendämon hier. Da, seht ihr. Chaim… er ist ebenfalls ein Schattenwesen und das Feuer weicht vor ihm genauso zurück wie vor Phoenix…"

In dem Moment, wo wir Summers Blick folgten, und unsere Köpfe drehten, sahen wir wie Chaim mitten in der Feuerwand stand, während die Flammen ihm, genau wie mir, den Weg freimachten. *Was zum Teufel ging hier vor sich? Warum ließen die Flammen Chaim passieren?*

Prinz
der Dunkelheit

„Niemandsland…“, stammelte ich flüsternd. Kaum war das Wort von meinen Lippen gestürzt, verschluckte uns das Grauen. Jeden Einzelnen von uns.

Summer.

Tyler.

Mich.

Ich versuchte zu sprechen, aber kein Laut kam über meine Lippen, weil sich jeder Gedanke in einen Feuertsunami verwandelte. Die Buchstaben in meinem Kopf gingen in Flammen auf, bis nichts weiter von ihnen übrig war als verbrannte Erde.

Ich war wie betäubt.

Innerlich gelähmt.

Ich fühlte nichts.

Dachte nichts.

Ich stieß den Atem aus.

Stieß die verkohlte, nach Schwefel schmeckende Stille aus.

Stieß die grausame Unfassbarkeit aus.

Wie hypnotisiert starrte ich auf die Kinder.

Auf die vielen… vielen Kinder.

Millionen winzige, rasiermesserscharfe Klingen flossen durch meinen Körper, zerschnitten meine Eingeweide, mein Herz. Ließen mich bluten, während gleichzeitig eine Millionen Gefühle erwachten, meine Seele tränkten und mich vergifteten.

Eine Hand umschloss meinen Oberarm, so schnell, dass ich nicht mal in der Lage war zu reagieren. Einen Herzschlag später lag ich auf dem Boden. Genau wie Summer. Tyler hatte uns in die Schatten gezogen. Dorthin, wo die Nacht uns Schutz bieten und für die Augen unsichtbar machen konnte.

„Vor wem versuchst du uns zu verstecken?" murmelte ich leise.

„Vor den Wachen."

Irritiert zog ich die Stirn in Falten. Schaute Tyler an. Schweigend. Tief versunken in meinen eigenen Gedanken. Wenn er nicht aufgepasst hätte, wenn Tyler die Wachen nicht entdeckt hätte, dann… ich wagte nicht den Gedanken zu Ende zu denken.

„Wo? Ich… ich kann niemanden sehen."

„Einer steht links von uns… der andere hockt, wenn du genau hinsiehst, vor dem kleinen Jungen. Direkt geradeaus."

Mein Blick huschte von einem Kind zum anderen. Teilweise waren sie nicht älter als fünf oder sechs Jahre. Das von einsamer Grausamkeit geprägte Schicksal dieser Kinder weckte Erinnerungen, die ich kaum in der Lage war zu ertragen. In dem Moment, wo ich Summers Gefühle spürte, wusste ich, dass sie dasselbe Bild vor Augen hatte wie ich.

Straßenkinder, in der Welt der Menschen.

Müllkinder, die im und von Müll lebten. Der bloße Gedanke an die giftigen Dämpfe, an den brechreizauslösenden Gestank, den die Kinder einatmeten, trieb mir Tränen in die Augen.

Tränen der Unfassbarkeit.

Tränen der Wut.

Mit jedem Atemzug steigerte sich der wolkenlose Hass. Zorn. Glühender, heißer Zorn brodelte in mir. Wie Lava im

Vulkan. Summte, floss durch meine Adern, durch meine Gedanken und ich war nur einen Herzschlag davon entfernt zu explodieren.

Das Chaos in mir, der wütende Sturm, fraß mich auf. Verzweiflung und Hass ließen mich brennen. Das Feuer, dass sich durch meine Seele schlängelte wollte diese jämmerlichen Marionetten, die diesen Kindern die Kindheit raubten, in Flammen aufgehen lassen. Ihre schwarzen Herzen sollten im Fegefeuer der Unbarmherzigkeit für all die Sünden, für all die Vergehen bezahlen, bis in alle Ewigkeit.

Diese schiere Wut, dieser brennende Hass… es war dasselbe Gefühl wie damals, als ich erkannt hatte, dass die Menschen die Straßenkinder nur deshalb nicht hatten sehen können, weil sie diesen Horror nicht hatten sehen *wollen.* Wo ich schmerzhaft hatte begreifen müssen, dass diese Massenarmut toleriert wurde.

Das Leid, das Grauen… einfach übersehen.

Ignoriert.

Und warum?

Weil die boomenden Metropolen der kalten, herzlosen Welt der Sterblichkeit, auf diese Weise verhindern wollten im Müll zu ertrinken. Ein Kinderleben war für sie bedeutungslos, höchstens Mittel zum Zweck.

Ich hatte so viele Kinder gesehen.

So viele Kinderaugen, die aufgehört hatten zu leuchten.

Weil Monster sich an ihnen vergangen hatten,

sie misshandelt hatten,

vergewaltigt hatten.

Diese Qual, dieses nicht in Worte zu fassende Leid, gehörte, besonders für die elternlosen Kinder, zur Tagesordnung. Ein Leben das nach Blut schmeckte.

Nach Ekel.

Nach kalter, eiskalter Leere.

Viele Kinder hatten Klebstoff geschnüffelt, hatten auf diese Weise versucht die eigenen Gedanken, die alles verschlingenden Gefühle zu betäuben, zum Verstummen zu bringen, um zumindest für kurze Zeit der Realität entfliehen zu können. Sie waren in den benebelten Zustand geflohen, hatten sich währenddessen an den Traum, an die Illusion einer Kindheit geklammert. Eine Kindheit, die es für sie nie gegeben hatte, weil sie in Wahrheit nicht existierte. Und… für viele NIE existieren würde.

So wie die Menschenkinder in den Müllbergen nach wertvollen Rohstoffen wie Gold, Coltan oder Kupfer gesucht hatten, mit den bloßen Händen giftige Substanzen wie Quecksilber und Chrom berührt hatten, suchten die Schattendämonenkinder nach den schwarzen Kristallen. Nach einem ausbruchsicheren Gefängnis. Ein Gefängnis, in das der König bereits ihre Eltern gesperrt hatte. Vorausgesetzt sie hatten seine Folter lebend überstanden.

Der Moment, wo Summer den Gefühlen der Kinder zuhörte, drang der damit verbundene Schmerz gewaltsam in ihre Seele ein. Ich spürte das Grauen, durchlebte dieselbe Hölle wie Summer.

So mörderisch.

So vernichtend.

So unerträglich kalt.

Panik beraubte Summer ihrer Zuversicht, ihrer Hoffnung… Jeder ihrer Gedanken zersplitterte, und jedes weitere Gefühl, dass ihre Seele berührte, verwandelte sich in Erde, begrub ihr Herz unter sich, füllte ihre Lungen mit braunen, dunklen Sandkörnern.

Augenblicklich tauchte ich tiefer in ihre Gefühlswelt. Tiefer. Immer tiefer. Nahm ihr den Schmerz. Nahm ihr die damit verbundene Dunkelheit und sperrte sie mit Hilfe meiner Magie in mir ein.

„Wir dürfen keine Zeit verlieren, Phoenix. Die Kinder… nicht mehr lange und ihr Licht wird aufhören zu leuchten.“ Summers Stimme klang erstickt. Brüchig. Und ihre Brust hob und senkte sich. Ich spürte ihre wachsende, immer größer werdende Panik. Sie machte sich Sorgen. Fürchterliche Sorgen. Um die Kinder.

„Fuck“, murmelte Tyler.

„Was?“

„Siehst du das? Bis gerade eben, waren es nur zwei Wachen gewesen. Jetzt sind es… keine Ahnung wie viele…“

Ich zählte die Marionetten. Fünf rechts. Links vier. Einer ging auf ein kleines Mädchen zu, packte sie und hielt ihr Handgelenk fest umklammert. Riss ihr kalt grinsend den Gegenstand aus der Hand und hielt ihn sich vors Gesicht. Es war ein Kristall.

Als dem Mädchen Tränen in die Augen stiegen, schnappte ich keuchend nach Luft. Zu viele Kinder. Zu viele unschuldige Seelen. Zu viel Qualen.

Der dumpfe Schmerz schlug mir brutal ins Gesicht, explodierte in meinem Körper, drückte auf meine Lungen, erschwerte mir das Atmen und ich war kurz davor, an Ungläubigkeit zu ersticken. An Entsetzen.

Ich kniff die Augen zusammen, ballte die Hände zu Fäusten, bündelte meine Magie, versuchte mich zu beruhigen, einen kühlen Kopf zu bewahren.

Doch, je länger wir uns hier versteckten und auf einen scheinbar günstigen Moment warteten und gezwungen waren zuzugucken, desto mächtiger wurde der Wunsch all dem endlich ein Ende setzen zu können.

Die Wut wollte raus. Wollte sich von den Ketten losreißen. Wollte ENDLICH freigelassen werden. Es fiel mir unsagbar schwer die Dunkelheit zu bändigen, zu kontrollieren. Mein Verstand bäumte sich auf, wollte kämpfen, wollte die Kinder aus den Fängen dieser Monster befreien.

Die Hölle existierte. Und diese Kinder hatten sie erlebt. Erlebten sie. Jeden Tag aufs Neue. Das, was diese unschuldigen Kinderaugen zu sehen bekamen, machte mich rasend. Weißglühende Wut schlängelte sich durch meine Gedanken, schlug ihre Zähne in mein Nervensystem, vermischte sich mit dem Hass auf den Psychopathen, der für all das hier verantwortlich war.

Plötzlich spürte ich eine nie gekannte Lebendigkeit. Spürte, wie sie sich in meiner Brust, in meinem Herzen, verankerte, bis das Gefühl explosionsartig durch meine Haut brach.

Tyler umschlang meine Taille, hielt mich fest umklammert und versuchte mich zu beruhigen. Das Problem war, ich wollte mich nicht beruhigen lassen.

„Willst du, dass sie uns entdecken?“, zischte Tyler.

„Ja! Ich will, dass sie MICH entdecken.“

„Warum?“

„Weil ich sie ablenken werde, währen ihr die Kinder von hier fortschaffen werdet. Und zwar jetzt. Denn ich werde keine Sekunde länger hier rumliegen und zugucken! Keine. Einzige!“

Prinz

der Dunkelheit

Etwas in mir zersprang. Die brennende Wut und all die angestauten, viel zu lang weggesperrten Aggressionen bahnten sich einen Weg nach draußen, während mein Erbe lachend erwachte und mich die Macht, die wahre Kraft meiner Dunkelheit, durchströmte.

Ich wusste, was zu tun war. Genauso wie ich wusste, wozu ich fähig war. Die Magie erschütterte meinen Körper, ließ meine Knochen vibrieren, mein Herz schreien und im gleichen Atemzug befreite ich mich von meinen selbstauferlegten Fesseln.

Einen Wimpernschlag später stand ich vor den Marionetten meines Vaters. Mit vor Schreck weit aufgerissenen Augen starrten mich die Dämonen an. Ehe jeder einzelne von ihnen den Blick senkte. Nur einer wagte es mir weiterhin in die Augen zu gucken, OHNE mir den nötigen Respekt zu erweisen.

Kalt lächelnd sah mich dieser Dämon an. Mit einem Ausdruck in seinem Blick, der mir bestens vertraut war. Als würde ich *ihm* gegenüberstehen. *Ihm*, meinem Vater. Und nicht irgendeinem seiner Gefolgsleute.

Und doch war es *seine* Verachtung, die sich in den Augen dieses Dämons spiegelte, die mich kaltgrinsend verspottete. Im gleichen Atemzug veränderte sich seine Augenfarbe, plötzlich leuchteten sie blutrot. „Du wagst es hier aufzutauchen? Noch dazu mit diesem… Abschaum?! Warte… bis dein Vater davon erfährt…“

„ER wird aber nicht davon erfahren", unterbrach ich ihn gefährlich leise und schenkte ihm ein berechnendes Grinsen.

Er lachte. „Was? Du glaubst..." Erneut lachte er, ehe er seinen angefangenen Satz beendete. „Um uns zum Schweigen zu bringen, müsstest du uns alle töten. Jeden einzelnen von uns..."

Ich schwieg.

Grinste.

„Selbst, wenn du schaffen solltest uns ALLE zu töten..."

„Was heißt hier WENN?"

„Wir sind zu zehnt, ihr nur zu dritt..."

„Ich brauch keine Hilfe, um EUCH in die Hölle zu schicken. DAS schaff ich allein. Und zwar... GANZ ALLEIN."

„Meinst du nicht, dass du dich da, naja... ein klitzekleines bisschen überschätzt? Oder vielmehr UNS unterschätzt?"

„Ich denke nicht."

„Ich denke schon."

„Tja, dann verrate mir mal, wie es sein kann, dass dir keiner deiner Kameraden zu Hilfe kommt."

„Sie warten auf meinen Befehl. ICH bin ihr Oberbefehlshaber..."

„Ach ja?" Ich lachte. „Na dann... worauf wartest du? Erteil ihnen den Befehl."

Er schwieg.

„Worauf wartest du?" Mein Lächeln gefror zu Eis und ich schenkte ihm einen frostigen, wissenden Blick. „Ach nein... warte... du hast es längst versucht. Du weißt, dass kein einziger von ihnen in der Lage ist sich zu bewegen, geschweige denn irgendeinen deiner Befehle auszuführen, nicht wahr? Und... obwohl du es begriffen hast, hält es dich nicht davon ab, es JETZT, in genau diesem Augenblick ein weiteres Mal zu versuchen. Doch… ich verrate dir ein kleines Geheimnis… ganz egal wie oft du es versuchst, es wird nicht funktionieren. WEIL ich es nicht zulassen werde…“

„Aber wie…?“

„Du willst wissen WIE?“

„Nein, das mein ich nicht. Ich weiß, dass es deine Dunkelheit ist, die meine Kameraden lähmt… ABER, dass du in der Lage bist so viele von uns damit zu infizieren, kann nur eins bedeuten…“ Er ließ den Satz unausgesprochen in der Luft hängen, legte stattdessen einen Finger an die Lippen, als müsste er scharf nachdenken und schenkte mir einen Atemzug später ein teuflisches Grinsen.

„WAS?“, knurrte ich.

„Du hast keine Ahnung… nicht wahr?“

„Tja, wenn man sein Schicksal annimmt, dann…“

„Schicksal? Du glaubst, die Schicksalsgöttin hätte dir diese Macht… was? Geschenkt? Einfach so? Nur, weil du dein sogenanntes Erbe akzeptiert hättest. Du hast echt KEINE Ahnung…“

„Ach…“, knurrte ich, „Und du schon…?“

„Eine noch nie dagewesene Empathin, die Prophezeite des Lichts UND der Sohn des personifizierten Bösen, die Dunkelheit selbst… kämpfen Seite an Seite. Für dasselbe Ziel. Es ist DIESE Verbindung, die dir diese ungeheure Kraft verleiht und nicht dein verfluchtes Erbe.“

„Prophezeiung des Lichts?“

„Jedes Königreich hat seine eigene Prophezeite. Doch, so wie es aussieht, hast du die des Schattenreichs noch nicht gefunden. Denn, wenn du es hättest… hättest du das Licht NIEMALS zusammen mit der Dunkelheit hierhergebracht.

Dieser Schatten ist…“ Er stoppte seine Gedanken. Legte die Stirn in Falten. „Es sei denn…“

„Es sei denn WAS?!“

Jede Geste, jeder Blick galt Summer und Tyler, die mittlerweile aus ihrem Versteck hervorgekommen waren und uns jetzt aus sicherer Entfernung heraus beobachteten. Alles an diesem Dämon strahlte Provokation aus. Und Verachtung.

Sein Blick wanderte zurück zu mir und in seinen Augen erwachten Hohn und Spott, während er mir gleichzeitig ein herablassendes und hinterhältiges Grinsen schenkte. Am liebsten wäre ich auf ihn losgegangen, hätte ihm sein selbstgefälliges Grinsen aus dem Gesicht geprügelt, doch… vorher musste ich hören, was er zu sagen hatte. Mich beschlich nämlich das ungute Gefühl, dass das, was er mir zu verschweigen versuchte etwas war, das ich wissen sollte. Nein. Wissen MUSSTE.

„Oh nein… DAS, mein Prinz… DAS wirst du ganz allein herausfinden müssen. Am besten…“, lachte er, „bevor es zu spät ist.“

„Zu spät WOFÜR? Wenn du nicht jetzt schon sterben willst, dann fang endlich an zu reden und hör verflucht nochmal auf in Rätseln zu sprechen.“

„Ich liebe Rätsel… Ganz besonders die, die man nicht schafft zu lösen…“ Sein Blick wanderte zu Summer, dann wieder zurück zu mir. „Oh… die arme, naive Prinzessin… wenn sie wüsste, WEN sie an ihrer Seite hat. Ich frag mich gerade für wen sie bereit ist ihr Licht zu opfern? Was meinst du? Für das Licht? Oder für die Dunkelheit? Tja… schwierige Entscheidung, denn was sie nicht weiß, ist, dass sie eins davon für immer aufgeben muss. Es ist… eine Art Opfer. Ich weiß, böses Wort… zumal sie keine Ahnung hat. Aber…

wenn sie die hätte… Was meinst du? Wen wäre sie bereit aufzugeben? Wenn du willst, dann könnten wir sie fragen. Jetzt. Jetzt sofort."

Er wollte Summer mein Geheimnis anvertrauen? Ihr sagen, WER ich war?! Mir klopfte das Herz, es drohte zu zerspringen, so fest prügelte die Angst auf mich ein. Als er den Mund öffnete, um nach den beiden zu rufen, ließ er mir keine andere Wahl. Das Geheimnis, das es zu bewahren galt, war in diesem Moment wichtiger als die Lösung des Rätsels. Er würde es mir ohnehin nicht verraten. Von daher…

Ich schloss die Augen. Meine Dunkelheit breitete sich in ihm aus, lähmte ihn. Ich infizierte ihre Gedanken, legte jeden einzelnen Geist dieser Dämonen in Ketten, während die Leere, das Nichts, sie verschlang.

Als ich einen Herzschlag später die Augen aufschlug lagen die Marionetten mit leerem Blick vor mir. Sie waren tot. Alle. Meine Arme hingen kraftlos hinunter, und die Schwerkraft riss mich zu Boden. Ich ging in die Knie. Starrte ins Nichts.

Es wurde still.

In mir.

Um mich herum.

Alles, was ich sah, sehen konnte, vielleicht sogar sehen wollte, waren die tosenden Fluten der Reue. Meterhohe Wellen, die sich aufbäumten, gefüllt mit all den von mir gestohlenen Herzschlägen dieser Dämonen, mit vor Schuld schäumender Gischt. Die Stille, die sich auf dem Grund des Ozeans versteckte, verschluckte die Schreie meiner Seele noch bevor sie die Oberfläche durchbrechen konnten.

Ich spürte Summers Blick auf meiner Haut. Spürte, wie ihre Liebe mich fand, mich tröstend in die Arme schloss. Zärtlich berührte sie meinen Arm, zog mich an sich. Mit einer

Selbstverständlichkeit, die meiner Seele die Atemzüge zurückbrachte. Ihre Nähe ließ mich atmen, ungeachtet der Tatsache, dass ich der Letzte war, der diesen Trost, nachdem was ich gerade eben getan hatte, verdient hatte.

Wie aus dem Nichts heraus tauchte plötzlich ein weiterer Dämon vor mir auf. Doch, bevor ich die Möglichkeit bekam ihn ebenfalls ins Reich der Toten zu befördern, sah ich, dass er das kleine Mädchen von vorhin an seinen kalten Körper presste, während er ein Messer an ihre Kehle drückte. Ich suchte Summers Blick, gab ihr wortlos zu verstehen, dass sie sich, zusammen mit Tyler, um die anderen Kinder kümmern sollte. Sie verstand und machte sich sofort auf die Suche. Ließ mich allein.

„Beeindruckend. Sehr beeindruckend…“, murmelte er höhnisch grinsend. „Wie der Vater… so der Sohn…“

„Noch ein Wort“, zischte ich durch zusammengebissene Zähne, „und dich wird dasselbe Schicksal ereilen, wie das deiner Kameraden.“ Seine Worte streuten Salz in mein brennendes Herz und sofort verfinsterte sich mein Blick. Ich spürte, wie sich meine Augenfarbe veränderte, wie sie schwarz wurden. Tiefschwarz.

„Wir wissen beide, dass ich bereits tot bin.“

„Wenn du es doch weißt… warum bist du dann noch hier? Warum bist du nicht, als du die Chance hattest, geflohen?“ Meine Dunkelheit legte sich über seine Seele, sodass er nicht länger in der Lage war sich zu bewegen. Sein Herz raste, pochte, wollte, als es meine Dunkelheit spürte, fliehen, trotz des Wissens, dass es JETZT zu spät war. Meine Magie schlängelte sich durch seinen Verstand, durch seine Gedanken, versuchte sein ohnehin gefrorenes, taubstummes Herz zu vergiften und ich spürte, wie sich seine Seele in eine eisige, wunderschöne und doch sterbende Eisskulptur verwandelte.

„Fliehen? Wovor?“ Er lachte. „Mein Schicksal ist besiegelt. Egal, ob du derjenige sein wirst… oder dein Vater. Mich wird so oder so dasselbe Schicksal ereilen wie das meiner Kameraden. Oder glaubst du, dass er mich, nach alldem hier am Leben lassen würde?! Und abgesehen davon… wenn das Herz stirbt ohne wirklich sterben zu dürfen und man jeden Tag aufs Neue erfriert, dann bedeutet der Tod FREIHEIT.“

Irgendetwas an seinen Worten verwirrte mich. Oder war es das Flüstern seiner Augen? Der Ausdruck in seinem Blick… es war, als würde ich in einen verfluchten Spiegel schauen. Die Augen, die mich anstarrten, erzählten die Geschichte von einem stillen Schmerz. Einem Schmerz, den niemand hören konnte, weil niemand in der Lage war ihn zu verstehen, zu begreifen. Einem Schmerz, der sich nichts sehnlicher wünschte als endlich erhört zu werden.

„Lass das Messer fallen“, knurrte ich leise, mit bebender Stimme, während ich versuchte das Flüstern seiner Augen auszublenden, zu ignorieren.

„Nein. Nicht, bevor du dir angehört hast, was ich zu sagen habe.“ Seine Augen flehten mich an. Wollten, dass ich ihnen zuhörte. Dass ich mir anhörte, was er zu sagen hatte.

„Warum sollte ich dir zuhören?“

„Du tust es doch bereits…“

„Eine Minute. Keine Sekunde länger.“

„Die Dunkelheit ist nicht nur erwacht, sie ist zurückgekehrt. Schaff sie fort. Bevor dein Vater sie entdeckt.“ Seine Stimme war erfüllt von Furcht. Brennender Furcht.

„Du machst dir Sorgen? Um mich? Wie süß…“

„Du hast keine Ahnung, wovon ich spreche. Nicht wahr?“

„Ich denke schon. Und doch… interessiert es mich nicht.“

„Die Dunkelheit… sie muss dorthin zurück, wo er sie nicht aufspüren kann. JETZT. Sollte er herausfinden, dass sie hier gewesen ist, wird ihm jedes Mittel recht sein, um sie zurückzubekommen. Jedes. Er würde sogar einen offenen Krieg mit den Lichtdämonen riskieren.“

„Mein Vater ist vieles… aber nicht blöd. Er weiß, was mit ihm passieren würde. Mit seiner Magie.“ Ich lachte verbittert auf, wohlwissend, dass meine eigenen Gedanken versuchten mich in Ketten zu legen. Mein Herz wurde unruhig. Ließ mich innerlich zittern.

„Und doch würde es ihn nicht daran hindern.“

„Ach… und was macht dich da so sicher?“

„Weil die Dunkelheit sich noch nie hat einsperren lassen. Er weiß, dass kein Gefängnis existiert, dass stark genug ist, um seine Magie dauerhaft von seiner Seele zu trennen.“

„Selbst, wenn es stimmt, was du behauptest… warum sollte ich dir glauben. Du bist ihm treu ergeben. Deine Seele gehört ihm. Genauso wie deine Loyalität.“

„Weil mein Herz… noch immer mir gehört…“

Wie aus dem Nichts heraus tauchte Summer neben mir auf. Zusammen mit Tyler. Sofort stellte ich mir die Frage, was die beiden gehört hatten. Was sie von dem Gespräch mitbekommen hatten? Ein heißer, glühender Kloß umschloss die Worte, die mir auf der Zunge brannten, verwandelte meine unausgesprochenen Ängste in brennende Buchstaben.

„Wie ist dein Name?“ Summer schaute dem Dämon vor uns in die Augen, wartete auf eine Antwort, während mich das ungute Gefühl beschlich, dass sie mehr in ihm sah, als sie sehen sollte. Diese Marionette konnte nicht gerettet werden,

WEIL mein Vater all das, was ihn ausmachte oder vielmehr ausgemacht hatte, irgendwo gefangen hielt. Sie konnte ihn nicht retten. Und doch versuchte sie gerade genau das.

„Jakob…"

„Komm mit uns."

„Prinzessin… dein Vater würde mich noch in derselben Sekunde, wo ich sein Königreich betreten würde, umbringen lassen. Und, verzeiht… aber, wenn ich schon sterben muss, dann wenigstens in meiner Welt."

„Warum sollte er dich töten lassen?"

„Prinzessin?! Was soll das? Was verflucht nochmal versuchst du hier gerade? Du kannst ihn nicht retten. Du DARFST einen Schattendämon nicht zu euch ins Königreich bringen. Das… verdammt… das wäre viel zu gefährlich. Was, wenn das hier eine Falle ist? Du darfst ihm nicht trauen! Hast du verstanden?!", knurrte ich leise. Doch Summer ignorierte mich, meine Warnung.

„Weil ich ein Schattendämon bin", antwortete Jakob leise.

„Und?"

„Glaub mir… kein Licht wird jemals die Dunkelheit mit offenen Armen empfangen." Dieser Dämon sprach das aus, was ich dachte. Wenigstens einer der die Gefahr erkannte. Allerdings schienen seine Worte Summer ebenso wenig zu interessieren wie meine. Warum konnte sie es nicht einfach auf sich beruhen lassen? Sein Schicksal… es stand fest. Sie konnte es nicht ändern…

„Es ist dein König, der sich vor uns fürchtet, vor dem Licht. Doch das… zählt nicht für meinen Vater. Warum sollten wir die Dunkelheit oder DICH fürchten?"

„Weil ich, dank meines Königs, an ihn und seine Dunkelheit gebunden bin. DAS bedeutet, dass ich, ob ich es will oder nicht, jedes Licht versuchen werde auszulöschen. Weil ich es

MUSS. Ich kann mich diesem Zwang nicht widersetzen. Es fällt mir schon jetzt schwer, denn alles in mir schreit nach DIR, nach dem WAS du bist. Dieses Königreich duldet kein Licht. Und ganz besonders nicht das der Prinzessin. Verstehst du nicht?

Sollte ich dir jetzt was antun, dann könnte dein Vater sich noch nicht einmal rächen, weil du unser Königreich betreten hast, wie… ein Eindringling. Und doch… würde dein Vater deinen Tod nicht ungesühnt lassen… In dem Moment, wo er das Schattenreich angreifen würde, würde mein König beides auslöschen. Deinen Vater, zusammen mit seiner Magie. Denn DAS ist es, was er will. Dafür LEBT er. Dafür ist er bereit ALLES zu opfern. Alles und JEDEN. Doch… sollte er dieses Spiel gewinnen, sollte dieses Szenario wirklich eintreffen… dann…“ Er zögerte. Schluckte. „Sollte die Welt, sollten beide Welten, in Dunkelheit versinken, wäre das… das Ende. SCHACHMATT.“

Prinz
der Dunkelheit

In dem Moment, wo ein Schwarm türkisschimmernder Schmetterlinge über unseren Köpfen auftauchte, wusste ich, dass es nur noch eine Frage der Zeit war, bis Summer mit Hilfe ihrer Gabe nach Jakobs Gefühlen tauchen würde. Wie hypnotisiert starrte die Marionette meines Vaters ihr in die Augen.

Selbst ich konnte die Hoffnung, die in ihm erwachte, spüren. Spürte, wie er, entgegen aller Logik, hoffte, nein, darauf vertraute, dass die Prinzessin des Lichts in seiner Seele das finden würde, was er vor dem Schattenkönig versteckte.

„Wie? Ich mein… WIE ist das möglich?" Die Stille in meiner Stimme verwandelte sich in einen weißen Schleier, der sich schützend über die Welt legte. Dieser Moment brauchte Stille, damit man die Hoffnung zusammen mit dem Wunder, dass sich hier offenbarte, dass meine Augen sahen, aber dennoch nicht begreifen konnten, flüstern hören konnte.

„Wie ist WAS möglich?" Tyler sah mich fragend an.

„Da… Sieh hin." Ich deutete mit dem Kopf auf Jakob. In den Augen des Dämons loderte das Feuer der Hoffnung. Winzig klein. Und doch konnte es jeder von uns sehen. Genau wie das Glimmern in seiner Brust. Als würde sein Herz leuchten. Selbst durch sein Shirt hindurch konnte man das Licht sehen, die von ihm ausgehende Wärme spüren.

Ein Lächeln schlich sich in Jakobs Gesicht, seine Augen wurden glasig, Tränen der Erleichterung sammelten sich, ehe sie ihm von der Wange tropften.

Der Schatten eines Lächelns versteckte sich in den Augen des Mädchens, während sie mich anstarrte, während in ihrem Blick Erleichterung erwachte. Freude. Dankbarkeit.

Mit einem leisen Seufzer drehte sie sich um, schlang ihre kleinen Ärmchen um Jakobs Körper und schmiegte ihr Gesicht an seine Brust. Noch bevor der Wind mir ihre Worte ins Ohr flüstern konnte, wusste ich, dass die in ihr erwachte Erleichterung IHM galt. „Siehst du?! Ich hatte Recht."

„Ja, mein Engel. Du hattest tatsächlich Recht."

„Ich wusste, dass die Prinzessin dich retten kann." Das Mädchen hob den Blick, sah ihm in die Augen. „Onkel Jakob? Jetzt wird alles wieder gut. Oder?" Ihre Stimme zitterte.

„Das… ist deine Nichte? Du hast deiner Nichte ein Messer an die Kehle gehalten?" Kaum hatte Tyler sich von seinen Gedanken befreit, ruhte sein Blick auf Jakobs Gesicht.

„Das war meine Idee", verkündete das kleine Mädchen, erfüllt von kindlichem Stolz.

Tyler kniete sich hin, damit er der Kleinen besser in die Augen gucken konnte. „So… das war also deine Idee." Der Schatten eines Lächelns versteckte sich in Tylers Augen. „Hattest du denn keine Angst?"

„Naja… ein bisschen schon." Sie hielt dem stillen Verhör von Tyler stand, doch bevor er überhaupt die Gelegenheit bekam etwas dazu zu sagen, fuhr sie leise fort. „Aber nicht vor meinem Onkel. Und auch nicht vor dem Messer."

„Wovor dann?"

„Davor… dass… naja, dass ihr meinem Onkel wehtun würdet. Oder… dass ihr mich ihm wegnehmen würdet. Ich… ich hab doch nur noch Onkel Jakob."

„Wie heißt du?"

„Tiara."

„Weißt du eigentlich, WIE tapfer und mutig du gewesen bist, Tiara? Und schlau. Verdammt schlau. Durch deinen Mut hast du deinem Onkel das Leben gerettet. Und… mutige Mädchen müssen belohnt werden. Findet ihr nicht auch? Phoenix?"

Ich nickte. Schwieg. War unfähig meine Gedanken in Worte zu verwandeln, weil ich noch immer fasziniert war, vollkommen überwältigt, von dem Wunder, dass sich gerade eben dem Schattenreich offenbart hatte.

„Das heißt… die Prinzessin wird uns mitnehmen?"

„Du bist sogar noch schlauer als ich gedacht habe." Tyler lächelte. „Ja, wir werden euch mitnehmen. Jeden einzelnen von euch. Jetzt werden WIR auf euch aufpassen. Okay? Und…wenn ihr möchtet, werden wir euch ein neues Zuhause schenken."

„Prinzessin", ich schlang die Arme um ihren Körper, schaute ihr tief in die Augen. *„Woher wusstest du…? Ich mein, Jakob war, nein, IST eine Marionette meines Vaters. Wie ist DAS möglich?"*

„Ich konnte den Splitter, den er tief in seinem Herzen weggesperrt hatte, flüstern hören."

„Was für einen Splitter?"

„Dein Vater mag ihm zwar seine Gefühle gestohlen haben, aber die Erinnerung an die Liebe seiner Nichte war, wenn du willst, sein Licht in der Dunkelheit… Ich weiß nicht, ob ich ihn hätte retten können, wenn es die Kleine nicht gegeben hätte. Vielleicht hätte Jakob sich mit

der Zeit in der Dunkelheit verloren, vielleicht … Doch so… Jedes Mal, wenn sie ihm in die Augen geguckt hat, hat ihre unerschütterliche Liebe ihn vor dieser Finsternis bewahrt. Und ihn daran erinnert, WER er ist. Ihre Liebe hat ihm, entgegen aller Logik, Hoffnung geschenkt. Und… diese Hoffnung hat gleichzeitig den winzigen Splitter einer gestohlenen Liebe am Leben gehalten.“

Hielt Vater die Kinder deshalb hier fest? Fernab ihrer Familien? Weil er wusste, dass die Liebe eines Kindes, die reine, unverfälschte, bedingungslose und unerschütterliche Liebe, bei ihren Familien dafür sorgen könnte, dass sie, genau wie Jakob, trotz aller Widersprüche einen Hoffnungsschimmer in sich würden wegsperren können?

Tief versunken in meinen Gedanken bemerkte ich erst, dass Chaim auf meiner Schulter gelandet war, als ich ein merkwürdiges Flüstern spürte.

Leise.

Sanft.

Zärtlich.

Wie ein leiser Sommernachtswunsch.

Ich drehte meinen Kopf in seine Richtung, begegnete seinem Blick und war unfähig die Schönheit, die mir in diesem Moment entgegenstarrte, in Worte zu verwandeln. Seine Augen leuchteten in den schönsten Grüntönen.

Türkisgrün.

Eisgrün.

Aquamarinblau.

Ein Ausdruck erwachte, als würden seine Augen mit mir sprechen. Worte, die ich nie zuvor wahrgenommen hatte, fanden mich, berührten mich und in derselben Sekunde wurde das Flüstern zu einem Gefühl.

Ich fühlte eine Stimme.

In meinen Gedanken.

Tief in meiner Seele.

„Du kannst ihm seine Gefühle zurückgeben…“

Chaim? Hatte er etwa gerade… mit mir gesprochen? Mich in seine Gedanken gelassen?

Ich holte tief Luft, wagte nicht meine Fragen laut auszusprechen, weil ich den Zauber, die Magie, die mich umgab, nicht beenden wollte. Zum ersten Mal sprach er zu mir. Doch… warum ausgerechnet jetzt?

Die Stille verschluckte die Unfassbarkeit

Jeder Buchstabe des Alphabets befreite sich.

Genau wie unzählige Fragezeichen.

Während mein Verstand, außerhalb der Gefühlswolke, leise flüsternd nach dem WARUM fragte. Verwirrt runzelte ich die Stirn.

Fragen fanden sich.

Verbündeten sich.

Befreiten sich.

Erblickten das Licht der Welt.

Anstatt ihn zu fragen, was es mit seinen Worten auf sich hatte, stolperten wahllos irgendwelche Buchstaben aus meinem Mund, verwandelten sich, während sie auf die Erde zurasten, in die Frage, die mich am meisten beschäftigte. *„Wieso kann ich dich hören?“*

„Hattest du dem Sternenlichtdrachen dieselbe Frage gestellt?“

Nachdenklich runzelte ich die Stirn, schüttelte leicht mit dem Kopf. Woher wusste er von dem Gespräch? Oder besser gesagt, woher wusste er, dass ich ihn in Gedanken hatte hören können? Ich mein, über die Begegnung mit dem Sternenlichtdrachen hatte ich nie gesprochen, zumindest nicht mit

Chaim. Vielleicht mochte ich es Mo gegenüber erwähnt haben, allerdings beantwortete das nicht MEINE Frage. „*Nein…*“, gab ich schließlich zu.

„*Wieso stellst du sie dann mir?*“

„*Weil… keine Ahnung. Vielleicht weil ich es nicht versteh. Ich mein, bisher konnte ich dich nie hören. Oder hast du… etwa bis gerade eben nie versucht mit mir zu sprechen?*“

„*Weißt du, WARUM du den Drachen hast hören können?*“

Irgendetwas an der Art und Weise wie er die Frage formulierte, machte mich stutzig und in Gedanken suchte ich nach einer Antwort, doch… je länger ich darüber nachdachte, desto sicherer wurde ich, dass es NICHT die Entscheidung des Sternenlichtdrachens gewesen war… sondern meine.

„*Phoenix… ich verrate dir mal ein kleines Geheimnis. Den Drachen hast du hören können, weil du das Licht nicht gefürchtet hast. Vor dieser Magie hast du dich noch nie gefürchtet. Deine Angst… galt ausschließlich der Dunkelheit. Schon immer. Du hast dich so sehr davor gefürchtet, dass du eines Tages so werden könntest, wie dein Vater, dass du dich nie getraut hast unserer Magie zuzuhören. Doch jetzt, wo du deine Angst besiegt und angefangen hast der Dunkelheit zu vertrauen… Tja… JETZT kannst du uns hören. Denn, falls du es vergessen hast… ICH bin eine Kreatur der Dunkelheit. Ein Wesen DEINER Welt. Du hattest nur lernen müssen UNS zu vertrauen.*“

„*Mit UNS… meinst du dir und mir…*“

„*Eigentlich nur DIR. Denn mir hast du bereits in dem Moment dein Vertrauen geschenkt, wo du beschlossen hattest mich zu retten.*“

„*Ohhh…*“ Ich versuchte seine Worte zu verstehen, zu begreifen. Das Gesagte, ebenso wie all das Ungesagte. Ich zerlegte jeden damit verbundenen Gedanken, jedes Gefühl.

„*Überrascht?*“

„Nein, ich mein ja. Schon… irgendwie. Das heißt, dass ich dich nur deshalb bisher nie hatte hören können, weil… naja, weil ich mir nicht vertraut habe?" , schlussfolgerte ich schließlich, auch wenn ich nicht wusste, ob ich mit meiner Vermutung richtiglag.

"Nein. Nicht ganz… Du hast bloß der Dunkelheit in dir nicht vertraut."

„Okay. Ich BIN zwar überrascht, aber das ist… in Ordnung. Denke ich. Aber… jetzt was anderes. Wie kommst du darauf, dass ICH Jakob die Gefühle zurückbringen könnte? Falls ich dich daran erinnern darf, hat mein Vater die Kristalle nach unserem letzten Gespräch alle verschwinden lassen. Und ich habe keine Ahnung wohin…"

„Falsch." Chaim sah mich an, sah mir tief in die Augen, und in seinem Blick erwachte eine lachende, vom Wunder geküsste, Leichtigkeit.

„Wie falsch?" Unzählige Gedanken erwachten in meinem Kopf, nur um sich einen Atemzug später in ebenso viele Fragezeichen zu verwandeln.

„Na… FALSCH."

„Was willst du damit sagen? Dass ich lüge?"

„Nein. Es soll heißen, dass du deinen Grips einschalten sollst. UND dein Erinnerungsvermögen lässt im Übrigen auch zu wünschen übrig… Phoenix, dein Vater, er hat nicht alle Kristalle verschwinden lassen."

„Entschuldige, wenn ich dich enttäuschen muss, aber die Kristalle sind weg. Und zwar ALLE. Ich habe doch die leeren Regale gesehen. Mit meinen eigenen Augen."

„Und ich habe mit MEINEN eigenen Augen gesehen, dass DU einen hast in deiner Jackentasche verschwinden lassen…"

„Du meinst…" Ich sah Chaim tief in die Augen. *„Bist du sicher, dass sich in diesem Kristall die Gefühle von… Jakob befinden?"*

Er blinzelte. Grinste. In Anbetracht der Tatsache, dass er ein Soulseeker und kein Dämon war, wirkte sein Lächeln irgendwie furchteinflößend und komisch zugleich.

„*Was macht dich so sicher?*"

„*Du hast deine Geheimnisse, ich meine.*" Jetzt zwinkerte er mir auch noch zu. Gruselig. Einfach nur gruselig schön.

„*Wie überaus hilfreich...*" murmelte ich leise.

„*Meine Magie lässt sich genauso wenig erklären wie deine.*"

„Ich vertraue Chaim. UND seiner Magie." Summer strahlte übers ganze Gesicht. Ich spürte ihre Freude, in jeder Zelle meines Körpers.

„Prinzessin? Jetzt sag nicht, dass du... Hast du etwa unser Gespräch belauscht?" Fragte ich gespielt entsetzt, schaffte aber nicht mir das Grinsen zu verkneifen.

„Das ist ein böses Wort... denn, wie soll ich heimlich eine Unterhaltung belauschen, die, genau genommen, für meine Gedanken bestimmt gewesen war?"

„Dann... habe ich euch belauscht? Aber..." Verwirrt starrte ich sie an, versank, als mich ihre Augen küssten, in süßklebrige, mit Liebe gefüllte, Zuckerwattewolken.

„Chaim hatte dich zu unserer Unterhaltung eingeladen. Deshalb hast du hören können WAS er gesagt hat..."

„Ohhh..." Dieses eine Wort stolperte über meine Gefühle. Gefühle, die Summer mit nur einem einzigen Blick in mir hervorrufen konnte.

„Ich wusste, genau wie Chaim, dass du seine Gedanken in dem Moment würdest hören können, wenn du anfangen würdest, dir selbst zu vertrauen", sagte sie mit einer Selbstverständlichkeit in der Stimme, als wenn sie nie, nicht eine

Sekunde lang, daran gezweifelt hätte, dass ich einen Weg finden würde, um die Angst vor der Dunkelheit in mir, die mich, seit ich denken konnte in Ketten gelegt hatte, auszusperren.

„Versuchst du mir grade zu sagen, dass du ihn schon die ganze Zeit hast hören können?"

Summer zuckte mit den Schultern. Lächelte. „ICH konnte Chaim aus demselben Grund hören, wie du den Sternenlichtdrachen hast hören können."

„Du hattest keine Angst…", schlussfolgerte ich. „Aber… Warum hast du nichts gesagt?"

„Was hätte ich denn sagen sollen?"

„Na…vielleicht, dass Chaim mit dir spricht…"

„Hast du mir etwa gesagt, dass Elara mit dir gesprochen hat?"

„Hast du dieses Gespräch etwa hören können?" Ihre Worte beraubten mich meines Verstandes, verwandelten sich in eine Handgranate mit gezogenem Stift. Die Angst – explosionsartig befreite sie sich, stahl meiner Seele die Atemzüge. Die bloße Vorstellung, dass Elara sie damals genauso zu dem Gespräch eingeladen hatte, wie Chaim gerade eben… Nein! Ich wagte nicht einmal diesen Gedanken in Betracht zu ziehen…

„Nein. Weil ich nicht eingeladen worden bin."

Erleichtert schnappte meine Seele nach Luft.

„Dennoch wusste ich es. Vielleicht habe ich nicht gehört, worüber ihr euch unterhaltet, ABER… ich wusste, dass ihr euch unterhaltet. Falls du jetzt wissen möchtest woher, tja… dann lautet meine Antwort *du hast deine Geheimnisse, ich meine.*" Sie lachte.

„Du hast es gefühlt. Du… hast meine Verwunderung gefühlt."

„Hm“, sie zuckte mit den Schultern. „Du kannst ja doch Geheimnisse lüften.

„Okay, DARÜBER… reden wir später. Jetzt müssen wir erstmal gucken, dass wir die Kinder so schnell wie möglich von hier fortbringen. Wir müssen sie zu euch ins Königreich bringen. Nur dort wird er sie nicht finden.“

„Bleib du hier und beseitige unsere Spuren. Oder… naja… DEINE Spuren. Immerhin hast du den Marionetten des Königs die Fäden gezogen.“ Tyler sah mich grinsend an.

„Ha. Ha. Tyler… sehr witzig.“

Er grinste. „Was ich eigentlich sagen wollte, du brauchst nicht mitkommen, Phoenix. Summer und ich schaffen das allein. Ehrlich. Sieh du lieber zu, dass… naja… du solltest die Spuren wirklich beseitigen.“

„Dazu hab ich später noch genug Zeit. Jetzt werde ich euch begleiten. Hör zu, Tyler… ich muss den Wind teilen. Ich. Okay? Ohne einen Schattendämon wird der König euer Licht spüren. Und… korrigiere mich, wenn ich falsch liege, aber ich bin im Moment der einzige Schattendämon. Naja, der einzig lebende der in der Lage ist den Wind zu teilen.“

„Und?“ fragte Tyler.

„Wie *und*…? DAS ist gefährlich. Wenn er euch spürt… und von dem Verschwinden der Kinder erfährt, wird er eins und eins zusammenzählen können. Er wird euch suchen.“

„Soll er doch. Mir egal. Von mir aus kann er mich ruhig versuchen anzugreifen.“

„Er wird nicht DICH angreifen. Sondern deinen König. Dich wird er lediglich jagen. Und zwar so lange, bis er dich gefunden hat, um dich dann…“

„Hast du den Pakt vergessen? In dem Moment, wo er angreifen würde, hätte er dagegen verstoßen… Denn dadurch, dass du uns die Erlaubnis erteilt hast die Kinder mitzunehmen, verstoßen wir gegen kein Gesetz. Du weißt, WAS das bedeutet. Also, worüber machst du dir Sorgen? Ohne seine Magie wären wir alle besser dran. Ohne IHN könnten die Schattendämonen ihre Empathie zurückbekommen, ohne Angst haben zu müssen, dass er sie ihnen wieder entzieht. Verstehst du? Dein Volk wäre FREI."

„Mein Volk… wäre NICHT frei. Sollte der König sterben, würde die Dunkelheit in ihm automatisch auf seinen Sohn übergehen. Kein Tod unserer Welt vermag das Böse auslöschen zu können. Das Einzige was passieren würde, wäre… dass es sich einen neuen Körper sucht. Ein neues Gefäß."

Mich, dachte ich, erfüllt von eisigem Grauen. Doch ich durfte meine Gedanken nicht laut aussprechen.

„Vielleicht hat es bis jetzt bloß nie einer versucht. Denn, ich für meinen Teil, bin davon überzeugt, dass man das Böse sehr wohl aufhalten kann. Oder besser gesagt… vernichten kann."

„Ach ja? Und wie?"

„Wie viele Kinder hat der König?" Es war nicht die Frage an sich, die mich stutzig machte, sondern viel eher Tylers Gefühle, die mich in dem Moment angefangen hatten zu fluten, als er das Wort *König* ausgesprochen hatte. Ich spürte, ohne es mir erklären zu können, seinen kalten Hass. Einen Hass, der mir bestens vertraut war.

„Warum willst du das wissen?"

„Naja… wenn sie alle sterben würden, dann…"

Ich fiel ihm ins Wort. „Nein! Niemand wird sich an ihnen vergehen."

„Sie sind doch schon tot. Oder glaubst du, dass er seine Kinder mit Liebe erzogen hat? Nein! Sein verseuchtes Blut fließt durch ihre Adern. Und somit auch seine Dunkelheit. Du weißt, WAS das bedeutet. Ihre Seelen sind genauso verloren wie ihre Herzen. Weil er dafür gesorgt hat."

„Ich sagte NEIN! Denn du vergisst, dass es immer noch Kinder sind. Und, ich weiß nicht, wie es mit dir aussieht, ABER ich töte keine Kinder."

„Kinder… die sich eines Tages in Killermaschinen verwandeln werden." Hätte ich in diesem Moment seine Gefühle nicht wahrnehmen können, würde ich auf ihn losgehen, nur um ihn endlich zum Schweigen zu bringen. Doch aus unerklärlichen Gründen spürte ich, dass seine Gefühle jedes seiner ausgesprochenen Worte einer Lüge bezichtigten. Tyler hasste den König – ja. Und er sehnte seinen Tod ebenso herbei wie ich. Wie wahrscheinlich jeder atmende Dämon… und doch wäre er niemals in der Lage den Kindern des Königs etwas anzutun, weil er, entgegen seiner Behauptung, davon überzeugt war sie retten zu können. Und zwar jedes einzelne Königskind.

„Aber egal… Das Ganze hat sich ohnehin erledigt." Gespielt gleichgültig zuckte er mit den Schultern. Sah mir aufmerksam in die Augen. ~~In seinem Blick lag ein tiefverborgenes Geheimnis. Ein Geheimnis, dass seit einer Ewigkeit darauf wartete das Licht der Welt erblicken zu können~~.

„WAS? Hast du etwa allen Ernstes gedacht, dass ich…?"

„Na, ich hätte es wohl schlecht machen können, ohne dem König einen Grund zu liefern unser Königreich anzugreifen. Du dagegen bist ein Schattendämon. Wen hätte der König denn angreifen sollen? Sich selbst?"

Prinz
der Dunkelheit

Ich beobachtete die Schmetterlinge. Je länger ich ihnen zusah, ihren Tanz der Leichtigkeit bewunderte, desto öfter wechselten ihre Flügelchen die Farbe. Sie funkelten, je nach Lichteinfall, in einer sanften Mischung aus Elfenbein und Rauchweiß. Blütenweiß und Mandelweiß.

Dann, einen Herzschlag später tauchten plötzlich rote Schmetterlinge auf, deren Flügel aussahen, als hätten sie in den Farben der umherstehenden Mohnblumen gebadet. In dem Moment, wo die roten Schmetterlinge die weißen berührten… entstand eine einzigartige Mischung aus Flamingorosa, Rouge, Malve, Magenta und Deep Pink.

„Ich liebe Rosa. Nicht nur, weil die Farbe für Sinnlichkeit und Zärtlichkeit steht… sondern weil sie meiner Seele Sicherheit schenkt, meinem Herzen… Geborgenheit."

„Welche Farbe liebst du nicht?", lachte ich leise, schloss mit einem tiefen Seufzer die Augen und stellte Summer die Frage, die mich, seit ich Chaims Stimme fühlen konnte, ununterbrochen beschäftigte.

„Willst du immer noch wissen, was ich mit dem Phönix verbinde? Wofür er in meinen Augen steht?" Ich atmete mühsam beherrscht aus. Sperrte meine Gefühle weg.

Sie suchte meinen Blick, sah mir tief in die Augen. Und… nickte.

„Wenn ich es dir verrate, dann musst du mir etwas versprechen?"

„Was?“ Summer runzelte verwirrt die Stirn.

„Dass ich dir, nachdem ich dir meine Gedanken anvertraut habe, dir die Erinnerung daran wieder nehmen darf. Und zwar ALLES, was damit zusammenhängt…“

„Warum?“

Ich spürte, wie sich ihr Wort in eine ängstliche Verwirrung verwandelte. Summer konnte meine Frage nicht verstehen, nicht begreifen. Wie auch?

„Weil ich es dir sonst nicht sagen werde… weil ich will, dass du mich so in Erinnerung behältst wie ich bin, wie du mich siehst… und nicht, wie ich WIRKLICH bin…“

„Du machst mir Angst.“

„Versprich es. Bitte.“ Meine Lippen verzogen sich zu einem traurigen Lächeln, während sie mir in die Augen schaute, tief in meine Seele. Ich spürte, wie sie versuchte nach meinen Gefühlen zu suchen. Gefühle, die ihr helfen sollten zu erklären, WAS mit mir los war, was in mir vorging. Doch in dem Moment, wo sie die um meine Gefühle errichtete Mauer bemerkte, dagegen stieß, zog sie sich zurück.

„Wie? Wie willst du mir diese Erinnerung wieder nehmen?“

„Du weißt, dass wir Schattendämonen Erinnerungen manipulieren können.“ Meine Stimme verlor sich, verwandelte sich in ein stummes Flüstern.

Sie nickte.

„Einige von uns können nicht nur Erinnerungen manipulieren…“ Ich zögerte. Wagte nicht den Gedanken zu Ende zu denken, geschweige denn diesen auszusprechen… und doch blieb mir keine andere Wahl. „Es gibt Schattendämonen, die in der Lage sind, Erinnerungen zu stehlen.“

„Wie?“

„Das ist unterschiedlich…“

„Wie funktioniert es bei dir?“ wollte Summer wissen und schaute mich aufmerksam an.

„Mit einem Kuss.“

„MIT EINEM KUSS?“

„Ich würde dir nie, NIEMALS, irgendwelche Erinnerungen stehlen. Nicht, ohne deine Erlaubnis. Nicht ohne deine Zustimmung.“

„Das weiß ich.“

„Also?“

Sanftes Schweigen breitete sich zwischen uns aus. Zum Glück war es nicht, wie befürchtet, eine unangenehme Stille, sondern eine mit Neugier gefüllte Stille. Zärtlich. Friedlich.

„Was passiert mit der Erinnerung? Ich mein, könntest du sie mir zurückgeben?“

„Wenn ich wollte… Ja.“

Ihr Blick veränderte sich. Begreifen erwachte. Sie wusste, auch ohne, dass ich es hatte aussprechen müssen, dass ich ihr diese Erinnerung jedoch nicht zurückgeben würde. „Aber…“ Sofort verstummte sie wieder, schaffte nicht ihre Gefühle und Gedanken tatsächlich auszusprechen.

„Prinzessin…“ flüsterte ich leise, schaffte aber nicht ihr dabei in die Augen zu gucken. Ich seufzte. Fuhr mir mit der Hand durch die Haare.

„Okay…!“

„Okay… WAS?“

„Okay… ich verspreche, dass du mir die Erinnerung an das Gespräch nehmen kannst.“ Erst als ich meinen Kopf hob, ihren Blick erwiderte, fuhr sie fort. „ABER…“ Anstatt den angefangenen Satz zu beenden, lächelte sie.

„Aber WAS?“ fragte ich vorsichtig. Wachsam.

„Aber… erst nachdem ich dir eine Antwort gegeben habe…“

„Von nichts anderem bin ich ausgegangen…“

Für einen winzigen Augenblick senkte ich den Blick, dann umschloss ich mit beiden Händen ihr Gesicht… und küsste sie. Ich wusste, dass ich ihr erst dann meine Gedanken würde mitteilen können, wenn ihre Gefühle geschafft hätten meine Zweifel auszulöschen.

Sofort schmeckte ich ihre Liebe.

Ihr Licht.

All die bunten Farben.

Prinz
der Dunkelheit

„Der Phönix symbolisiert für mich keine Auferstehung, sondern… Untergang“, sagte ich leise und spürte die Stille meiner Stimme. Spürte die Stille meiner Gefühle. Meiner Herzschläge.

„Wieso… Untergang?“

„In dem Moment, wo ich in den Flammen seiner Macht verbrennen würde, würde mir keine andere Wahl bleiben als mein Erbe anzutreten… und… wenn das passiert, würde ich mich in jemanden verwandeln MÜSSEN, den ich hasse. Verstehst du? Ich würde auferstehen. Ich. Meine dunkle Seele. Ich würde als Schattenprinz zurückkehren, als Sohn der Dunkelheit. Doch dafür müsste ICH, mein jetziges ich, sterben. Ich müsste MEIN LICHT opfern. Ich müsste Dich opfern. Uns. Unsere Liebe.“

„Wieso solltest du uns opfern müssen?“

„Weil die DUNKELHEIT kein Licht lieben DARF!“

„Es gibt nur eine Dunkelheit, die in der Lage wäre, das Licht eines Lichtdämons auszulöschen… und zwar die des Königs. Phoenix… WER ist dein Vater? WER ist das Monster, dass die Seelen so vieler Dämonen in irgendwelche Kristalle sperrt?“

„Wieso fragst du… wenn du die Antwort bereits kennst?“ Mein Herz pochte wie verrückt. Und ich ertrank in den stürmischen Fluten meiner kalten Gefühlswelt.

„Antworte. Bitte… ich will es von dir hören.“

„Mein VATER ist der König des Schattenreichs. ER ist derjenige, der seit jeher versucht jegliches Licht in unserem Königreich auszulöschen. Und ich… bin sein Sohn." Ich betrachtete meine zitternden Hände.

„Du bist aber nicht wie er. DU bist kein Monster…" In ihrer Stimme verbargen sich genau die Gefühle, die ich nicht fühlen wollte. Ihre Seele leuchtete. Und dieses Licht wurde mit jedem Atemzug, mit jedem Herzschlag heller. Intensiver.

Ich schloss die Augen, sperrte sie aus, genau wie ihre mit Licht gefüllten Gefühle, während ich eine Welt betrat, die mir den Atem raubte. Eine Welt bestehend aus Schmerz. Aus Kälte.

„In dem Moment, wo ich den Thron besteige… würde ich mich ABER verflucht nochmal in so ein Monster verwandeln."

„Das glaub ich nicht."

„Nur, weil du es nicht glaubst oder nicht glauben WILLST, bedeutet es nicht, dass es deshalb weniger wahr ist. Prinzessin… es wird passieren."

„Dann… dann besteig den Thron eben nicht. Niemand kann dich zwingen. Niemand. Schließlich sind wir unsterblich… Dein Vater… er könnte König bleiben. Und zwar für immer."

„Wenn ich diesen nicht besteigen würde… würde mein Vater ALLES vernichten. Alles. Selbst dein Königreich. Er würde nicht eher ruhen, bis jegliches existierende Licht in unserer Welt ausgelöscht wäre. Und in einer Welt ohne DICH würde ich nicht leben wollen. Wenn ich dich, dein Volk… nur retten kann, indem ich mein Erbe antrete… dann…"

„Dann mach mich zu deiner Königin. Lass mich an deiner Seite stehen. Lass mich DEIN Licht sein." Summers Blick ruhte auf mir und ihre mit Hoffnung gefüllten Augen nahmen mich, gegen meinen Willen, gefangen.

„Die Dunkelheit, MEINE Dunkelheit, würde dein Licht auslöschen", knurrte ich leise, so verdammt leise. Weil ich den damit verbundenen Schmerz, diese vernichtenden Worte, nicht schaffte lauter auszusprechen. Als könnte die Stille meiner Stimme den Schmerz auslöschen.

„Du weißt, dass das nicht stimmt."

„Meine Seele, mein verfluchtes Erbe, begehrt dein Licht. Ich bin nicht irgendein Schattendämon. Ich bin der zukünftige König, dazu verdammt ein Leben in der Finsternis zu führen. Und in dieser Welt KANN und DARF es kein Licht geben."

„Was, wenn mein Licht, wenn UNSER Licht, die Finsternis bezwingen kann? Phoenix?!"

Ich schwieg.

Der Schrei meines Herzens beraubte mich meiner Gedanken.

„Mein Licht fühlt sich, seit ich denken kann, zu DIR hingezogen. Zu deiner Finsternis. Zu deiner von Dunkelheit geküssten Seele. Kannst du dich noch an dem Moment erinnern, wo ich dir zum ersten Mal begegnet bin? Hier? In meiner… oder vielmehr in unserer Gefühlswelt?"

„Hör auf", flehte ich leise, verzweifelt.

„Nein… Du wirst mir jetzt zuhören. Unabhängig davon, dass wir beide noch Kinder gewesen waren… wusste ich, von der ersten Sekunde an, dass DU mein Prinz bist. Du. Und niemand anderes. Willst du auch wissen *wieso*? Weil ich mich schon damals unsterblich in dich verliebt habe. Vielleicht mochte es am Anfang kindliche Liebe gewesen sein… aber das ändert nichts an der Tatsache, dass ich dich schon IMMER geliebt habe. Verstehst du? DICH. Genauso wie deine Dunkelheit. Denn diese hatte ich, obwohl du sie vor mir versucht hast zu verstecken, sehen können. Und DAS, was ich gesehen habe, war damals schon genauso wunderschön wie jetzt."

„Du… du weißt nicht, was du redest…"

„Ich weiß aber verflucht nochmal WAS ich fühle!"

„Gefühle ändern aber nichts, weil kein einziges Gefühl in der Lage wäre MICH aufzuhalten… geschweige denn das Monster in mir zu besiegen."

„Du weißt, dass das nicht stimmt. Du weißt, dass ich Recht habe. Genauso wie du weißt, dass keine Macht der Welt UNSER Licht…"

„Sei still!" Ich wollte nichts mehr hören. Wollte all das nicht mehr hören müssen. Weder das Flehen in ihrer Stimme noch ihre wütenden Gefühle.

„NEIN! Denn du wirst mir jetzt zuhören. Hast du verstanden?! Du wirst mir verflucht nochmal zuhören. DU HAST ES MIR VERSPROCHEN. Du hast versprochen dir meine Gedanken anzuhören… Scheißegal, ob sie dir gefallen oder nicht. Denn DAVON war nicht die Rede."

„Prinzessin, bitte…" Ich biss die Zähne zusammen, unterdrückte die Sehnsucht, suchte stattdessen nach dem Monster in mir, wollte, nein, musste es erwecken, um Summer zu überzeugen. „Seit der Phönix aufgetaucht ist, seitdem… Verflucht! Du verstehst einfach nicht, dass ich in dem Moment, wo ich mich verwandeln würde, verloren wäre. Und zwar unwiderruflich. Wenn das passiert… dann würde ich dich im selben Atemzug zerstören. Verstehst du denn nicht? Ich will dich nicht zerstören. ICH. WILL. ES. EINFACH. NICHT.

Und doch… würde genau DAS passieren. Dieses Schicksal… es lässt sich nicht ändern. Seit dem Abend bei den Special Stars… seitdem schaff ich kaum dieses brennende, alles verschlingende Verlangen zu kontrollieren.“ Meine Augen wurden dunkel. Wurden schwarz. Tiefschwarz.

„Dann. LASS. ES!“

Oh, warum musste meine Prinzessin nur so verdammt stur sein? „Wenn ich zulassen würde, dass die Finsternis, die mich seit meiner Geburt beherrscht, die Kontrolle übernimmt, dann…“

„Wovor hast du Angst?“

„Du fragst allen Ernstes WOVOR?!“

„Wieso bist du dir so sicher, dass deine Finsternis stärker ist als mein LICHT? Das Eine kann ohne das Andere nicht existieren. WIR brauchen uns. Du mich, genauso wie ich DICH. Warum willst du das nicht verstehen? Licht und Dunkelheit wollen miteinander verschmelzen, nein, MÜSSEN es sogar… sonst wird es keine Schatten geben können.“

„Das ist aber genau das, was die Dunkelheit will. Sie will das Licht zusammen mit den Schatten auslöschen.“

„Nein. Nicht die Dunkelheit will das. Sondern dein Vater. Und DU bist verflucht nochmal nicht wie dein Vater. Und ganz egal was du sagst, ganz egal was passieren wird… DU wirst NIEMALS, hörst du?!... Niemals SO werden wie er.“

„ICH BIN LÄNGST wie mein VATER.“

„Bist du nicht!“, widersprach Summer heftig.

„Ich habe Dämonen gefoltert. Unschuldige Dämonen. Ich habe ihnen die Seele geraubt, sie, zusammen mit meinem Vater, in diese Kristalle gesperrt.“ Eine dunkle, aus tiefschwarzer Verachtung geborene, Wolke verschluckte mich.

„Aber nicht, weil du es wolltest… sondern weil ER es wollte.“ In ihren Augen loderte ein Feuer, dessen Funken, ohne dass ich es verhindern konnte, auf mich übersprang, meinen gesamten Körper in Flammen setzte. Meine Seele brannte. Lichterloh. Ihretwegen. Weil sie nicht wahrhaben wollte, was ich längst akzeptiert hatte.

„Was macht das für einen Unterschied?“ Ich wollte ihre Worte, ihre toxischen Worte nicht hören. Denn für das, was ich getan hatte, ganz gleich ob ich dazu gezwungen worden bin oder nicht, gab es keine Entschuldigung. Kein Wort, kein Gefühl… NICHTS auf der Welt würde diesen Dämonen das zurückgeben können, was ich ihnen kaltblütig aus dem Herzen gerissen hatte. Letztendlich war die Hoffnung in ihren Augen genauso erloschen wie der stumme, blutige Schrei nach Gnade.

„Einen gewaltigen!“ Ihre leise Stimme fand mich. ~~Rettete mich.~~

„Ach ja? Dann frag mal die Dämonen, ob sie das genauso sehen?“ In dem Moment, wo ich, gegen meinen Willen, ihren Blick suchte und in ihren das Feuer, ihren unerschütterlichen Glauben an das Gute in mir, spürte, tief in mir spürte, löste dieses Gefühl die eisige Versteinerung in meinem Herzen, vertrieb den wütenden Sturm.

„Was zum Teufel versuchst du eigentlich gerade?“

„Ich versuche dir die Augen zu öffnen. Ich WILL dir zeigen, in was für ein Monster du dich verliebt hast! Prinzessin… was würdest du denken, wenn du wüsstest, dass ich… dass…“

„Dass du WAS?“

„Dass ich diese Folter genossen habe…“ Die Lüge, auch wenn ich geschafft hatte, sie auszusprechen, brannte wie Höllenwasser, vergiftete mein Herz. Wobei das damit verbundene, von Grausamkeit geküsste Gefühl, weitaus schmerzhafter war.

„Du lügst!“

„Nein. DAS ist keine Lüge. Ich wünschte es wäre eine. Aber es ist keine! Ich wollte diesen Dämonen weh tun. Ich wollte ihnen Schmerzen zufügen… Und willst du wissen wieso? WEIL mich ihr Schmerz ATMEN lässt.“

„DAS glaub ich nicht!“ Die Wut in ihrer Stimme war nicht zu überhören. Ich begriff, dass egal, was ich sagen, egal, was ich behaupten würde, nichts würde ihre Liebe zu mir auslöschen können.

„Es wäre besser, wenn du es tätest…“, flehte ich kalt. Eiskalt.

„Warum?“

„Weil es sicherer für dich wäre…“

„Wenn es, so wie du behauptest, sicherer für mich wäre… WARUM willst du dann, dass ich dieses Gespräch, dieses verfluchte Gespräch hier, vergesse? Warum willst du mir die Erinnerung daran nehmen?“

„Weil…“

„Doch nur, weil du nicht willst, dass ich dich für jemanden halte, der du nicht bist…“

„Solltest du anfangen mir zu glauben… werde ich dir diese Erinnerung nicht nehmen. Nicht nehmen *müssen.* Weil ich nämlich dann genau das erreicht hätte, was ich schon die ganze Zeit über erreichen wollte.“

„Du wolltest also, dass ich dich für ein Monster halte?! Ein Monster, dass es nicht wert wäre, gerettet oder geliebt zu werden?"

„Oh... ich versichere dir, Prinzessin... ICH bin es nicht wert gerettet zu werden. Dein Licht mag mich vielleicht bisher immer vorm Abgrund bewahrt und mich gerettet haben, aber ich kann nun einmal nicht ändern WAS ich bin. Genauso wenig wie deine Liebe. Du... wirst NIEMALS vor mir sicher sein. Niemals. Weil keine Macht der Welt eine Bestie zähmen kann. Monster... bleibt Monster."

„Du bist grausam, weil du grausam sein MUSST. Wie oft denn noch?! Er zwingt dich dazu. Dein Vater versucht ALLES um dich in das Monster zu verwandeln, was er dich glauben lässt zu sein. Aber so bist du nicht. Ich sehe, dass du darunter leidest. Ich kann es VERFLUCHT nochmal FÜHLEN. Du versuchst mich zwar auszusperren, dich hinter deiner Finsternis zu verstecken... ABER ich kann dich trotzdem SEHEN. UND ich höre wie deine Seele mich um Hilfe anfleht. ICH HÖRE DICH SCHREIEN."

„Ach ja? WAS?! WAS fühle ich jetzt?", zischte ich leise, und doch ohrenbetäubend laut „In diesem Augenblick?! WAS!"

„Tu das nicht, Phoenix!"

„WAS? Was soll ich nicht tun?", fragte ich mit rauer Stimme, während mich ihre Augen gefangen hielten. Die Traurigkeit in ihrem Blick beraubte mich meiner Stimme. Es... brach mir das Herz. Und doch blieb mir keine andere Wahl als mich der Finsternis in die Arme zu werfen.

„Nicht..."

„Du fühlst NICHTS! Stimmt`s?! Weil jetzt gerade kein einziges Gefühl in mir existiert. WEIL die Dunkelheit ALLES verschlingt. ALLES."

„Wenn wirklich alles weg ist… warum hast du dann Angst?"

„Ich habe keine Angst!"

„Doch! Du hast Angst, dass ich dir glauben könnte."

„Nein. Ich… ich habe Angst, dass du mir nicht glaubst… Prinzessin, ich will dir doch nur die Möglichkeit geben, MICH zu verlassen, dich vor mir in Sicherheit zu bringen. Ich versuche bloß dich zu beschützen." Ich schloss die Augen. Seufzte. „Prinzessin… wenn ich mich verwandle, wenn… sich mein Schicksal erfüllt… dann… dann möchte ich dich nicht an meiner Seite haben. Eben WEIL ich weiß, dass du versuchen würdest mich retten zu wollen. Davor habe ich ANGST. Denn du vergisst, dass man nur gerettet werden kann, wenn man sich retten lassen möchte."

„Und du… du möchtest nicht gerettet werden…"

„Nein. Möchte ich nicht. Weil ich weiß, dass ich nur so die Welt, wie sie jetzt existiert, vor den Grausamkeiten meines Vaters werde bewahren können."

Ich wollte den Blick senken, wollte, nein, durfte ihr nicht länger in die Augen gucken. Das Risiko, dass sie die Wahrheit, die ich tief in mir versuchte einzusperren, doch noch in der Lage wäre aufzuspüren, war einfach zu groß. Und doch, trotz dieses Wissens, schaffte ich es nicht.

Presste sie stattdessen gegen den Baumstamm. Mein ganzer Körper war angespannt und ich war kurz, verdammt kurz davor, sie zu küssen, mich von ihr retten zu lassen. Dabei durfte ich nicht gerettet werden.

Es würde geschehen.

Mein Schicksal würde sich erfüllen.

Genau deshalb musste ich diese Liebe, unsere Liebe, zerstören. Doch, wenn sie mir so nah war, so so nah, geriet meine Entschlossenheit ins Wanken. Immer. Und immer wieder. So… auch dieses Mal…

„Ich werde dich jetzt küssen."

„Du meinst… du wirst mir jetzt diese Erinnerung nehmen. Denn DAS wird kein Kuss sein. Sondern dein kläglicher Versuch die Lüge, die du mir erzählt hast, irgendwann NEU verpacken zu können. Ich hoffe jedoch, dass du weißt, dass egal was du versuchst, denn ich weiß, dass du nicht aufhören wirst mich davon überzeugen zu wollen… dass nichts funktionieren wird. NICHTS. Und willst du auch wissen wieso? WEIL ich diese Liebe, das, was uns verbindet, niemals aufgeben werde. Ich werde kämpfen. Für DICH. Und um UNS. So… und jetzt… mein wundervoller Schattenprinz… darfst du mich küssen…"

Prinz der Dunkelheit

Kaum war ich nach Hause zurückgekehrt, klopfte ich an Mos Zimmertür. Wenn mir einer helfen konnte, wirklich helfen, dann mein kleiner Bruder. Er konnte sich, dank seiner Gabe, besser in mich hineinversetzen als irgendjemand sonst. ~~Abgesehen von Summer.~~

„Ich habe versucht sie davon zu überzeugen MICH aufzugeben", hörte ich mich bereits in dem Moment sagen, wo ich sein Zimmer betrat.

Mo suchte meinen Blick und sofort schlossen mich seine Augen tröstend in die Arme „Lass mich raten? Der Versuch ist nach hinten losgegangen."

„Was soll ich ihr denn noch sagen? WAS?" In hilfloser Verzweiflung schüttelte ich den Kopf. Immer. Und immer wieder. „Ich habe ihr sogar erzählt, wer ich bin… WER mein Vater ist… Und trotzdem weigert sie sich…"

„Natürlich weigert sie sich", unterbrach Mo meine Gedanken. „Weil sie dich LIEBT. Wie dämlich bist du eigentlich?! Sie ist eine Empathin… Selbst wenn du sie belügst… kann sie die Wahrheit spüren."

„Ich hatte sie ausgesperrt."

„Du kannst sie nicht aussperren!"

„Natürlich kann ich das", widersprach ich und suchte, als sich ein mulmiges Gefühl in mir ausbreitete, in Mos Gesicht nach Antworten. Ich spürte, dass er mir jeden Moment versuchen würde die Augen zu öffnen. Die Frage war nur… wollte ich die Wahrheit wirklich sehen?

„Nein, kannst du NICHT!"

„Ich habe sie bisher jedes Mal aussperren können…"

„Ja, aber nur, weil sie es zugelassen hat…"

„Wie meinst du das?"

„Bist du so dumm? Oder tust du nur so? Du magst sie vielleicht ausgesperrt haben, deine Gefühle in Dunkelheit gehüllt haben, ABER, wenn sie gewollt hätte, dann hätte sie diese Mauer jederzeit, vollkommen mühelos, durchbrechen können. Dass sie es nicht getan hat, bedeutet nur, dass sie deine Entscheidung respektiert hat."

Ich schwieg.

Sammelte meine Gedanken.

Ordnete sie.

„Ach ja? Warum konnte ich sie dann dieses Mal nicht aussperren? Warum konnte sie meine Entscheidung dieses Mal nicht akzeptieren?" Keine Ahnung, warum ich diese Frage überhaupt ausgesprochen hatte. Die Antwort – ich kannte sie längst. Hatte begriffen, ohne begreifen zu wollen.

„Willst du darauf ernsthaft ne Antwort?"

„Ja! Ja, verflucht nochmal…"

„Weil du eure Liebe aufgeben wolltest, weil du wolltest… dass sie DEINE Liebe genauso aufgibt wie ihre Liebe zu dir…"

„Was soll ich denn jetzt machen? Mir läuft die Zeit davon…"

„Stell sie vor die Wahl." Mo schaute mir tief in die Augen, sagte leise, mit mehr Mitgefühl in der Stimme als ich in diesem Moment ertragen konnte: „OHNE deine Gefühle vor ihr zu verbergen."

„Ach! UND dann? Was soll das bringen?"

„Sag ihr… dass Vater dich gezwungen hat eine Wahl zu treffen. WIR, June und ich, oder deine Liebe zu ihr. Wenn sie erfährt, dass du dich, obwohl du sie liebst, verlassen musst und sie dich vergessen muss, dann… und nur dann wird es funktionieren. Denn sie würde NIEMALS von dir verlangen UNS zu opfern. Niemals!"

„Du meinst…"

„Ja. Genau das meine ich. Sag ihr, dass du dich für uns entschieden hast, dass du nicht bereit bist unser Leben für deine Liebe zu opfern…"

Ich schwieg.

Die Stille verschluckte mich.

Verpuppte sich.

Verwandelte sich in einen Schmetterling.

Schwarz.

Tiefschwarz.

Gefüllt mit Herzschlägen meines Schmerzes.

„Ach… und Phoenix?"

„Hm?"

„Du darfst unter keinen Umständen deine Gefühle wegsperren. Sie muss deinen Schmerz fühlen!"

Prinz
der Dunkelheit

Erneut stand ich ihr gegenüber. Sah ihr in die Augen und wünschte mir nichts sehnlicher als in dem Meer ihrer Liebe ertrinken zu dürfen. Die sanftmütige Stille, die uns in diesem Moment umgab, war eine Illusion, wie die sprichwörtliche Ruhe vor dem Sturm. Es war nur noch eine Frage der Zeit, bis ich mich in diesen STURM würde verwandeln müssen. Weil mir keine andere Wahl blieb, als das Chaos, das unentwegt in mir wütete, auf die Welt loszulassen.

Auf unsere Welt.

Mein Erbe, mein Schicksal, WAR der Sturm. Nein. Ein verfluchter Tornado. Und ich würde gleich nicht nur unsere Welt zerstören, in Schutt und Asche legen, sondern auch meine Prinzessin.

Ich durfte nicht länger warten.

Durfte das Unvermeidliche nicht länger hinauszögern.

Durfte es nicht immer und immer wieder aufschieben.

Und doch erschien es mir in diesem Augenblick unmöglich all die wundervollen Empfindungen, die meine gesamte Gefühlswelt erschütterten, die Summer mit nur einem einzigen Blick erwecken konnte, loswerden zu können.

Wenn sie mich, so wie jetzt, anlächelte… verwischten die Grenzen, verschmolzen miteinander…sodass es kein richtig und falsch mehr gab. Weil sich mit ihr an meiner Seite ALLES richtig anfühlte.

Ich wünschte, ich könnte mit ihr zu den Wolken fliegen. Könnte ihr die Schönheit meiner Welt zeigen. Könnte ihr sagen, dass wir in unseren Herzen immer frei sein würden, dass uns nichts und niemand würde trennen können… ~~Vielleicht mochte ich ein Prinz sein, doch mein Leben war kein beschissenes Märchen. Wünsche, Träume und Hoffnungen waren eine Lüge. Eine verfluchte Lüge.~~

Mo hatte gesagt, dass ich sie dieses Mal nicht aussperren dürfte, weil sie meinen Kampf spüren, tief in sich fühlen musste um mich wirklich gehen lassen zu können. Also zog ich die Mauer, hinter die ich mich so oft versucht hatte zu verstecken, nicht hoch.

Ihre Augen, ihre wunderschönen rehbraunen Augen, füllten sich mit der Farbe des Schmerzes. Sie versuchte, wie nicht anders zu erwarten, mich aus der Dunkelheit zurückzuziehen, sie wollte mich retten…

Und, obwohl mein Entschluss feststand, spürte ich das Erwachen der Finsternis, die von ihrem Licht geküsst werden wollte. Meine Seele bäumte sich auf, kämpfte, wollte sich von Summer in die Arme schließen lassen.

Ich schloss die Augen, dachte an meinen Vater, an mein Erbe, beschwor die grauenhaften Bilder herauf, so lange, bis meine Seele aufhörte zu kämpfen, mein Herz aufhörte zu schlagen, endlich aufhörte nach meiner Prinzessin zu rufen.

„Phoenix?“ Ihre Stimme zitterte. „Was ist los? Was…?“

„Prinzessin…“

Ich vergaß.

Ich verstummte.

Ich verlor MICH…

„Wieso fühlt sich DAS hier nach Abschied an?“

„Vielleicht… weil es genau das ist. Ein Abschied…“

„Wovon redest du? Ein Abschied? Für… für wie lange?“ Ihre Augen füllten sich mit Tränen, mit einem Schmerz, den ich kaum ertragen konnte. Ein Schmerz, für den ich verantwortlich war.

„Für… immer.“

„Nein!“, schrie sie. „Nein! Hörst du?! NEIN! Ich werde dich nicht gehenlassen. Ich werde UNS nicht aufgeben.“

„Wenn… wenn du mich liebst, und ich weiß, dass du mich liebst, dann wirst du genau das tun… du wirst mich gehen lassen…“

„Warum?“ Ihr Blick ruhte auf meinem Gesicht. Der Ausdruck in ihren Augen folterte mich und ich ertrank in einem Meer purer Verzweiflung, ertrank in den Fluten ihrer Angst, ihrer von Traurigkeit geküssten Wut.

„Nicht. Bitte…“ Meine Augen füllten sich mit Tränen. „Prinzessin… ich muss UNS, unsere Liebe, zerstören… Doch, wenn du mich so ansiehst, dann…“ Ich schloss die Augen, spürte den Kampf meiner Gefühle, verlor, schmeckte den salzigen Schmerz auf meiner Lippe, spürte, wie er von meiner Lippe perlte.

„Warum willst du etwas zerstören, dass sich nicht zerstören lässt? Dass dich genauso zerstören würde wie mich?“

„Weil… weil ich MUSS.“

„Aber… wieso? Ich… ich versteh das nicht…“

„Weil ER mir keine andere Wahl lässt…“

„Wer? Dein Vater…?“

Ich nickte.

„Warum?“

„Hör zu… mein Vater ist… ein Monster. Seit ich denken kann, benutzt er meine Liebe für seine Zwecke. Er…“ Ich zögerte. Seufzte. „Wenn ich mich ihm widersetze, dann…

dann bestraft er diejenigen, die ich liebe, am liebsten meinen kleinen Bruder… und zwar so lange, bis ich mich seinem Willen beuge… bis er bekommt, was er will…“

Summer öffnete den Mund, wollte etwas sagen, schaffte aber nicht ihre Gedanken und Gefühle in Worte zu verwandeln. Also sah sie mich einfach nur schweigend an.

„Meine Liebe… ist in seinen Augen eine Waffe. Und… auch wenn er sie beliebig gegen mich einsetzen kann… hasst er sie, hasst MEINE Schwäche. Deshalb versucht er schon mein Leben lang dieses Gefühl in mir sterben zu lassen.“ Ich drehte mich um. Konnte ihr nicht länger in die Augen sehen. „Er weiß von dir. Er… er hat es herausgefunden… UND er hat mich vor die Wahl gestellt… Du. Oder mein kleiner Bruder…“

„Dein Vater… er erpresst dich mit deiner Liebe? Er… zwingt dich zu wählen?“

„Prinzessin, er zwingt mich schon mein ganzes Leben. Doch bisher habe ich die Opfer, diejenigen die ich in seinem Namen hatte foltern müssen, nie versucht zu warnen… ich habe sie einfach… getötet… Doch DICH, dich kann ich nicht töten.“ Ich drehte mich zurück in ihre Richtung. „Verstehst du? Er will DIESE Liebe um jeden Preis zerstören… doch, wenn er erfährt, dass er das nicht mehr muss, weil… weil ich sie habe sterben lassen, dann… dann wird er Mo für meine Liebe zu dir, zu der Thronerbin des Lichts, nicht bestrafen. Und dich… dich wird er nicht länger umbringen wollen…“ Eine Lüge. Worte, die jeden hier existierenden Schmetterling im Bruchteil einer Sekunde schwarz färbte, weil jeder Flügelschlag die Farbe des Schmerzes angenommen hatte…

Prinz
der Dunkelheit

Keine Ahnung wie ich geschafft hatte sie gehen zu lassen, wirklich zu verschwinden. Hierher zurückzukehren, zu diesem grauenhaften Ort, der sich ZUHAUSE schimpfte, raubte mir in diesem Moment den Atem. Am liebsten hätte ich mich versteckt. Vor der Welt. Vor diesem beschissenen Schmerz. Doch ich musste Mo sehen. Musste ihm sagen, was passiert war.

Ich klopfte, öffnete die Tür. Und sofort fanden mich die Augen meines Bruders. In dem Moment, wo ich sein Zimmer betrat, ertönte plötzlich ein Schrei.

Markterschütternd.

Seelenzerstörend.

Mutters Schrei.

Der darin freigelassene Schmerz schmetterte das eisige Schweigen, die grausame Todesstille, die sich für gewöhnlich in den Schlossmauern versteckte, im Bruchteil einer Sekunde gegen die Wand, drang im gleichen Atemzug völlig mühelos in unsere Körper ein, in unseren Verstand.

Mo sah mich mit angsterfüllten Augen hilfesuchend an, während der Schmerz ihn in die Knie zwang. Ich hörte wie seine Seele litt, schrie, weinte… lautstark schluchzte, weil er nicht schaffte, diesen fremden, zerstörerischen Schmerz an sich abprallen zu lassen.

Ich wollte ihm sagen, dass er den damit verbundenen Gefühlen nicht zuhören sollte, nicht zuhören durfte, doch ich wusste auch, dass Mutters Gefühle dabei waren zu erfrieren und ohne seine Hilfe würden sie in der Dunkelheit verloren gehen. In diesem Augenblick war Mo ihr Licht, ihr Anker.

„Er hat ihr nicht nur weh getan. Phoenix… er hat ihr das Herz gebrochen." Die Welt stand still, während die Herzschläge des Universums verstummten.

Der Moment wurde von der Zeit verschluckt. Plötzlich konnte auch ich es spüren. Ihre Trauer, *ihren* Verlust. Auf eine unvorstellbar grausame Art und Weise.

Ein ersticktes Keuchen befreite sich, sprang von meinen Lippen, gefolgt von einer tiefen Stille. Ein zerstörerischer Wunsch erwachte. Mit einem hasserfüllten Seufzer schlug ich mit der Faust gegen die Wand.

Einmal.

Zweimal.

Jeder Gedanke, jeder Atemzug, jeder Herzschlag, wurde in diesem Moment durch ein Gefühl bestimmt. Durch ein einziges.

HASS.

„Ich werde Mutter jetzt suchen gehen…" Mein Herz schmerzte und ich sah meinem kleinen Bruder direkt in die Augen, versuchte ihm stumm verstehen zu geben, dass er hier, GENAU hier, warten sollte.

Doch Mo fiel mir ins Wort, ließ mich meinen angefangenen Satz erst gar nicht zu Ende sprechen. „Ich komm mit. Ich muss nur noch schnell…"

„Du bleibst hier…", knurrte ich und hoffte, dass er die darin verborgene Warnung verstand, ohne dass ich mich gezwungen sah diese auszusprechen.

„Aber…"

„ICH. SAGTE. DU. BLEIBST. HIER."

Prinz der Dunkelheit

Ich rannte durch den Korridor, stürmte die Treppe runter und hoffte, betete, dass ich nicht zu spät kommen würde. Dass die Bilder, die mir meine Angst unentwegt, seit ich das Zimmer verlassen hatte, in den Kopf pflanzte, dass sich dieses Grauen, diese Hölle, nicht bewahrheiten würden. Dass ich NICHT zu spät kommen würde.

Mit zittrigen Händen stieß ich die Küchentür auf… und erstarrte. Alles war rot. Egal, wohin ich sah… Blut. Überall Blut. Ein rubinrotes Meer, in dem die Gefühle meiner Mutter versuchten ums Überleben zu kämpfen, während der stumme Schmerz ihr von der Wange tropfte.

Jede vergossene Träne stürzte in hilfloser Verzweiflung auf den Boden, wollte von den Fluten verschluckt und in die Tiefe gerissen werden. Jeder ihrer Schluchzer prügelte auf mich ein. Meine Seele stolperte, stürzte, riss mich zu Boden.

Ich machte einen Schritt auf Mutter zu.

Langsam.

Zögerlich.

Gerade, als ich die Arme um ihren Körper schlingen wollte, um sie festhalten zu können, um ihr das Gefühl geben zu können, dass sie in Sicherheit war, dass er ihr nicht mehr weh tun konnte, erstarrte ich.

Mir wurde kalt.

Entsetzlich kalt.

Eiskalt.

Erst jetzt bemerkte ich die unzähligen Wunden auf ihrem Rücken, sah, dass sich ihr Blut mit dem von ihrer großen Liebe, die jetzt mit leeren, ausdruckslosen… toten Augen vor ihr lag… vermischte.

Der, in ihrem Körper eingesperrte, Schmerz versuchte sich zu befreien, wollte gehört werden, wollte endlich freigelassen werden. Obwohl jeder Schnitt, jede aufgeplatzte Stelle auf ihrer Haut blutete, konnte sich die Trauer nicht befreien, weil diese Wunden vergiftet worden waren. DarkDreams. Einem Gift, dass dein Herz, deine Seele, ganz langsam, Stück für Stück, in Ketten legte, dich mit einer Leere infizierte, und dich so lange quälte, bis du dich in einen lebenden Toten verwandelt hast.

Diese Folter, diese Art der Bestrafung war sein Werk. Nur Vater konnte so grausam sein. Das, was er unserer Mutter angetan hatte, war schlimmer als der Tod. Er hatte sie verflucht, dazu verdammt, diese Hölle jeden Tag zu durchleben. Er wollte, dass ihr Herz jeden Tag aufs Neue starb, während ihre Seele in diesem Körper gefangen gehalten wurde.

Meine Dunkelheit erwachte, übernahm die Führung, denn der Anblick meiner Mutter war zu viel für mich gewesen. Hatte mich überfordert. Vorsichtig hob ich sie hoch, drückte sie an meinen Körper und einen Atemzug später teilte ich den Wind.

Prinz der Dunkelheit

Bei den Sperical Stars angekommen legte ich meine Mutter vorsichtig in das Blütenmeer, wagte aber nicht sie loszulassen. Sie brauchte mich, meine Nähe, das Gefühl NICHT allein zu sein. Während ich sie eng umschlungen festhielt, rief ich in Gedanken nach Chaim. Er war ein Soulseeker, vielleicht wusste er was zu tun war. Vielleicht würde er einen Weg finden um ihre Seele aus dem Gefängnis der Finsternis, in das Vater sie gesperrt hatte, zu befreien.

Kaum hatte ich Chaim gerufen, verwandelte sich die Stille in einen grauschimmernden Nebel. Die Luft begann zu flimmern und zu funkeln. Wie ein sternenloser Nachthimmel. Eine düstere Schönheit… aus der Chaim einen Wimpernschlag später auftauchte.

Sofort fanden mich seine Augen. Je länger er mich ansah, desto ruhiger wurde das tobende Meer, das mich immer wieder versucht hatte unter Wasser zu ziehen, dessen Fluten unentwegt über mir zusammengebrochen waren.

Seine Augen leuchteten. Strahlten. Sein Licht flutete mich, drängte die Panik, die schiere Verzweiflung, zurück. Jetzt, wo er hier war, wusste ich, dass alles gut werden würde. Daran wollte ich glauben, daran MUSSTE ich glauben, denn tief in mir spürte ich, dass ich andernfalls durchdrehen und von Gefühlen, die ich nicht in der Lage wäre zu kontrollieren, überrollt werden würde.

„Kannst du ihr helfen? Chaim? Sag mir, dass du ihr helfen kannst. Bitte." Mein Blick stürzte zu Boden, ruhte auf dem tränennassen und blutverschmierten Gesicht meiner Mutter. Ihr leises Wimmern ließ mein Herz stillstehen, betäubte meine Seele und ich konnte nichts mehr fühlen, wollte nichts mehr fühlen müssen, war wie erstarrt, unfähig jeden weiteren meiner Gedanken, in Worte zu verwandeln. Dabei wollte ich Vater verfluchen, wollte meinen Zorn, meinen brennenden Hass in die Welt hinausschreien, wollte, dass der Alptraum, der unser aller Leben war, endlich… endlich endete.

„Ja, ich kann ihr helfen…"

„Worauf wartest du dann noch? Tu es."

„Die Finsternis wird sie nur dann freigeben, wenn das, was deine Mutter gefangen hält, bei ihr bleiben wird."

„Bei wem? Bei der Finsternis? Was? Ich mein… wovon redest du?"

„Die Erinnerungen an Cayden müssen zusammen mit der unsterblichen Liebe, die sie für ihn empfunden hat in der Finsternis zurückbleiben. Das heißt, um eure Mutter retten zu können, werde ich ihr alle Erinnerungen nehmen müssen. Jede noch so winzige, Jede. Selbst jede scheinbar unbedeutende. Nur wenn sie ihn vergisst, wird sie aus diesem Gefängnis ausbrechen können."

„Tu es." Ich starrte Chaim an. Für den Bruchteil einer Sekunde flackerte ein Bild vor meinem geistigen Auge auf. Der See. Buchstaben schwirrten über meinem Kopf, wie ein Schwarm Kolibris. Setzten sich zu Wörtern zusammen. Zu Fragen. Was, wenn sie danach nie wieder in der Lage sein wird zu lieben? Uns? Ihre, über alles geliebten, Kinder? Und… was wäre mit dem Hass auf ihren Mann, auf den Mörder ihrer großen Liebe? Einer Liebe, an die sie sich nicht einmal mehr würde erinnern können. Würde sie überhaupt noch etwas empfinden können? Wenn Liebe und Hass sterben,

was bleibt dann noch? Gleichgültigkeit? Eine lebende Tote? Vollkommen gefühllos? Ein Schatten ihrer selbst? Eine… Marionette…?

„*Warte. Heißt das… ich mein… bedeutet das, dass sie die Fähigkeit verliert zu lieben? Was ist mit uns? Mit June, Mo und mir? Wird sie uns, nachdem sie zu uns zurückgekehrt ist, noch lieben können? Oder wird sie die Liebe selbst vergessen?*“

„*Man kann die Liebe genauso wenig vergessen wie den Hass. Die Dunkelheit genauso wenig wie das Licht. Keine Magie der Welt ist stark genug diese Unsterblichkeit auszulöschen.*“

„*Doch. Der Dark Deepth. Wenn man ihm eine Erinnerung überlässt, egal welche, dann löscht er nicht nur das damit verbundene Gefühl aus, sondern auch das dazugehörige Gegenstück.*“ Ich schaute Chaim in die Augen. Wartete auf seine Gedanken.

„*Der Dark Deepth…*“ sagte Chaim sanft, ja, beinahe sehnsüchtig, „*löscht weder die Erinnerung aus noch die Gefühle. Er ist vielmehr eine Art Tresor. Das, was man ihm anvertraut, bewahrt er. Und ja, auf gewisse Weise hast du Recht. Würdest du ihm eine aus Hass geborene Erinnerung anvertrauen, dann würde er dir gleichzeitig die Liebe zu dieser Erinnerung nehmen. ABER… nur zu dieser einen bestimmten Erinnerung.*“

„*Wenn nur Hass existiert… wie würde er mir dann die Liebe nehmen wollen?*“ Seine Worte, das, was er sagte, ergab keinen Sinn. Oder wollte ich es nur nicht verstehen? Weigerte ich mich das Unausgesprochene wahrhaben zu wollen…?

„*Du magst deinen Vater hassen, aus tiefster Seele… aber ob du es wahrhaben möchtest oder nicht… es gab auch eine Zeit, in der du ihn geliebt hast. So… wie jedes Kind seine Eltern liebt. Diese Zeit war lange vor der Geburt deiner Geschwister… und, auch wenn du dich nicht daran erinnern kannst, ändert es nichts an dem, was gewesen ist. Die Vergangenheit… sie lässt sich weder leugnen, noch ändern.*“

„Nein! Ich habe dieses Monster NIE geliebt. Niemals!“, knurrte ich.

„Gefühle sind unergründlich. Du empfindest und FÜHLST noch bevor du denken kannst.“

„Wenn das stimmt… warum hat er dann behauptet, dass ich die Fähigkeit zu hassen UND zu lieben verlieren würde? Warum wollte er nicht, dass ich dem See die Erinnerungen an ihn überlasse?“ Mein Kopf schwirrte. Nichts ergab irgendeinen Sinn. Oder doch?

„Er wollte verhindern, dass du diesen winzigen Splitter der Liebe zu ihm, der in deinem Herzen existiert, auslöscht. Dein Vater ist ein Monster, ja, das schlimmste das unsere Welt je gesehen hat, aber tief in seiner dunklen Seele hat einmal derselbe Splitter existiert. Die Liebe zu seinem Vater, deinem Großvater, ehe er ihn genauso anfing zu hassen, wie du deinen Vater jetzt hasst. Dieser Splitter, so heißt es, wird von einem Thronerben… zum Nächsten übergeben. Geschieht dies nicht, verliert der Hass das Einzige, was die im Schattenkönig existierende Dunkelheit atmen lässt.

„Von einem Thronerben… zum nächsten…“ murmelte ich leise vor mich hin, während mich ein ungutes Gefühl beschlich und einen Atemzug später fest umklammerte. Ein Gefühl, dass mir sagte, dass Chaim seinen eigenen Worten nicht glaubte.

„Ja. So besagt es die Legende…“

„Du glaubst nicht an diese Legende. Nicht wahr?“

„Was ich glaube, mein Prinz, spielt keine Rolle. Wichtig ist nur, was du glaubst.“ Was sollte ich, seiner Ansicht nach, glauben? Was? Dass ich mich nicht in so ein gefühlloses Monster würde verwandeln müssen? Dass es eine Möglichkeit gab, dass Summer und ich… Ich stoppte meine Gedanken. Versuchte einen klaren Kopf zu bewahren. Ging er etwa davon aus, dass dieser Splitter nur von Vater zu Sohn weitervererbt

werden könnte? Anstatt von einem Zwilling zum nächsten?

„Sollte ein Thronerbe sterben… was würde dann mit diesem Splitter passieren? Oder geht dieser automatisch auf den nächsten in der Thronfolge über?

„Du denkst, dass du, nach dem Verschwinden deines Bruders, hast seinen Platz einnehmen müssen?“

„Wenn jemand direkt nach der Geburt stirbt, geht dieses beschissene Erbe dann auf den nächsten über? Ja? Oder Nein?“

„Ja.“

„Und… wenn ich dem See meine Erinnerungen überlassen würde, würde dieser beschissene Splitter dann ebenfalls aufhören zu existieren?“

„Nein.“

„Wie NEIN?! Ich dachte… du hast doch gerade selbst gesagt, dass…“

„Du hast mir nicht zugehört. Dieser See kann NICHTS auslöschen. Er bewahrt alles auf. ALLES. Demnach würde er auch diesen Splitter aufbewahren.“

Ich wollte nicht länger über dieses Monster sprechen, geschweige denn nachdenken. Alles, was ich wollte, alles, was zählte, war… dass ich meine Mutter aus der Hölle befreite.

Sie rettete.

Ihre Seele.

Ihr Herz.

„Chaim? Rette sie, bitte. Nimm ihr die Erinnerungen, sodass sie zu uns zurückkehren kann.“

„Ich werde deine Mutter retten… ABER vergiss nicht, dass dort, wo ihre Liebe zu Cayden war… nichts weiter zurückbleiben wird als eine grausame Leere. Eine Art… dumpfer Schmerz.“

„Wird dieser Schmerz genauso grausam und zerstörerisch sein, wie der, den sie jetzt durchlebt?“

„Nein. Aber…“

„Wird sie lernen mit diesem Schmerz zu leben?“, unterbrach ich ihn.

„Ja.“

„Dann frag ich mich, worauf du wartest?“

„Bist du sicher, dass deine Mutter dieselbe Entscheidung treffen würde?“

„Das ist mir egal! Sie ist nämlich nicht in der Lage, uns ihre Gedanken mitzuteilen, weil dieser verfluchte Bastard sie durch eine Hölle schickt, die sie jeden Tag aufs Neue sterben lassen wird. DAS will ich ihr ersparen. DAS hat sie nicht verdient. Er sollte leiden müssen. ER. Aber nicht sie. Nicht meine Mutter.“ Ich schloss die Augen. *„Glaub mir, Chaim… wenn ich könnte, würde ich ihren Platz einnehmen, ich würde für sie durch diese Hölle gehen. ABER ich kann es nicht. Okay?! Alles, was ich tun kann, ist dich um Hilfe zu bitten.“*

„Du brauchst mich nicht um Hilfe zu bitten. Ich hätte deine Mutter so oder so befreit.“ Verwirrt schaute ich Chaim in die Augen. Konnte seine Worte, das, was sich zwischen den Zeilen versteckte, nicht begreifen.

„Wenn du es ohnehin vorhattest, warum…“ fragte ich stockend.

„Du meinst, warum ich dir die Konsequenzen aufgezählt habe? Weil man keine Entscheidung leichtfertig treffen sollte. Doch, da nicht du derjenige warst, der diese Entscheidung getroffen hat, sondern letztendlich ich, werde ich die Konsequenzen tragen. Nicht du.“ Chaim schenkte mir ein sanftes Lächeln.

„Welche Konsequenzen? Wovon redest du?“, wollte ich wissen.

„Alles hat seinen Preis.“

„Verdammt, Chaim. WELCHEN Preis?!“

„Die Finsternis, die deine Mutter gefangen hält, braucht nicht nur die Erinnerungen, um sie gehen lassen zu können, sondern auch ein neues Gefängnis.“

„Du meinst… einen neuen Körper", seufzte ich mit zitternder Stimme. Ich sah Chaim an. Begriff… und erstarrte. Murmelte ein leises „*Nein*!" Schüttelte den Kopf. Immer. Und immer wieder. Ich atmete tief durch. Sammelte mich, ordnete meine Gedanken und setzte unser Gespräch schließlich fort.

„Nimm meinen. Ich will nicht, dass du durch ihre Hölle gehen musst. Es war **mein** *Vater, der ihr das angetan hat. Meiner. Das darfst du nicht. Hörst du?! Tu es nicht. DAS hast du nicht verdient. Ich habe dich verflucht nochmal nicht gerettet, damit du letztendlich stirbst."*

„Ich werde nicht sterben."

„Doch. Deine Seele wird jeden Tag aufs Neue sterben. Also tu nicht so, als wenn du das nicht wüsstest."

„Phoenix. Ich bin ein Soulseeker. Meine Seele IST unsterblich."

„Warum? Warum tust du das?"

„Weil ich es MÖCHTE. Weil deine Mutter ein gutes Herz hat, eine gute Seele. Weil du mir das Leben geschenkt hast, obwohl du wusstest, WAS ich bin. Jeder andere hätte mich meinem Schicksal überlassen. Doch du, du hast mich gerettet. Ihr alle. Jeder einzelne von euch, hat mich beschützt… und nun ist es an mir, euch zu beschützen."

Ich spürte seinen Blick. Auf meiner Haut. Auf meiner Seele. Tief in meinem Herzen. Hörte ihm zu. Hörte ihm einfach stillschweigend zu.

„Weißt du… viele Dämonen kommen nur dann zu uns, wenn sie etwas von uns verlangen, wenn sie uns in ihrer tiefsten Verzweiflung um Hilfe bitten, uns regelrecht anflehen… Ungeachtet dessen, dass wir niemals jemanden die Hilfe verwehren würden, gucken wir demjenigen dennoch immer in sein Herz, in seine Seele… und ich weiß, dass unter all diesen Dämonen nicht ein einziger dabei gewesen war, der mich gerettet hätte… weil sie mich, meine Rasse, letztendlich für abscheuliche Kreaturen halten. Für Monster, die es nicht wert sind, gerettet zu werden."

Prinz
der Dunkelheit

Die Wut begleitete mich, bei jedem Schritt. Je näher ich der Küche kam und der eisenhaltige Geruch mir in die Nase stieg, desto mehr begann es in mir zu brodeln. Ich musste das Blut, die sichtbaren Spuren von Caydens Tod verschwinden lassen, und zwar bevor Mutter, June oder Mo diese entdecken würden.

Diesen Anblick wollte ich ihnen ersparen.

Ganz besonders meinem kleinen Bruder.

In dem Moment, wo ich die Küche betrat und mich der Geruch einer verlorenen Liebe, ebenso wie der einer gefolterten Seele, überwältigte und ich sah, WER inmitten des blutroten Meeres stand, gefror mir das Blut in den Adern.

Mo, mein kleiner Bruder.

Und Vater, direkt neben ihm.

Mein Herz trank die Farbe des Zorns und rotglühendes Magma strömte durch meine Venen. Mein Puls hämmerte in den Handgelenken und der Wunsch nach Vergeltung rauschte durch meine Adern, durch meinen Verstand, flutete meine Gedanken.

„Was zum Teufel soll das?", zischte ich mit bebender Stimme. Meine Augen verengten sich zu Schlitzen und ich starrte dieses Monster an, wartete auf den Moment, wo er sich endlich in meine Richtung drehen würde.

Langsam drehte er sich um. Der Ausdruck in seinem Blick… es fühlte sich an als würde er mir meine Innereien bei lebendigem Leib aus dem Körper reißen. Seine lachenden Augen folterten mich.

Es war nur noch eine Frage der Zeit, bis er versuchen würde in meine Gedanken einzudringen. Ich wollte etwas sagen, wollte fragen, worauf er verflucht nochmal wartete, doch die qualvollen Laute, die in diesem Augenblick von meinem kleinen Bruder kamen und die Stille des Raums in tausend Scherben zerspringen ließ, zerschnitten mir die Stimmbänder, legten meine blutigen Gedanken in Ketten.

Erschrocken zuckte Mo zusammen, drehte sich in meine Richtung, suchte meinen Blick. *„Bitte…“*, schluchzte er mit zittriger Stimme, während ihm die Tränen von der Lippe perlten. *„Sag mir, dass es ihr gut geht. Sag mir, dass du einen Weg gefunden hast sie zu retten.“*

„Das Blut… das ist nicht von Mama.“

„Lüg mich nicht an.“

„Wie kommst du darauf, dass ich lüge?“

„Ich weiß, in WESSEN Blut ich hier stehe. Ich weiß es. Okay?! Weil jeder Tropfen Blut, JEDER, zu mir spricht und mir erzählt WAS passiert ist. UND… weil ich es sehen kann. Ich kann die Erinnerungen des Blutes sehen. Verstehst du? Ich kann es verflucht nochmal sehen.“

„Es tut mir leid. Ich… ich wollte das Blut verschwinden lassen, bevor du…“

„Wozu? Um mir die Lüge dann besser als Wahrheit verkaufen zu können?“ Tränen glitzerten in seinen Augen. Ich wünschte, ich könnte die Erinnerungen in seinem Kopf, die Bilder an das Grauen, dass hier stattgefunden hatte, auslöschen. Einfach verschwinden lassen.

„Um dir die Bilder, die du jetzt siehst, zu ersparen.“

„Was würde es ändern? Was?! Ob ich die Bilder jetzt sehen kann oder nicht. DAS ändert nichts. Nicht das Geringste. Dieses Grauen lässt sich dadurch nicht ungeschehen machen, der Schmerz nicht ausradieren. Dieses Monster hat Mutter dabei zusehen lassen, wie er Cayden gefoltert hat…"

„Ich weiß…"

„Willst du wissen, was er danach getan hat… er hat ihr sein Blut eingeflößt, damit sie ihn NIEMALS vergisst." Mo schloss die Augen. Hörte dem Blut, trotz des Schmerzes, weiterhin zu. *„Und… als wenn das nicht genug wäre…"*

„Nicht… hör auf. Okay?"

„Ich… kann nicht…"

„Warum quälst du dich?"

„Weil ich darüber reden muss." Seine Gefühle zitterten. Schluchzten. Weinten stumme Tränen. *„Ich MUSS. Es frisst mich auf. Ich kann nicht…"*

„WAS. HAST. DU. IHM. ANGETAN?!" knurrte ich, erfüllt von purem Zorn und drehte mich abrupt um. Suchte seinen Blick. Sah in die schwarzen Augen meines Vaters, sah in seine Seele, sah dem Teufel ins Gesicht, hörte, wie sein kaltes Herz freudig lachte. Oh, wie sehr ich ihn hasste… aus tiefster Seele hasste. Ich war nur einen Gedanken davon entfernt, mich in dem Wunsch ihn endlich für all das büßen zu lassen, zu verlieren.

„Wem? Cayden oder deinem Bruder?"

„Du wusstest, was mit Mo passiert, sobald er das Blut zu sehen bekommen würde. Du wusstest es… und…"

„Und WAS?"

Die Kälte in seiner Stimme, in seinem Herzen, verwandelte meine Gedanken in Glasscherben, und jedes Wort, dass ich ausspuckte, ließ mich bluten, genauso wie die Gewissheit, dass er all das geplant hatte. „Du wolltest, dass er es sieht."

„Natürlich..."

„Warum?"

„Warum NICHT? Weißt du, mein Junge... ich brauch keinen Grund, um andere zu quälen. Wenn ich will, dass jemand leidet... dann tja, dann ist das eben *so*. Obwohl... warte... vielleicht gibt es doch einen Grund, naja... mehr oder weniger." Er grinste hämisch. Ich hörte seine Stimme, in meinem Kopf, in meinem Herzen. Laut. Triumphierend. Er hatte gewonnen. Zumindest war es DAS, was er dachte, wovon er überzeugt war.

Ich schwieg. Sagte kein Wort. Ließ ihn in dem Glauben. Mochte er mich in diesem Moment auch meiner Stimme beraubt haben, mich mit seiner Finsternis fluten, so oft, und so viel wie er wollte, die Flamme in meinem Herzen, das aus Hass geborene Feuer, dass konnte er nicht löschen. Niemals. Dieses Feuer würde brennen. Bis in alle Ewigkeit. Solange ich atmete.

„Vielleicht ist das meine Art dir zu zeigen, dass du nicht jeden retten kannst. Nicht, wenn ich es *nicht* will." Kaum hatte er seine wahnwitzigen Gedanken mit mir geteilt, schaute er mich abwartend an, wohlwissend dass es nur eine Frage der Zeit wäre, bis meine Dunkelheit ihn in Fetzen reißen würde.

„WAS soll das heißen? WAS?! Rede gefälligst, du schicksalsgöttinverdammter..."

„Na... die Schicksalsgöttin hat damit nichts zu tun..."

„Lass den Scheiß! Sag mir gefälligst, was ich wissen will."

„Denk nach, mein Junge. Ich wette… du kommst von ganz allein drauf. Dir mag die Antwort vielleicht nicht gefallen, ABER du kennst sie. Du weißt WAS ich damit gemeint habe.“

Was wollte er damit andeuten? Dass ich Mutter hatte retten können, weil er WAS? Es zugelassen hatte? Nein. Das ergab keinen Sinn. Er wusste, dass DAS unmöglich war, zumindest ging er davon aus. Ich konzentrierte mich. Dachte nach. Versuchte die Antwort auf seine Frage zu finden. Oder ging es hier um die verlorenen Kinder? Hatten wir sie nur retten können, weil er es zugelassen hatte? DAS war absurd. DAS würde keinen Sinn ergeben.

Summer schrie mein Herz. Ging es um sie? Um meine Prinzessin? Hatte er ihr Licht, als wir im Niemandsland gewesen waren, doch spüren können? Ich wollte etwas sagen, irgendetwas, aber jede Frage, die sich in meinem Kopf bildete, verhinderte, dass überhaupt ein Wort meine Lippen verlassen konnte, weil mein Verstand alles einsperrte.

„Mo?“ Mutters Stimme durchbrach meine Gedanken. Ich blinzelte. Sah, wie sie sich vor meinen kleinen Bruder kniete, ihm in die Augen sah, ehe sie ihren Arm um ihn legte und ihn tröstend, wie nur eine liebende Mutter es konnte, an ihr Herz drückte, damit er spüren konnte, dass es noch schlug. Damit er wusste, endlich begriff, dass sie ihn nicht verlassen hatte, dass sie noch immer bei ihm war.

„Du? Wie…?“ Die Worte, gemalt in den Farben der Ungläubigkeit, stolperten still und ungehört aus Vaters Mund. Leise. Und doch hatte ich jedes Wort verstehen können. Je länger ich ihm in die Augen sah, desto mehr beschlich mich das Gefühl, dass ihm Mutters Anblick schlicht und ergreifend die Sprache verschlug.

„WAS hast du meinem Sohn angetan? WAS?!“ zischte Mutter mit hasserfüllter Stimme. „Dafür, das schwöre ich, werde ich dich in die Hölle schicken. Hast du verstanden? Ich HASSE dich. Du… Monster…“

Ein grausames, krankes Lächeln erwachte auf seinem Gesicht, während seine Augen mit jedem Atemzug dunkler wurden. „Weißt du, Holly… mein Engel… dein Hass ist es, was mein Herz höherschlagen lässt.“

„Du bist krank. Einfach nur… KRANK.“

„Genauso krank wie MEIN Sohn.“

Die Schwärze seiner Augen begann zu leuchten. Er versuchte unsere Mutter nicht nur zu provozieren, er wollte sie verletzen, wollte ihr das Gefühl geben, dass sie Mo vielleicht vor seiner Dunkelheit würde retten können, aber nicht mich. Nicht SEINEN Thronerben.

„Phoenix ist NICHT dein Sohn. Er ist nicht wie du! Und er wird niemals, hörst du?!, NIEMALS so werden.“

„Du kannst vielleicht dich belügen, mein Engel… Aber wieso belügst du unseren Sohn? Wieso versuchst du ihm Hoffnung zu machen, wo keine existiert?“

„Weil es immer Hoffnung gibt.“

„Weißt du denn nicht, dass man nicht lügen darf? Holly. Dein Sohn ist verloren, weil es MEIN Erbe ist, dass ihn an mich, an MEIN Schicksal bindet. Und du weißt, dass kein Licht, keine Liebe der Welt daran etwas ändern kann. Damals hast du es schon nicht geglaubt, wolltest es nicht… denn, wenn du es getan hättest, dann hättest du dein Herz vor mir schützen können. Doch du konntest es nicht, weil du davon überzeugt gewesen bist, dass deine Liebe uns beide würde retten können. Dass deine Liebe verhindern würde, dass ich

MICH in dieses Monster hier verwandle. In dasselbe Monster, wie es schon mein Vater gewesen ist… oder mein Großvater…“ Er lächelte. Grausam. Erfüllt von boshafter Freude. „Oder hättest du jemals für möglich gehalten, als du dich damals in mich verliebt hast, dass ich jemals so werden könnte wie MEIN Vater? Hm?“ Die kalte Freude in seiner Stimme ließ den letzten Funken Hoffnung, der in mir existierte, zerspringen, wie ein gläsernes Gefängnis. Die vielen winzigen Scherben gefroren innerhalb eines Atemzugs zu Eis, verwandelten sich in bläuliche, mit Frost überzogene, Herzschläge einer eiskalten Hoffnungslosigkeit.

Es gab kein Entkommen.

Es wurde Zeit…

Ich musste die Liebe zu Summer beenden.

Und zwar bevor DAS aus mir, aus uns, werden würde.

Allein der Gedanke, dass ich ihr eines Tages so weh tun könnte, wie mein Vater gerade meiner Mutter weh tat, ließ mich in einem Schmerz ertrinken, der grausamer nicht sein konnte.

„Dein Vater mochte grausam gewesen sein… ABER du, du bist ein seelenloses Monster. Dein Vater hat deine Mutter geliebt, genauso wie er deinen Bruder geliebt hat. Nur dich hat er gehasst. Früher habe ich es nicht verstanden. Jetzt schon. Er wusste, von Anfang an, dass du unfähig bist zu lieben… und er wusste, was DAS für sein Königreich bedeuten würde...“

„Ich war nicht unfähig… dieser Bastard hat meine Art der Liebe nur nie verstanden. Weder er noch der Rest meiner Familie. Und… so wie es aussieht, verstehst du es ebenfalls nicht. Dabei habe ich dich damals nur ausgewählt, weil ich dachte, dass du es verstehen würdest. Dass du mich verstehen würdest. Mich… und meine Art zu lieben…“

„DAS nennst du LIEBE?“

„Dir mag die Art und Weise vielleicht nicht gefallen, aber es ändert nichts an meinen Gefühlen für dich.“ Er spielte nicht nur mit den Gefühlen einer liebenden Mutter, nein, er genoss ihren Schmerz. Ihre Hilflosigkeit. Ihre Verzweiflung. Ihre Hoffnungslosigkeit.

„Eine verlorene Seele ist unfähig überhaupt etwas zu empfinden. Du bist nicht fähig jemanden zu lieben. Das Einzige, was für dich existiert, was dein krankes Herz höherschlagen lässt, falls du überhaupt eins besitzt, ist die Gier nach Macht.“

„Jetzt verletzt du meine Gefühle…“

„Fahr zur Hölle!“

„Ich dachte du wolltest diese Aufgabe übernehmen?“

„Verschwindet endlich“, zischte ich leise, ohne Vater aus den Augen zu lassen. „Bring Mo von hier weg. Jetzt. Sofort.“

„Ich werde aber nicht ohne dich gehen. Phoenix… du wirst nicht mit diesem Monster allein bleiben. Nicht jetzt.“

„Bitte… geht einfach. Er wird mir nichts tun, er braucht mich.“

„WIR brauchen DICH.“

„Genau deshalb muss ich bleiben. Okay? Bitte… du weißt, dass er seine Wut auf mich an euch auslassen würde, solltet ihr nicht von hier verschwinden. Ich kann ihm nicht entgegentreten, wenn ich Angst haben muss, dass er euch wehtut…“

Prinz der Dunkelheit

In dem Moment, wo die beiden durch die Tür verschwanden, drehte Vater sich in meine Richtung. Pechschwarze Augen starrten mich an. Der Zorn in seinem Blick schmeckte nach verbrannter Luft und erschwerte mir das Atmen. Im Bruchteil einer Sekunde wallte die in mir schlummernde Magie auf, erwachte, und legte sich wie eine schützende Decke um meine Seele, sodass sein Zorn, seine Dunkelheit, mir nicht länger etwas anhaben konnte.

„JETZT zu dir, mein Junge. WAS. HAST. DU. GETAN?!"

„Was… meinst du?" Ein leises, kaum hörbares Lachen, durchbrach den Schleier der Kälte. Es kam von mir. Aus den Tiefen meiner Seele. Dieses Gefühl vermischte sich mit der Freude seiner Niederlage. Es war das erste Mal, dass es jemand geschafft hatte, seinen Plan zu zerstören.

„Deine Mutter! WIE?..."

Oh ja, es machte ihn fuchsteufelswild, diese Ahnungslosigkeit, dieser Kontrollverlust. „Hast du nicht gerade noch behauptet, dass ich nur diejenigen würde retten können, die du mir gestattest zu retten?! Tja, entweder WOLLTEST du, dass ich Mutter aus der Hölle, in die du sie eingesperrt hast, befreie… oder ABER… du hast dich geirrt. Vielleicht kann ich retten, wen immer ich will. OHNE deine Erlaubnis."

„Wer hat dir geholfen?"

„Niemand.“

„WER?“ Ein Knurren brach zwischen seinen Lippen hervor. Ich wusste, es war ein Spiel mit dem Teufel, aber zum ersten Mal genoss ich dieses Spiel, genoss es, ihm in die Augen zu gucken und dort seine Überheblichkeit bröckeln zu sehen, genauso wie seinen Stolz.

„Wie ich bereits sagte… NIEMAND.“

„Du weißt, genauso gut wie ich, dass DAS unmöglich ist. Die Einzigen, die dazu in der Lage wären, sind Soulseeker. Doch… wenn du bei einem gewesen wärst, falls du überhaupt einen hast finden können…“

„Deshalb lässt du sie ausrotten“, unterbrach ich ihn. „Damit NIEMAND in der Lage ist die Seelen, die DU in die Hölle geschickt hast, zu retten. Nur deshalb behauptest du, dass es Monster wären. Fiese, kleine Seelenfresser. Dabei bist du derjenige, der unschuldigen Dämonen die Seele stiehlt.“

„Stehlen… ist ein böses Wort. Findest du nicht? Doch… darüber können wir später noch diskutieren. JETZT will ich wissen, wie du geschafft hast deine Mutter daraus zu bekommen. Denn… wenn du bei einem Soulseeker gewesen wärst, wäre die Seele deiner Mutter zwar frei, aber DEINE… wäre es nicht. Verstehst du? Diese Monster können einen zwar retten, aber nur, wenn ein anderer bereit ist, den Platz für sie einzunehmen. Doch… für gewöhnlich verschweigen diese Biester diesen kleinen, aber durchaus wichtigen Nebeneffekt.“

„Wie oft soll ich dir noch sagen, dass mir NIEMAND geholfen hat?“ Kaum hatten die Worte meine Lippen verlassen, erwachte ein merkwürdiges Gefühl in mir. Ein leises Flüstern, dass mich warnte. Dass mir sagte, dass ich mich auf dünnen

Eis befand, auf verdammt dünnem… und ich aufpassen sollte, für welche Richtung ich mich entscheiden würde.

Das Eis, ich spürte…

wie es knackte.

Spürte den Riss.

Spürte das Grauen, dass auf mich wartete.

„Hör zu! Ich werde dir diese Frage jetzt zum letzten Mal stellen. Doch… bevor du antwortest… solltest du anfangen dir über die Konsequenzen Gedanken zu machen. Du vergisst… ich kann deine Mutter jederzeit wieder in diese Hölle schicken. Genau wie Mo und June. Bist du wirklich bereit deine gesamte Familie zu opfern? Denn… ich schwöre… so wahr ich hier stehe… solltest du mir noch ein einziges Mal ins Gesicht lügen, werde ich dir jeden einzelnen nehmen. UND… anfangen werde ich bei deinem LICHT. Also… überleg dir verdammt gut, WAS du jetzt antwortest."

„Ich sagte bereits… NIEMAND. Doch, ich schwöre dir, solltest du einen von ihnen jetzt für die WAHRHEIT, nur, weil sie dir nicht gefällt, bestrafen, werde ich noch heute deinen Platz einnehmen."

„Du willst mich töten? Weißt du, wenn du mir schon drohst, mein Junge, dann solltest du es auch ernst meinen."

„Oh, ich versichere dir… ich mein es ernst. TODERNST."

„Du würdest die Liebe opfern?"

Ich zog das Ass aus dem Ärmel, setzte alles auf eine Karte. Sagte, gefährlich leise: „Wen sollte ich denn noch lieben, wenn du mir alle genommen hast?" Die Dunkelheit spiegelte sich in meinem Blick, während ich ihn kaltlächelnd anstarrte. „Dich?!"

Der Ausdruck in seinen Augen veränderte sich. Das schwarze Feuer loderte, brannte, während seine Gedanken, die er mir in diesem Moment an den Kopf schmiss, mich versenkten und mein Ass in Flammen aufgehen ließ. „Du stellst das Leben eines Soulseekers über DAS DEINER FAMILIE?" Er lachte. Grausam. Kalt. „Du bist eben doch MEIN Junge."

„Nenn mich nicht so!" Das Gefühl der Niederlage breitete sich in mir aus, infizierte mein Herz. Und alles, woran ich denken konnte, war NICHTS. Mein Kopf… leer. Ich hatte alles auf eine Karte gesetzt, hatte versucht meine Familie zusammen mit Chaim zu retten. Doch, anstatt dieses Spiel zu gewinnen… hatte ich es verloren.

Ich.

Hatte.

Verloren.

„Soll ich dir was verraten? Ich hätte dieselbe Entscheidung getroffen. Und willst du auch wissen, wieso? Weil du begriffen hast, dass man lieber der Dunkelheit, einem Geschöpf der Nacht, vertrauen sollte als der Liebe."

„Was macht dich so sicher, dass es ein Soulseeker gewesen ist?" Es war ein jämmerlicher Versuch. Und obwohl ich es wusste, hinderte es mich nicht daran, es wenigstens zu versuchen. Ich konnte nicht aufgeben. Durfte es nicht. „Was, wenn es die Dunkelheit selbst war? MEINE Dunkelheit?"

„Du magst dich vielleicht mit deinem Schicksal abgefunden haben, und du magst auch mit Sicherheit die Magie, die in dem Moment in dir erwacht ist, als du beschlossen hast der Dunkelheit zuzuhören, heraufbeschworen haben… ABER… es war meine Magie, die deine Mutter in die Hölle verbannt hat, dorthin, wo sie hingehört. MEINE. Und noch ist deine, im Vergleich zu meiner, erbärmlich, jämmerlich winzig, unbedeutend UND mit Sicherheit nicht mal ansatzweise stark genug, um gegen meine anzukommen."

Er machte einen Schritt auf mich zu. Stand mir jetzt direkt gegenüber. Das war zu nah. Viel zu nah. Ich konnte seinen Atem spüren. Auf meiner Haut. Genauso wie seine Worte.

„Weil das Licht, dass die Liebe versucht in dir am Leben zu erhalten, es verhindert. DESHALB weiß ich, dass es ein Soulseeker gewesen ist. Nur sie waren in der Lage, deine Mutter retten zu können. Was ich mich jedoch die ganze Zeit frage… WARUM hat er deine Seele verschont? Warum? Das… ergibt keinen Sinn… es sei denn…"

„Es sei denn WAS?"

„Wo hältst du es versteckt?"

„Wovon redest du?" Die Worte stürzten zittrig zu Boden. Worte, die er jedoch nicht mehr hören konnte, weil er längst verschwunden war.

Prinz der Dunkelheit

Wie hypnotisiert starrte ich auf die Tür, durch die Vater soeben verschwunden war. Doch anstatt ihm hinterherzurennen, ihn aufzuhalten, stand ich einfach nur da, unfähig mich zu bewegen, weil mich meine Gedanken quälten, weil ich mir unentwegt die Frage stellte, stellen musste, WEN er suchte, WEN er für meine Lüge zuerst bestrafen würde. Diese Ungewissheit, diese schiere Sorge fraß mich auf. Lähmte mich.

Die Schuld verschluckte mich.

Meine Gedanken.

Mein Herz.

Während die Welt außerhalb der trügerischen Stille, die mich wie ein Kokon umhüllte, mich lautschreiend anflehte aufzuwachen. Mich zu wehren. Mich gegen diese abscheulichen Gefühle, die er mir versuchte in den Kopf zu pflanzen, zu verteidigen.

Er durfte nicht diese Art von Macht über mich haben.

Weder jetzt.

Noch sonst jemals.

Wenn ich zulassen würde, dass er mich besiegt, wäre ich nicht länger in der Lage diejenigen zu beschützen, die ich liebte, die ich, egal, was er behaupten würde, auch niemals aufhören würde zu lieben.

Ich schloss die Augen. Atmete tief durch. Einmal. Zweimal. Brachte die verwirrenden, angsteinflößenden Gedanken zum Verstummen. Sperrte die heuchlerische Schuld einfach weg, genau wie alle anderen damit verbundenen, mich lähmenden, Empfindungen. Erst als ich spürte wie der, von unzähligen Sternen erhellte Nachthimmel in mir erwachte, öffnete ich langsam die Augen…

Das, was ich dann sah, zwang mich schlagartig erneut in die Knie. Gegen meinen Willen drohte die Finsternis, der ich gerade erst entkommen war, mich ein weiteres Mal zu verschlingen. Vater, er war zurück. Und… er war nicht allein. Er hielt June an seinen Körper gepresst.

Seine Augen folterten mich, forderten mich grinsend auf, ihm seine zuvor an mich gestellte Frage, was den Aufenthaltsort von dem Soulseeker betraf, endlich zu beantworten. Ich spürte die von ihm ausgehende Kälte. Spürte, wie sie über meine Haut strich, wie sie sich um meinen Hals legte, wie sie mir die Luft zum Atmen stahl.

Meine Seele verwandelte sich in eine beschissene Märchenfigur, dazu verdammt, sich in einer von Schuld und Reue geplagten Gefühlswelt erneut zu verirren. Wie Hänsel und Gretel irrte ich blind durch die Dunkelheit. Innerlich mochte ich verzweifelt sein und lautstark um Hilfe schreien, ihn anflehen aufzuhören, das, was in seinen Augen leuchtete, nicht in die Tat umzusetzen, doch von diesem Kampf bekam Vater nichts mit.

Nicht das Geringste.

Weil alles, was er sah, was ich ihn sehen ließ, eine Dunkelheit war, die nach seinem Leben trachtete. Er sah das Lächeln, das meine Lippen umspielte. Sah das grausame Versprechen, das in diesem Moment in meinem Blick erwachte.

„Wie wäre es, wenn du June deine Entscheidung mitteilen würdest. Sie hat ein Recht darauf, findest du nicht? Immerhin ist sie deine Schwester…“

„W-welche Entscheidung? Phoenix? Wovon redet Vater?"

„Du elender Bastard!"

„Du willst es ihr also nicht sagen?" Seine Stimme triefte vor gespielter Entrüstung. Er schnalzte missbilligend mit der Zunge, während das Schwarz seiner Augen belustigt funkelte.

„Phoenix?" June suchte meinen Blick, versuchte etwas in meinen Augen zu erkennen. Etwas, dass ihr verriet, von welcher Entscheidung Vater sprach.

„Dafür wirst du in der Hölle schmoren…", knurrte ich, gefährlich leise. Mein Lächeln barg Sprengstoff. Der Ausdruck in meinem Blick… tödlich.

„Junge… hast du es immer noch nicht begriffen? Die Hölle ist mein Zuhause. Schon immer gewesen." Er schaute mir in die Augen, hielt meinem Blick stand.

Wünsche, verborgene Sehnsüchte erwachten, versuchten sich zu befreien. Blutige Gedanken. Überall in meinem Kopf war Blut. Schmerz. Der WUNSCH nach Rache.

„Dann werde ich dich eben zusammen mit der Hölle vernichten", sagte ich und bewegte den Kiefer hin und her. Wenn er June nicht an sich drücken würde, an sein kaltes Herz, wäre ich schon längst auf ihn losgegangen. Meine Hände ballten sich dennoch zu Fäusten. Meine Gedanken waren ein Urwald der unterschiedlichsten Gefühle und Empfindungen.

Angst.

Zuversicht.

Zorn.

Liebe.

Licht und Dunkelheit wechselten sich ab. Machten es mir unmöglich einen vernünftigen Gedanken zu fassen. Dabei brauchte ich einen klaren Kopf. Durfte mich nicht von meinen Gefühlen leiten lassen. Ich musste eine Entscheidung treffen. Die Frage war nicht welche, sondern ob die, die ich würde treffen müssen, auch wirklich die richtige war.

„Du kannst das Böse nicht vernichten. Klar, du kannst *mich* zerstören, du könntest mich sogar umbringen. ABER das, was in mir existiert, kannst du nicht auslöschen, egal wie sehr du es dir auch wünschen magst. Wann begreifst du das endlich?“ Seine Stimme war nicht greifbar, wie das Gift, dass seine Worte mir injizierten, dass sich in meinem Körper verteilte, mich lähmte.

„Das Böse…“, fuhr er lächelnd fort, „es existiert seit Anbeginn der Zeit. Durch seine Skrupellosigkeit, seine Unbarmherzigkeit hat es im Laufe der Jahrtausende an Macht gewonnen. Eine Macht, die nicht nur unbesiegbar ist, sondern genauso unsterblich. Weißt du, wenn ich wollte, dann könnte ich das Leben auslöschen, sämtliches Leben, sowohl das unserer Welt als auch das ohnehin schon sterbliche Dasein der Menschen. ICH könnte all das einfach von der Bildfläche verschwinden lassen.“

Meine Finger umschlossen in Gedanken seinen Hals, drückten zu, wollten ihn zum Schweigen bringen.

„Das LEBEN ist, im Gegensatz zu meiner Macht, nämlich verwundbar, und zwar so verwundbar… dass es sich im gleichen Atemzug, wo ich mich entschließen würde es anzugreifen, zum Sterben zurückziehen würde. Und zwar ohne den Gedanken in Erwägung zu ziehen, kämpfen zu wollen. Das Leben… es würde sich kampflos geschlagen geben, einfach aufgeben. Es würde ganz einfach… aufhören zu existieren. WEIL es müde ist. Die Zeit der Kämpfe, der nie enden wollenden Niederlagen, hat eine Müdigkeit erzeugt, gegen die das

Leben nicht ankämpfen kann. Das Leben, mein Junge, hat begriffen, dass es sinnlos ist gegen etwas ankämpfen zu wollen, was sich nicht bekämpfen lässt."

„Du glaubst, ich könnte das Böse nicht auslöschen? Oh, ich versichere dir… ich KANN. Ich werde einen Weg finden. Verlass dich drauf."

„Selbst wenn du dich umbringen könntest, was du ganz nebenbei bemerkt ja nicht kannst, weil wir dazu verdammt sind keinen Selbstmord begehen zu können, egal, wie sehr es sich auch einige von uns wünschen mögen… selbst dann, könntest du das Böse nicht auslöschen."

Aller Atem floss aus mir heraus, zusammen mit der Hoffnung.

„Und… selbst wenn du jemanden finden solltest, der gewillt ist DICH, den Thronerben des Schattenreichs, umzubringen… SELBST dann nicht. Weil sich das Böse noch in derselben Sekunde in demjenigen verankern würde, der dir das Leben genommen hat. Und ich weiß, dass du dieses Schicksal niemandem gönnst. Nicht einmal deinem schlimmsten Feind."

„Du irrst dich. Schon wieder. DIR würde ich dieses Schicksal gönnen. Aus tiefstem Herzen."

„Ich bin nicht der Feind. Der Feind… bist du. Weil du dich weigerst, dein ERBE anzutreten. Und genau deshalb weiß ich, dass du auch nicht bereit bist June oder irgendeinen anderen in die Hölle zu schicken, egal in WELCHE." Er starrte mich an. Seine Dunkelheit steckte meine Knochen in Brand. Ich zählte meine Herzschläge. Meine Atemzüge.

„Doch ich… ICH habe KEIN Problem damit irgendjemandem in die Hölle zu schicken. Willst du wissen wieso? Weil es mir egal ist, WEN ich opfern muss, um mein Ziel zu erreichen. Wenn du also nicht willst, dass ich deiner lieben kleinen Schwester weh tue, dass ich sie für deinen Ungehorsam bestrafe, dann sag mir endlich was ich wissen will. WO IST DIESER SOULSEEKER?" Den letzten Satz schrie er so laut, dass June zusammenzuckte.

„Sag es ihm nicht. Du darfst es ihm nicht sagen."

„Ach, sieh an. Du weißt also auch, wo er sich aufhält. Na dann, was haltet ihr davon, wenn wir den Spieß ganz einfach umdrehen? June? Möchtest du, dass ich Phoenix weh tue?"

„Du glaubst, du könntest ihm wehtun?! Einen Scheißdreck kannst du. Du kannst niemandem von UNS verletzen. Verstehst du. Niemandem. Weder meine Brüder noch mich. WEIL wir bereit sind ALLES zu ertragen. Weil es keinen Schmerz gibt, den wir nicht bereits kennen."

„Oh, ich versichere dir… du irrst dich. Und zwar gewaltig. Ich KANN. Nur, weil ich es bis jetzt nicht getan habe, naja, zumindest nicht richtig, bedeutet es nicht, dass ich nicht in der Lage wäre deinen über alles geliebten Bruder zu zerstören. Ihn RICHTIG zu zerstören. Weißt du, June… alles, was ich dafür tun müsste, wäre sein Licht auszupusten. Seine Prinzessin einfach… auszulöschen."

June versuchte verzweifelt nicht zu blinzeln, versuchte sich ihre Unsicherheit, ihre Angst, nicht anmerken zu lassen. „Wenn du das tun würdest, würdest du ALLES verlieren. Weil ihr Vater, der König des Lichts, dich nicht nur angreifen dürfte, nein, er dürfte dir deine Magie, deine Macht entziehen. Und wir beide wissen, VATER, dass das, das Einzige ist, was du niemals bereit wärst zu opfern."

„Das ist richtig. ABER ihr hört mir alle nicht zu. Weder du noch dein Bruder. Ja, ich würde meine Macht verlieren. ABER meine Macht würde in *ihm* weiterleben und ihn so lange foltern und quälen, bis meine Dunkelheit ihn und sein jämmerliches Licht zerstört hätte. Das Böse gewinnt immer. WEIL wir kein Gewissen haben, wir nehmen uns was wir wollen, wann immer wir wollen. Selbst wenn ich sterben sollte, würde mein Erbe im Lichtkönig weiterleben und ich hätte endlich das geschafft, was ich schon die ganze Zeit versuche. Denn… es wäre nur noch eine Frage der Zeit, bis ich das Licht besiegt hätte. Vielleicht mag ich bei dem Versuch sterben, aber im Gegensatz zu euch beiden jämmerlichen Kreaturen bin ich bereit mich für meine Ziele zu opfern."

Seine eiskalten Worte ließen mein Herz stillstehen und ich verwandelte mich in ein Flüstern, in eine leise Stimme, die nicht gehört werden konnte, weil die Unfassbarkeit mich laut schreiend verschluckte. Ich wollte lachen, schluchzen und fluchen zugleich, doch meine Gedanken blieben ungehört, versteckten sich. Zumindest in diesem Moment.

„Also… June?" Anstatt meine Schwester anzugucken, sah Vater mich an. Ein durchtriebenes, eisiges Lächeln umspielte seine Mundwinkel. Er genoss dieses Spiel. Seine Demonstration von Macht. Sein kalter Blick bohrte sich in meine Seele. „Verrate mir… bist du bereit deinen Bruder leiden zu sehen?"

In Junes Augen glitzerten Tränen. Ihre Seele weinte. Ihr Körper zitterte. „Ja…" Zwei Buchstaben in denen sich unendlich viel Leid versteckte.

„Ja… WAS?"

„Ich sagte JA! Ja, ich bin bereit meinen Bruder leiden zu sehen. DAS wolltest du doch von mir hören. Oder?! Du hast es gehört. Also… lass deine Spielchen. Sag mir, WAS ich tun soll."

„So einfallslos? June… du enttäuscht mich…"

„Willst du ihn jetzt leiden sehen… oder nicht?!"

„NEIN!", schrie ich. „NIEMAND rührt sie an. Nicht einmal du, June. Ich warne dich. Du kannst mit mir machen WAS du willst, aber SIE lässt du in Ruhe. SIE hat damit nichts zu tun."

„*WAS zum Teufel soll das? Zwing mich nicht, mich zu entscheiden. Hörst du, June? Bitte… Tu DAS nicht.*" Ich sah June in die Augen, wollte, dass sie mir zuhörte, dass sie mir antwortete. Aber sie sagte nichts. Gab keinen Ton von sich.

„Nicht", flüsterte ich. Mir fehlte einfach die Kraft das Wort lauter auszusprechen. Als ich die Entschlossenheit in ihrem Blick erkannte, lösten sich meine Gefühle in Luft auf, und *seine* Welt verschluckte mich. „Das darfst du nicht… June… bitte. Ich flehe dich an. BITTE. Tu das NICHT."

„*Es tut mir leid, Phoenix…*" Die Stille flüsterte mir ihre Gedanken ins Ohr. Leise. Und doch verstand ich jedes darin eingesperrte unausgesprochene Wort. Spürte jede weggesperrte Emotion.

Unwillkürlich zuckte ich zusammen. Gefühle verschlangen mich, ließen mein Herz explosionsartig zerspringen. Ich schloss die Augen und in dem Moment, wo mich die Dunkelheit hinter meinen Lidern mit offenen Armen empfing, ging meine Seele in Flammen auf. Ich brannte. Gedanken verkohlten, zerfielen, tranken einen bis dahin unbekannten toxischen Schmerz. Plötzlich wollte ich nur noch eins. Die ganze Welt in Schutt und Asche legen.

Der Ausdruck in meinem Gesicht, in meinem Blick, amüsierte Vater. Er lächelte. Erfüllt von grausamer Freude. Oh, dieses Grinsen…

Plötzlich begann die Luft zu flimmern, zu flirren… Nein!, schoss es mir durch den Kopf. Nein. Nicht Chaim… „*WAS hast du getan? JUNE?!*" schrie ich ihr erfüllt von trauriger Furcht zu. Das Chaim hier war, bedeutete nichts Gutes. Ich wusste, was passieren würde. Ich wusste es. Ich wollte es aufhalten. Es verhindern. Es stoppen. Doch... ich wusste nicht WIE. Ich blinzelte, presste die Lippen zusammen, schloss die Angst weg. Ich durfte diesem Gefühl nicht länger zuhören.

„Er hatte dich leiden sehen wollen. Leiden. Verstehst du? Er wollte nicht, dass ich dich zerstöre. Hier und jetzt ging es ihm nur um Chaim, nicht um Summer. Doch dadurch, dass du dachtest, ich würde... Phoenix, er weiß jetzt, wovor du dich am meisten fürchtest. ER. WEISS. ES. Du weißt, was das bedeutet... oder? So, wie er mich gerade vor die Wahl gestellt hatte... du... oder Chaim, so wird er auch dich vor die Wahl stellen. Summer... oder wir... Deshalb musst du JETZT dafür sorgen, dass diese Liebe aufhört zu existieren. Nur so wirst du sie retten können. Sie. Uns. Und... DICH."

Junes Seele weinte. Unsichtbare Tränen, die niemand sehen konnte. Weder sie... noch Vater. Niemand. Außer mir. Und jede vergossene Träne erfüllte mich mit hilfloser Wut.

„Was sind Soulseeker doch für jämmerliche, abgrundtief hässliche Kreaturen. Für so ein Monster wolltest du deine Schwester opfern?! Ich weiß nicht, was erbärmlicher ist... Du? Oder diese Seelenfresser?"

Chaim landete auf meiner Schulter.

„Du hättest nicht kommen dürfen, Chaim."

„Egal, was gleich passiert... es MUSS passieren. Du hättest es nicht verhindern können, weil es nicht in deiner Macht liegt. Nichts von alledem. Das Schicksal... es muss sich erfüllen..."

„DAS Schicksal?! Du meinst deinen Tod?! Verdammt, Chaim. Wenn du nicht aufgetaucht wärst..."

„Phoenix. Du weißt, dass June diejenige gewesen wäre, die er dann stattessen gefoltert hätte..."

„*Ich*…" Mir fehlten die Worte, die Buchstaben. Sämtliche Gefühle und Gedanken quälten mich, sperrten mich in diesem Moment in ein Gefängnis, in ein dunkles, kaltes… tiefschwarzes Loch.

„Worauf wartest du?" Vaters eisige Stimme holte mich zurück. Zerschmetterte mich.

„Wenn du glaubst, dass ich Chaim…"

„Chaim?" Vaters Augen wurden im Bruchteil einer Sekunde dunkel. Abgrundtief… SCHWARZ. „Chaim?! Du hast diesem Monster einen Namen gegeben?"

„Das einzige Monster hier bist DU!"

„Oh… wenn du dich da mal nicht täuscht. Denn… ich, mein Junge, ich sehe hier jede Menge Monster, nur du… du kannst sie nicht erkennen. Noch nicht. ABER… ich werde dafür sorgen, dass sich das gleich ändern wird." Er machte einen Schritt auf mich zu. „Weißt du, was passiert, wenn man einen Soulseeker tötet? Weißt du, wie sich DAS anfühlt? Was mit dir passiert? Es ist… wie eine Droge. Eine toxische Droge… denn, in dem Moment, wo ihr Herz aufhört zu schlagen, hören auch die Gefühle in dir auf zu existieren. Dein Herz stirbt denselben Tod… während die in dir schlummernde Dunkelheit dir ihre wahre Macht offenbart."

„Hast du die Soulseeker deshalb getötet? Um ihnen die Macht stehlen zu können?"

„Du glaubst… es ging mir um Macht?" Er lachte.

„Wenn es dir nicht um Macht ging… worum dann?"

„Weißt du, dein Problem ist, dass du den Schleier der Dunkelheit nicht durchschauen kannst. Du siehst nicht, was die Schwärze vor dir zu verbergen versucht."

„Ach… und du schon?"

„Ja. Weil es das Erbe eines jeden Schattenkönigs ist. Nur der König selbst kann das erkennen, was kein Auge je in der Lage sein wird zu sehen. Wenn du also herausfinden willst, WAS ich weiß… dann, tja, dann wirst du wohl oder übel meinen Platz einnehmen müssen. Erst mit meinem Tod wird sich dir das Geheimnis des Schattenreichs offenbaren. Erst dann. Keinen Atemzug früher. Doch bis dahin…“ Er drehte sich um. Starrte jetzt June an. „Töte es! JETZT!“

„Nein! Du darfst Chaim nicht töten!“ Kaum hatte ich die Worte ausgesprochen hörte ich Chaims Stimme in meinem Kopf. Spürte seine Gedanken. *„Du musst mich töten, Phoenix. DU!“*

„Chaim… bitte… ich…“ Ich schloss die Augen. Atmete tief durch. *„Ich kann dich nicht töten. Hörst du?! Ich kann es nicht.“*

„Doch, du kannst. Und du wirst es tun. Weil du dich tief in deinem Inneren an die Worte von Summer erinnerst.“

„Welche Worte? Wovon redest du?“

„Hör auf wertvolle Zeit zu verschwenden. Tu es. JETZT. Bevor er deine Schwester in die tiefste Dunkelheit stürzen wird. Eine… aus der selbst du sie nie wieder würdest retten können…“

Ich wischte mir die Tränen von der Wange. Spürte, wie eine ungeahnte Zuversicht zusammen mit der Dunkelheit in mir erwachte, während ich meine Gefühle abstellte. Eiswasser floss durch meine Venen. Mein Herz fror, während ich das in den Tiefen meiner Seele, lauernde Monster in mir heraufbeschwor.

„Dafür wirst du bezahlen. DAS schwöre ich bei meiner Seele“, fauchte ich leise.

Erfüllt von Wut.

Verzweiflung.

HASS.

„An deiner Stelle… würde ich aufpassen WEM du WAS schwörst…“ Die Emotionslosigkeit in seinem Blick verätzte mich wie Säure, genau wie das tote Lächeln, dass sich auf seinem Gesicht ausbreitete. Er packte June am Arm, zerrte sie von mir weg. Einen Atemzug später war ich allein in der Küche.

Allein.

Allein mit meinen Gedanken.

Allein mit meinen Erinnerungen.

Allein mit meiner Wut.

Meinem Hass.

Einfach nur

A

L

L

E

I

N

…

Prinz der Dunkelheit

In dem Moment, wo ich den Schattenwald betrat, tropften schwarze Tränen von den Blättern der Bäume. Die Dunkelheit spürte den Verlust eines aus der Finsternis geborenen Schattenwesens auf unvorstellbar grausame Art und Weise. Wenn etwas Unsterbliches starb, die Welt verließ, die Stimme einer geliebten Seele aus dem Leben gerissen wurde, für die Ewigkeit verstummte, war dieser Verlust mit nichts zu vergleichen.

Chaims Herzschläge schwiegen, doch die Spuren, die er in dieser Welt hinterlassen hatte, spiegelten sich in den vielen leuchtenden, bunten, mit Licht und Farbe gefüllten Tränen der Dunkelheit wider.

Nachdem Vater mich, zusammen mit Chaims leblosen Körper, alleingelassen hatte, wusste ich, dass es nur einen Ort gab, wo ich Chaim hinbringen konnte, um ihm die letzte Ehre zu erweisen.

Das Lichtermeer.

Die Sperical Stars.

Vorsichtig legte ich Chaim zu den Blumen und im gleichen Atemzug, kaum, dass er die Erde berührte, fing sein Körper Feuer. Die Wärme der Flammen, weckte tief in mir ein unerklärliches, sonderbares Empfinden. Ein Gefühl, dass ich mir nicht erklären konnte. Diese unbekannte Urgewalt fühlte sich an wie ein verblasster Traum, wie eine in Vergessenheit geratene Erinnerung. Fremd und doch seltsam vertraut.

Wie hypnotisiert starrte ich auf das Feuer, sah dabei zu, wie Chaim zu Asche und Staub zerfiel. Graue Flocken wirbelten durch die Luft.

Glitzerten.

Funkelten.

Leuchtende Schattenspiele des Lichts erwachten. Verwandelten sich einen Wimpernschlag später in Feuer. Was… passierte hier gerade?

Der Aschehaufen, die vielen winzigen schwarzglühenden Flocken, wurden vom Wind durch die Luft gewirbelt, tanzten zusammen mit dem Licht, mit den Schatten, die mit jeder stillen Sekunde lebendiger wurden, strahlender.

Flügel tauchten aus dem brennenden Nichts heraus auf.

Feuer.

Überall Feuer.

All das wirkte so real, so verdammt echt.

Als würde sich in jeder einzelnen Feder die Unsterblichkeit selbst verbergen. Was war Chaim? Denn, auch wenn es so aussehen mochte… Chaim war kein Phönix? Oder doch?

Eine Erinnerung erwachte, flüsterte mir leise zu, dass Chaim mir sein Geheimnis bereits in jener Nacht versucht hatte anzuvertrauen, als sich mein in die Schatten gemaltes Tier in einen Phönix verwandelt hatte.

Chaims Flügel bestanden aus Feuer, aus frostigen, blauschimmernden Flammen. Brennendes Eis. Genau wie sein Horn… Sein Fell erstrahlte in einem tiefen Schwarz. Und doch schien das Fell zu funkeln, als hätte jemand schwarze Tinte mit Regenbogenstaub vermischt. Und je länger ich dieses Bild bewunderte, desto mehr begann dic Mähne zu leuchten, zu strahlen, in einem atemberaubenden schwarzen Licht.

Phönixfohlen.

Schattenlichter, die in tiefster Finsternis leuchteten.

Soulseeker… waren Raupen der Unsterblichkeit.

Schmetterlinge des Universums.

Ich erinnerte mich an die vielen Gute-Nacht-Geschichten die Mutter mir immer erzählt hatte. Geschichten und Legenden von den in Vergessenheit geratenen Phönixfohlen. Von Wesen, die sich in unserer Welt versteckten, unentdeckt in der Dunkelheit lebten.

„Chaim? Wie? Ich mein… ich habe dich getötet… ich habe dich sterben sehen…"

„Eine wahrhaft unsterbliche Seele… kann ihresgleichen nicht töten…"

„Aber…"

„Mein Prinz… nichts geschieht ohne Grund. Und wie ich dir bereits sagte... muss sich das Schicksal, DEIN Schicksal, erfüllen."

„Wenn du wolltest, dass ich dich töte, dass ich dich in deine wahre Gestalt zurückverwandle, warum konntest du mir das nicht in dem Moment sagen, wo ich dich gefunden hatte? Ich mein… ich hätte dich sofort töten können, anstatt dich vorher gesundzupflegen."

„Du verstehst nicht..."

„Genau. Ich verstehe es nicht. Weil…" In diesem Moment ergab nichts einen Sinn. Ich schloss die Augen, atmete tief durch, versuchte den leisen Stimmen meiner Gefühle zuzuhören. Gefühle, die mir helfen wollten zu verstehen. Zu begreifen.

„Phoenix, ich hätte mich jederzeit in meine wahre Gestalt verwandeln können."

„Wozu musste ich dich dann töten?"

„Um es zu begreifen… um dein Erbe, dein wahres Erbe, zu verstehen. Es ging nicht um die Dunkelheit in dir, sondern darum, dass du erkennst, WAS die Dunkelheit verkörpert. Denn diese Magie ist genau wie die des Lichts. Sanft. Friedlich. Erfüllt von Liebe. Doch die Finsternis selbst wird gezwungen einen Kampf zu führen, den sie nicht führen will."

„Mein Vater…"

„Ja, er versucht das Licht zu zerstören. Er will die Liebe der Dunkelheit für sich allein. Aber nicht um ihretwillen, sondern wegen ihrer unsterblichen Macht. Deinem Vater… ihm ging es schon immer um Macht. Alles, was die Dunkelheit will, ist, dass dieser Kampf endet. Dass DU ihn beendest… und zwar bevor es zu spät ist."

„Wie? Du weißt genauso gut wie ich, dass… wenn ich ihn töte, werde ich seinen Platz einnehmen müssen."

„Sagt wer?"

„Das Schicksal…" sagte ich leise.

„Das Schicksal, mein lieber Prinz, liegt nicht immer in der Hand des Universums. Es mag vielleicht die Karten mischen, doch du entscheidest das Spiel, denn manchmal… schenkt es uns die Möglichkeit die Schicksalskarte selbst zu wählen."

„Warum wolltest du nicht, dass June dich tötet? Warum ich?"

„Weil ich mein Leben, als du mich gefunden hast, in DEINE Hände gelegt habe. Nicht in die deiner Schwester. Nicht in die deines Bruders. Sondern in DEINE."

„Aber…?"

„Wenn wir unser Leben in fremde Hände legen, dann nur, weil wir es ihm *erlauben*. Doch… da Leben und Tod miteinander verbunden sind, bedeutet das, dass wir demjenigen gleichzeitig die Erlaubnis erteilen uns zu töten."

„Warum solltet ihr so etwas tun?“

„Dieses Geschenk wurde in all der Zeit nur einem einzigen Dämon geschenkt. DIR.“

„Aber… warum?“

„Weil du der Erste warst… der einen Soulseeker retten wollte. Du hattest beschlossen mich zu retten, um MEINETWILLEN. Nicht wegen meiner Magie oder wegen meiner Kraft. Du hattest mich weder verurteilt noch hattest du den Geschichten, die man sich über uns erzählt, Beachtung geschenkt. Selbst als ich dir einen Blick auf meine Seele gestattet hatte, hattest du nicht eine Sekunde lang mit dem Gedanken gespielt mir meine Macht zu entziehen. Du hattest mir sogar einen Namen geschenkt. Aber nicht irgendeinen, sondern mit einer Bedeutung, die mir gezeigt hat, dass du ein Herz aus purem Gold besitzt.“

„Hat Vater deshalb die Lügen über euch verbreitet? Um auf diese Weise an eure Macht zu gelangen?“

„Was glaubst du, warum er uns nur lebend hat fangen lassen. Man durfte uns jagen, ja… aber sie durften uns nicht töten.“

„Also… ist es wahr? Die Geschichten…über euch?“

„Es gibt viele Geschichten über uns… doch die Wahrheit ist von jeder einzelnen weit entfernt.“

„Kann man euch töten?“

„Nein. Du kannst die Unsterblichkeit nicht töten… und eben weil dein Vater das weiß, macht er Jagd auf uns. Nicht, um uns den Tod zu schenken, nein, er giert nach der Dunkelheit, in die wir ihn immer und immer wieder stoßen. Es ist für ihn wie eine Droge, während jeder andere sich davor fürchtet, genießt er dieses Gefühl.“

„Woher wusste er WAS ihr seid?“

„Nur der König selbst ist in der Lage, die wahre Gestalt eines jeden Wesens in seinem Reich zu sehen."

„Das meinte er also damit."

„Ja, er wusste WAS wir sind, weil er es sehen konnte."

„Aber Mo, er…"

„Ja, auch dein Bruder besitzt diese Gabe. Es war ein Geschenk, dass er erhalten hat, ohne danach verlangt zu haben. Während dein Vater in dem Moment, als er davon erfahren hat, keine Sekunde gezögert hat. Er hat deinen Großvater getötet, ohne mit der Wimper zu zucken. Und dass nur, weil er dieses Wissen erlangen wollte, er wollte das Geschenk des Schattenreichs, um jeden Preis." Chaims Augen leuchteten, verwandelten sich in einen von Sternen geküssten Nachthimmel.

„Weißt du, was passiert, wenn man unser Horn OHNE unsere Erlaubnis berührt?" Im ersten Moment irritierte mich seine Frage. Doch dann antwortete ich: „Man verirrt sich in einer Dunkelheit, aus der es kein Entkommen gibt. Selbst dann nicht, wenn man bereit wäre sich retten zu lassen."

„Und genau DAS hatte dein Vater gewusst. Er wollte diese Dunkelheit, er hatte sich danach gesehnt. JETZT braucht er sie wie die Luft zum Atmen, nur deshalb lässt er uns jagen."

„Wenn ihr das wisst, warum verwehrt ihr ihm diese Dunkelheit nicht? Warum gebt ihr ihm immer und immer wieder das, WAS er will…?"

„Weil er die Magie des Schattenreichs irgendwo gefangen hält und solange man diese Magie nicht findet, und sie befreit, ist sie gezwungen ihm zu dienen. Wir, jeder einzelne von uns, wurde von Dunkelheit erschaffen."

„Das heißt… letztendlich seid auch ihr seine Gefangenen…"

„Aus diesem Grund verstecken wir uns…“

„Warum bist du dann das Risiko eingegangen von ihm entdeckt zu werden? Warum bist du nicht, nachdem du gesund warst, geflohen? Warum hast du nicht versucht dich vor Vater zu verstecken?“

„Weil ich DICH hatte. Deine Magie hat mich für ihn unsichtbar gemacht.“

„Meine Magie? Aber als ich dich gefunden habe… da war diese Magie nicht vorhanden.“

„Sie war die ganze Zeit über da, du hattest Flügel… du musstest nur lernen sie zu benutzen.“

„Mutter hat immer erzählt, dass… also ist es wahr?! Soulseeker, kreuzen nur dann deinen Weg, wenn sie einem helfen wollen. Ihr seid das Licht in tiefster Finsternis… und zwar so lange, bis man sein eigenes Licht findet und lernt diesem Leuchten zu vertrauen. Wenn das wahr ist, dann… dann hab nicht ich dich gefunden, sondern du mich. Und… dann habe nicht ich dich gerettet, sondern…“

„In unserer Welt geschieht NICHTS ohne Grund…“

Prinz der Dunkelheit

„**W**ährend du Chaim beerdigt hast, habe ich einen Weg gefunden, um Summer dazu zu bekommen, dass sie ihre Erinnerungen an dich aufgibt."

„Du hast WAS?"

„Das… das wolltest du doch…" Junes Augen zitterten. Genau wie ihre Stimme.

„Ja, schon… Aber, ich mein WIE?"

„Ich habe ihr die Prophezeiung ihrer Welt gezeigt. Naja, eigentlich vielmehr…"

Ein Schrei ertönte. Ein markerschütternder Schrei. Im selben Atemzug hörten wir Vater lachen. Hörten sein grausames, herzloses Lachen.

Die Zimmertür flog auf und Mo erschien im Türrahmen. Seine Augen schrien, flehten mich an, zu helfen, während die Stille seiner Gedanken uns beide, June und mich, in Ketten legte.

„Sie brennen…"

„Wer brennt? Die Gefangenen? Wer? Mo… rede mit mir. Sag mir WER brennt…"

„Die Sperical Stars. Er brennt sie nieder. So… so wie damals… als wir noch Kinder waren…"

„Warum? Ich mein… er muss doch wissen, dass kein Feuer der Welt das Licht der Blumen auslöschen kann. Er konnte es damals schon nicht. Und er wird es auch jetzt nicht schaffen. Das Licht… die Blumen… sie werden aus der

Asche auferstehen… neu erblühen. So wie sie es schon einmal getan haben…"

„Es geht ihm nicht um die Blumen…" Junes gläserne, zerbrechliche Stimme, raubte mir den Verstand. Sie drehte sich zu mir. Ihr Blick, ihre ganze Mimik… starr vor Entsetzen.

„Worum dann?"

„Um das, was sich in den Blumen befindet…"

„June?" Die in mir erwachte Panik wuchs mit jedem Atemzug, wuchs mit jeder Sekunde, in der June nicht schaffte ihre Gedanken, das, was sie quälte, auszusprechen. Meine Panik wuchs… in der Stille ihrer Worte… wuchs. Und WUCHS.

„Summer… sie hat… ich habe gesehen, wie sie ihre Erinnerungen, die Erinnerungen an DICH, den Blüten anvertraut hat. Darum muss es ihm gehen..."

„Aber… woher weiß er davon? Woher weiß er WAS sich in den Blüten befindet?"

Ich vergaß.

Ich verstummte.

Ich verlor.

MICH.

Meine Gedanken.

Mein Licht.

Meine WELT.

„Vielleicht… naja, vielleicht hat er es gesehen, so wie ich. Ich mein, es gibt nichts, was er nicht weiß. Er hat überall seine Spione."

„June hat Recht, es geht ihm nicht um die Blumen. Alles, was er will, ist die Liebe, die euch verbindet, die in jeder einzelnen Erinnerung existiert, auszulöschen. Und zwar für IMMER."

Als ich das Feuer sah, die schwarzen Flammen, den Rauch… erwachten die Bilder aus meiner Kindheit, wurden lebendig und die Erinnerung an jenen Abend als Vater die Sperical Stars zum ersten Mal versucht hatte auszulöschen, kehrten zurück…

„Wo ist er? Verdammt… Ich hatte ihn gewarnt. Das war das letzte Mal!“ Ich hörte Vater bereits durchs ganze Schloss schreien. Hörte Mutter weinen, hörte, wie sie ihn anflehte, ehe… es still wurde.

Doch einen Atemzug später schrie er erneut. „Wo zum Teufel hast du ihn versteckt?!“ Und, obwohl ich mir die Hände auf die Ohren presste, so fest ich konnte, wollte die Stimme, die mich bis in meine Träume hinein verfolgte, nicht verstummen. Ich spürte bereits, wie die Angst aus ihrem Tiefschlaf erwachte, über mir schwebte und nur darauf wartete mich verschlingen zu können.

Ich versuchte meine Angst auszusperren, versuchte die Tränen runterzuschlucken, genauso wie ich versuchte, den Hass in Vaters Stimme zu ignorieren. Dann flog die Tür auf.

Es war zu spät.

Er hatte mich gefunden.

Jetzt gab es kein Entkommen mehr.

Ich hielt die Luft an, schützte meine Seele, zählte die Herzschläge, denn ich wusste, dass es nur noch eine Frage der Zeit wäre, bis mich seine Faust das erste Mal treffen würde. Der erste Schlag war meistens der Schlimmste.

Der Hass spiegelte sich bereits in seinen Augen, und ich spürte Vaters Kälte in jeder Zelle meines Körpers, hörte seine Dunkelheit schreien, freudig lachen. Der Wahnsinn, der in seinen Augen funkelte, lechzte danach mir wehzutun. Mich endlich zu bestrafen.

Seine Augen waren schwarz, so abgrundtief schwarz, wie mit Teer übergossene Kohle. Das verhieß nichts Gutes, ich wusste, dass er gleich die Kontrolle über sich verlieren würde.

Alles, was mir jetzt noch blieb, war die Hoffnung.

Die Hoffnung darauf...

dass es schnell vorbei sein würde,

dass es ihn langweilen würde, wenn ich mich ruhig verhielt,

dass ich den Schmerz dieses Mal schaffen würde in mir einzusperren,

dass kein Laut über meine Lippen kommen würde,

dass er dieses Mal nur seine Fäuste benutzen würde, um mich für meinen Ungehorsam zu bestrafen, und nicht, wie so oft, die glühende Peitsche. Ein im Feuer geschmiedetes Folterwerkzeug, mit denen er für gewöhnlich die wilden Bestien, die er unten in den Verließen gefangen hielt, versuchte zu zähmen, versuchte deren Willen zu brechen, indem er ihre Körper folterte.

Ich wusste, dass ich viel zu viel Kraft in die Hoffnung investierte. In ein Gefühl, dass sich bisher nie erfüllt hatte. Kein einziges Mal. Dass sich auch jetzt nicht erfüllen würde. Und wahrscheinlich, mit absoluter Sicherheit, auch nicht morgen… oder übermorgen… oder überhaupt eines Tages, in ferner Zukunft…

Mein Rücken erinnerte mich schließlich jeden Tag daran.

Jeden beschissenen Tag.

Seine Augen glühten, brannten, waren mittlerweile so schwarz, so dunkel, wie seine Seele. Er machte einen Schritt auf mich zu, holte aus, und schlug zu.

„WAS hatte ich dir gesagt?" Seine Stimme zitterte. Bebte. Während mich seine Faust ein weiteres Mal traf. Meine Lippe platzte auf, blutete. Doch ich wagte nicht es wegzuwischen.

Wie versteinert hockte ich auf Mutters Bett, ließ die Faustschläge über mich ergehen. Ich versuchte nicht einmal die Arme zu heben, um mein Gesicht zu schützen, oder meinen Brustkorb. Ich wusste, dass es zwecklos war, und dass er dadurch nur noch fester zuschlagen würde.

„Antworte!"

„Es tut mir leid Vater…"

„ES. TUT. DIR. LEID?!" Ein weiterer Schlag, dieses Mal in den Unterbauch. „Ich hatte dich gewarnt. Verflucht, Junge… Warum zwingst du mich dazu? Warum willst du, dass ich dir wehtue? Warum ignorierst du meine Befehle?! WARUM?!"

„Bitte…"

„Wag es nicht zu betteln! Hast du verstanden?"

Ich nickte.

„Und untersteh dich zu heulen! Mein Fleisch und Blut kennt keinen Schmerz. Tränen sind nur was für die Schwachen… und wir können es uns nicht erlauben schwach zu sein. Schwäche wird bestraft. Immer. Hast du diese Lektion immer noch nicht begriffen? Reichen die Narben auf deinem Rücken nicht? Musst du die Wunden des Schmerzes erst mit deinen eigenen Augen sehen, um dich daran zu erinnern, um es endlich begreifen zu können?!" Er schüttelte den Kopf, kniff die Augen zusammen. „Vielleicht hätte ich dir dieses Geschenk nicht auf deinem Rücken hinterlassen sollen, sondern an Stellen, die du sehen kannst. Doch… dann könnte sie auch jeder andere sehen. Willst du das?! Willst du wirklich diese Schande über mich… über unsere Familie bringen?" Er starrte mich mit seinen kalten Augen an. „Wozu? Nur damit die ganze Welt sehen kann, was für ein erbärmlicher Feigling mein Sohn ist?!"

„Nein, Vater… ich werde nicht weinen. Versprochen. Ich werde…"

Erneut schlug er zu, während er mich an den Haaren fasste und mich aus dem Zimmer schleifte, die Treppe runter… durchs ganze Schloss, bis nach draußen, wo ich sofort den bitteren Rauch auf der Zunge schmeckte. Die Luft, sie brannte.

„Sieh hin! Das war das letzte Mal, dass du dich von der Schönheit dieser Blumen hast manipulieren lassen. Ich lass nicht zu, dass sie deine Seele vergiften!"

Ich sah das Feuer, die meterhohen Flammen. Spürte wie die Blüten sich in Asche verwandelten, spürte, wie sie aufhörten zu leuchten. Und jedes einzelne Licht, dass die Flamme auffraß, riss ein Loch in mein Herz.

„Sei froh, dass es nur die Blumen sind, die ich zerstöre… und nicht dich."

Das hast du längst, wollte ich sagen. Oh, wie gerne würde ich ihm diese Worte ins Gesicht schreien, ihn meinen Hass spüren lassen, und ihm denselben Schmerz zufügen. Ich wünschte, dass seine Seele genauso in Flammen aufgehen würde wie die dunklen Kugelsterne, die er in ein brennendes Inferno verwandelt hatte. Doch was tat ich stattdessen? Ich schloss wie ein Feigling die Augen, weil ich den Anblick der züngelnden Flammen, die alles verschlangen, alles zerstörten, nicht länger ertragen konnte, weil ich wusste, dass sie meinetwegen brannten.

Wegen mir.

Wegen meiner Faszination.

Wegen meiner verliebten Bewunderung.

Sie wurden vernichtet, ausgerottet, niedergebrannt… weil ich es nicht geschafft hatte, mich von ihnen fernzuhalten. Dabei hätte ich sie beschützen müssen. Ich hätte sie verflucht nochmal beschützen müssen…

Und ich schwor mir, niemals wieder, etwas zu bewundern, geschweige denn zu lieben.

NIEMALS WIEDER!

Die Erinnerung gab mich frei. Diese Bilder erneut zu sehen, die Gefühle erneut zu durchleben, war grausam. Doch, auch wenn diese Nacht die schlimmste meines Lebens gewesen war, war sie auch gleichzeitig meine Rettung gewesen.

In dieser Nacht, nachdem ich aus dem Schloss geflohen war, begegnete ich ihr zum ersten Mal. Meinem Engel. Meinem Licht in der Dunkelheit.

Und, obwohl ich mir geschworen hatte, niemals wieder mein Herz an irgendetwas oder irgendjemanden zu verlieren, hatte ich mich vom ersten Herzschlag an unsterblich in meine

Prinzessin verliebt. War ihrer Schönheit, dem Leuchten ihrer Seele, von der ersten Sekunde an, verfallen gewesen.

Zu wissen, dass diese Liebe, die mir jedes Mal, wenn wir uns in die Augen geguckt hatten, entgegen gestrahlt hatte, in diesem Moment dem Feuer zum Opfer fiel, dass dieses Monster unsere Liebe wirklich geschafft hatte auszulöschen, ließ mich sterben.

ICH zerbrach, zersplitterte, wurde zerschmettert, weinte stumme Tränen und die vielen, unendlich vielen Glassplitter, durchbrachen meine Seele, meinen Körper. Ich wusste, dass es nur eine Möglichkeit gab, um *meine* Liebe zu Summer vor ihm zu bewahren, zu beschützen… ich musste June bitten mir die Erinnerungen zu nehmen.

Alle.

Und

Zwar

J

E

T

Z

T

…

Summer

… erwacht, die Erinnerungen geben sie frei…

Mit einem erstickten Schrei erwachte ich aus dem Schlaf, begleitet von dem Schrecken, den dieser Traum in mir erweckt hatte. Kalter Schweiß perlte von meiner Stirn und ich zitterte am ganzen Körper. Das Loch in meinem Herzen, wuchs… und wuchs, während meine Seele weinte.

Still.

Leise.

Ungehört.

Kein Laut kam über meine Lippen. Die Bilder beraubten mich meiner Stimme. Ich blieb ungehört. Ebenso wie die in der Hölle erwachten Gefühle. ~~Mein Hass wuchs… in der Stille. Der Hass auf dieses Monster.~~

Ängstlich huschte mein Blick durch das Zimmer. Es war leer, und doch war ich nicht allein. Das Grauen, dass sich hier versteckte, ich konnte es spüren. Konnte es hören. Konnte die Schmerzen… die Seelenqualen, die der junge Schattenprinz, Phoenix, mein geliebter Phoenix, hatte ertragen müssen, fühlen.

Sein Vater, er war das Phantom. Der Schattenkönig und das gesichtslose Monster – ein und derselbe Dämon. Wer, außer Phoenix, hatte noch über die wahre Identität des Phantoms Bescheid gewusst? Wer? Es war ein Geheimnis gewesen. Nicht nur bei uns im Lichtreich, sondern auch hier, im

Schattenreich. ~~Ein Geheimnis, dass jedem, der es hatte lüften können, das Leben gekostet hatte.~~

Hatte man Phoenix deshalb die Erinnerungen gestohlen? Um die wahre Identität des Monsters auch weiterhin geheim halten zu können?

Dieses Monster!

Dieses gesichtslose, eiskalte Monster.

Keuchend rang mein Herz nach Luft, während meine Seele versuchte die Dunkelheit des Schattenkönigs zu begreifen. Mein Herz konnte kaum noch atmen, so unerträglich wurde der Schmerz. Ein Schmerz, den Phoenix ein Leben lang versucht hatte in sich einzusperren, weil sein Vater es sich zur Lebensaufgabe gemacht hatte aus ihm dasselbe gefühllose Monster zu machen. Ein Spiegelbild seiner eigenen schwarzen Seele.

Ein trockenes Schluchzen drang aus meiner Kehle. Verzweifelt versuchte ich meine Lungen mit Luft zu füllen. Jeder Atemzug schmerzte.

Die Bilder verfolgten mich, ließen mich nicht los. Das, was ich gesehen hatte, war nur ein Bruchteil dessen gewesen, was er und seine Familie hatten ertragen müssen. Mir vorzustellen, dass er diese Folter, die unsäglichen Schmerzen, bereitwillig in Kauf genommen hatte, um diejenigen beschützen zu können, die er liebte, schnürte mir die Kehle zu.

Die Gefühle, die in mir erwachten, erdrückten mich.

Ich musste hier raus.

Weg.

Einfach nur weg.

Das ALLES war zu viel.

Die Gefühle, die noch immer auf mich einprügelten, mit mir sprachen, die verstanden und gehört werden wollten, ließen meine eigenen Gefühle stummschreiend durch ein Labyrinth irren.

Ich sprang vom Bett auf, stürmte zur Tür, riss diese auf und stolperte über meine eigenen Füße. Der Aufprall blieb jedoch aus, denn jemand fing mich auf.

Ich hob den Blick und schaute June ins Gesicht. Suchte ihre Augen. Der Ausdruck darin spiegelte blankes Entsetzen wider. Nein. Es war *kein* Blick in den Spiegel. Denn es waren nicht meine Gefühle, die ich sah, die mir entgegenstarrten, sondern ihre eigenen.

„Was machst du hier? Phoenix… er sucht dich schon überall."

Mir fehlten die Worte. Allein die Erinnerung daran, was June über sich hatte ergehen lassen müssen, brach mir das Herz. Ein Leben, dass nur Leid und Schmerz für sie bereitgehalten hatte. Zerstörte Träume. Eine geraubte Kindheit. Zertrümmerte Hoffnung. Meine Stimme versteckte sich. Ich wollte ihr antworten, wollte ihr sagen, dass ich ihre Dunkelheit, ihren Schmerz verstand, aber ich brachte keinen Ton heraus.

„Summer? Ist alles in Ordnung?", fragte June ängstlich und sah mich besorgt an.

Ich versuchte zu nicken, zu sprechen… aber ich konnte mich nicht bewegen.

„Summer", sagte June. „Du machst mir Angst. WAS zum Teufel ist los mit dir?"

Zittrig holte ich Luft, versuchte mich von der Verwirrung zu befreien. Versuchte ihren Gefühlen nicht länger zuzuhören, genauso wenig wie meinen eigenen.

„Sag ihm… sag ihm, dass es mir gut geht.“

„Es sieht aber nicht so aus, als wenn es dir gut gehen würde.“

„Ich… ich habe ihn gesehen…“ hauchte ich leise, kaum hörbar.

„Wen?“

„Den Prinzen. Ich habe ihn gesehen…“

Erschrocken schnappte June nach Luft und ich spürte, wie das Gefühl von Furcht in ihr erwachte. Eine Furcht, die keinen Sinn ergab. „Das…“, stammelte sie, doch sie schaffte nicht ihren angefangenen Satz zu beenden. Ihre Stimme zitterte, ihr ganzer Körper, und der Ausdruck in ihrem Blick verriet blanke Panik. „Wo? Wo hast du ihn gesehen“, fragte sie zögerlich.

„Im Traum. Ich habe von ihm geträumt“, schluchzte ich leise und allein der Gedanke an das, was ich gesehen hatte, trieb mir erneut Tränen in die Augen.

„Summer“, sagte June behutsam und legte tröstend einen Arm um meine Schulter. „Es war ein Traum. Nur ein Traum.“

„NEIN! DAS war nicht nur ein Traum! Es war real. So verdammt real. Ich konnte fühlen, was er gefühlt hat. Verstehst du?! Jedes Gefühl. Selbst jetzt kann ich es noch fühlen.“

„Summer, du hast geträumt“, wiederholte sie und versuchte mich zu überzeugen, aber ich spürte, dass sie log. Spürte, dass sie sehr wohl wusste, dass es sich um keinen gewöhnlichen Traum gehandelt hatte.

„June. Ich weiß es. Okay? Ich weiß WER der Prinz ist, genauso wie ich weiß, WER du bist. Phoenix… er ist dein Bruder." Bei der Erwähnung seines Namens zuckte sie kaum merklich zusammen.

„Phoenix, er hatte Recht. Nicht, dass man dir nicht vertrauen könnte… aber er hat gespürt, dass du uns etwas verheimlichst. Das es etwas gibt, was du uns nicht erzählen willst."

„Summer", hauchte June emotionslos. „Das, was du jetzt denkst… ist…"

„Ist WAS?"

„Hör zu, wir beide sollten reden. Dringend."

„Reden…" Ich sah ihr in die Augen. „Worüber? Etwa darüber, was damals passiert ist? Warum Phoenix nicht weiß WER er ist… oder wer du bist? Oder darüber, WARUM du ihm nicht sagen kannst, WER du bist?"

„Ich werde dir alles erklären. Aber nicht jetzt."

„Wann? Wann willst du es mir erklären? Warum nicht jetzt? June… rede mit mir. Ich muss wissen, WAS passiert ist?"

„Das, was ich weiß, werde ich dir sagen." Hinter ihren Worten verbarg sich eine tiefe Traurigkeit, woraufhin ich ihr die nächste Frage stellte. „Was ist mit eurem Bruder passiert? Mit Mo?"

„Summer…", hörte ich Phoenix' Stimme hinter mir. Ich drehte meinen Kopf und sah, wie er auf uns zugelaufen kam.

„Versprich mir, dass du mit niemandem darüber redest", bat June flüsternd. „Nicht einmal mit Phoenix. Bitte."

Es war eine merkwürdige Bitte. Aber ich spürte, dass sie ihre Gründe hatte… und, ohne es mir erklären zu können, wusste ich, dass sie mir die Antworten auf meine Fragen geben würde – allerdings nur, wenn niemand anderes in der Nähe sein würde.

Keine Ahnung, wann sie angefangen hatte mir zu vertrauen, doch jetzt war nicht der richtige Moment, um mir darüber den Kopf zu zerbrechen. Abgesehen davon spielte es keine Rolle.

Phoenix kam immer näher.

Ich nickte ihr leicht zu. „Versprochen", formte ich lautlos mit den Lippen und warf mich, nur einen Atemzug später, mit pochendem Herzen in Phoenix' Arme.

„Wo warst du? Ich habe dich überall gesucht."

Als ich mich umdrehte, war June verschwunden und ich sagte leise: „Ich… ich bin eingeschlafen. Entschuldige."

„Du warst nicht in meinem Zimmer..." bemerkte er irritiert und runzelte nachdenklich die Stirn. Zärtlich legte er seine Hände um mein Gesicht, suchte meinen Blick und sah mir, auf der Suche nach einer Antwort, tief in die Augen.

„Ich… ich bin zurück in das Zimmer des Prinzen gegangen", gestand ich. „Und… ich wollte mich wirklich nur für einen kurzen Moment ausruhen… aber, naja... irgendwie muss ich eingeschlafen sein." Den Traum selbst verschwieg ich ihm. Vorerst. Bevor ich ihm sagen konnte, was ich geträumt hatte, von WEM, brauchte ich Antworten.

„Wieso bist du nicht in mein Zimmer gegangen?"

„Ich wollte allein sein…"

„Du wärst allein gewesen…"

„Phoenix", begann ich zögerlich. „Ich musste einfach zurück. Die Gefühle, die in diesem Raum gefangen gehalten werden und die mich, seit wir vorhin dort gewesen waren, nicht mehr losgelassen hatten… ich… ich wollte ihnen zuhören, wollte sie verstehen. Ich… ich weiß auch nicht, was ich mir erhofft hatte zu finden. Aber ich dachte, wenn ich mir dieses Zimmer allein angucke und die Gefühle an mich heranlasse, könnte ich mich vielleicht in den Prinzen hineinversetzen. Fühlen, was er gefühlt hat… Verstehst du? Ich wollte wissen, WER er ist…"

„Summer. Er ist der Sohn des Schattenkönigs…", knurrte er mit einer kalten, hasserfüllten Verachtung in der Stimme, die mich innerlich zusammenzucken ließ.

„Was willst du damit sagen?"

„Na was wohl?! Der Prinz ist wie sein Vater…"

„Nein, das glaub ich nicht…" Zu wissen, dass er, ohne sich dessen bewusst zu sein, über SICH sprach, sich selbst verurteilte, stürzte mein Herz in eine brennende Hilflosigkeit.

„Verteidigst du ihn etwa?"

„Nein. Aber du verurteilst ihn. Nur, weil sein Vater ein Monster war oder ist, bedeutet es nicht, dass der Prinz ebenfalls eins sein muss."

„Summer", sagte Phoenix voller Mitgefühl und sah mir tief in die Augen. „Es tut mir leid, wenn ich das sagen muss, aber der Schattenkönig ist nicht nur *irgendein* Monster. Er ist… genauso grausam, genauso gefährlich, wie das Phantom. Wenn nicht sogar noch schlimmer. Verstehst du nicht?! Jemand der Gefühle hasst, wird sie bei seinem Sohn nicht dulden. Selbst, wenn der Prinz nicht mit derselben Dunkelheit geboren worden sein sollte… Sein Vater wird sie dennoch in ihm hervorgerufen haben…"

Ich wollte ihm widersprechen. Wollte ihm sagen, dass er sich irrte, dass er sich verdammt nochmal irrte… aber ich schwieg, sagte kein einziges Wort.

Summer

Phoenix nahm mich mit in das Zimmer, dass er jedes Mal dann bezog, wenn ein geheimes Treffen einberufen wurde. Diese Mauern, dieses verlassene Schloss diente, seit dem Verschwinden des Schattenkönigs, Phoenix und seinen Freunden als Geheimquartier.

Hope hatte mir erzählt, dass es das einzig sichere Versteck wäre. Kein Dämon, weder aus dem Schattenreich noch aus dem Lichtreich, würde wagen diesen von Grausamkeit geprägten Ort freiwillig zu betreten. Zu groß wäre die Furcht in ihren Herzen. Zu grausam die Geschichten, die sie gehört hatten. Zu lebendig die Bilder, an die sich die Augen ihrer Seelen erinnerten. Unsterbliche Momente, die bis heute in den Köpfen der Dämonen existierten. Momente, die niemals, niemals in Vergessenheit geraten würden…

Es war ein kleines Zimmer, kaum größer als das des Prinzen, aber hier war es wenigstens still. Friedlich. Die Wände schwiegen. Mussten keine Geheimnisse bewahren. Geheimnisse über ein Grauen, dass hinter verschlossenen Türen stattgefunden hatte. ~~Also konnte es auch nicht das Zimmer seines kleinen Bruders sein.~~ Hier wurden keine finsteren Gefühle eingesperrt.

Der Gedanke an den kleinen Prinzen, an Mo, ließ mich nicht los. Ich lag neben Phoenix auf dem Bett, eng an ihn gekuschelt… doch meine Gedanken zogen mich immer wieder zurück zu Phoenix` Erinnerungen.

Mein Blick ruhte auf seinem Gesicht, während die Gefühle aus dem Traum sich befreiten. Jedes seiner Gefühle drohten in dem Meer der Einsamkeit zu ertrinken. Sie alle kämpften ums Überleben. Das einzige Gefühl, dass sich nicht auf den Grund des Ozeans ziehen lassen wollte, dass nicht von der Vergessenheit verschluckt worden war, dass noch immer sein Herz küsste… war sein Hass. Ich fühlte die damit verbundene Kälte, in jeder Zelle meines Körpers.

Ich fühlte, wie seine Dunkelheit sich befreite.

Mich verschluckte.

Mich hinab in die Tiefe zog.

Hinab zu jenem düsteren Teil seiner Seele, den er stets versucht hatte wegzusperren. Zu jenem Teil, der trotz alledem in der Lage war, schon immer gewesen ist, zu lieben. Seine LIEBE war bedingungslos. Unzerstörbar. ~~Die LIEBE war überall. Selbst dort, wo man sie nie vermuten würde~~.

„Nein… Nicht…“ Phoenix‘ Stimme riss mich aus den Gedanken. „Hör auf…“, wimmerte er leise und die Art, wie er diese Worte aussprach, brach mir das Herz. Es war nicht der Schmerz, der unausgesprochen in der Luft hing, sondern das Gefühl tiefster Zerrissenheit.

Keine Ahnung wovon Phoenix träumte, doch ich fühlte die Hoffnungslosigkeit und die Kälte, die er in diesem Moment durchlebte, der er wehrlos ausgesetzt war. Instinktiv legte ich meine Hand auf sein Gesicht, berührte seine Haut. Er war kalt. Eiskalt…

„Phoenix“, flüsterte ich leise und hoffte, dass meine Stimme ihn wecken würde, ihn aus der Hölle, in der er gefangen gehalten wurde, befreien könnte.

Ohne Erfolg.

Er wachte nicht auf.

Sein ganzer Körper zitterte, bebte. Immer wieder wimmerte er leise, kaum hörbar die Worte „Nicht… bitte nicht…“

Ich berührte ihn an der Schulter, flüsterte erneut seinen Namen, ehe ich einen Atemzug später bewusst meine Gefühle auf ihn projizierte, damit meine Liebe ihn im Traum finden konnte.

Das Zittern hörte auf, und im gleichen Atemzug öffnete er die Augen. Sofort begegneten sich unsere Blicke. Ein erleichtertes Lächeln schlich sich in sein Gesicht, ehe er mich auch schon an seine Brust zog. Mich an sich drückte. Mir mit der Hand durch die Haare strich.

Sein Herz pochte, raste, schlug wie ein Wahnsinniger gegen seinen Brustkorb. ANGST. Ich fühlte seine Angst, seine immer größer werdende Angst.

Im ersten Moment konnte ich dieses Gefühl nicht verstehen, nicht nachvollziehen, denn diese bittere Furcht, die mich durchströmte, wurde nicht länger von dem Traum hervorgerufen… diese Angst sprach eine andere Sprache. Hatte eine andere Ursache.

„Alles in Ordnung?“, flüsterte ich zögerlich. Meine Stimme war leise, so verdammt leise… Ich war überzeugt, dass er mich nicht verstanden hätte, doch dann antwortete Phoenix „Ja. Jetzt schon.“

„Erzählst du mir, was du geträumt hast?“ fragte ich und zwang mich den Blick von den Schatten, die in seinen Augen tanzten, abzuwenden.

Für einen winzigen Moment hörte sein Herz auf zu schlagen, verstummte. Langsam setzte er sich hin, während sein Blick nach draußen in die sternenlose Nacht wanderte. „Ich… ich…“, Er stockte. Hörte auf zu reden.

Ich fühlte seinen Schmerz. Hörte, wie sein Herz kämpfte, sich wehrte, gegen die Kälte ankämpfte. Konnte seine Seele schreien hören.

Erst als ich seine Hand in meine legte, löste sich seine innere Versteinerung und er schaffte seinen angefangenen Satz zu beenden. „Ich konnte nichts sehen." Er schloss die Augen und seine Atmung beschleunigte sich, als er versuchte sich zu erinnern. „Es war dunkel. So verdammt dunkel. Ich wusste, dass ich jemanden finden musste... Aber ich... ich konnte mich nicht mehr erinnern WEN ich suchte. Verstehst du? Ich wusste nicht mehr, wen ich aus der Dunkelheit befreien musste."

„Was, wenn es darum ging, dich selbst zu finden..." Jedes Wort, so leise, so sanft, so... gefühlvoll wie ein flüsternder Flügelschlag, so zärtlich wie tausend samtschwarze Federn.

Ich suchte seinen Blick, sah ihm tief in die Augen. „Was, wenn deine Erinnerungen zu dir zurückkehren wollen? Phoenix... Jetzt, wo du weißt, WAS dir genommen wurde..." Ich stockte. Der Moment, nicht länger als ein Atemzug. „Du sagst zwar, dass dir deine Vergangenheit, deine Erinnerungen nicht wichtig sind, dass du sie nicht zurückhaben möchtest... Doch was, wenn dein Unterbewusstsein dir versucht zu sagen, dass du die Erinnerungen zurückholen musst? Du sagst, dass du im Traum nach etwas gesucht hast, ohne zu wissen wonach... Was, wenn es die verlorenen Bilder deiner Vergangenheit sind? Ich mein, was, wenn die Gefühle noch immer da sind... Gefühle, die darauf warten zu den gestohlenen Erinnerungen zurückkehren zu können. Erinnerungen, die jedoch im Besitz meines Vaters sind..."

Er antwortete nicht. Behielt seine Gedanken für sich. Drückte mich stattdessen an sich. So, als hätte er Angst, dass jemand kommen könnte, um mich fortzuholen.

Ich schmiegte meinen Kopf an seine Brust, lauschte dem Klang seines Herzens. Die Art, wie er mich festhielt, hatte etwas Beschützendes an sich. Als ich den Kopf hob, begegnete ich seinem Blick und bevor ich überhaupt in der Lage war, etwas zu sagen, küsste er mich.

„Vielleicht hast du Recht…", murmelte er leise, kaum hörbar.

„Recht? Womit?" Ich war viel zu abgelenkt, um mich konzentrieren zu können. ER lenkte mich ab. Sein Mund. Seine Zunge. Jede Berührung… einfach alles.

Er legte seine Hand in meinen Nacken, ehe er mir leise ins Ohr lachte. „Du hast keine Ahnung, wovon ich rede…" stellte er zufrieden fest und fing an meinen Hals zu küssen.

Mit geschlossenen Augen gab ich mich meinen Gefühlen hin. Gefühle – die er unweigerlich in mir auslöste. Jedes Mal. Eine einzige Berührung reichte, um mich in Flammen aufgehen zu lassen.

„Nicht reden"… stöhnte ich leise, suchte seine Augen. Die Liebe in seinem Blick war der Grund, warum meine Seele atmete, warum mein Herz tobte, warum mein Körper Feuer fing. „Küss mich!", forderte ich ihn auf. Sein dunkler Blick raubte mir für einen kurzen Moment den Atem, während mein Herz so laut pochte, dass ich überzeugt war, dass er es schlagen hören konnte. Die Sehnsucht, die sich in den Augen seiner Seele versteckte, war dieselbe Sehnsucht, die mein Herz umklammerte, die sich in jedem Atemzug meines Herzes verbarg. Mein Herz – es schlug nur für ihn… und genau DAS wollte ich ihn in diesem Moment fühlen lassen…

Summer

Seine Augen. Sein Blick. Oh, wie sehr ich diesen Blick liebte… Nicht eine Sekunde lang hörte er auf mich anzusehen. Er hielt mich fest, schenkte mir, einen Atemzug später, flüsternde Küsse. Seine Lippen berührten meine Stirn, meine Augenlider, meine Nasenspitze… Jede Berührung so sanft, so gefühlvoll wie vom Himmel fallender, aus perlmuttweißem Mondlicht bestehender, Schnee.

„Ohne dich", hauchte er, „wäre ich verloren."

Seine Worte überwältigten mich.

Ich war glücklich.

Einfach nur glücklich.

Mit der Fingerspitze zeichnete Phoenix die Linien meines Wangenknochens nach. Ich lehnte mich ein Stück zurück, bewunderte seine Gesichtszüge, seinen dunklen Blick, sein charismatisches Lächeln, seine Grübchen.

Bewunderte den Dämon meiner Träume.

Meiner Wünsche.

Meiner Sehnsüchte.

Phoenix – meinen von der Dunkelheit geküssten, unwiderstehlichen, Schattenprinzen.

„Phoenix?"

„Hm?", murmelte er und vergrub sein Gesicht in meinem Haar.

„Ohne dich", sagte ich leise, suchte seinen Mund und hauchte ihm einen Kuss auf die Lippen, „würde es MICH nicht geben.“ Es war nicht nur seine Liebe gewesen, die mich aus der Dunkelheit gerettet hatte. Nein. Es war sein Glaube an mich gewesen.

Wenn er nicht gewesen wäre, hätte ich mich über kurz oder lang unwiderruflich in der Dunkelheit verirrt… und es wäre nur eine Frage der Zeit gewesen, bis ich MICH für immer verloren hätte, weil mein aus unendlich vielen Gefühlen bestehendes Herz zerbrochen wäre wie eine Figur aus Glas.

Die Liebe mochte mich vielleicht nie verlassen haben, doch sie war lange Zeit nicht in der Lage gewesen, mich aus meiner persönlichen Hölle zu befreien. Lia und Tyler hatten es all die Jahre über versucht, vergebens… Ihre Liebe hatte mich weder finden noch retten können, ganz einfach, weil ich es nicht zugelassen hatte, weil ich nicht hatte gerettet werden wollen.

Bis Phoenix zu mir zurückgekehrt war. Ein Blick, ein einziger Blick von ihm hatte gereicht, damit ich die Farben, die Gefühle, sowohl seine als auch die des Universums, wieder hatte flüstern hören können.

Seine Augen hatten eine Sprache gesprochen, die mein Herz verstanden und meine Seele berührt hatte. Eine Sprache, die sich als leuchtender Schatten um mein Herz gelegt hatte, es umarmt hatte, so dass meine Seele die aus Sehnsucht geborenen Träume auf dem Grund des Ozeans hatte finden können.

„Erzählst du mir, an was du gedacht hast, kurz bevor ich eingeschlafen bin?“ Seine Frage überraschte mich. Genauso wie sein besorgter Gesichtsausdruck. Ich wünschte wirklich, ich könnte ihm von dem Traum erzählen. Könnte ihm von seinen Erinnerungen erzählen. Von jenem Teil, den June ihm vor einer Ewigkeit genommen hatte, den er seiner in Vergessenheit geratenen Schwester anvertraut hatte, und den sie seither für ihn aufbewahrte.

Ganz egal, wie erdrückend das schlechte Gewissen ihm gegenüber auch sein mochte, ich hatte nicht vor das Versprechen, dass ich June gegeben hatte, zu brechen.

„Versprich mir, dass du nicht wütend wirst…"

„Warum sollte ich wütend werden?", fragte Phoenix und rutschte ein Stückchen von mir weg, so dass er mir besser ins Gesicht gucken konnte.

„Ich… ich habe an den Prinzen gedacht…" gestand ich zögerlich und versuchte nach den über meinem Kopf umherschwirrenden Buchstaben zu greifen, Wörter daraus zu formulieren, ganze Sätze, um ihm eine von der Wahrheit umschleierte Erklärung geben zu können.

Bevor ich die Buchstaben jedoch zusammensetzen konnte, fiel Phoenix mir ins Wort. Seine Gefühle waren laut. Schrien. Schlugen, in stiller Verzweiflung, wild um sich… ehe sie sich einen Atemzug später in Treibsand verwandelten. Je mehr er seiner, wenn auch unbegründeten, Eifersucht zuhörte, desto unerbittlicher zog ihn die damit verbundene Finsternis in die Tiefe, hinab in ein dunkles, kaltes Loch.

„Du hast WAS?", knurrte er zornig. Verletzt.

Ich fühlte seine Eifersucht, hörte seine immer größer werdende Angst. Der leise Zorn verstärkte sich mit jedem Atemzug. Ich sah, wie die Sehnsucht aus seinen Augen brach und merkte, wie meine eigenen Gefühle unter der Verletzlichkeit in seinem Blick anfingen sich ins Unermessliche zu steigern. Das durfte ich nicht zulassen. Sofort blendete ich ihn aus, schloss für einen winzigen Augenblick die Augen, zählte seine Atemzüge, seine Herzschläge.

„Phoenix, es ist nicht so wie du denkst…“, sagte ich leise, nahm sein Gesicht in meine Hände und schaute, erfüllt von unstillbarer, märchenerzählender Liebe, in seine von dunklen Sternen geküssten, schwarzschimmernden Augen. „Du wirst mich nicht an den Prinzen verlieren. Ganz egal, was die Prophezeiung besagt. ICH. LIEBE. DICH!“ Ich wusste, dass er Angst hatte, dass sich die Prophezeiung erfüllen könnte, dass er mich an den Prinzen verlieren könnte, ohne zu wissen, ohne im Entferntesten zu ahnen, dass ER dieser geheimnisvolle, verschollene Prinz war.

Phoenix hatte Angst MEINE Liebe zu verlieren. Ohne begreifen zu können, dass das UNMÖGLICH war! Genau das versuchte ich ihm begreiflich zu machen, indem ich die Tiefe meiner Gefühle auf ihn projizierte. „Das, was wir beide haben…Das, was uns verbindet… kann uns niemand mehr nehmen.“

In seinen Augen blitzte Vertrauen auf.

Vertrauen in UNS.

In UNSERE Liebe.

„Ich… ich weiß nicht, wie ich es erklären soll, aber das Schicksal des Prinzen ist etwas, was mich nicht mehr loslassen will.“ Ich versuchte meine Gefühle und Gedanken in Worte zu fassen. „Du glaubst vielleicht, dass der Prinz genauso ist wie sein Vater. Gefühllos. Verloren. Ohne den Hauch von Empathie… ABER genau DAS, glaub ich nicht. Nicht, weil ich es nicht glauben will, sondern, weil ich es fühle. Ich… ich weiß nicht, wie ich es beschreiben soll, ohne dass erneut die Angst in dir erwacht, dass du mich an den Prinzen verlieren könntest. Es ist nur so, dass ich…“ Für einen winzigen Atemzug versteckte sich meine Stimme, und die Gedanken sammelten sich auf der Zungenspitze, ehe ich schaffte, sie von der Lippe zu schubsen. „Phoenix… als ich in dem Zimmer des Prinzen war…“ Meine Gedanken stockten, verhedderten sich.

„Es war, als würde mich jedes Gefühl, jeder Gedanke, einfach ALLES was der junge Prinz versucht hatte vor seinem Vater zu verbergen, aufsuchen… Alles, was er je gefühlt hatte… ALLES… jeder Schmerz, egal ob körperlicher oder seelischer Natur.“

Ich küsste ihn kurz. Viel zu kurz. Fuhr leise fort. „Die Grausamkeiten seines Vaters haben ihn tief verletzt. So verdammt TIEF. Er wusste, dass er all dem ein Ende bereiten könnte, wenn er die Dunkelheit in sich zulassen würde… und, obwohl er das gewusst hat… hat er diesen Gedanken nie, nicht ein einziges Mal, in Erwähnung gezogen. Doch, ich möchte nicht nur den gefolterten Gefühlen zuhören, sondern auch… meinen. Denn, sobald ich den Gedanken an den jungen Prinzen zulasse, fangen meine Gefühle an mich zu quälen.“

Ich schloss die Augen, versuchte den Schmerz zurückzudrängen. „Die Einsamkeit des Prinzen, seine Wut, seine Trauer, seine Verzweiflung… All diese Gefühle legen mich in Ketten. Vielleicht, weil es für mich unbegreiflich ist, wie jemand in der Lage sein konnte all das durchzustehen. Weiterzukämpfen… anstatt einfach aufzugeben.“

Mit Eis im Herzen sah ich ihm in die Augen. Fuhr leise fort. „Ich dachte immer, dass mein Vater grausam wäre… aber im Vergleich zum Schattenkönig ist mein Vater ein Heiliger.“

Die nächsten Worte musste ich mit Bedacht wählen, schließlich wollte ich Phoenix dazu bringen mir bei der Suche nach dem Prinzen behilflich zu sein. „Ich versuche bloß herauszufinden, ob der Prinz jemanden hat, der für ihn da ist… denn, wenn nicht, dann möchte ich, dass WIR beide, du und ich, dass wir ihn finden. Niemand sollte allein sein. Niemand."

„Prinzessin" sagte Phoenix leise… so verdammt leise. „Dein Mitgefühl…" Er seufzte und schloss die Augen. „Summer, was ich dir versuche zu sagen… ER, dieser Prinz, ist der Sohn des Mannes, der versucht dich umzubringen. Der deinen Tod will… Was glaubst du wohl, wovor dein Vater versucht dich zu beschützen?"

„Wie du schon sagst… Sein Vater will meinen Tod… nicht der Prinz."

„Was, wenn er ihn aber so manipuliert hat, dass er seine Ansichten teilt? Summer, du bist nie wirklich gefoltert worden. Du weißt nicht, wie sich Folter anfühlt. Richtige Folter… und du hast keine Ahnung, was du bereit bist zu versprechen, nur… damit es aufhört…"

Schockiert starrte ich ihn an, unfähig etwas zu sagen. Unzählige Fragen schwirrten mir durch den Kopf. Fragen, auf die ich die Antworten nicht erfahren wollte, dessen Antworten ich aber dennoch hören musste.

„Phoenix", sagte ich mit brüchiger Stimme und schaffte kaum die Worte auszusprechen, so entsetzlich weh tat es. Allein der Gedanke, dass Phoenix sich an diesen Teil seiner Vergangenheit erinnern konnte, fühlte sich an, als würde mir jemand ein stumpfes Messer ins Herz stoßen, als würde meine Seele blutend zersplittern.

„Phoenix… die Folter, von der du sprichst…" Die Stille verschluckte meine Gefühle, meine Gedanken, meine Stimme, sodass ich nicht schaffte den Satz zu beenden. Die

Sanftmut, die sich durch meinen Körper, meinen Verstand schlängelte, war eine Illusion, ein in Grausamkeit getränktes Werkzeug, ein Folterinstrument der Erinnerung an den Schattenkönig. Eine Erinnerung daran, dass er die Fäden in den Händen hielt, selbst jetzt noch. Eine Erinnerung daran, dass seine Dunkelheit sich weder zähmen noch einsperren ließ…

„Nein. Ich spreche nicht von mir. Aber ich habe gehört, wie jemand gefoltert wurde. Die Schreie… die entsetzlichen Schreie… selbst jetzt kann ich sie noch hören."

„Phoenix, wenn du gehört hast, wie jemand all das ertragen musste, dann versteh ich nicht, wieso du nicht willst, dass ich Mitgefühl empfinde. Wieso weigerst du dich zu glauben, dass der Prinz so mitfühlend ist, wie wir. Wie du?"

„Summer, ich wünschte wirklich ich könnte. Aber ich kann es einfach nicht."

„Wieso siehst du in ihm nur das Schlechte? Die Dunkelheit?"

„Wieso siehst du es nicht?" Er schloss gequält die Augen. „Verdammt, Summer… du ziehst es ja noch nicht einmal in Betracht."

„Weil… weil ich nicht so bin. Ich weigere mich Jemanden aufgrund seiner Vergangenheit zu verurteilen… oder aufgrund seiner Herkunft… oder aufgrund seiner Eltern. So bin ich nicht. Und so will ich auch niemals sein."

„Ich weiß, dass du nicht so bist. Und genau deshalb muss ich doppelt so misstrauisch sein. Ich wünschte, ich könnte in jedem nur das Gute sehen, so wie du… Aber Summer, es gibt Monster dort draußen, die deine Empathie für ihre eigenen Zwecke missbrauchen, die dich manipulieren, ohne dass du es merkst. Alles, was ich versuche, ist... dich zu beschützen."

Ja, es gab Monster dort draußen. Jede Menge sogar. Doch, wenn ich in jedem von vornherein nur das Schlechte sehen würde, förmlich darauf warten würde, dass man mich enttäuscht oder verletzt, dann wäre das der Anfang vom Ende.

Natürlich war es schwer. Niemand behauptete, dass es leicht wäre jemanden zu vertrauen. Vertrauen war eine zerbrechliche Seele, mit sanften Herzschlägen. Aber ohne Vertrauen… ohne den Wunsch und den Glauben, dass es richtig wäre, jemanden Vertrauen entgegenzubringen, würde die Welt im Misstrauen versinken… und jeden einzelnen von uns mitreißen.

Dieses Risiko war ich nicht bereit einzugehen.

Weder jetzt.

Noch sonst irgendwann.

„Was dagegen, wenn wir das Thema wechseln?", bat Phoenix leise.

„Worüber möchtest du denn stattdessen reden?"

„Wer sagt, dass ich reden möchte…"

Bevor ich antworten konnte, raubten mir seine Gefühle den Atem. Sein Gesicht, seine Lippen… kamen näher und näher. Lächelnd zog ich ihn an mich, küsste ihn und hörte auf mir Gedanken über den Prinzen zu machen.

Summer

Meine Gedanken fesselten mich. Schon wieder. Immer noch. Ich musste mit June reden… und zwar jetzt. Die Fragen in meinem Kopf wollten beantwortet werden. Wozu warten? Phoenix schlief. Es war also die perfekte Gelegenheit.

Vorsichtig drehte ich mich zur Seite und versuchte so leise wie möglich aus dem Bett zu klettern. Als Phoenix sich plötzlich bewegte, erstarrte ich.

Langsam drehte ich den Kopf, schaute über meine Schulter. Phoenix – er schlief noch immer… tief und fest. Im Schlaf sah er nicht nur atemberaubend schön aus, sondern auch unsagbar friedlich.

Ich liebte es, ihn so zu sehen…

So entspannt.

Frei von Sorgen

Frei von Ängsten.

Frei von dem Grauen, dass ihn in letzter Zeit immer wieder in seinen Träumen heimzusuchen versuchte.

Wie gerne würde ich mich jetzt an ihn kuscheln, meine Arme um ihn schlingen, mein Gesicht auf seine Brust legen und mich von dem Rhythmus seines Herzens verzaubern lassen. Mein Blick ruhte auf seinem Gesicht und meine Augen küssten ihn zum Abschied, während meine Seele ihn berühren und seine Gefühle trinken wollte, so berauscht war ich von seinem Anblick, von der Sanftheit, die er im Schlaf ausstrahlte.

Schweren Herzens drehte ich mich von ihm weg, stand auf und schlich auf Zehenspitzen zur Tür. Ich wollte zurücksein, bevor Phoenix aufwachte.

Summer

Ich entdeckte Junes Tür, und sofort begann mein Herz zu rasen, das Blut in meinen Venen zu pulsieren. Mit jedem Schritt, dem ich mich der Wahrheit, der gestohlenen Vergangenheit meines dunklen Engels, näherte, desto lauter wurden die in mir erwachten Gefühle.

Lauter.

Immer lauter.

Stürmischer.

Verwandelten den ruhigen Ozean meiner Gabe schließlich in ein tosendes Meer.

Kurz vor der Tür blieb ich stehen, schloss die Augen und atmete tief durch. Einmal. Zweimal. Sortierte das Gefühlschaos, brachte die wilden, aufbrausenden Emotionen zum Verstummen.

Mein Blick ruhte auf der Türklinke, während ich mir die Frage stellte, stellen musste, warum ich zögerte. Warum schaffte ich nicht zu klopfen? Bevor ich anfangen konnte mir darüber den Kopf zu zerbrechen, öffnete sich auch schon die Tür. Sofort fanden mich Junes Augen.

„Hast du vor mich noch länger so… anzustarren? Worauf wartest du?“, brummte sie und zog mich im nächsten Moment zu sich ins Zimmer.

„Musst du eigentlich immer so grob sein?“, beklagte ich mich halbherzig.

„Musst du immer so überflüssige Fragen stellen?“, antwortete June mit einem fiesen Grinsen, dass sich allerdings einen Wimpernschlag später in ein zaghaftes Lächeln verwandelte.

„Also“, begann June und lief hinüber zum Fenster, „wie ich sehe, kann es dir gar nicht schnell genug gehen mit den Antworten. Schön. Was willst du wissen?“

„Alles.“ Fünf Buchstaben. Ein Wort, gefüllt mit unendlich vielen Emotionen, und doch nicht mehr wie ein zerfetzter Atemzug, der ängstlich von meinen Lippen stolperte.

„Tja“, sie drehte sich zu mir um. „Da gibt es eine Menge. Du musst schon präziser werden...“ Sie lächelte. Nicht nur, weil sie ganz genau wusste, was ich wissen wollte, sondern auch, weil sie meine Unsicherheit zu spüren schien.

Ich schwieg. Sagte kein Wort.

„Du musst wissen, dass der Schmerz dir NICHT erspart bleibt. Er findet dich, egal für welchen Weg du dich entscheidest. Ich sehe, dass dich die Gedanken an das, was meiner Familie und mir widerfahren ist, quälen… und ich frage dich, bist du sicher, dass du wirklich erfahren möchtest, WAS genau Phoenix alles hatte ertragen müssen?“

„Ich weiß WAS ihr ertragen musstet...“

„Summer… Du irrst dich. Ich versichere dir… Du. Irrst. Dich. Du glaubst vielleicht, dass du es wüsstest, aber… nein, DAS kannst du nicht wissen. DAS weiß niemand. Nicht einmal… mein Bruder.“ Die letzten Worte, den letzten Satz, sagte sie so leise, dass ich nicht sicher war, ob sie diesen tatsächlich ausgesprochen hatte.

„Ich kann und WILL die Augen nicht vor der Wahrheit verschließen… doch, um seine Gefühle verstehen zu können, muss ich es erfahren… Verstehst du? Ich MUSS.“

„Du weißt, dass du, dank deiner Gabe, die Gefühle nicht nur verstehen würdest… sondern, dass du jedes einzelne Gefühl nachempfinden würdest. Es würde sich anfühlen… als wären es deine eigenen Gefühle. DEINE. Nicht seine. Nicht meine. Sondern deine. Ich frage dich also nochmal… bist du sicher, dass du diese Gefühle wirklich durchleben möchtest? Denn ich versichere dir, die meisten sind verstörend, beängstigend … und…“ June hörte auf zu reden, drehte sich von mir weg.

„Und was? Was wolltest du sagen, June?“

„Und… ich könnte dir all das *zeigen*. Mit meiner Gabe kann ich nicht nur die Erinnerungen anderer sehen, ich kann anderen meine Erinnerungen zeigen, genauso wie die, die ich anderen genommen habe. Ich könnte dir all DAS zeigen, was meine Augen je gesehen haben. Von jedem Einzelnen… ABER, die Erinnerungen meines Bruders, *nachdem* er mir seine Liebe zu dir anvertraut hat… diese Bilder, diese Gefühle, werde ich dir nicht zeigen. Nicht, weil ich es nicht könnte, sondern weil dich das, was du erfahren würdest, nie mehr loslassen würde. Und, weil ich weiß, dass das Risiko besteht, dass dich die Gefühle des DUNKLEN Prinzen beeinflussen können. Dieses Risiko bin ich nicht bereit einzugehen. Das Einzige, was ich dir anbieten kann, ist, dass ich dir davon erzähle. Das wahre, nicht in Worte zu fassende Grauen, begann erst NACHDEM Phoenix seine Erinnerungen an dich aufgegeben hatte. Der Traum hat dir lediglich das gezeigt, was Phoenix…“

Moment, WAS? Die letzten Worte machten mich hellhörig, stutzig. „Woher weißt du, WAS ich geträumt habe?“, unterbrach ich June.

Verwirrt runzelte sie die Stirn. Dachte nach. Doch anstatt mir ihre Gedanken an den Kopf zu werfen, wie sie es für gewöhnlich immer tat, zog sie es vor zu schweigen. Sie sagte nichts. Kein Wort kam über ihre Lippen.

„June?! WOHER?"

„Weil ich einen Teil von Phoenix' Erinnerungen in die Wände seines Zimmers gesperrt hatte. Bevor du fragst *wieso*… Ganz einfach, nur so waren sie vor unserem Vater sicher. Ich wusste, dass er in meinen Erinnerungen, in meinen Gedanken, nach denen von Phoenix suchen würde… Und, wenn er sie gefunden hätte, was glaubst du wohl, was er mit ihnen gemacht hätte?"

„Er hätte sie ausgelöscht. So… so wie er es bei mir versucht hatte", sagte ich, während die Bilder der brennenden, mit meinen Erinnerungen gefüllten, Kugelsternen vor meinem geistigen Auge aufblitzten.

„Wenn du sagst, dass du sie dort versteckt hast, an einem, wie ich annehme sicheren Ort, dann frag ich mich, wie es sein kann, dass ich im Traum seine Erinnerungen sehen konnte. Nein, nicht sehen. ICH war er. ICH habe durch seine Augen gesehen. Also… wie kann das sein? Denn, ich nehme mal an, dass ich diesen Traum DIR zu verdanken hatte. Du wolltest, dass ich all das erfahre. Oder irre ich mich?"

„Nur durch den Qualm einer magischen Kerze hatte ich die Erinnerungen aus ihrem Tiefschlaf wecken können."

„Du meinst… die Kerze, die du…"

„Ja, die ich in dem Moment ausgepustet hatte, als du, zusammen mit Phoenix, dieses Zimmer betreten hast."

June log. Ich spürte nicht nur, dass sie log, ich wusste es. Der Qualm einer magischen Kerze konnte einem keine verlorenen Erinnerungen *eines* Fremden zeigen. Das Einzige, wozu diese Magie fähig war, WAS dieser Qualm bewirkte, war, dass die Erinnerungen für einen winzigen Augenblick aus dem Tiefschlaf erwachten, um zu den dazugehörigen Gefühlen zurückkehren zu können. Und zwar zu demjenigen, der sie, aus welchen Gründen auch immer, verloren hatte.

Die Erinnerungen, die mir im Traum erschienen waren… ich hätte sie nie sehen dürfen. Denn es waren Phoenix' Erinnerungen gewesen. Nicht meine. Warum also hatte ich sie sehen können? Und… warum log June? Was versuchte sie vor mir zu verheimlichen? Denn das, was sie behauptete, war schier unmöglich. Doch, anstatt June auf ihre Lüge anzusprechen, sie zur Rede zu stellen, behielt ich meine Gedanken für mich. Spielte ihr Spielchen, wie auch immer dieses aussehen mochte, einfach mit.

„Was hat dich so sicher gemacht, dass ich dieses Zimmer ein weiteres Mal aufsuchen würde? Ich mein…" June sollte nicht wissen, dass ich ihren Worten nicht traute.

„Ich wusste es nicht. Ich… ich hatte es gehofft…"

„Gehofft?"

„Ja, gehofft. Ich habe darauf vertraut, dass du die Gefühle, die sich in den Wänden versteckt haben, dank deiner Gabe hast hören können."

„June… was, wenn es Phoenix gewesen wäre…"

„Phoenix, er meidet dieses Zimmer wie der Teufel das Weiwasser. Außer vorhin mit dir, hat er noch nie einen Fuß in sein altes Zimmer gesetzt. Ich… ich weiß nicht wieso. Und es spielt auch keine Rolle. Alles, was zählt, ist, dass du mir versprichst ihm nichts davon zu erzählen." June drehte sich um und sah mir mit glasigen Augen ins Gesicht… suchte meinen Blick. „Phoenix… er wird es nicht verstehen. Zumindest nicht jetzt. Ich verlange nicht, dass du ihn belügst, aber ich bitte dich… als Freundin… sag ihm nichts. Vorerst."

„Was meinst du mit *Vorerst?*" Die Art, wie sie dieses Wort betont hatte, verwirrte mich. Fragend sah ich ihr ins Gesicht.

„Ich kann dir keinen genauen Zeitpunkt nennen… aber ich versichere dir, irgendwann wird er es verstehen… und er wird mir nicht mehr den Kopf abreißen wollen… Aber, sollte er es jetzt erfahren… tja… dann wäre er blind vor Wut." Ihre Schultern sackten kaum sichtbar nach unten, es war, als würde eine unsichtbare Last auf ihren Schultern liegen und sie in diesem Moment nach unten drücken. June lehnte ihre Stirn gegen die Fensterscheibe und ich setzte mich auf ihr Bett, zog die Beine an meine Brust und lauschte ihren Worten.

„Der *Prinz* und du… ihr beide seid, eurem Geburtsrecht entsprechend, der dunkle Zwilling. Euer beider Element ist die Dunkelheit, wenn auch auf unterschiedliche Art und Weise.… zumindest hätte es so sein müssen. Du, Summer… du bist die Prophezeite eures Königreichs. Die Liebe in ihrer reinsten Form. Du empfindest mehr als jeder andere. Fühlst intensiver. Kannst die Gefühle anderer verstehen, weil du in der Lage bist, sie auf eine Art nachzuempfinden, wie es niemandem möglich sein dürfte. Jeder andere wäre an deiner Gabe zerbrochen. Die Gefühle, die tagtäglich auf dich eingestürzt sind, ohne dass du anfangs in der Lage warst sie zu verstehen, hätten jeden von uns aus dem Gleichgewicht gebracht, sodass unsere Seele über kurz oder lang zersplittert wäre. Aber du, du konntest sie abstellen, ausblenden… und selbst die dunkelsten Gefühle konnten dich nicht dazu bringen, der Liebe wirklich den Rücken zuzukehren… Selbst diese finstere, verstörende Dunkelheit, der du dich in die Arme geworfen hattest, hatte nicht geschafft dein Licht oder die Liebe zu deiner Schwester zum Erlöschen zu bringen… Die Liebe, sie hat dich immer wieder vor dem Abgrund bewahrt… und die Liebe hat dich letztendlich gerettet."

June verstummte für einen kurzen Augenblick, dann fuhr sie leise fort. „Bei Phoenix war es ähnlich. Die Liebe hätte ihn, als Thronerben, nicht finden dürfen oder besser gesagt, sie hätte ihm egal sein müssen… Die Dunkelheit, die jeden Schattenkönig und seinen erstgeborenen Sohn umgibt, ist kalt, furchteinflößend und doch hat Phoenix geschafft sich ein Leben lang gegen die Dunkelheit zur Wehr zu setzen…Er hat seine wahre Natur, sein Erbe, verleugnet. Zumindest waren das immer die Worte unseres Vaters gewesen, wenn er versucht hatte ihn zu brechen. Ich weiß nicht, wie oft ich die Wunden versorgt hatte, die dieses Monster ihm in seinem blinden Hass zugefügt hatte. Jeden Tag. Immer wieder aufs Neue. Vater kannte keine Gnade. Nicht umsonst fürchten die Schattendämonen noch heute unseren Vater. Das Volk war ihm gegenüber loyal, und wenn nicht, dann… naja, du hast ja gesehen, was mit ihnen passiert ist. Jeder, und ich meine JEDER hatte Angst vor unserem Vater. Phoenix war der Einzige, der sich ihm widersetzte. Egal, wie grausam Vater war… egal, wie fest er zuschlug… egal, wie tief die Narben gingen, die er ihm zufügte, egal wie lange er ihn folterte… quälte… Phoenix ertrug jede erdenkliche Art von Schmerz, ohne jemals auch nur die Möglichkeit in Erwähnung zu ziehen, Vater das zu geben, wonach er sich so verzweifelt sehnte – nach einem ebenbürtigen dunklen Sohn.

Einem Sohn, der genauso grausam war, wie er selbst. Ohne Mitgefühl. Ohne Empathie. Einfach nur kalt, innerlich tot.

Mein Bruder wusste, sollte er die Dunkelheit in sich anerkennen, würde er zu dem Monster werden, das ihn jede Nacht in seinen Träumen heimsuchte. Und genau das wollte er nicht. Er wollte sich nicht in das Ebenbild unseres Vaters verwandeln. Das Wissen, dass er dann aufhören würde, mich und Mo beschützen zu wollen, hinderte ihn daran. Nur aus diesem Grund ertrug er jeden Schmerz. Und… mit jeder Art von Schmerz… meine ich JEDE."

Die Einsamkeit, die Kälte, die June in sich einsperrte, drohte durch ihre Haut zu brechen. Sie atmete tief durch. Doch es dauerte ein paar Herzschläge, bis sie schaffte ihre Gefühle zu sortieren. Ich ließ ihr, Zeit. Wartete.

„Ich hoffe, du verlangst nicht, dass ich dir sage, was Phoenix alles ertragen musste… denn, ganz ehrlich Summer, selbst ich kann diese Erinnerungen nicht ertragen. Jedenfalls… stellte er Phoenix eines Tages vor die Wahl, entweder Phoenix würde ihm, als seinem König, die Treue schwören oder Vater würde Mo und mich vor seinen Augen umbringen. Das war der Moment, wo Phoenix seine Gefühle abstellte… Wo er tat, was Vater von ihm verlangte. Wo er sich in ein Monster verwandeln ließ… nur, um uns das Leben zu schenken. Doch, aus Gründen, die weder er selbst noch Vater verstehen konnten, hörte Phoenix nicht auf uns zu beschützen… Ja, Phoenix wurde grausam. Aber Mo und mir, uns konnte, nein, wollte er kein Leid zufügen. Irgendwann begriff Vater, dass die Dunkelheit in Phoenix erst in seiner vollen Grausamkeit erwachen würde, und zwar richtig erwachen würde, wenn er den letzten Funken Liebe, der nach wie vor in ihm loderte, auspusten würde wie die Flamme einer Kerze. Vater wusste, dass ihm das nur gelingen würde, wenn er Phoenix‘ Verbindung zu uns auslöschen würde. Unwiderruflich.“

June lachte. Kalt. Emotionslos. „Doch, anstatt uns sofort umzubringen, uns einfach zu töten, ließ er uns in den Kerker sperren. Ließ uns all die Qualen, die Phoenix je in seinem Leben hatte unseretwegen über sich ergehen lassen müssen, am eigenen Körper spüren. Er bestrafte uns. Folterte uns. Bevor er…“ June stoppte ihre Gedanken. Suchte meinen Blick.

„Summer, du weißt, dass uns, bei unserer Geburt, dasselbe Schicksal in die Wiege gelegt wird, wie es bei euch der Fall ist. Oder?“

Obwohl mich ihre Frage, der plötzliche Themenwechsel, irritierte, und ich nicht wusste, was sie mir versuchte zu sagen, beantwortete ich ihre an mich gestellte Frage.

„Der Erstgeborene, der schafft sich gegen seinen Zwilling durchzusetzen und somit als Erster das Licht der Welt erblickt, dem wird die Aufgabe des Lichts – der Liebe – anvertraut. Sodass in dem Zweitgeborenen automatisch die Dunkelheit verankert wird. DAS trifft auch auf euch zu?“

„Ja, nur dass es in unserem Königreich natürlich genau umgekehrt ist. Bei uns wird die Dunkelheit, die Schattenmagie, im Erstgeborenen verankert.“

„Warum erzählst du mir das?“

„Weil es WICHTIG ist. Okay? Weil es sogar verdammt wichtig ist. Und deshalb solltest du mir jetzt genau zuhören. Der zweitgeborene Zwilling in unserer Welt, also Phoenix… er hätte demnach niemals in der Lage sein dürfen mit den dunklen Gefühlen, dem dunklen Schmerz oder besser gesagt… mit dem Erbe der Dunkelheit umzugehen. Aus dem einfachen Grund, weil die Seele des Zweitgeborenen dafür nicht stark genug ist. Phoenix… er hätte daran zerbrechen müssen…“

„Doch… er ist es nicht…“

„Nein, ist er nicht… vielleicht stimmt es, was man sich erzählt. Vielleicht ist das Erbe des Erstgeborenen, nach dessen Tod, auf ihn übergegangen, aber…“

„Aber…? Das hört sich an, als würdest du, im Gegensatz zu Phoenix, nicht daran glauben…“

„Ich weiß nicht, was ich glauben soll. Entweder stimmt es, und Phoenix hat das Erbe unseres verstorbenen Bruders übernommen… oder…“ June stoppte ihre Gedanken, hörte für einen winzigen Augenblick auf zu reden, ehe sie einen Herzschlag später ihren angefangenen Satz beendete. „Oder… der Zweitgeborene wäre der Prophezeite UNSERES Königreichs.“

„Euer Königreich… hat also, genau wie wir, seinen eigenen Prophezeiten? Was…? Was steht in eurer Prophezeiung? Was steht dort geschrieben?“

„Die Prophezeiung offenbart sich NUR dem Prophezeiten selbst. Entweder hat Phoenix, wenn er es denn ist, die Prophezeiung noch nicht gefunden… oder…“

„Oder er hat sie… was? Vergessen?“

„Nein, nicht vergessen…“

„Du meinst, jemand hat ihm diese Erinnerung… gestohlen?“

„Man kann einem Schattendämon, einem Thronerben, die Erinnerungen nicht OHNE seine Erlaubnis stehlen.“

„Aber… warum hätte Phoenix das machen sollen? Ich mein… welchen Grund sollte es geben, damit er freiwillig diese Erinnerung aufgibt?“

„Zum ersten… ich weiß nicht, ob es diese Erinnerung wirklich gibt. Es ist eine Vermutung. Eine Möglichkeit, die wir in Betracht ziehen sollten. Nicht mehr und nicht weniger. Doch, wenn… dann gibt es nur einen Grund, warum er bereit gewesen wäre sich diese Erinnerung nehmen zu lassen. Und der Grund… naja… DER steht direkt vor mir."

„Ich? Du meinst… er hat das, wenn… für mich getan?"

„Ja, um dich zu beschützen. Weil er NIE etwas tun würde, was dich verletzen könnte. Eher würde er sterben, als dein Leben zu riskieren."

„Irgendwie werde ich das Gefühl nicht los, das du mir noch etwas verschweigst…"

„Vielleicht... weil es so ist…"

„Und das wäre…?"

„Wenn ich schon die Vermutung hatte, dass Phoenix der Prophezeite unserer Welt sein könnte, glaubst du nicht, dass unser Vater denselben Gedanken hätte haben können?"

„Du meinst, alles, was er getan hat… war nichts weiter als der Versuch herauszufinden, ob… ob Phoenix der Prophezeite ist? Ich mein, was hätte ihm das bringen sollen? Phoenix wäre so oder so der nächste König geworden. Ob er den Thron jetzt durch das Erbe der Dunkelheit oder als Prophezeiter besteigen müsste… was würde das für einen Unterschied machen?"

„Vielleicht hatte Vater etwas *anderes* herausfinden wollen. Oder er wollte erst sicher sein, dass Phoenix es ist, bevor er das Risiko eingeht seinen scheinbar einzigen Erben womöglich für immer zerstören zu können. Schließlich konnte er sich nicht sicher sein, dass das Erbe seines verstorbenen Sohnes auch auf Phoenix übergegangen ist."

„Du meinst… das ALLES, seine ganzen Grausamkeiten, seine ständigen Foltermethoden… waren für ihn letztendlich WAS?! Ein TEST?! Ein beschissener Test?“

June nickte.

Schwieg.

Selbst ihre Gefühle schwiegen.

Es war still.

In ihr.

Und um sie herum.

„Wenn DAS, was du vermutest, stimmt… dann muss er davon überzeugt gewesen sein, dass er am Ende so oder so gewinnen würde…“ So viele Fragen. So viele, verwirrende Gedanken explodierten in meinem Kopf. So. Verdammt. Viele. Und doch war es dieser, der das Licht der Welt erblickte. „Wo ist Mo? Was… ist mit ihm passiert? Ich mein… ist er etwa?“

„Wie ich bereits sagte… Er hatte Mo und mich in die Kerker gesperrt… doch anstatt uns schnell zu töten, uns endlich zu erlösen… hatte er angefangen unseren Schmerz zu genießen. Eines Nachts hatte Phoenix wie durch ein Wunder geschafft zu uns zu kommen. Und das, obwohl er all unsere Qualen, all die vielen grausamen Momente, in denen wir Vater schutzlos ausgeliefert waren, dank eines Zauberspruchs, den Vater zuvor ausgesprochen hatte… auf dieselbe Art und Weise durchlebte… wie wir.“

June schloss die Augen, und ich sah, wie ihr Tränen vom Gesicht liefen. Sie bemühte sich um Fassung. „Jedenfalls befreite Phoenix uns. Doch er wusste, dass er uns würde verstecken müssen. Er wollte uns nicht bloß aus dem Kerker befreien, nein… er wollte uns in Sicherheit bringen – weg von unserem Vater. Raus aus dem Schattenreich. Er bat mich so lange auf unseren Bruder aufzupassen, bis er kommen würde, um uns alle nach Hause zurückholen zu können – nachdem er unseren Vater umgebracht hätte…"

Mir fehlten die Worte. Es war, als hätte ich verlernt zu sprechen. Phoenix' Vergangenheit, ebenso wie die seiner Familie, ging mir nicht nur unter die Haut, sondern berührte mich auf eine völlig neue Art und Weise. Ich wusste, wie es sich anfühlte, wenn man diejenigen versuchte zu beschützen, die man liebte. Doch während Phoenix mich aus der düsteren, unheilvollen Dunkelheit gerettet hatte und mich davon überzeugt hatte, dass meine Fähigkeit zu lieben nicht Lias Todesurteil wäre… so hatte er allein aus dieser Dunkelheit herausfinden müssen. Und sofort stellte ich mir die Frage *Hatte er sich wirklich von der Dunkelheit befreien können?*

Die Dunkelheit, die ich im Traum gespürt hatte, war eine fremde gewesen… und ich hatte gespürt, wie sie immer wieder versucht hatte ihre Fangzähne in die Seele des Prinzen zu reißen… ich hatte spüren können, wie sehr die Dunkelheit IHN wollte… sich nach ihm verzehrte. Während June mir all das erzählte, durchlebte ich die unterschiedlichsten Gefühle und Emotionen.

Klar, June hatte mich gewarnt, indem sie sagte, dass es jede Menge düstere Gefühle geben könnte, die auf mich einstürzen würden. Doch das, was ich gefühlt hatte… noch immer fühlte, ließ sich nicht in Worte fassen. Der Hass auf seinen Vater hatte Phoenix atmen lassen, genau wie seine Verachtung. Der Zorn, der in ihm brannte, war bedrohlich… furchterregend und verstörend gewesen. Nach allem, was sein Vater ihm angetan hatte, hätte seine Seele und sein Herz erfüllt sein müssen mit purem Hass… und doch hatte ich seine Liebe gespürt… so rein, so sanft… und so unsagbar tief. Eine

Liebe, die ihn vor seiner eigenen Dunkelheit bewahrt hatte, die ihn immer wieder rettete und die verhindert hatte, dass sein Vater in der Lage gewesen war ihn zu zerstören.

Dieser Liebe war es zu verdanken, dass er sich nie in das skrupellose Monster verwandelt hatte, dass sein Vater die ganze Zeit über versucht hatte in ihm hervorzurufen. Es mochte Momente gegeben haben, wo seine erwachte Dunkelheit ihn in Ketten gelegt hatte… wo er sich nichts sehnlicher gewünscht hatte, als seinem Vater zu zeigen, in was für ein Monster er ihn verwandeln wollte…und doch hatte er es nie übers Herz gebracht.

In Phoenix existierten Licht und Dunkelheit.

Seite an Seite.

Während ich mich als Kind in einer Dunkelheit hatte verlieren wollen, die ich erst hatte heraufbeschwören müssen (weil sie nie in mir existiert hatte), um mich von der Liebe loszusagen… hatten bei dem Prinzen bereits beide Seiten existiert. Er besaß von Anfang an die Fähigkeit zu hassen… und zu lieben.

Die Dunkelheit hätte ihm all die Seelenqualen erspart, wenn er sich in ihre Obhut begeben hätte und doch hatte er sich immer wieder aufs Neue für die Liebe entschieden. Und, trotz der Schmerzen, hatte es nie einen Moment gegeben, indem er diese Liebe für all sein Leid verantwortlich gemacht hatte…

Ich hatte seine Zuversicht gefühlt. Seinen unerschütterlichen Glauben und seine Grenzen überschreitende Liebe. Eine Liebe, die alles in den Schatten stellte und die mich erkennen ließ, dass Phoenix ebenso zur Prophezeiung gehörte, wie ich. Ich musste die Prophezeiung des Schattenreichs finden. Und zwar so schnell wie möglich.

Die Frage, die ich mir stellte, sprudelte unkontrolliert aus mir heraus. „Wo ist Mo jetzt? Was ist mit ihm geschehen?"

„Ich… ich weiß nicht, was ihm widerfahren ist…"

„June?! Du meinst…"

„Ich weiß nicht, was ich denken soll", unterbrach sie mich, noch bevor ich den Satz beenden konnte. Verdammt, ich wollte den Gedanken, dass ihm etwas passiert sein könnte, nicht einmal in Erwähnung ziehen.

June senkte den Blick, sah auf den Boden.

„Lebt er noch? June? Ist Mo noch am Leben?"

„Ich weiß es nicht. In der Nacht, in der Hopes Eltern starben…"

„Mo… er war…"

„Es waren ihre Eltern gewesen, die uns aufgenommen hatten, die uns Zuflucht gewährt hatten. Einen Ort, wo wir uns hatten verstecken können. Aber… in jener Nacht, als es passiert ist, war ich nicht bei ihm… ich… ich war draußen, hatte allein sein wollen, allein sein müssen… Als ich schließlich zurückkehrte, war…" Sie senkte den Blick. „Ich denke, den Rest der Geschichte hat Hope dir bereits erzählt…"

„Weißt du, wer euch verraten hat?"

„Ich weiß es nicht, aber… ich vermute, dass wir es gewesen sind. Mo und ich."

„Was?"

„Unser Vater ist der Schattenkönig. Durch seine Adern fließt die DUNKELHEIT. Ebenso durch unsere. Was, wenn er uns mit Hilfe dieser Magie hatte aufspüren können? WAS dann?"

„Du weißt nicht, ob es stimmt…"

„Aber es könnte… Und wenn, dann habe ich versagt. Ich sollte auf Mo aufpassen… und habe versagt. Sie sind alle tot.

ALLE. Und zwar meinetwegen. Und dafür wird er büßen, das schwöre ich dir. Dafür werde ich Vater umbringen. Denn nicht nur Mo und ich sind vor Vater geflohen und hatten dort Zuflucht gefunden, sondern auch unsere Mutter. Das heißt, ER hat sie mir alle genommen. Jeden Einzelnen."

„Was, wenn sie den Anschlag überlebt haben?"

„Summer… nicht. Lass gut sein. Okay? Bitte…"

„Was war mit Phoenix? Wo war er in dieser Nacht? Warum hast du nicht versucht ihn zu finden?"

„Ich habe ihn gesucht. Glaub mir… DAS habe ich. Aber… als ich ihn dann endlich gefunden hatte, da… naja, sagen wir… er hätte nicht trauern können, selbst wenn er gewollt hätte… denn ihm fehlten sämtliche Erinnerungen. Er wusste nicht einmal WER ich war. Und… daran hat sich bis heute nichts geändert." June hörte auf zu reden, schloss die Augen.

Der Schmerz in ihrem Blick war grausam, genauso wie ihre Worte. „Sie sind tot. Sie sind alle tot. ER hat mir alle genommen."

Endlich verstand ich ihre Wut, ihren Schmerz und ihren abgrundtiefen Hass. Er… das Phantom, ihr eigener Vater… er war es, der ihr die Dämonen genommen hatte, die sie liebte… und die June, genau wie Phoenix, versucht hatte zu beschützen. Auch, wenn ich meine Mutter verloren hatte, war dieser Schmerz nicht mit dem von June zu vergleichen. Im Gegensatz zu ihr, hatte ich nie die Einsamkeit kennengelernt. Hatte mich nie so verloren gefühlt wie June. Weil ich nie ALLEIN gewesen bin. Ich hatte Lia. Und Tyler. ~~Und Papa.~~

Ohne meine Gabe könnte ich das, was in diesem Moment in June vorging, nicht nachvollziehen… nicht einmal ansatzweise. Aber wie schnell sich eine Gabe in einen Fluch verwandeln konnte, erfuhr ich jetzt, in diesem Augenblick. Junes Gefühle vermischten sich mit denen aus Phoenix' Erinnerungen. Und ich… ich lernte eine völlig neue Art des Leidens kennen.

„June?" ich ließ ihren Namen wie eine Frage klingen und sofort hob sie den Kopf. Langsam. Zögerlich – aber sie hob ihn… und suchte meinen Blick.

„Wer, außer dir, weiß noch über Phoenix Bescheid?"

„Du meinst von unseren Freunden hier?" Meine Frage schien sie im ersten Moment zu verwirren, doch ohne zu zögern antwortete sie: „Niemand. Niemand außer mir. Ich bin die Einzige, die weiß, wie es ist… wie es sich anfühlt… ein Monster als Vater zu haben. Und ich bin die Einzige, die wirklich weiß, was der verschollene junge Prinz ertragen musste. Phoenix mag vielleicht denken, dass der Prinz so ist wie sein Vater… aber er irrt sich. Der Prinz… WAR nie so. Selbst die Tatsache, dass durch ihre Adern dasselbe Blut fließt, wird daran nichts ändern… und willst du auch wissen, woher ich das weiß? Oder besser gesagt, warum ich mir so sicher bin? Weil eine gute Seele, ein reines Herz… niemals anderen Leid zufügen würde oder andere für sein Leid verantwortlich machen würde."

Ihr Blick verlor sich. „Im Gegensatz zu mir. Der Prinz mochte seinen Wunsch nach Rache vielleicht geschafft haben zu unterdrücken… doch ich, ich kann es nicht. Und ich will es auch überhaupt nicht."

Ihre letzten Worte ignorierte ich. Jetzt war nicht der richtige Moment, um mit June über ihre Rachegelüste zu sprechen.

Sekunden vergingen. Sekunden, die sich wie eine Ewigkeit anfühlten. Doch irgendwann kehrte June zurück und sofort suchte sie meinen Blick. „Was wirst du jetzt tun? Jetzt, wo du weißt, WER Phoenix wirklich ist?"

Ich lächelte. „Ich werde die Prophezeiung eures Königreichs finden, zusammen mit Phoenix… ich werde ihm sagen, dass WIR beide, er und ich, dass wir den Prinzen finden müssen, weil dieser jede Hilfe gebrauchen kann."

„Summer", antwortete June mit einem zufriedenen Lächeln, „was, wenn der verlorene Teil von Phoenix nicht gefunden werden will?"

„Möchte nicht jeder gefunden werden?"

„Wieso sollte man das wollen?"

„Weil niemand wirklich allein sein möchte. Niemand."

„Ach, Summer", seufzte June leise, nachdenklich, ehe sie mich mit festem Blick ansah. „Was ist mit Phoenix?"

„Das… habe ich dir doch gerade erklärt."

„Das mein ich nicht…"

„Was meinst du dann?"

„Tu nicht so. Wir wissen beide, wie er über den Prinzen denkt. Glaubst du ernsthaft, er lässt dich nach ihm suchen? Oder nach der Prophezeiung des Schattenreichs?"

„Phoenix würde mir nie etwas verbieten…"

„Sicher?" Ihr Lächeln wirkte gequält… und sie starrte mich finster an. „Phoenix… nun ja, wenn es um dich geht, Summer… ist er nicht er selbst. Er fürchtet den Prinzen, weil er Angst hat, dich an ihn zu verlieren… So wie in der Prophezeiung, eurer Meinung nach, beschrieben steht."

„Woher weißt du von der Prophezeiung?", fragte ich überrascht.

„Von Phoenix. Von ihm weiß ich auch, dass er sich fürchtet… auch, wenn er es dir gegenüber nie zugeben würde.“

Summer

In dem Moment, wo ich die Tür hinter mir zuzog, spürte ich ein sanftes Flüstern in meinen Gedanken. Spürte die von Einsamkeit umarmte Magie der Dunkelheit. Mein Körper reagierte, ohne nachzudenken.

Ich lief los. Folgte der Stimme in meinem Kopf. Folgte der Stimme, die leise meinen Namen rief.

Je näher ich der Tür kam, die nach unten zum Keller, ~~zu den Kerkern, zu den Gefängniszellen,~~ führte, desto lauter wurde das Flüstern, ehe ich die Stimme plötzlich, wie einen tiefen, von lachender Freude erfüllten Atemzug, auf meiner Haut spüren konnte.

Ich drückte die Klinke herunter, öffnete die Tür. Die vor mir liegende Treppe verlor sich mit jeder Stufe mehr und mehr in der Dunkelheit. Wie von Zauberhand fingen die Fackeln an den Wänden Feuer. Die Flammen tanzten und ein nebelartiger weißschimmernder Schatten durchbrach den Boden unter meinen Füßen, erblickte noch im gleichen Atemzug das Licht der Welt.

Der Schatten, es schien als würde er auf mich warten, als würde er mich in die Dunkelheit hinein begleiten wollen. Eine seltsam vertraute Magie ging von ihm aus, verwandelte meine Atemzüge in glitzernde Schneekristalle.

Endlich gab ich mir einen Ruck, hörte auf das Farbenspiel des Lichts zu bewundern, und lief die Stufen hinab. Sofort stieg mir der zarte, einzigartige Duft uralter Gesteine in die

Nase. Ebenso wie der einer unsterblichen Magie. Ich spürte den in der Luft umherschwirrenden Zauber wie einen kühlen im Winterland geborenen Sommernachtstraum, mit Herzschlägen, die der Dunkelheit die Fähigkeit zu träumen zurückbrachte.

„*Das Licht… du hast die Illusion des Lichts in wahre Magie umgewandelt.*“ Die Dunkelheit lachte. Und lachte. Mit jedem Atemzug wurde das Lachen lauter. Wärmer. Und… wärmer.

„*Welches Licht? Wovon…*“ Noch bevor ich den Gedanken zu Ende sprechen konnte, verstand ich die Worte der Dunkelheit. Verstand ihre lachende Freude.

Die Flamme, die in der Lichtillusion verborgene Magie, war mir ebenso gefolgt wie der glitzernde, lichtweiße Schatten. Dieses Mal war das Feuer nicht am Ende der Treppe ängstlich zurückgewichen, nein, dieses Mal war sie mir gefolgt… bis in die Schwärze hinein. Das Feuer erhellte den Tunnel. Schloss die Dunkelheit tröstend in die Arme. Weitere Schatten erwachten, tanzten auf dem Boden.

„WAS hat das zu bedeuten?“ Meine Stimme, nicht mehr wie ein Flüstern im Wind. Wie gebannt starrte ich auf die schimmernden, graufunkelnden Schatten. Sah, wie sie sich an den Wänden entlang schlängelten. Sah die in Musik verwandelten Gefühle, sah das Leuchten in jeder einzelnen Note, die über mich hinwegschwebte, während mein Herz eine Melodie hörte, dessen Klänge mich verzauberten.

Ich spürte die lachenden Zwischentöne des Lebens in jeder Zelle meines Körpers. Tief in meiner Seele. Und, obwohl ich den Tanz, das Farbenspiel der Schatten, mit meinen eigenen Augen sah, war ich dennoch viel zu verwirrt, um all das begreifen zu können.

„Das Licht hat aufgehört sich zu fürchten. Dank dir. Dank DEINEM Vertrauen."

Ich wusste sofort, wessen Stimme ich gehört hatte. Ich wusste, dass es die Dunkelheit selbst gewesen war. Und doch verwandelten sich meine Gedanken in eine Frage. „Du… du sprichst…?"

„Warum so überrascht? Ich spreche schließlich nicht zum ersten Mal zu dir."

„Aber es ist das erste Mal, dass ich dich hören kann. Ich mein RICHTIG hören. Und nicht nur in meinen Gedanken. Was ist passiert? Ich mein… warum? Was ist anders?"

„DU bist passiert…"

„Was willst du damit sagen?" Fragte ich leise, während meine Augen noch immer den Tanz bewunderten. Die Schatten funkelten, wie zerbrochenes Glas, wie unendlich viele Spiegelscherben, in allen erdenklichen Farben der Dunkelheit und des Lichts.

„Prinzessin… hörst du eigentlich nie auf Fragen zu stellen, dessen Antworten du längst FÜHLEN kannst…?"

„Du meinst…"

„Ja. Deine Gabe… sie ist erwacht. Und zwar… richtig. Vielleicht hängt es damit zusammen, dass du die Erinnerungen des Prinzen hast sehen UND fühlen können."

„Du weißt… von dem Traum?"

„Natürlich...", antwortete die Dunkelheit mit einer Selbstverständlichkeit, die mich, ohne dass ich es verhindern konnte, schmunzeln ließ.

„Aber… woher?"

„Ich bin immer und überall. Selbst dort, wo du mich nie vermuten würdest. Soll ich dir ein kleines Geheimnis verraten? Ich vergesse NIE. Jede Erinnerung, die in diesem

Schloss das Licht der Schattenwelt erblickt hat, bewahre ich auf. Archiviere sie. Die Erinnerungen des Prinzen sind nicht nur in deinem Traum erwacht… selbst jetzt, in diesem Moment, sind die Bilder noch immer lebendig… so verdammt lebendig."

„Demnach wusstest du die ganze Zeit, dass Phoenix versucht hat, sich vor dir zu verstecken… weil er dich, deine Magie, dank seines Vaters, gefürchtet hat."

„Ja. Das wusste ich. Ich habe es gespürt. Jeden Tag."

„Dann weißt du aber auch, dass er dir zum Schluss angefangen hat zu vertrauen…"

„Vertrauen… ist eine zerbrechliche Angelegenheit", hörte ich die Schattenmagie leise, kaum hörbar, flüstern. Wie ein sanfter, zerbrechlicher Luftkuss. Als wären die Worte nicht für meine Ohren bestimmt gewesen.

„Ich habe es gesehen. Und gefühlt. Im Traum…"

„Das war, BEVOR er dich vergessen hat. BEVOR man ihm sein Licht gestohlen hat… Aber lassen wir das. Deshalb bist du nicht hier. Du hast Fragen. Na los, worauf wartest du? Frag mich, was auch immer du mich fragen möchtest."

„Kannst du mir helfen die Prophezeiung des Schattenreichs zu finden?"

„Aber… die hast du doch schon gefunden…"

Irgendetwas an der Art WIE er den Satz betonte, irritierte mich. Nachdenklich runzelte ich die Stirn. Schüttelte mit dem Kopf. „Nein. Habe ich nicht…" widersprach ich.

„Prinzessin, nur… weil du diese nicht hier, im Schattenreich, gefunden hast, bedeutet es nicht, dass du sie NICHT gefunden hast…"

Was sollte das heißen? Was versuchte die Schattenmagie mir zu sagen? Etwa… dass ich die Prophezeiung gefunden hätte? Der letzte Gedanke verwandelte sich einen Wimpernschlag später in Worte. Worte, die ich wie zu lang weggesperrte Atemzüge auspustete. „Wann? Ich mein… wo?“

„Denk nach. Na los, versuch dich zu erinnern. Prinzessin… wann, und vor allem WO hast du meine Stimme spüren können?“

Erinnerungen erwachten, flossen durch meine Gedanken. Verwandelten sich in Bilder.

Meine Füße schienen am Boden festgefroren zu sein. Erst jetzt realisierte ich, dass ich die Türklinke meines Zimmers noch immer mit der Hand umschloss, während mein Blick auf die vor mir liegende Tür gerichtet war. Auf Lias Tür. Ich schloss die Augen. Atmete tief durch. Es wurde Zeit. Doch meine Füße bewegten sich keinen Millimeter. Etwas hielt mich zurück. Irgendetwas verhinderte, dass ich auf die Tür meiner Schwester zugehen konnte, dass ich anklopfen konnte.

Eine Stimme erwachte. Leise. Flüsternd, wie ein sanfter Windhauch. Zuerst verstand ich kein Wort. Angestrengt lauschte ich diesem Flüstern. Hörte zu. Versuchte herauszufinden, was diese Stimme mir mitteilen wollte…

„Finde das Goldene Buch… “

„Du…“, flüsterte ich leise, kaum hörbar. „Du bist das gewesen. Die Stimme, die ich vor Lias Tür gehört hatte, die mir gesagt hatte, dass ich das Goldene Buch finden soll… DAS war deine Stimme gewesen. Genauso wie du wolltest, dass ich den Traumfänger zerstöre…“

„Ich nehme an, dass du die Prophezeiung auch irgendwann ohne meine Hilfe gefunden hättest… aber… wozu warten? Nicht wahr, Prinzessin?“

„Du meinst… das, was ich gefunden habe, die Prophezeiung in dem Goldenen Buch… das war gar nicht die des Lichts… sondern…“

„Richtig… DAS war die Prophezeiung des Schattenreichs."

„Aber…" Ich stoppte, hörte auf zu sprechen, versuchte die vielen Fragen in meinem Kopf zu sortieren. „Wieso hatte Phoenix sie dann nicht finden können? Ich mein… er hatte genauso nach dem Goldenen Buch gesucht wie ich…"

„Du vergisst… das Goldene Buch lässt sich nur finden, wenn es sich finden lassen will. Und… mal davon abgesehen, wer sagt, dass der Prophezeite des Schattenreichs diese nicht längst gefunden hat? Vielleicht sogar lange vor dir?"

Ich erinnerte mich an den Moment, wo ich die Bibliothek zum ersten Mal auf der Suche nach dem Goldenen Buch aufgesucht hatte. Wo ich Damon entdeckt hatte. Wo ich begriffen hatte, dass er genauso nach der Prophezeiung gesucht hatte wie ich. Wo plötzlich eines der Bücher angefangen hatte zu schreien… und Damon es auf den Boden hatte fallen lassen. Wo er fluchtartig vor dem schreienden Buch geflohen war, weil er begriffen hatte, dass sich das Buch nicht schließen ließ, dass es nicht aufhören wollte zu schreien. Wo dieser Schatten plötzlich aufgetaucht war, eine im Umhang verhüllte Gestalt. Wo dieser Unbekannte das Buch aufgehoben und das Buch noch im gleichen Atemzug aufgehört hatte zu schreien…

War DAS etwa Phoenix gewesen? Aber… wenn er es gewesen ist, warum konnte er sich dann nicht daran erinnern? Steckte mein Vater dahinter? Hatte er Phoenix diese Erinnerung ebenso gestohlen, wie alle anderen, die mit der Prophezeiung des Schattenreichs zusammenhing? Und… wieso hatte ich die Schattenmagie, die Stimme der Dunkelheit in meiner Welt, in meinem Königreich überhaupt spüren können? Warum war ich in der Lage gewesen, die damit verbundenen Gefühle zu hören?

Fragen.

So.

Verdammt.

Viele.

Fragen.

„Warum hatte ich deine Stimme hören können? Ich mein, in meiner Welt? In dem Königreich des Lichts?"

„Wie gesagt… ich bin immer und überall. Wo Licht ist, ist auch Dunkelheit. Nur, weil man etwas nicht sieht, heißt es nicht, dass es nicht existiert."

„Wenn du sagst, dass die Prophezeiung von Phoenix gefunden wurde… dann verrate mir, woher du das weißt? Woher willst du wissen, dass…"

„Ich habe nie gesagt, dass Phoenix…"

„Aber, du hast doch gerade eben behauptet…"

„Prinzessin… du musst lernen zuzuhören. Ich verrate dir jetzt mal ein kleines Geheimnis. Die Prophezeiungen, sowohl die des Lichts als auch die der Dunkelheit, können nicht nur von BEIDEN Auserwählten gefunden werden. Nein. Sie MÜSSEN sogar von BEIDEN gefunden werden."

Vielleicht ging die Dunkelheit davon aus, dass sie mir mit ihren Antworten helfen würde, dass ich verstand, WAS sie mir versuchte zu sagen… Doch, je mehr ich mich anstrengte die Worte zu verstehen, zu begreifen, je mehr ich nach dem Nichtsichtbaren suchte, das sich, wie so oft, zwischen den Zeilen versteckte, desto weniger verstand ich.

Das Einzige, was ich begriff, war… dass ich die Prophezeiung meines Königreichs finden musste. Denn, nach den

Worten der Dunkelheit zufolge, hatte ich bisher lediglich die des Schattenreichs gefunden. Was wiederrum bedeutete, dass nach wie vor die Möglichkeit bestand, dass ich mit jeder Sekunde, in der ich wertvolle Zeit mit Nachdenken verschwendete, womöglich doch Lias Leben riskierte.

Nein! Daran wollte ich nicht denken. Daran DURFTE ich jetzt nicht denken. Ich brauchte einen kühlen Kopf. Musste Ruhe bewahren. Nur so würde ich die Prophezeiung finden können.

„Aber… wo soll ich nach der des Lichts suchen?"

„Prinzessin…"

Ich begriff, noch bevor die Schattenmagie ihre Gedanken mit mir teilen konnte. Ich begriff, weil ich die Antwort fühlen konnte.

„Wenn die Prophezeiung des Schattenreichs sich im Königreich des Lichts versteckt hatte, dann… dann muss sich die des Lichts hier befinden. Und, wenn die Dunkelheit mir in der Welt des Lichts bei der Suche behilflich gewesen ist… dann…"

Mein Blick fiel auf den lichtweißen Schatten. Und plötzlich wusste ich, WAS dieser Schatten war, WARUM er hier war. „Du bist hier, um mir zu helfen…"

„Ja… ich bin hier, um dir zu helfen…"

„Warum hast du nicht vorher schon versucht mit mir zu reden? Warum erst jetzt? Warum nicht in dem Moment, wo du aus dem Nichts heraus zum Leben erwacht bist?"

„Manche Dinge, Prinzessin… muss man von allein herausfinden… Man muss verstehen, um begreifen zu können…"

„Also? Wo muss ich suchen? Wo befindet sich die Prophezeiung des Lichts?" Kaum hatte ich die Worte ausgesprochen, hörte ich

die Stille atmen. Spürte, wie meine dunklen, aus Furcht erwachten Gedanken, die sich soeben noch durch meinen Verstand geschlängelt hatten, verstummten. Alles, was ich jetzt spürte war der Glaube an mich. Ich wusste, dass ich die Prophezeiung finden würde.

„Bei der Suche selbst, DARF ich dir nicht helfen… ich darf dir lediglich einen Tipp geben. Einen Hinweis… WONACH du suchen sollst…"

„Und? Wonach soll ich suchen?"

„Weißt du, warum du die Prophezeiung des Schattenreichs ausgerechnet in einem Buch gefunden hast?"

„Warte… versuchst du mir gerade zu sagen, dass die Prophezeiungen sich… aussuchen können, wie oder vielmehr WO sie uns finden?"

„So… in etwa. Ja. Aber… um auf die Antwort zurückzukommen. Die Bibliothek war der Ort, der DIR, der Prophezeiten eures Königreichs, versucht hat, das Licht zu stehlen… Deshalb musste sich die Dunkelheit auch an diesem, so entscheidenden Ort, wieder in Licht zurückverwandeln…"

„Du meinst, um die Prophezeiung des Lichts finden zu können… muss ich den Ort finden, wo sich… Licht in Dunkelheit verwandelt hat? Liebe… in Schmerz? In wessen Schmerz? In Phoenix' oder in meinen?"

„Du kennst die Antwort. Also… fang an danach zu suchen."

Der lichtweiße Schatten, dessen Stimme ich soeben noch in meinen Gedanken hatte hören können, dessen Licht die Gänge erhellt hatte, verschwand, löste sich wie von Zauberhand in Luft auf. Alles wurde schwarz. Und die aus Träumen geborene sanfte Stille der Magie, legte sich wie ein wärmender Mantel über die Dunkelheit, über die Sehnsucht der Schatten.

Im gleichen Atemzug erwachte meine Gabe. Ein sanftes Flüstern erfüllte die Gänge, wie vom Wind getragene Schwingen. Ich fühlte die Funken, das gleißende Licht, die jeder perlmuttweiße Flügelschlag in die Schwärze zeichnete. Jedes in mir existierende Gefühle verwandelte sich in einen Schmetterling. Erhellte die Dunkelheit, ließ die Finsternis erstrahlen.

Die Euphorie der Schattenmagie strömte durch meinen Körper, ehe ich einen Atemzug später auch sein Erstaunen, seine Freude, seine aus Hoffnung geborene Liebe zum Licht, in ein leuchtendes Feuerwerk verwandelte.

Ich fühlte es. Tief in meinem Herzen, tief in meiner Seele. In dem Licht meiner Gabe, in dem goldenen Feuer der Hoffnung, lagen jene Antworten verborgen, nach denen sich jedes schlagende Herz sehnte, wovon jede von Finsternis verschlungene Seele nachts träumte. Doch ich begriff auch, ohne es wahrhaben zu wollen, dass keine Unsterblichkeit, keine Magie unserer Welt, egal, wie stark sie auch sein möge, jemals in der Lage sein wird, die Antworten zu verstehen, zu begreifen. Nicht, solange jeder dämonische Verstand in seinem Geist gefangen war, eingesperrt in einem selbsterrichteten Gefängnis.

Das goldene Herz der Hoffnung - es schlug, seit Anbeginn der Zeit. Im Licht. In der Dunkelheit… und es würde nie aufhören zu schlagen.

Die Hoffnung selbst war UNSTERBLICH.

ICH war unsterblich.

Denn diese, aus Hoffnung geborene, in meiner Gabe leuchtende Unsterblichkeit, hatte die Schicksalsgöttin mir zum Geschenk gemacht.

Manche Dinge, Prinzessin… muss man von allein herausfinden… Man muss verstehen, um begreifen zu können… hörte ich die Stille in meinen Gedanken flüstern. Die Antwort des lichtweißen Schattens… bezog sich auf mehr. Auf so viel mehr. Diese Erkenntnis ließ mich lächeln. Von innen heraus strahlen.

Ich trug nicht nur das Erbe der Magie in mir, nein, ich selbst war DAS LICHT.

Die Hoffnung UNSERER Welt.

Um wahre Unsterblichkeit, um FRIEDEN zwischen unseren Königreichen, den Licht- und den Schattendämonen, erlangen zu können, mussten beide Magien wiedervereint werden.

Licht und Dunkelheit gehörten zusammen.

Schon immer.

Für immer.

„Phoenix… er wusste es. Deshalb hatte er Angst vor dir. Er wusste, dass ER selbst die Dunkelheit war, dass er *dein* Erbe in sich trug. So… wie ich das Erbe des Lichts in mir trage… Oder?“

„Er hat es geahnt. Ja.“

„Aber… wieso hatte er von Anfang an Angst vor dir?“

„Phoenix hat sich nicht vor mir gefürchtet, sondern vor seinem Vater. Immerhin hat er ihn, seit seiner Geburt, versucht davon zu überzeugen, dass die Dunkelheit selbst unfähig ist zu lieben, dass ICH grausam, abgrundtief böse bin, und dass ICH ihn eines Tages genauso seines Lichts berauben würde, wie jedem anderen Schattenkönig vor ihm… Und Kinder, Prinzessin, ihre unschuldigen Seelen, sind dazu verdammt sich von den Lügen in unserer Welt vergiften zu lassen.“

„Aber im Traum… konnte ich nicht nur die Dunkelheit in seiner Seele fühlen… sondern auch das in ihm erwachte Vertrauen.“ Ich schüttelte unmerklich mit dem Kopf. „Phoenix, er hat dir nicht nur angefangen zuzuhören, er hat aufgehört sich vor dir, vor deiner Magie, zu fürchten… Er hat angefangen SICH SELBST zu vertrauen.“

„Ich sagte bereits… Vertrauen… ist eine zerbrechliche Angelegenheit…“

„Was ist passiert?“

„Sein Vater ist passiert…“

Kaum hatten die Worte der Dunkelheit mich gefunden, verstummte die Stimme, ebenso wie die darin verborgene Magie. Beides verschwand. Ich spürte den Grund ihres Rückzugs. Spürte, warum sie mich allein ließ. Die Dunkelheit wollte, dass ich mit der Suche begann. Die Antworten, die ich brauchte, die darauf warteten von mir gefunden zu werden, die würde ich nicht in der Vergangenheit finden, sondern hier. In der Gegenwart.

Ich atmete tief durch, hob die Hand und berührte einen der lichtgetränkten Schmetterlinge, fühlte die darin verborgene Entschlossenheit ebenso wie den in der Luft umherschwirrenden samtenen und geheimnisvollen Zauber des Moments... und so folgte ich den glitzernden Funkenschwärmen hinein in die Finsternis. Meine Gabe führte mich durch die Gänge, und ich wusste, dass ich finden würde, wonach ich suchte.

Ich bog gerade um die Ecke, als mein Blick an der gegenüberliegenden Wand hängenblieb. Irgendetwas fesselte mich. Irgendetwas. Nur konnte ich nicht sagen WAS.

Die Wand sah... wie jede andere aus. Eine aus Beton gegossene düstere Leere. Und doch... spürte ich, dass sich hinter dem Schleier des Nichts etwas verbarg. Ein versteckter Hinweis, der darauf wartete, gefunden zu werden. Also hörte ich auf mit den Augen zu sehen...

Die im Frost erstarrte Leere wich zurück. Langsam. Stück für Stück. Einen Atemzug später verwandelte sich die Wand in ein Gemälde. In ein rubinrotes Meer. Wellen, bestehend aus Mohnblumen bäumten sich auf, schlugen über mir zusammen. Dieser Anblick verzauberte mich. Vollkommen fasziniert drehte ich mich im Kreis. Überall, egal wohin ich hinschaute, überall... auf jeder Wand leuchteten Mohnblumen. Rote Hoffnungsträger.

Die in der Luft umherschwirrenden Gefühle begannen zu flirren, zu flimmern. Fingen Feuer. Ein aus goldenen Flammen bestehender Schatten erwachte, schlängelte sich an der Wand entlang. Verlieh dem Bild Lebendigkeit.

Ein riesiger Blauregen, mit aus Schmetterlingen bestehenden Blüten. Unendlich viele. Und mit jedem Atemzug, mit jedem Herzschlag erwachten neue Schmetterlinge zum Leben.

Das, was ich sah, was ich FÜHLTE, war unsere WELT. Phoenix‘ und meine. Eine Welt, die niemand außer uns je hatte betreten können.

In diesem Moment begriff ich, dass unsere Welt ein aus Licht UND Dunkelheit geborenes Geheimnis gewesen war. Wir hatten versucht uns, unsere Gefühle, vor den Monstern dort draußen zu schützen. Hatten versucht unsere Liebe geheim zu halten. Hatten versucht uns vor dem Schattenkönig zu verstecken. ~~Nein, Phoenix… er hatte versucht uns zu verstecken. Er hatte versucht mich, mein LICHT, vor seinem Vater, zu beschützen.~~

Unsere Welt war jedoch nie dafür gedacht gewesen, im Verborgenen zu existieren. Die Schicksalsgöttin wollte, dass ich mit Hilfe meiner Gabe, JEDEM Dämon den Weg in *unsere* Welt ermöglichte. Eine Welt, wo Licht und Dunkelheit sich lieben *durften.* Eine Liebe, die der Schattenkönig jedoch mit all seiner Grausamkeit versucht hatte in den Köpfen, in den Herzen, in den Seelen seines Volkes auszulöschen.

Vielleicht mochte ich die Prophezeiung meines Königreichs noch nicht gefunden haben, aber ich spürte, dass ich die Worte der Schicksalsgöttin nicht mit den Augen lesen musste, um zu verstehen, was dort geschrieben stand. Ich war eine Empathin. Meine Welt bestand aus Gefühlen und genau deshalb konnte ich es *fühlen.*

Es ging um den Zugang zu UNSERER Welt.

Eine Welt, in der jeder Dämon die LIEBE finden konnte. Finden DURFTE. Jeder sollte sich an der Schönheit der Gefühle erfreuen können. Jeder. Egal ob Schattendämon oder Lichtdämon. Die aus Liebe erwachten Gefühle, das in ihnen verborgene Leuchten, die Schönheit des Augenblicks, all das… gehörte uns ALLEN. Jedem einzelnen von uns.

Ich schloss die Augen. Bilder erwachten. Erinnerungen fluteten meinen Geist, meinen Verstand. Und ich sah den Moment vor mir als Phoenix versucht hatte diesen Ort sterben zu lassen, weil er dachte, nein, weil er davon überzeugt gewesen war, mich, mein Licht, nur so vor seinem Vater beschützen zu können.

Das war der Moment gewesen, wo sich Licht in Dunkelheit verwandelt hatte. Liebe in Schmerz. Hoffnung in… pure Verzweiflung. Und jeder Schmetterling hatte sich im Bruchteil einer Sekunde schwarz gefärbt, weil jeder Flügelschlag die Farbe des Schmerzes angenommen hatte…

Es ging nicht um Phoenix' Schmerz.

Es ging auch nicht um meinen Schmerz.

Nein.

Es ging um UNSEREN Schmerz.

Dass eines jeden Dämons.

Egal ob Licht- oder Schattendämon.

Am Baum der Empathie würde ich sie finden. Die Prophezeiung des Lichts. Genauso wie Phoenix die für ihn bestimmte Prophezeiung dort finden würde, wenn er sie nicht schon längst gefunden hatte.

„Phoenix… er hatte Angst, dass er, sobald er seinen Vater töten würde, in seine Fußstapfen würde treten müssen, dass er genauso grausam, genauso kalt werden würde wie dieses Monster." Ich schloss die Augen, atmete tief durch, stellte der Dunkelheit die Frage, vor der ich mich insgeheim fürchtete. „Verrate mir eins… Stimmt es? Ist es wahr? Müsste Phoenix sich in so ein herzloses Monster verwandeln? Oder hätte er eine Wahl?"

„Prinzessin… die Schicksalsgöttin begleitet dich, führt dich irgendwann, wenn du am wenigsten damit rechnest, an eine Gabelung. Und, wenn der Moment, der Zeitpunkt gekommen ist und du eine Wahl treffen musst, dann liegt es bei dir, für welchen Weg du dich entscheidest. Für den, in deinen Augen, für dich vorherbestimmten oder für deinen *eigenen* Weg. Für den richtigen… oder für den falschen. Diese Entscheidung kann die Göttin nicht für dich treffen. Das kannst nur du allein."

„Doch… was bedeutet richtig und falsch? Ich mein, dass, was sich für mich richtig anfühlen kann, fühlt sich vielleicht für jemand Fremden falsch an. Verkehrt…"

„Wenn der Weg sich für DICH richtig anfühlt, wie kann es dann der Falsche sein?"

Ich dachte über die Worte nach.

„Wenn das stimmt, wenn das WIRKLICH stimmen sollte, dann… dann wird Phoenix sich nicht in das Ebenbild seines Vaters verwandeln… WEIL er, trotz seines Erbes, sich niemals für diesen Weg entschieden hätte. Niemals freiwillig. Und, wenn es bei dieser Entscheidung um die Wahl selbst geht, eine Wahl, die du aus freien Stücken treffen würdest, ohne dazu gezwungen zu werden, denn genau DAS hattest du doch gemeint, oder? Dann hat Phoenix *seine* Wahl schon vor langer Zeit getroffen… vielleicht war es keine bewusste Entscheidung gewesen… Aber sein Herz hatte sich entschieden…"

Weder das Erbe seiner Ahnen, das in ihm schlummerte noch das Blut seines Vaters, dass durch seine Adern floss, würde über sein Schicksal bestimmen können. Das Erbe der Dunkelheit, das wahre Erbe, war weder gefährlich noch grausam. Phoenix' Dunkelheit leuchtete, weil die Liebe, die in ihm existierte und schon immer in ihm existiert hatte, sein LICHT war.

Summer

Ein leichter Luftkuss, und die Mohnblumen lösten sich auf, verwandelten sich wie durch Zauberhand in einen rotschimmernden Nebel, schwebten davon, wie ein stiller, geflüsterter Traum.

Es wurde Zeit. Ich musste zurück. Und zwar so schnell wie möglich. Mein nächtlicher Ausflug dauerte ohnehin schon viel zu lange. Viel länger als ursprünglich gedacht. Sollte Phoenix aufwachen, bevor ich wieder neben ihm im Bett liegen würde, sollte er mein Verschwinden wirklich bemerken, würde er anfangen nach mir zu suchen. Und, sollte er mich hier unten finden, würde er Fragen stellen. Fragen, die ich ihm erst beantworten könnte, wenn ich mit June geredet hätte.

Sie musste erfahren, was ich herausgefunden hatte. Ich war mir sicher, dass sie, wenn sie wüsste, dass Phoenix sich nicht in das Ebenbild ihres Vaters würde verwandeln müssen, bereit wäre ihm seine Erinnerungen zurückzugeben. Phoenix, er BRAUCHTE seine Erinnerungen. Es war seine Vergangenheit. Seine Gedanken. Seine Gefühle. Nicht ihre. Sie hatte diesen Teil von ihm ohnehin schon viel zu lange für ihn aufbewahrt. Es wurde Zeit, dass sie ihm zurückgab, was ihm gehörte.

Auf dem Weg zurück flogen die Schmetterlinge vor mir her, begleiteten mich, schwebten wolkenlos durch die Dunkelheit, wie Schneeflocken in einer sternenlosen Frühlingsnacht. Ich bewunderte ihren Tanz, war vollkommen verzaubert. Irgendwie erinnerte mich dieser Anblick an *Feenstaub* am Firmament. Ein Winterhimmel, mit goldenem Glanz.

Wie angewurzelt blieb ich stehen. Zwinkerte. Traute meinen Augen nicht. Direkt vor mir begann die Luft zu flimmern, wie ein zu Leben erwachtes Hologramm. Türkise Funken erhellten den lichtweißen Gang, ehe einen Wimpernschlag später eine leuchtendschwarze kleine Fee zusammen mit einer bläulich funkelnden Libelle auftauchte.

„Prinzessin… es ist lange her…“

Eine Erinnerung durchfuhr mich, lachend, leise, und auch wenn es Ewigkeiten her war, fühlte ich wie die Bilder aus meiner Kindheit mir den Moment zeigten, wann ich diese Zauberwesen zum letzten Mal gesehen hatte.

„Glaubst du, dass sich unsere Wünsche erfüllen?“, wollte Lia plötzlich wissen, während unsere Augen im Nachthimmel nach Sternschnuppen suchten.

„Ja!“, lachte ich. „Das haben sie doch bereits. Jeder, der hier lebt, der hier zu Hause ist… leuchtet genauso schön, wie all die Sterne dort oben. Selbst die Tiere und Blumen leuchten. Wir dürfen nur nie aufhören nach dem Unerreichbaren zu greifen. Unsere Sehnsüchte, unsere Wünsche… es liegt an uns, ob sie sich dort oben in der Unendlichkeit verirren, oder ob sie Wirklichkeit werden können.“

„Summer?“

„Hm?“

„Weißt du, ich wünschte, ich könnte die Welt so sehen wie du.“

Ich runzelte nachdenklich die Stirn.

„Aber… das tust du doch bereits“, widersprach ich und suchte ihren Blick.

„Nein. Nicht so wie du. Du bist anders.“

„Wie meinst du das?“

„Erst durch dich haben wir hier alle angefangen zu leuchten.“

„Nein!“, widersprach ich erneut. „Ihr habt vorher schon geleuchtet. Ich… ich konnte es sehen. Und ich konnte es fühlen.“

„Genau das meine ich. Du siehst das, was uns verborgen bleibt. Du siehst die Gefühle, selbst die, die man versucht vor der Welt zu verbergen. Und… jedes Mal, wenn du spürst, dass jemand traurig ist, dann pustest du dem Wind deine Gefühle entgegen und bittest ihn, diese mit der Welt zu teilen. Mit uns zu teilen. Glaub mir, ohne dich, hätten viele von uns längst aufgehört zu leuchten.“

Mir fehlten die Worte, also schwieg ich.

Sie lächelte mich an. Oh… ihr Lächeln war einfach nur wunderschön. Herzergreifend. Und erfüllte mich mit Freude. Mit Liebe. Mit Hoffnung.

„Weißt du, was ich an deinen Gefühlen so mag?“

„Ich wette, du wirst es mir gleich verraten“, lachte ich.

„Dein komischer Nebel, er glitzert immer so schön. So wie Feenstaub. Nur viel schöner.“

Ich wusste nicht, was ich sagen sollte. Also strahlte ich sie einfach nur an.

Jedes Mal, wenn man das Wort **Feenstaub** *laut aussprach, erschien eine Libelle mit einer winzigen Fee auf dem Rücken, nur um herauszufinden, warum man ihre Magie erwähnt hatte. Sie waren ein sehr vorsichtiges Volk, allerdings auch ein sehr neugieriges. Ich schmunzelte. Denn diese besagte Wächterfee flog bereits auf uns zu.*

„Ups“, Lia hielt sich grinsend die Hand vor den Mund. „Das hatte ich ja ganz vergessen. Ich Dummerchen.“

„Du bist ganz schön clever. Du wusstest ganz genau, was passieren würde, sobald du das Wort ausgesprochen hättest. Du wusstest,
es wäre nur noch eine Frage der Zeit, bis eine von ihnen hier auftauchen würde.“

„Ich versteh einfach nicht, warum sie sich die ganze Zeit über verstecken."

„Sie sind eben sehr vorsichtig. Ich weiß, wie sehr du sie bewunderst… und wie traurig du bist, dass sie sich so selten zeigen."

„Du vergisst, dass ich sie jetzt nur sehen kann, weil du in der Nähe bist. Ohne dich, könnte ich das Wort so oft sagen, wie ich wollte… Selbst, wenn sie zu Hunderten kommen würden, könnte ich dennoch nicht eine Einzige davon sehen. Weil sie sich immer unsichtbar machen. Immer. Sie verstecken sich vor der Welt. Nur, wenn du in der Nähe bist, zeigen sie sich."

„Viel zu lange…" flüsterte ich leise.

Ich fühlte ihre Magie, ihre Einzigartigkeit. Auch, wenn jede Fee in der Lage war der Stimme deines Herzens zuzuhören, damit ihre Magie den in uns schlummernden Wünschen und Träumen Flügeln verleihen konnte, war diese schwarze Wächterin eine aus Sehnsucht und Hoffnung geborene Fee.

„Du bist eine Traumfee…"

Die Fee kletterte von der Libelle, schwebte jetzt neben dieser türkisschimmernden Schönheit, ehe sie zusammen mit den Schmetterlingen die Luft zum Tanzen aufforderte. Dieser Tanz, auch wenn er Herzenswärme symbolisierte und der Welt stets unvergessliche, atemberaubende Momente voller Lebensfreude schenkte, so fühlte ich, dass dieser Tanz, in diesem Augenblick, mir galt. Die Fee… sie tanzte für mich.

Ich lächelte. Das goldschimmernde Funkeln in den Augen der Fee bestand aus purer Magie. Ohne das Licht der Feen, wäre diese Welt ein Ort ohne Wünsche und Träume.

„Die rosegoldenen Irrlichter im See der Träume… die Bilder, die Mo früher immer für seine Familie in Bilder verwandelt hatte, all die bunten, leuchtenden Momente… die hatten sie dir zu verdanken…" Die Worte – geflüsterte Gedanken, die schmunzelnd von meinen Lippen geweht wurden, wie Sonnenstrahlen vom Wind.

„Die Wünsche und Träume eines jeden Schattendämons, auch wenn viele von ihnen versucht hatten diese auszulöschen, hatten trotz der Dunkelheit des Königs in einigen Herzen der Dämonen nie aufgehört zu leuchten. Doch… wenn ich spürte, dass der König kurz davor war erfolgreich zu sein, wenn ich die sterbenden Träume flüstern hörte, habe ich sie gerettet. Jeden verlorenen Traum. Jeden zerstörten Traum. Jeden geplatzten Traum… Jeden einzelnen habe ich mit Hilfe meiner Magie in Wassertropfen, in rosegoldene, mit Hoffnung gefüllte, Lichter verwandelt, damit die gefangengehaltene Magie der Dunkelheit spürte, dass das Schattenreich, trotz aller Grausamkeiten, nie aufhören würde zu träumen."

Die Fee lächelte mich an. „Aber deshalb hast du mich nicht gerufen. Denn DAS, Prinzessin… das wusstest du vorher schon. Im Traum, in den Erinnerungen des Prinzen, auch wenn es dir vielleicht nicht bewusst war, hattest du meine Magie spüren können. Also… weshalb hast du mich gerufen?"

„Ich habe nicht nach dir gerufen. Zumindest nicht bewusst. Ich mein… keine Ahnung. Ich wüsste auch nicht wieso…"

„Hör auf zu denken. Fang an deinen Gefühlen zuzuhören. Deine Gabe… sie hat Fragen."

Ich schloss die Augen, hörte dem Flüstern meines Herzens zu und im gleichen Atemzug verwandelten sich meine Gefühle in eine Frage.

„Wieso hat June gelogen? Wieso hat sie behauptet, dass ich diesen Traum, Phoenix' Erinnerungen… dem Qualm der magischen Kerze zu verdanken gehabt hätte? Ich mein, ich weiß, dass sie lügt. Ich weiß nur nicht WARUM..."

„Selbst, wenn ich wollte, diese Frage kann ich dir nicht beantworten. Doch… vielleicht solltest du die Frage *etwas* anders formulieren."

„Ist June für diesen Traum verantwortlich gewesen?"

„Ja, sie war es, die dir diesen Traum *geschenkt* hat… "

„Geschenkt? Wie meinst du das geschenkt?"

„Na… weißt du etwa nicht WAS ein Geschenk ist?"

„Du meinst… dieser Traum… er gehört jetzt MIR?! Soll das heißen, dass ich jetzt seine Erinnerungen in mir aufbewahre… Ich? Und nicht mehr June?" Die Gefühle verhedderten sich und meine Gedanken verwandelten sich schneller in Worte, als ich überhaupt in der Lage war das Gehörte zu verarbeiten, zu verstehen. „Kann ich dieses Geschenk weitergeben? Ich mein… kann ich Phoenix seine Erinnerungen zurückgeben?"

„Es ist *dein* Geschenk. Es liegt bei dir, ob du dich entschließt dieses zu behalten oder ob du es weiterverschenken möchtest."

„Was macht dich so sicher, dass es ein Geschenk gewesen ist? Ich mein… vielleicht hat sie mir bloß die Erinnerungen zeigen wollen…"

„Ich unterbreche dich wirklich nur ungern… aber… weißt du über welche Fähigkeiten June verfügt? Welche Magie sich dahinter verbirgt?"

„Wenn du mich so anguckst… dann vermute ich, dass das, was ich zu wissen glaube… nicht stimmt." Kaum waren die Worte von meiner Zunge gestolpert, blitzte eine Erinnerung an den Traum auf. *Seit ich denken konnte, hatte June gemalt, hatte versucht die Schönheit dieser Welt, jene Schönheit, die nur unschuldige*

Kinderaugen in der Lage waren zu erkennen, auf die **Leinwände der Nacht** *zu zeichnen, weil sie der festen Überzeugung gewesen war, dass sie dieser Schönheit auf diese Art und Weise Unsterblichkeit schenken könnte.*

Doch von dem Moment an, wo Vater angefangen hatte uns SEINE Welt zu zeigen und wir gezwungen wurden seine grausame Schönheit zu verstehen, zu begreifen, hatte June nicht nur ihre **Träume** *weggesperrt, sondern auch aufgehört zu malen.*

Leinwände der Nacht. Träume. Einen Herzschlag später begriff ich, sah diese Erinnerung plötzlich mit vollkommen anderen Augen. June… sie hatte ihre Wünsche, ihre mit Hoffnung gefüllten Träume als Kind nur deshalb immer wieder in Bilder verwandelt, damit jeder die darin verborgene Schönheit, von der sie jede Nacht geträumt hatte, mit eigenen Augen hatte sehen können.

„June… sie ist eine Träumerin."

„Früher als Kind… da war sie eine Traumzeichnerin. Doch, nachdem sie aus Angst vor ihrem Vater aufgehört hatte ihre Träume mit der Welt zu teilen, nachdem sie also aufgehört hatte zu zeichnen, fing ihre Gabe an sich zu verändern. Du musst wissen, die Magie… die in jedem von uns schlummert, verschwindet nicht, nur weil man plötzlich aufhört sie zu benutzen."

„Was heißt... ihre Gabe hat sich verändert? Wenn sie keine Traumzeichnerin mehr ist… WAS ist sie dann?"

„Prinzessin…"

„Träumerin. Traumschenkerin…"

Die Fee nickte. Für einen winzigen Moment schienen sich Worte auf ihrer Zungenspitze zu bilden. Gedanken, die sie jedoch nicht wagte auszusprechen, als hätte sie Angst, dass die damit verbundenen Gefühle noch im selben Moment

Feuer fangen und sich vor ihren Augen in Asche und Staub verwandeln könnten.

Ich fühlte, dass die Fee mir etwas verschwieg. Die Frage war nur WAS?!

„Du hast June diese Fähigkeit bei ihrer Geburt geschenkt. Deshalb bist du gekommen… und nicht irgendeine andere Wächterin. Du wusstest, lange vor mir, dass deine Magie der Grund für dieses sonderbare Gefühl gewesen war, dass mich unbewusst nach dir hat rufen lassen…"

Wieder nickte die Fee.

„Doch… wovor fürchtest du dich?"

„June… sie kann einem nicht nur Erinnerungen im Traum zeigen oder schenken. Ihre Gabe ist dabei sich zu verändern. Der Hass in ihrem Herzen… er birgt Gefahren. Gefahren, die sich in lebende Alpträume verwandeln könnten, sollte sie herausfinden, wozu sie fähig ist…"

„Du meinst… noch weiß sie es nicht?"

„Nein. Aber… es gibt jemanden, der das weiß. Und, sollte dieser jemand sie finden, sollte er sie wirklich in die Finger bekommen… wird er alles in seiner Macht stehende unternehmen, um diese verborgene, zerstörende Kraft, in ihr hervorzurufen."

„Du meinst… ihren Vater, oder? Das Monster, dass mein Vater irgendwo gefangen hält… DAS Monster, dass für ihren Hass, für ihre in Finsternis geborene Wut, verantwortlich ist…"

„Magie kann nicht nur Wunder vollbringen. In den falschen Händen kann dieselbe Magie das Wunder, dass sie kurz zuvor noch erschaffen hat, zerstören. Ebenso wie jeden anderen, der sich zu diesem Zeitpunkt, in ihrer Nähe aufhält."

„Warum erzählst du mir das? Und nicht June? Sie ist diejenige, die du vor den Gefahren warnen müsstest. Nicht mich. Es ist ihre Gabe. Ihre Magie… Ich mein, wenn du ihr erzählen würdest, wenn sie wüsste…“

„Nein. Sie darf es nicht erfahren. Nicht, solange der Hass sie atmen lässt. Erst… wenn dieser verschwindet, erst dann wird sie überhaupt in der Lage sein zuzuhören, wirklich zuzuhören.“

„Ich soll also dafür sorgen, dass ihr Hass verschwindet… Wie? Indem ich ihr ihn wegnehme? Ist es das, was du von mir erwartest? Ich mein… ich würde, wenn ich könnte, aber… ich kann nicht. Ich habe es versucht, aber sie hat mich ausgesperrt. Sie wollte meine Hilfe nicht…“

„Erinnerst du dich an Mos Worte? Als er zu Phoenix gesagt hat, dass du seine Mauern jederzeit hättest durchbrechen können, wenn du GEWOLLT hättest…“

„Du meinst…“

„Ja, du hattest Junes Mauern nur aus einem Grund nicht durchbrechen können. Weil du ihre Entscheidung, dich auszusperren, akzeptiert hattest...“

Nachdenklich, tief versunken in meinen Gedanken, starrte ich auf die vor mir liegende Tür. Was sollte ich June sagen? Womit sollte ich anfangen? Mein Körper erschien mir schlagartig wie ein in Vergessenheit geratenes Gefühl, wie ein verlorengegangener Gedanke, während ich versuchte mir die Worte im Kopf zurechtzulegen. Worte, die ich June sagen musste, unabhängig davon, ob sie diese hören wollte oder nicht.

Doch, egal was ich versuchte, die vielen Fragen wollten sich nicht bändigen lassen. Sie schrien wild durcheinander. Jede wollte zuerst gehört werden. Es war zwecklos. Die Stimmen in meinem Kopf würden erst Ruhe geben, wenn sich die Tür, die mich von den Antworten trennte, öffnen würde. Ich atmete ein letztes Mal tief durch, hob die Hand und war gerade im Begriff gegen die Tür zu klopfen, als sich diese auch schon öffnete.

June. Sie schaute mir direkt in die Augen. Verzog die Mundwinkel zu einem wissenden Lächeln. So, als hätte sie mit meinem erneuten Auftauchen gerechnet.

Ohne ein Wort der Erklärung, ohne zu sagen, warum ich sie erneut mitten in der Nacht aufsuchte, obwohl ich kurz zuvor noch bei ihr gewesen war, lief ich an ihr vorbei ins Zimmer. Setzte mich auf ihr Bett und wartete darauf, dass sie die Tür hinter sich schloss.

„Wieso werde ich das Gefühl nicht los, dass du wusstest, dass ich hier auftauchen würde. Ich mein… es sieht sogar fast so aus, als wenn du auf mich gewartet hättest…"

„Ich wusste, dass du kommst."

„Du wusstest es? Woher?"

„Hör zu. Lass uns nicht lange um den heißen Brei herumreden, okay?! Ich weiß, dass du weißt, dass der Traum kein gewöhnlicher Traum war. Sondern ein Geschenk. Und, bevor du fragst… ich weiß, dass Mahina hier war. Du weißt schon... die schwarze Wächterfee, die Göttin des Mondes... oder, wie ich sie gerne nenne... Mutter aller Träume. Naja, jedenfalls konnte ich ihre Magie spüren. Summer, ich bin nicht dumm. Ich weiß, dass sie nur auftaucht, wenn man nach ihr ruft. Genauso wie ich weiß, dass ich es nicht gewesen bin, die nach ihr gerufen hat. UND ich weiß, dass sich Wächterfeen, abgesehen von ihren Schützlingen, nur ganz bestimmten Dämonen gegenüber zu erkennen geben. Eine davon sitzt rein zufällig jetzt gerade vor mir. Zufall? Ich denke nicht. Also… sagt mir mein Bauchgefühl, dass Mahina deinetwegen hier gewesen ist. Und… lass mich raten, du wolltest von ihr wissen, warum ich dich in Bezug auf den Traum angelogen hatte. Soweit richtig?"

„Ich wusste, dass du gelogen hast. Ja. Aber… woher…"

„Du meinst, woher ich wusste, dass du meine Lüge durchschaut hast, noch bevor ich sie überhaupt zu Ende gesprochen hatte? Ich mag vielleicht keine Empathin sein, aber das bedeutet nicht, dass ich nicht merke, wenn man mich beim Lügen erwischt. Erstrecht nicht, wenn ich WILL, dass man mich dabei erwischt. Ich wusste, dass du mir nicht glauben würdest, weil es genau DAS war, was ich wollte..."

„Du wolltest, dass ich dich beim Lügen erwische? Das… ergibt keinen Sinn. Warum hättest du…“ Ich hörte auf zu sprechen. „Du wolltest, dass ich die Antwort auf die Frage nach dem WARUM selbst herausfinde…“

„Ja, ich wollte, dass du anfängst nach dem Grund zu suchen. Ich wollte, dass du herausfindest, WAS ich dir in Bezug auf den Traum verschwiegen habe... “

„Aber... warum? Um auf diesem Weg herauszufinden, dass du eine Träumerin bist?“ Ich schüttelte den Kopf. „Es wäre wesentlich einfacher gewesen, wenn du es mir direkt erzählt hättest, anstatt mich danach suchen zu lassen. Wobei du dir, mal ganz davon abgesehen, nicht einmal sicher sein konntest, ob ich überhaupt anfangen würde danach zu suchen. Wenn ich nicht zufällig an das Wort, du weißt schon, gedacht hätte... dann...“ Ich suchte Junes Gesicht, suchte ihren Blick. „Ich mein... wie konntest du dir sicher sein, dass ich anfangen würde nach etwas zu suchen, von dem ich selbst nicht einmal wusste, dass ich überhaupt danach würde suchen müssen.“ Meine Gedanken ergaben gerade keinen Sinn. Von daher bezweifelte ich, dass June meinen wirren Worten überhaupt hatte folgen können.

„Erstens, ich wusste, dass du mit Hilfe meiner Magie, die dich im Traum gefunden hat, anfangen würdest zu suchen. Und ich wusste, dass meine Magie dich direkt zu Mahina führen würde. Egal, ob bewusst oder unbewusst. Und ja... sicher wäre es einfacher gewesen. Doch glaubst du nicht, dass, wenn ich es gekonnt hätte, es noch im selben Moment versucht hätte? Die Lüge... konnte ich aussprechen... die Wahrheit dagegen, naja, sagen wir so... selbst jetzt könnte ich sie nicht aussprechen. Nicht, weil ich nicht wollte, es ist nur so, dass ich nicht kann. Verstehst du? Ich KANN es einfach nicht…“

Ich verstand, ohne dass June es aussprechen musste. Ein Schwur verhinderte, dass sie mir oder sonst irgendjemand anderem sagen konnte, über welche Fähigkeiten sie verfügte. Genauso wie ich wusste, dass sie mir *die* Erinnerungen, *die* sie mir geschenkt hatte, gezielt ausgesucht hatte. Und sofort stellte ich mir die Frage... Wie viele versteckte Hinweise und geheime Botschaften verbargen sich noch in Phoenix' Erinnerungen?

„Dein Vater…", murmelte ich.

June nickte.

„Er weiß es. Er weiß, dass du eine Träumerin bist..."

Ein erneutes Kopfnicken.

„Seit wann…?"

„Seit ich denken kann..."

„Wer außer mir und diesem Monster weiß noch von deiner Fähigkeit?"

„Im Moment? Niemand. Die Einzigen, die es gewusst haben, waren Mo und Phoenix gewesen. Phoenix fehlt die Erinnerung daran, und..." June hörte auf zu reden. Schloss die Augen, atmete leise tief durch. „Mo... selbst, wenn er wollte, er könnte es niemandem mehr verraten. Die Toten... reden nämlich für gewöhnlich nicht mit den Lebenden."

„Warum hast du mir diesen Traum geschenkt?"

„Damit das Monster, sollte er mich finden, mir diese Erinnerungen nicht mehr stehlen kann. Denn... es sind Phoenix' Erinnerungen. Nicht seine. Und doch rate ich dir, sie ihm nicht jetzt zurückzugeben."

„Warum nicht? Wozu soll ich warten?"

„Weil er mich noch im gleichen Atemzug, wo seine Erinnerungen zu ihm zurückkehren würden, zwingen würde, ihm seine restlichen Erinnerungen zurückzugeben."

„Wieso solltest du sie ihm nicht zurückgeben wollen?“

„Weil ich Erinnerungen für ihn aufbewahre, die er vergessen wollte. Und zwar für IMMER. Erinnerungen, die in der Lage wären, meinen Bruder, und somit auch DICH, zu zerstören.“

„WAS für Erinnerungen? Zeig sie mir! Ich will sie sehen. Jetzt. Jetzt sofort!“

„Nein!“

„June...!“

„Ich. Sagte. NEIN!“

„Warum nicht?“

„Weil ich nicht zulassen werde, dass ER gewinnt.“

„Wer? Dein Vater?“

„Kannst oder willst du es nicht verstehen?! Summer, wenn ich dir jetzt zeige, WAS du sehen willst... werden dich diese Bilder verfolgen, quälen... so lange, bis du die Wahrheit vor Phoenix nicht länger verbergen kannst, selbst dann nicht, wenn du wolltest... und die Wahrheit, so leid es mir tut, wird meinen Bruder zerstören. Deshalb bitte ich dich, nein, flehe ich dich an... TU ES NICHT. Such nicht weiter. Bitte. Du musst mir vertrauen. Phoenix DARF diese Erinnerungen, die ich vor ihm verstecke, NIEMALS zurückbekommen. Niemals. Versprich es mir. Nein, warte... Solltest du wie durch ein Wunder doch an diese Erinnerungen gelangen, dann musst du mir *schwören*, hier und jetzt, dass du Phoenix diese nicht zurückgeben wirst.“

„Du erwartest also von mir, dass ich Phoenix belüge? Dass ich seine Vergangenheit vor ihm geheim halte? Warum willst du nicht, dass er erfährt, WER er ist? Wer er wirklich ist?“

„Meinst du etwa... ich will meinen Bruder nicht so schnell wie möglich zurückbekommen? Weißt du eigentlich, wie sich das anfühlt, wenn der Dämon, der dich dein Leben lang beschützt hat, der mit dir zusammen durch die Hölle gegangen ist, dich plötzlich nicht mehr erkennt? Nicht mehr weiß, WER du bist? Ich würde ALLES, hörst du?!... ALLES für meinen Bruder tun. Ich habe nie gesagt, dass du ihm seine Erinnerungen nicht zurückgeben darfst. Ich bitte dich lediglich zu warten. Gib mir einfach noch etwas Zeit. Mehr... mehr verlange ich nicht."

„Zeit wofür?"

„Einfach... Zeit..."

„Wie lange, June? Wie lange soll ich ihn belügen? So tun, als wenn ich nichts wüsste?"

„So lange wie es eben dauert?"

„So lange wie WAS dauert? Die Suche nach eurem Vater? Ist es das, worum es dir geht?"

„Ja, genau darum geht es. Darum ging es schon die ganze Zeit. Erst wenn dieses Monster tot ist, wenn er Phoenix nicht mehr wehtun kann, erst dann darfst du ihm die Erinnerungen zurückgeben, die ich dir geschenkt habe. Hör zu, ich weiß, dass sich gerade alles was ich sage für dich verwirrend anhören muss... ABER die Erinnerungen, die ich dir geschenkt, die ich DIR anvertraut habe, glaub mir... du wirst sie brauchen. Vielleicht nicht jetzt. Vielleicht nicht morgen. Aber, der Zeitpunkt... er wird kommen. Ich erwarte nicht, dass du es verstehst... ich bitte dich nur mir zu vertrauen."

Mit einem leisen Seufzer zog ich die Tür hinter mir zu. Junes Worte waren wie ein Schlag gegen die Brust gewesen. Mein Herz versuchte sich zu wehren, zu verteidigen, prügelte gegen meinen Brustkorb. Schrie. Schrie immer lauter, während Buchstaben in meinem Kopf explodierten, sich zu einer Frage zusammensetzten dessen Antwort ich nicht hören wollte. *Was hast du getan?!*

„Ich versuche ihn zu beschützen“, zischte ich leise in die mich umgebene Stille hinein. Beantwortete somit die an mich selbst gestellte Frage.

In dieser Sekunde begriff ich, dass mein Herz nicht aufhören würde zu schreien, ehe Phoenix seine Erinnerungen zurückbekommen würde. Momente, die ich tief in mir einsperrte, die ich versuchte vor ihm zu verbergen.

Ich hatte June schwören müssen zu Schweigen. Ihm NICHTS zu sagen. Doch dieser Schwur nahm mir gerade eben die Luft zum Atmen. Und das, obwohl ich, nach wie vor überzeugt war, das Richtige getan zu haben. ~~*Wie kann es richtig sein, wenn es sich falsch anfühlt?*~~

Was, wenn diese Zweifel, egal wie sehr ich dagegen ankämpfen würde, trotz alledem nicht verschwinden würden? Was, wenn dieses Gefühl, egal wie leise es auch mit der Zeit werden würde, meine Entschlossenheit, meine Entscheidung, wie Glas zerbrechen ließe?

Ein zarter Windhauch, wie ein geflüstertes Gefühl, wehte über mich hinweg. Alles, was ich jetzt wollte, alles, was ich jetzt brauchte, war Phoenix.

In dem Moment, wo ich die Tür zu seinem Zimmer öffnete und meine Augen ihn fanden, meinen Schattenprinzen, rang mein Herz nach Atem. Diese dunkle Perfektion, das schwarze Schimmern seiner Seele... oh, ich wünschte, ich könnte die in ihm verborgene Schönheit auf Ewig bewundern, mich immer wieder aufs Neue in den Zauber des Moments verlieren, dürfte der Melodie seiner Magie zuhören, sodass diese meine Sehnsucht stillen und die Angst ihn verlieren zu können, für immer verschwinden würde.

Vorsichtig kletterte ich zu ihm ins Bett, legte mich neben ihn. Oh, ich sehnte mich nicht nur nach seiner Nähe, ich brauchte sie. Gerade jetzt, in diesem Moment, mehr denn je.

Ich legte mein Gesicht auf seine Brust, kuschelte mich enger an ihn und ließ mich verzaubern, ließ mich von dem Klang seines Herzens in eine Welt voller Wunder entführen.

Phoenix legte seinen Arm um mich, zog mich näher an seinen Körper. Näher. Immer näher. Diese sanfte und zugleich beschützende Berührung weckte das vertraute Kribbeln in meinem Körper und ich fühlte, wie meine Seele Feuer fing.

„Ich hab dich vermisst…“, murmelte er leise in mein Haar.

Ich wich ein Stück zurück, sah in sein verschlafenes Gesicht, ohne einen Ton von mir zu geben.

Er drehte sich zu mir, sein Blick, seine ganze Mimik ließ meine gläsernen Gedanken zerspringen, raubten mir den Verstand.

„Jetzt sieh mich nicht so überrascht an“, sagte er leise, sanft… und legte seine Hand an mein Gesicht. Ich biss mir auf die Unterlippe. Doch, anstatt den Kopf zu senken, den

Blickkontakt zu beenden, schaute ich ihm, erfüllt von tiefer Liebe, in die Augen, unfähig meine Gefühle oder Gedanken in Worte zu verwandeln.

„Glaubst du ich merke nicht, wenn du heimlich verschwindest? Prinzessin, ohne dich konnte ich in der schwarzen Leere nichts mehr sehen und ich wusste, selbst im Traum, dass du fort warst..." Er sah mir ins Gesicht, in die Augen.

Ich suchte nach Worten... Worte, die ich ihm sagen wollte, sagen konnte... doch ich war wie erstarrt von der Liebe die mich lächelnd auffing, mich in die Arme schloss. Meine Seele war hypnotisiert von der überwältigenden Tiefe seiner Gefühle.

„Du musst mir nicht sagen, wo du warst... solange du versprichst, auf dich aufzupassen", flüsterte er und schenkte mir ein Lächeln, das in mir unweigerlich den Wunsch hervorrief, den Schwur, den ich June gegenüber geleistet hatte, zu brechen.

„Phoenix", begann ich leise. Doch, bevor ich die Gelegenheit bekam meine Abwesenheit zu erklären, legte er mir einen Finger auf die Lippen, brachte mich augenblicklich zum Schweigen. „Summer", sagte er lächelnd. „Ich vertraue dir. Und genau aus diesem Grund musst du nichts sagen, was du nicht möchtest."

„Ich möchte es dir aber sagen, okay? Selbst, wenn du nicht gefragt hättest, hätte ich es dir erzählt. Ich war bei June, um mit ihr zu reden."

„Mitten in der Nacht?"

„Ich konnte nicht schlafen. Und ich wollte das, was ich sie fragen musste, endlich hinter mich bringen... ich wollte nicht bis morgen früh warten."

„Und was *genau* hatte nicht Zeit bis morgen?"

„Ich habe sie gebeten, für mich herauszufinden, ob mein Vater hinter unserer Manipulation steckt." Der Ausdruck in seinem Blick veränderte sich. „Jetzt sieh mich nicht so an."

„Wie sehe ich dich denn an?"

„Als wenn es nicht wichtig wäre…", murmelte ich.

„Was auch zutrifft. Zumindest was mich betrifft", antwortete er schnaubend, „Aber, wenn es für dich wichtig ist, dann ist es das für mich auch. Summer… egal, was du tust… ich werde immer hinter dir stehen. Jede Entscheidung, die du triffst, akzeptieren. Immer."

„Aber… du hast gesagt, dass du June nicht vertraust", erinnerte ich ihn und senkte den Blick.

„Daran hat sich auch nichts geändert. Aber…", sagte er sanft und hob mein Kinn an, so dass ich ihm in die Augen gucken musste. „Aber DIR vertraue ich. Das ist alles, was zählt." Er hauchte mir einen Kuss auf den Mund, ehe er mir ins Ohr flüsterte: „Allerdings bedeutet das, dass ich June ab sofort nicht mehr aus den Augen lassen werde…"

„Du bist unmöglich", kicherte ich und drückte ihn zurück in die Kissen, um ihn zu küssen. Jede seiner Berührungen erfüllte mich mit mehr Liebe, als ich ertragen konnte. Ich war betrunken. Betrunken vor Glück.

„Wann geht es zurück?" fragte Phoenix leise, mit einer Zerbrechlichkeit in der Stimme, die mich hellhörig machte, die mich schlucken ließ.

„Du meinst zurück zu meinem Vater?"

Phoenix nickte.

„Sobald die Sonne aufgeht…", antwortete ich und im nächsten Moment packte er mich an den Handgelenken und drehte mich mit einer einzigen Bewegung auf den Rücken.

Er war genau über mir.

Sein Gesicht - nur wenige Zentimeter von meinem entfernt.

Ich sehnte mich nach seinem Mund, wollte ihn schmecken, küssen. ENDLICH küssen. Doch ich war unfähig mich zu bewegen.

Das Einzige, wozu ich in der Lage war, war eine stumme Bitte mit meinen Lippen zu formen. Er wusste genau, worauf sich diese Bitte bezog und doch ließ er mich zappeln, zog es in die Länge.

Mein Herz begann zu rasen, genau wie seins. Ich fühlte, wie es pochte, raste, wie sich seine Atmung beschleunigte. Alles, worauf ich mich konzentrieren konnte, konzentrieren wollte, waren seine Augen. Sein Blick… Alles andere verlor an Bedeutung.

Ich sah nur noch ihn.

Fühlte IHN.

Die Tiefe seiner Liebe.

Eine Liebe, die mein Herz lächeln ließ.

Die meiner Seele die Orientierung raubte.

Die meine Welt bunter machte.

Strahlender.

Leuchtender.

Heller.

So viel heller.

Eine Liebe, süß wie Honig.

Wärmend wie Kaminfeuer in einer verschneiten Winternacht.

Ich griff ihm in die Haare, vergrub meine Finger darin und zog ihn sanft zu mir runter. Ich konnte nicht länger warten. Musste ihn küssen.

Jetzt. Jetzt SOFORT.

Summer

„**P**hoenix?"

„Hm?"

„Ich würde dir gerne etwas zeigen..."

„Ach ja?" Er lachte. Nahm mein Gesicht in seine Hände, sah mir tief in die Augen. Seine Lippen kamen näher und näher. Und doch berührte er mich nicht, küsste mich nicht. „Hast du das nicht gerade eben erst getan?", hauchte er, ehe seine Lippen, die meinen fanden.

Lächelnd drückte ich ihn von mir weg, beendete schweren Herzens den Kuss. „DAS mein ich nicht." Die Worte verließen flüsternd, leise, kaum hörbar, meinen Mund.

Phoenix schaute mich abwartend an. Seine Augen küssten mein Herz, tranken meine Seele. Er sah mich an, als gäbe es nur noch MICH. Als wäre alles andere bedeutungslos. Sein Mund verzog sich zu diesem charismatischen Lächeln, dass ich so sehr liebte, von dem ich nie genug bekommen würde.

Sanft schüttelte ich den Kopf, legte die Arme um seine Schultern, schloss die Augen und teilte den Wind. Ich wollte ihm den Ort zeigen, der schon immer uns gehört hatte. Einen Ort, wo unsere Gefühle sich in Schmetterlinge verwandelt hatten. Wo LICHT und DUNKELHEIT sich ineinander verliebt hatten.

Das Eis, dass die Gräser und Bäume bei unserem letzten Besuch wie eine Decke umschlossen hatte, der viele Schnee, die Kälte... all das war verschwunden, ebenso wie die Spuren, die wir einst in der weißen Winterlandschaft hinterlassen hatten.

Frühlingsgefühle lagen in der Luft.

Verpuppten sich.

Verwandelten sich in türkisschimmernde Schmetterlinge.

Phoenix griff nach meiner Hand, zog mich an sich, an seine Brust. In dem Moment, wo ich die Sehnsucht seiner in mir weggesperrten Gefühle flüstern hören konnte, erwachte die erste Mohnblume vor unseren Augen aus ihrem Winterschlaf.

Wortlos nahm Phoenix mein Gesicht in seine Hände und das Flüstern in seinen Augen, die tiefe Liebe, die sich in seinem Blick spiegelte, wie Mondlicht auf dem Meer der Träume, raubte meiner Seele die Atemzüge. Mein Herz stolperte, wollte sich in seine Arme werfen, wollte sich von ihm auffangen lassen.

Je länger Phoenix mir in die Augen schaute, desto mehr Mohnblumen erwachten, streckten ihre Köpfe der Sonne entgegen, wollten sich, von dem Lachen des Universums verzaubern lassen.

Ich spürte die, in den Blumen erwachte, Hoffnung.

Spürte die Zuversicht, jeder einzelnen Blüte.

Spürte die damit verbundene Wärme.

Ausschlaggebend für dieses Wunder waren Phoenix‘ und meine gemeinsamen Erinnerungen. Die damit verbundenen Gefühle, die ich in mir trug, ~~die ich vor ihm versteckte.~~ Und, auch wenn Phoenix sich an diesen Zauber nicht erinnern konnte, so konnte ich fühlen wie das Feuer der Sehnsucht, dass seit Ewigkeiten in seinem Herzen brannte, endlich gestillt wurde.

Ohne Phoenix, ohne meinen geheimnisvollen schwarzen Engel wäre ich niemals in der Lage gewesen diesen Ort retten zu können. Und genau DAS versuchte ich ihm mit diesem Besuch begreiflich zu machen.

„Deine Liebe war es, die das Eis zum Schmelzen gebracht hat", flüsterte ich und stellte mich vor ihn, schlang meine Arme um seinen Hals. Küsste ihn.

„Summer, nicht ich habe die Liebe an diesen Ort zurückgebracht… sondern du. Du bist die Prophezeite."

„Die Liebe, nach der sich diese Welt gesehnt hatte... war nicht meine gewesen. Oder deine. Sondern UNSERE. Und diese LIEBE, all die bunten Farben, konnte ich nur deinetwegen hierher zurückbringen. Weil du mir gezeigt hast, was es bedeutet zu lieben. Deine Liebe hat mir die Augen geöffnet. Deine Liebe ließ mich erkennen, wer ich war, WER ich schon immer gewesen bin. Deine Liebe hat MICH gefunden. Deine Liebe war mein Licht in der Dunkelheit. Verstehst du? Deine Liebe. Es war immer DEINE Liebe. Ohne DICH, würden wir jetzt nicht hier stehen. Ich liebe dich, auf so viele unterschiedliche Arten, dass selbst die Ewigkeit nicht ausreicht, um dir zeigen zu können wie viel du mir bedeutest. Ohne dich kann mein Herz nicht atmen. Ohne dich kann meine Seele nicht FÜHLEN. Ich brauche dich, Phoenix… und ich werde dich immer brauchen. Du bist meine Hoffnung und daran wird keine Prophezeiung der Welt jemals etwas ändern. Weil nicht das Schicksal darüber entscheidet, WEN ich lieben darf oder soll... sondern ICH allein. Und ich werde niemals, jemand anderen lieben können als DICH."

Phoenix lächelte. Das Leuchten in seinen Augen verwandelte sich in vom Sonnenlicht geflutete Gefühlssplitter, bohrten sich in mein Herz, in meine Seele, begannen zu leuchten, zu funkeln, in allen erdenklichen Farben des Lichts, wie ein Regenbogen im Winter.

„Dafür hast du mich hierhergebracht? Um mir zu zeigen, wie sehr du mich liebst? Summer…“ hauchte er zärtlich. „Ich weiß, wie sehr du mich liebst… Ich weiß es, weil ich es in deinen Augen sehe… weil ich es fühle. Ich weiß, dass du mich genauso liebst, wie ich dich liebe.“

Ich sah in seine Augen und begriff, dass er wusste, warum ich ihm diesen Ort gezeigt hatte… Er wusste, dass es nicht war, um ihm MEINE Liebe zu zeigen, sondern um ihm SEINE Angst zu nehmen.

„Wenn du das doch weißt, dann verstehe ich nicht, warum du Angst hast mich zu verlieren… mich an den Prinzen verlieren zu können?“

„Wenn ich keine Angst hätte… Summer… dann würde das bedeuten, dass ich dich als selbstverständlich ansehen würde. Und das tue ich nicht. Und das werde ich auch nicht. Niemals. Du glaubst vielleicht, dass deine Liebe… dass unsere Liebe… so selbstverständlich ist wie die Luft, die wir atmen… aber ich versichere dir… DAS ist sie nicht.“

„Für dich vielleicht nicht“, antwortete ich leise, kaum hörbar. „Für mich ist sie es. UND für mich wird sie es auch immer sein.“

„Prinzessin,“ hauchte er gefühlvoll… „Du verstehst nicht, was ich damit sagen will.“

„Dann erklär es mir“, forderte ich ihn mit zittriger Stimme auf.

„Du möchtest wissen, warum unsere Liebe für mich nicht selbstverständlich ist?“

Ich nickte.

„Prinzessin. WUNDER sind und werden niemals selbstverständlich sein. Und, auch wenn der Baum ein Wunder ist, oder die Magie, die unsere Gefühle in Schmetterlinge verwandelt... so ist unsere Liebe für mich ein noch viel größeres Wunder. Unsere Liebe ist ein Sommernachtstraum in einem Wintermärchen. Ein Wunder, dass sich nicht in Worte fassen lässt. Ein Wunder, dass mein Herz sehen und meine Seele fühlen kann. Jeder Moment mit dir... ein Geschenk. Du bist ein einmaliges Wunder... und das Schönste ist... du bist *mein* Wunder. All DAS ist unsere Liebe für mich. Und... so ein Wunder kann und werde ich nicht als selbstverständlich ansehen." Er küsste mich. Kurz. Viel zu kurz. „Wenn man einmal so etwas unsagbar Wertvolles, etwas so Einmaliges wie unser Wunder erleben durfte, dann hat man ganz einfach Angst, dass dieses Wunder eines Tages einfach aufhört zu leuchten, einfach verschwindet… weil man aufwacht und erkennt, dass es nur ein Traum war."

„Phoenix, ich… ich weiß nicht, was ich sagen soll…"

„Dann lass es. Sag nichts. Küss mich einfach. Mehr will ich nicht."

Statt einer Antwort, mal abgesehen davon, dass es ohnehin nichts gab, was ich hätte sagen können, legte ich meine Arme um seinen Nacken, schloss die Augen und küsste ihn.

Summer

Die Sekunden rieselten rasend schnell, wie winzige Staubkörner durch eine kaputte Sanduhr. Sandkörner, die die Zeit einatmete und als Minute wieder auspustete.

Atemzug um Atemzug.

Minute um Minute.

Stunde...

um...

Stunde.

Die Zeit würde weder stehenbleiben, noch würde sie mir eine Verschnaufpause gönnen... Wozu also warten? Wozu das Unvermeidliche aufschieben oder unnötig in die Länge ziehen? Ich brauchte Gewissheit. Wollte endlich wissen, ob die Manipulation meiner Erinnerungen, auch wenn ich davon längst überzeugt war, wirklich die Handschrift meines Vaters trug. Denn das würde bedeuten, dass er derjenige war, der Phoenix die Erinnerungen gestohlen hatte. ~~Nein, nicht gestohlen. Erinnerungen, die Phoenix ihm, aus welchen Gründen auch immer, wenn... anvertraut hatte. ANVERTRAUT. Nicht gestohlen. ANVERTRAUT.~~

Ein ungutes Gefühl erwachte. Schlängelte sich durch meinen Verstand und vergiftete im Bruchteil einer Sekunde meine Gedanken. Irgendwie fühlte sich das, was ich vorhatte, mit einem Schlag falsch an. Verwerflich. Unmoralisch.

Sofort brachte ich das schlechte Gewissen zum Verstummen, sperrte die damit verbundenen Gefühle weg. Für das

Vater-Tochter-Gespräch, dass gleich stattfinden würde, brauchte ich einen kühlen Kopf. Ich durfte mich nicht ablenken lassen. Weder von meinen Gedanken noch von meinen Gefühlen. Ich durfte kein unnötiges Risiko eingehen. Durfte keinem anderen Gefühl zuhören als dem Hass, der tief in mir schlummerte. Es stand einfach zu viel auf dem Spiel.

June tippelte unruhig durch mein Zimmer. Stillschweigend. Ohne einen Ton von sich zu geben. Und zwar seit wir hier angekommen waren. Am liebsten würde ich sie fragen, was sie beschäftigte, warum sie so nervös war, doch irgendetwas hielt mich davon ab, ihr diese Frage zu stellen.

Vielleicht war sie nur nervös, weil sie gleich den Mann treffen würde, auch wenn sie ihm nicht direkt gegenüberstehen und somit nicht in die Augen würde gucken können, der für das Verschwinden ihres Vaters, des Phantoms, verantwortlich war. Vielleicht hatte sie Angst, dass sie den Hass nicht würde kontrollieren können, der jedes Mal dann in ihr erwachte, sobald sie an das gesichtslose Monster dachte.

Denn auf gewisse, wenn auch unerklärliche Weise, schien mein Vater sie an ihren eigenen zu erinnern. Vielleicht, weil er der Einzige war, der wusste, wo das Phantom gefangen gehalten wurde. Und somit der Einzige war, der verhinderte, dass sie ihre Rachegelüste ausleben durfte.

Ich war so in meinen eigenen Gedanken versunken, dass ich Junes Umarmung erst registrierte, als sie mich fest an sich drückte. „Bist du sicher, dass du das möchtest?“, fragte sie leise und mit einer Stimmfarbe die mich, genau wie ihre eigentliche Frage, verwirrte.

Ich löste mich aus der Umklammerung, suchte ihren Blick. „Warum sollte ich es nicht wollen? Ich mein... das Ganze war schließlich meine Idee.“

„Warum? Vielleicht weil du dir, seitdem wir diesen Raum betreten haben, ununterbrochen Gedanken machst. Die ganze Zeit zerbrichst du dir den Kopf… Und ich frag mich, ob es daran liegt oder liegen könnte, dass ich gleich Erinnerungen sehen könnte, die du selbst vielleicht vergessen hast, aber von denen du nicht möchtest, dass sie jemand sieht."

Seltsam, wie verwirrend die Gefühle waren, die in diesem Moment in mir erwachten. June glaubte ich wäre nervös? Sie irrte sich… es war nicht meine Nervosität, die ich spürte, sondern ihre. Doch aus Gründen, die ich mir selbst nicht erklären konnte, zog ich es vor zu schweigen. Vielleicht war es besser sie in dem Glauben zu lassen, dass ich diejenige wäre, die beunruhigt zu sein schien, als sie mit ihren eigenen Gefühlen zu konfrontieren.

„Nein. Ich habe nicht vor einen Rückzieher zu machen." Plötzlich spürte ich die dunklen Gefühle meines Vaters und sagte leise, aber bestimmend: „Los. Versteck dich. Er kommt…"

June lief hinüber ins angrenzende Badezimmer, schloss die Tür so weit, dass sie nur noch einen Spalt breit offenstand und während ich meine Schutzbarriere verstärkte, betrat der König mein Zimmer… ohne vorher anzuklopfen.

„Schon mal was von anklopfen gehört?" Meine Stimme kühl. Distanziert. Ungehemmt starrte ich ihm in die Augen. In seine eiskalten Augen.

„ICH habe noch nie angeklopft. Und ich werde mit Sicherheit nicht jetzt damit anfangen. Erst recht nicht, wenn meine geliebte Tochter den Wunsch äußert mich zu sehen", verkündete mein Vater ohne den Hauch eines Gefühls in der Stimme.

Sein Blick ruhte auf mir, kalt… herausfordernd. Er wollte mich einschüchtern, versuchte mich zu verunsichern. Ich hasste es, wenn er glaubte auf diese Art meine Gefühle manipulieren zu können und doch spürte ich, wie dieser Hass anfing mich abzulenken. Das durfte ich nicht zulassen. Ich hasste ihn, ja… aber noch mehr hasste ich seine herablassende Art…Wie durch ein Wunder schaffte ich jedoch dieses Gefühl zu ignorieren, auszublenden, es einfach, wie auf Knopfdruck, auszuschalten. Kalt lächelnd erwiderte ich seinen Blick.

„Warum wolltest du mich sehen?"

„Darf eine Tochter ihren Vater nicht sehen wollen?", fragte ich mit gespielter Unschuldsmiene und schenkte ihm ein hinterhältiges Lächeln.

Er lachte, zynisch. In seinem Blick erwachte ein mir allzu vertrauter Ausdruck. Vorsicht. „Sag, was du zu sagen hast. Ich habe schließlich nicht ewig Zeit."

„Das heißt, es gibt etwas, das wichtiger ist als ich? Deine überallesgeliebte Tochter?! Vater", sagte ich kühl, „ich fühl mich gekränkt."

„Summer", knurrte mein Vater, „Was soll das werden?"

„Nichts… VATER", antwortete ich herablassend, machte einen Schritt auf ihn zu und blieb unmittelbar vor ihm stehen.

Während ich ungefragt in seine aus Kälte bestehende Gefühlswelt eintauchte, sah ich ihm provokativ in die Augen. Von meinem kleinen Tauchgang bekam er nichts mit. Allein diese Gewissheit, zu spüren, dass er vollkommen ahnungslos war, ließ mich innerlich lächeln.

„Ich habe mich nur gefragt, wieso du mir einen Teil meiner Erinnerungen gestohlen hast? Aus Furcht? Wobei sich da die Frage stellt, wovor solltest du dich fürchten? Aber vielleicht hast du es ja nur getan, um mir eine Lektion zu erteilen... Wäre schließlich nicht die Erste. Wobei sich da wiederum die Frage stellt, was eine Lektion bringt, wenn man nicht einmal weiß, dass einem eine Lektion erteilt wurde. Doch was, wenn du es getan hast, um mich zu beschützen?"

Bei der Erwähnung des Wortes *beschützen* flackerte für einen winzigen Moment das Gefühl von Panik in seinem Blick auf. Ein Gefühl, dass absolut keinen Sinn ergab... doch bevor ich länger darüber nachdenken konnte, war es auch schon wieder verschwunden. Und ich fuhr mit meiner kleinen Ansprache unbeirrt fort.

„Doch man kann nichts beschützen, was einem nichts bedeutet. Abgesehen davon, wissen wir beide, dass du unfähig bist Gefühle, egal welcher Art, zuzulassen. Also fällt auch diese Möglichkeit weg. Und, um nicht länger unnötig im Dunklen herumzutappen, dachte ich mir... frag ihn doch einfach. Nur DESHALB wollte ich dich sehen. Denn ich wollte dir bei dieser Frage ins Gesicht gucken, in die Augen."

Ich merkte, wie seine Barriere anfing zu bröckeln. Bevor ich jedoch die Möglichkeit bekam sie endgültig zu zertrümmern, zog er die Mauern wieder hoch. Es hatte nur den Bruchteil einer Sekunde gedauert, aber dieser winzige Moment hatte gereicht, um einen Blick hinter seine Fassade erhaschen zu können

Das, was ich gesehen hatte, verwirrte mich mehr als ich zugeben wollte. Zum ersten Mal hatte ich seine Furcht gespürt.... Und zwar in einer Intensität, wie ich sie mir nie hätte vorstellen können. Bisher war ich immer davon ausgegangen, dass es nichts gab, wovor er sich fürchtete.

Denn, ob ich es zugeben wollte oder nicht... die Tatsache, dass er Furcht empfinden konnte, bedeutete, dass er sehr wohl in der Lage war zu fühlen. Echte Gefühle empfinden zu können. Während ich darüber nachdachte, erwachte in mir eine tiefe Traurigkeit. Zu wissen, dass der eigene Vater in der Lage wäre zu lieben… es aber nicht tat, zeigte mir auf erschreckende Art, dass wir ihm nur deshalb so gleichgültig waren, weil er es so wollte.

Er wollte uns nicht lieben…

Er könnte, wenn er wollte…

ABER er wollte nicht.

Diese Erkenntnis traf mich unvorbereitet, zog mir, für den Bruchteil einer Sekunde, den Boden unter den Füßen weg. Dieser *Verrat*, denn genau DAS war es in meinen Augen, schmerzte.

Der Schatten eines Lächelns versteckte sich in seinen Augen, während er mich anstarrte, während sein Blick auf meinem Gesicht ruhte, weil er nach Antworten suchte. Ich schwieg. Hielt seinem kalten Blick stand. Hielt seinem stillen Verhör stand. Weil mir die Stille vertraut war. Eine Stille, die er nicht verstand und auch niemals verstehen würde. Ich ignorierte den Schmerz, brachte die damit verbundenen Gefühle augenblicklich zum Verstummen. Ich durfte… nein, *wollte* dem König nicht zeigen, was ich herausgefunden hatte, was ich in den Tiefen seiner Seele gespürt hatte. Also konzentrierte ich mich einzig und allein auf meinen Hass. Blendete alles andere aus… nur so, konnte ich mich, mein Herz und meine Seele, in diesem Moment schützen.

„Ich weiß nicht, wie du darauf kommst, dass ich irgendwelche Erinnerungen manipuliert haben sollte“, sagte er ruhig… vollkommen ruhig. Allein die Tatsache, dass er vorgab nicht zu wissen, wovon ich sprach, schürte meinen Hass.

„Du lügst. Ich weiß, dass du es gewesen bist!“ brüllte ich, lauter als beabsichtigt. Ich ertrug diese Lüge nicht. Dieses scheinheilige Getue.

„Summer, mein liebes Kind, du irrst dich.“

„Sei still, Vater. Sei. Einfach. Still.“

„Wie soll ich dir deine Frage beantworten, wenn du mir den Mund verbietest anstatt mich zu Ende reden zu lassen?“

„Ich will keine Lügen, keine Schauermärchen oder sonst irgendetwas von dir hören! NUR die Wahrheit. Ich will, dass du mir die Wahrheit sagst. Ich will verflucht nochmal wissen, warum du meine Erinnerungen manipuliert hast? Oder die von Phoenix? Das, und nur DAS, möchte ich von dir hören. Nichts anderes. Also... Rede. Sag mir warum.“

„Du willst die Wahrheit? Welche? Deine? Oder meine? Denn die Wahrheit, so wie du behauptest, die möchtest du doch gar nicht hören. Also, verrate mir... was du dir von der Wahrheit, wie auch immer diese aussehen mag, versprichst... oder WAS genau du dir davon erhoffst?“

„Was?“, kreischte ich. „Ernsthaft? Du fragst mich allen Ernstes, warum ich die Wahrheit hören möchte?“

„Wie gesagt…“, murmelte er leise vor sich hin. „Die Wahrheit *selbst* scheint dich ja nicht sonderlich zu interessieren.“

„Natürlich interessiert mich die Wahrheit“, schoss ich wütend zurück. Seine gespielte Gelassenheit in Verbindung mit seiner Ruhe, war etwas, womit ich nicht umgehen konnte. Ich wusste, dass ich mich beruhigen musste, aber ich konnte nicht. Es ging einfach nicht. Der Hass beeinträchtigte mein Urteilsvermögen. Für einen kurzen Moment schloss ich die Augen, atmete tief durch.

„Wenn dich die Wahrheit wirklich interessiert, so wie du behauptest, dann frag ich dich, warum du sie nicht erkennst?"

„Was willst du damit sagen?", fragte ich mit zittriger Stimme und drängte den Hass weiterhin zurück.

„Ich sagte bereits, dass ich keine einzige deiner Erinnerungen manipuliert habe. ABER das scheint dich nicht zu interessieren. Und soll ich dir auch verraten, warum das so ist? Weil du WILLST, dass ich es gewesen bin. Zugegeben… ich bin ein Monster… und ja, für gewöhnlich nehme ich mir, was ich will, ohne Rücksicht auf die Gefühle anderer. Selbst die Gefühle meiner Töchter sind mir egal… Aber, wie ich dir bereits unzählige Male versucht habe zu sagen… ICH BIN NICHT DAS EINZIGE MONSTER und ob du es glaubst oder nicht – es gibt sehr wohl Monster, die schlimmer sind als ich. Viel schlimmer. Du willst wissen, warum ich so grausam zu dir bin? Warum ich dich ständig quäle? Denn genau das ist es, was du von mir denkst… WAS du erwartest. Und deine Erwartungen zu erfüllen, sind weiß Gott nicht immer leicht. Du hast keine Ahnung, *warum* ich bin wie ich bin. Also hör auf in mir einen Vater sehen zu wollen. Ich bin dein KÖNIG… Und ich tue das ALLES einzig und allein, weil ich verhindern will, dass jemand anderes dich verletzt… denn niemand, absolut niemand, darf meine Töchter quälen. Niemand. Abgesehen von mir. Nenn es egoistisch… nenn es skrupellos… mir egal, aber es ändert nichts an der Tatsache, dass ihr beide, du und Lia, dass ihr mir gehört."

„Ich gehöre niemanden. Und am allerwenigsten dir, VATER", knurrte ich, „du bist krank, einfach nur krank!"

„Solange ich lebe, wirst du immer mir gehören. Vergiss das nicht."

Jetzt, wo ich meine Wut kontrollierte, sah ich vieles klarer. Meinem Vater war deutlich anzusehen, dass er sich fürchtete… trotz seines lächerlichen Versuchs diese Furcht zu überspielen. Und ich wusste auch genau, wovor er sich fürchtete. Oder vielmehr vor WEM. Nämlich vor MIR.

Ich war diejenige, vor der er Angst hatte. Vor dem, was ich ihm antun könnte. Er wusste, hatte längst begriffen, dass ich herausgefunden hatte, dass er sehr wohl in der Lage war zu fühlen, dass er zu echten Gefühlen fähig war. Und jetzt hatte er Angst, dass ich nicht meine Gefühle auf ihn projizieren könnte, sondern seine. Dass ich jene Gefühle heraufbeschwören könnte, die er in den Tiefen seiner Dunkelheit vor sich und der Welt versteckte.

Wie Phoenix vermutet hatte – Das Einzige, wovor sich ein Monster fürchtete, wovor es wirklich Angst hatte, war die eigene Dunkelheit.

„Du glaubst, dass es schlimmere Monster gibt? Ich weiß, von wem du redest… Schon vergessen? Du hast mir von dem Phantom erzählt… von seinen Grausamkeiten… und davon, dass es meine Aufgabe wäre, ihn aufzuhalten. Aber trotz allem, was das Phantom getan hat… eins hat er nie getan… Er hat seinen Kindern nicht hinterrücks ein Messer in den Rücken gerammt… er hat ihnen, während er sie gequält hat ins Gesicht gesehen. Was man von dir nicht behaupten kann. Denn du, VATER, schaffst es nicht einmal, mir während deiner sogenannten Lektionen in die Augen sehen zu können."

„Du glaubst, du weißt ALLES über das Phantom?", knurrte er außer sich vor Wut. Seine Stimme bebte. Sein ganzer Körper zitterte. „Du weißt nichts. Nicht das Geringste." Er drehte sich weg. Konnte oder wollte mir nicht länger ins Gesicht sehen. „Vielleicht wirst du eines Tages erkennen, welches Monster das Grausamere ist. Das, dass es genießt seine Kinder zu quälen und ihnen dabei kalt lächelnd ins Gesicht sieht… oder das Monster, dass...“

Seine Worte wurden leiser und leiser… bis er schließlich aufhörte zu reden. Mit dem Rücken zu mir stand er vor der Tür, die Klinke fest umklammert und mit gesenktem Kopf.

Ich starrte ihn an… so lange, bis die Tür hinter ihm ins Schloss fiel… und er mich mit der Frage zurückließ, was für ein Monster ER glaubte zu sein…?

Ein leises, kaum wahrnehmbares Räuspern ertönte und durchbrach die mich umgebene Stille. June stand vor mir und sah mich mit einem Ausdruck in ihrem Blick an, den ich in diesem Moment nicht richtig deuten konnte. Es war eine sonderbare Mischung aus Entsetzen… Enttäuschung und einen Hauch von Mitgefühl…

„Du weinst…“ flüsterte sie leise, kaum hörbar, und doch konnte sie das Entsetzen in ihrer Stimme nicht verbergen.

„Tu ich überhaupt nicht“, knurrte ich wütend zurück.

„Doch. Tust du. Du willst es vielleicht nicht… aber du tust es“, erwiderte sie mit fester Stimme und wischte mir die Tränen vom Gesicht.

Als ich die Feuchtigkeit auf ihren Fingerspitzen entdeckte, verstummte ich für einen kurzen Moment und bevor ich wusste, was ich sagen wollte… hörte ich mich bereits leise murmeln: „Ich versteh es selbst nicht. Ich mein… ich hasse ihn. Ich hasse ihn *wirklich*. Ich fühle ihn, diesen dunklen Hass... und zwar jedes Mal, wenn ich an ihn denke und doch gibt es Momente, winzige… unbedeutende Momente, in denen ich mir wünsche, dass er mich in die Arme schließen würde, so wie unsere Mutter es immer getan hat. Manchmal wünsche ich mir einen Vater, einen richtigen Vater… doch dann erkenne ich, dass sich dieser Wunsch niemals erfüllen wird... und dann fang ich an mich zu hassen. Ich hasse es, mich so verletzlich zu fühlen... Ich hasse es, wenn er in mir Sehnsüchte weckt, die sich nie erfüllen werden... Ich hasse es, dass er nicht weiß, was es bedeutet ein Vater zu sein... Und jedes Mal, wenn ich diese Art des Hasses spüre, fang ich an zu weinen, ohne dass ich in der Lage bin es aufzuhalten."

Ich wischte die letzten verräterischen Tränen mit dem Handrücken vom Gesicht und drängte all die Gedanken an meine Sehnsüchte zurück.

„Summer", sagte June leise, „für das, was du fühlst... brauchst du dich nicht selbst zu hassen."

„Doch. Denn nach allem, was er Lia und mir angetan hat... oder Tyler und... Phoenix..." Bei dem Gedanken an Phoenix erwachte ein Schmerz, der mich nach Luft schnappen ließ. Mit zittriger Stimme fuhr ich schließlich fort „ist das, wonach ich mich sehne *verkehrt*."

„Jedes Kind, egal wie wenig es auch von der Liebe und dem Schmerz versteht... sehnt sich nach der elterlichen Liebe. Eine Liebe, die eigentlich so selbstverständlich sein sollte, wie die Luft, die man atmet."

„Und doch gibt es Monster, die nicht in der Lage sind Etwas, Irgendetwas, zu empfinden. Für die das Wort GEFÜHLE nicht einmal existiert. Monster, die noch nicht einmal die Luft in ihren Lungen spüren können... Und willst du auch wissen, wieso? Weil sie innerlich tot sind. Solche Monster haben die Liebe, die Sehnsüchte ihrer Kinder nicht verdient... Nicht nur, weil sie nichts von der Liebe verstehen, sondern weil sie diese immer wieder aufs Neue versuchen zu zerstören – und das mit all der Grausamkeit, die in ihnen existiert." Ich blinzelte und die dunklen Wolken verzogen sich.

Abwartend sah ich June an. Fragend, es gab schließlich Wichtigeres als über die geheimen Sehnsüchte eines nicht geliebten Kindes zu diskutieren. „Konntest du die fehlenden Erinnerungen sehen? Weißt du, welche er Phoenix und mir genommen hat?“

„Summer“, begann June zögerlich, atmete tief durch. Es schien fast so als würde sie nach den richtigen Worten suchen, als wüsste sie nicht, ob sie das, was sie zu sagen versuchte auch wirklich aussprechen sollte.

Ich schluckte. Sah sie erwartungsvoll an.

„Summer… das, was ich dir gleich sagen werde, wird dir nicht gefallen…“

„Schon klar“, sagte ich mit fester Stimme.

„Nein, du verstehst nicht“, seufzte sie und schloss die Augen. „Summer. Dein Vater… er hat die Wahrheit gesagt…“

„Die Wahrheit?“ wiederholte ich ungläubig, mit schriller Stimme. Verwirrt schüttelte ich den Kopf. Suchte ihren Blick. „Wie meinst du das? June? Sag schon… Was meinst du damit, dass er die Wahrheit gesagt hat?“

„Du weißt genau, was ich damit meine“, hauchte June zaghaft und in ihrem Blick spiegelte sich Bedauern wider. „Es tut mir leid. Ich wünschte, er wäre es gewesen… aber… es war nicht dein Vater, der eure Erinnerungen manipuliert hat.“

„Nein! Das... das kann nicht sein. Du musst dich irren. Er war es! Er muss es gewesen sein. Ich weiß es…. Ich…“

„Du willst, dass er es ist. Aber… so leid es mir auch tut und so gerne ich dir etwas Anderes sagen würde…“ June kam langsam auf mich zu. Unmittelbar vor mir blieb sie stehen, legte ihre Hand auf meine Schulter. „Dein Vater hat damit nichts zu tun.“

Ich hörte ihre Worte – und doch konnte mein Verstand es nicht begreifen. Vielleicht weil ich mich weigerte, auch nur ein Wort von dem was ich gehört hatte, für wahr zu erachten. Ich wollte ihr nicht länger zuhören. Alles, was ich wollte, war, dass sie mir sagte, dass sie sich irrte.

„Nein. Mir tut es leid", sagte ich kaum hörbar und im nächsten Moment verschwand ich. Ohne mich umzudrehen, verließ ich das Zimmer, ließ June einfach stehen. Doch ich ließ nicht nur ihre Gefühle hinter mir zurück... sondern auch ihre Worte...

Summer

Ziellos rannte ich durch den Korridor. Floh vor Junes Worten, vor einer Wahrheit, die ich nicht begreifen konnte. Meine Gefühle waren ein Flüstern, das mein Kopf nicht hören wollte. Leise. Viel zu leise. Gedanken verhedderten sich in meinem Herzen. In meiner Seele. Doch mein Verstand war nach wie vor außer Stande das Gehörte zu begreifen.

Vater sollte die Wahrheit gesagt haben?

Er sollte mich nicht, wie sonst immer, belogen haben?

Ein Lächeln stolperte von meinen Lippen. Kalt wie Eissplitter. Warum fiel es mir nur so verdammt schwer zu glauben, dass es bei ihm tatsächlich einen Moment der Ehrlichkeit gegeben hatte? ~~Erinnerungen im Herzen. Erinnerungen im Blut. Papa... es hatte ihn gegeben. Was, wenn es ihn immer noch gab?~~

Jede Erinnerung an ihn, als unseren Vater, war mit einer düsteren, unheilvollen, mit Kälte getränkte Emotion verbunden und es gab nicht einen, nicht einen einzigen Moment, wo er mich nicht mit Worten gedemütigt hatte. ~~Die Augen meiner Seele verfingen sich in der Vergangenheit. Mein Herz, es erinnerte sich. Es hatte sie gegeben... leuchtende, mit Liebe gefüllte Momente. Unvergessene Augenblicke... *Gestohlene Erinnerungen.*~~

Mein geliebtes Kind... Oh, wie ich es hasste, wenn er mich so nannte. Wenn er wagte, wenn er tatsächlich wagte, diese, für mich so kostbaren, wertvollen Worte auszusprechen. Jene

Worte, die Mama Lia und mir vorm Schlafengehen immer ins Ohr geflüstert hatte, damit die Göttin des Mondes uns in der Nacht mit Liebe gefüllte Träume schenken konnte. Eine Flut von Erinnerungen brach über mir zusammen. Erinnerungen an Mama. An ihre Liebe. Gefühle flohen, waren überall, wurden in alle Himmelsrichtungen zerstreut.

Ich schloss die Augen, konzentrierte mich auf meine Atmung. Hörte mein Herz schreien, spürte die Tränen meiner Seele, ehe einen Atemzug später die Hölle erwachte, weil die Stimme meines Vaters, seine damit verbundene Finsternis, mich und meine Erinnerungen verschluckte.

Alles, was ich jetzt spürte, war der in mir erwachte Hass, weil Vater, mal wieder geschafft hatte, diese Worte mit der Taubheit seiner Gefühle zu vergiften, diese in ein Folterinstrument zu verwandeln. ~~Worte, die jedoch auch in ihm Gefühle hervorriefen. Gefühle, die ich nicht sehen, nicht begreifen wollte...~~

Wenn Vater wüsste, welche Sehnsüchte tief verborgen in mir schlummerten, wenn er wüsste, dass ich die Hoffnung auf seine Liebe noch nicht aufgegeben hatte, wäre es für ihn ein weiterer Sieg… Hohn und Spott… Vaterliebe? Das ich nicht lachte.

Erneut spürte ich die Kälte, die mich, seit ich denken konnte, jedes Mal dann heimsuchte, wenn ich an meinen Vater dachte. Völlig unerwartet erwachte ein Gedanke. Leise. Kaum spürbar. Und doch schaffte dieser mich aus der Bahn zu werfen. Ich versuchte den Gedanken auszublenden, ihm keine Beachtung zu schenken. Aber egal, was ich versuchte… die damit verbundene Stimme wollte nicht verstummen, wollte nicht zum Schweigen gebracht werden. Je länger ich versuchte all das zu ignorieren, desto lauter, intensiver, wurde die Frage...

Die Frage nach dem WARUM?

Warum sollte Vater, oder wer auch immer, sich die Mühe machen die Erinnerungen an ihn zu manipulieren, nur um sie letztendlich in unveränderter Form durch andere ersetzen zu können?

Das ergab keinen Sinn…

egal, wie ich es drehte und wendete.

Ich prallte gegen etwas Hartes, ehe mich im nächsten Moment starke Arme auffingen und meinen Sturz verhinderten. Stolpernd blieb ich auf den Füßen stehen. Hob meinen Kopf… und begegnete Tylers Blick.

„Summer...“, Tyler sah mich fragend an. „Alles in Ordnung?“

Schwer atmend schmiegte ich mich an seine Brust und merkte, wie sich meine Augen mit Tränen füllten. Tränen der Wut. Der Enttäuschung. Bevor er diese jedoch bemerken konnte, wischte ich sie weg. Er sollte nicht sehen, wie aufgewühlt ich war. „Ja, alles in Ordnung“, log ich und kniff die Augen fest zusammen.

Tyler schob mich sanft von sich weg, machte einen Schritt zurück. Suchte meinen Blick und sah mir tief in die Augen. „Du warst schon immer eine miserable Lügnerin… und daran wird sich nie etwas ändern. Also? Was ist los?“

Gespielt gleichgültig zuckte ich mit den Schultern und lehnte mich seufzend gegen die Wand. „Ich… ich bin nur etwas durcheinander. Das ist alles.“

„Und?“, fragte er, wobei er das Wort in die Länge zog und mich forschend ansah.

„Nichts *und.*“

„Du weißt, dass ich nicht eher verschwinden werde, bis du mir gesagt hast, wer oder was dich so durcheinandergebracht hat."

„Schon mal darüber nachgedacht, dass ich nicht will, dass du es erfährst…"

„Warum solltest du es mir nicht sagen wollen? Wir beide, du und ich, wir sind mehr als nur Freunde. Summer, du bist meine FAMILIE. Du kannst mir alles sagen. Alles. Und das weißt du..."

„Du machst es einem echt nicht leicht, Tyler!", brummte ich. „Mein Vater…" begann ich leise, schaffte aber nicht den angefangenen Satz zu beenden.

„Was ist mit deinem Vater? Was hat er getan?"

„Nichts", lachte ich sarkastisch. „Nichts, das ist es ja…"

Seufzend lehnte Tyler sich neben mir an die Wand. „Würde es dir etwas ausmachen, mir das genauer zu erklären… irgendwie bin ich gerade etwas verwirrt…"

„Du verwirrt?! Was meinst du, was ich bin?!" Ich senkte den Blick, schloss leise seufzend die Augen und fing an Tyler alles zu erzählen. Angefangen bei Junes Behauptung, dass sowohl meine als auch Phoenix Erinnerungen manipuliert worden wären, über die Bilder aus der Erinnerung des jungen Prinzen (wobei ich Tyler verschwieg, dass Phoenix und der Schattenprinz, dass es sich dabei um ein- und demselben Dämon handelte)... bis hin zu dem Versuch gerade eben herausfinden zu wollen, ob mein Vater hinter der Manipulation steckte. ~~Die Tatsache, dass die Prophezeiung, die wir gefunden hatten, die des Schattenreichs war, und nicht die des Lichts, behielt ich, aus welchen Gründen auch immer, ebenfalls für mich.~~

„Und jetzt bist du enttäuscht, weil er dir die Wahrheit gesagt hat?“, fragte Tyler unsicher und holte im nächsten Moment tief Luft.

„Du verstehst es nicht“, murmelte ich brummig, „Ich wünschte, dass er es gewesen wäre…“

„Warum? Ich… ich versteh das nicht, Summer. Warum willst du unbedingt, dass dein Vater derjenige ist?“

„Ist das nicht offensichtlich?“

„Nein!“, gestand Tyler und suchte meinen Blick. „Würde ich sonst fragen?“

„Du weißt, was ich über meinen Vater denke. Du weißt, wie sehr ich ihn hasse. Genauso wie du weißt, dass ich ihn für ein Monster halte… Doch jetzt, wo ich weiß, dass er nicht derjenige gewesen war, der mich manipuliert hat…“ Ich seufzte. Holte tief Luft und beendete schließlich meinen angefangenen Satz. „Tyler… Irgendjemand manipuliert mich… und nicht zu wissen WER dieser Jemand ist… ist unerträglich.“

„Was sind das für Erinnerungen?“

„Das ist es ja. Das alles… das ergibt keinen Sinn. Warum sollte mir jemand meine Erinnerungen manipulieren? Oder besser gesagt…warum ersetzt man die neuen Bilder durch alte? Monster wird durch Monster ersetzt. Das ist totaler Schwachsinn! Ich mein… ich könnte verstehen, wenn die Erinnerungen an meinen Vater durch Bilder ersetzt werden würden, wo ich einen liebenden Vater hätte… Dann würde das Alles wenigstens Sinn ergeben. Verstehst du? Ich wüsste, dass es ein Spielzug meines Vaters wäre, ausgeführt von irgendeinem seiner Marionetten oder so. Wenn meine Erinnerungen mich glauben lassen würden, dass er mich liebt und er mir dann erneut beweisen kann, was für ein grausames herzloses Monster er wäre… dann wüsste ich, dass er diesen sadistischen Spielzug genießen würde… weil es einfach zu ihm passen würde…“

„Genau das mein ich ja“, stimmte Tyler mir zu. „Summer?!... Was, wenn diese June das alles nur erfunden hat? Was, wenn sie lügt?“

„Du redest ja schon wie Phoenix.“

„Vielleicht hat mein lieber Bruder ja ausnahmsweise mal Recht. Ich mein, du sagst ja selbst, dass es keinen Sinn ergibt.“

„Ja… schon…“, gestand ich leise, „das Problem ist, dass ich June, im Gegensatz zu euch beiden, aber glaube.“

„Du bist viel zu gutgläubig…“, sagte er und ein merkwürdiges Zittern lag in seiner Stimme.

„Und wenn schon?!“, erwiderte ich gekränkt. „Was ist verkehrt daran? Soll ich ständig alles in Frage stellen? Niemandem mehr vertrauen… und irgendwelche Verschwörungstheorien sehen, wo es keine gibt?“

„Nein. Aber…“

„Nichts ABER!“, sagte ich mit fester Stimme.

Er legte mir die Hand auf die Schulter und seufzte leise „Sorry… aber dieses Mal kann ich dir nicht zustimmen. Irgendetwas führt diese June im Schilde… und ich werde herausfinden, was…“

„Wie wäre es, wenn du versuchst es jetzt herauszufinden. Da hinten kommt sie gerade. Frag sie doch einfach.“

June kam direkt auf uns zugelaufen. Ihr Blick wanderte zwischen Tyler und mir hin und her, ehe sie Tyler ein zaghaftes, ja... beinahe schüchternes Lächeln schenkte. „June… Und du bist?“

„Tyler“, sagte er mit tonloser Stimme.

„DU?!“, sagte June und es hörte sich irgendwie komisch an. So, als wenn sie ihn von irgendwo her kennen würde… allerdings schien das nicht auf Tyler zuzutreffen. Denn in seinem Blick lag alles andere als ein Ausdruck, der darauf schließen lassen würde, dass er June von irgendwo her kannte.

Junes Lächeln veränderte sich. Wurde zu einem wissenden Grinsen. Als hätte sie etwas herausgefunden. Wohingegen in Tylers Augen eine nicht nachvollziehbare Furcht erwachte. Als hätte er Angst, als wüsste er WARUM June so durchtrieben grinste. Ein nicht nachvollziehbarer Schmerz raste in tödlicher Gier durch meinen Körper, durch meinen Verstand, tauchte meine Gefühle in ein Meer aus dunkler Seide, in ein Meer der Kälte. Sofort schirmte ich mich ab. Sperrte die beiden instinktiv aus.

Jetzt wäre Gedankenlesen nicht schlecht.

Verwirrt schüttelte ich leicht mit dem Kopf. Sah Tyler besorgt an und fragte, bevor ich es verhindern konnte: „Tyler? Stimmt was nicht?“

„Nein“, antwortete June mit einem breiten Grinsen im Gesicht. „Tyler scheint nur gerade herausgefunden zu haben, dass ich nicht vorgebe jemand zu sein, der ich nicht bin. Nicht wahr, Tyler? Und jetzt hat er einfach Angst, dass ich ihm sagen könnte, dass seine Erinnerungen ebenfalls manipuliert worden sind. Genau wie die von Phoenix und dir.“

Tylers Augen veränderten ihre Farbe. Wurden dunkel. Schwarz. Glitzernde Flammen tanzten, für den Bruchteil einer Sekunde, in seinem Blick. Ich wusste, dass sich seine Augenfarbe nur veränderte, wenn er wütend war… oder wenn er versuchte mich auszusperren. Doch, da ich Tyler und June bereits selbst ausgesperrt hatte, blieb mir nichts anderes übrig als die Frage, die mir auf der Zunge brannte, einzusperren.

Jetzt war nicht der passende Moment, um Tyler danach zu fragen.

Natürlich könnte ich in seine Gefühle eintauchen, ohne, dass er etwas davon mitbekommen würde… aber da ich davon ausging, dass er mich lediglich aussperrte, um mich nicht unnötig zu verwirren, zog ich es vor, nicht unerlaubt in seinen Gefühlen herumzuschnüffeln.

„Und?", knurrte Tyler und versuchte den zornigen Ausdruck in seinem Blick zu unterdrücken.

„Na, was glaubst du denn?", fragte June mit engelsgleicher Stimme und schaute ihm dabei tief in die Augen. Sie schien sich einen Spaß daraus zu machen.

Wenn ich eins nicht leiden konnte, dann war es, wenn jemand absichtlich mit Tylers Gefühlen spielte. „June", sagte ich mit fester Stimme. „Lass den Scheiß! Tyler ist mein Freund. Mein bester Freund! Und ich will nicht, dass du…"

„Dass ich was?", fragte sie und wandte sich jetzt mir zu. „Dass ich ihm sage, dass ich Bescheid weiß? Dass ich weiß, was er über mich denkt..."

„Es tut ihm leid, okay… Ich mein, er ist eben wie Phoenix. Es fällt ihnen schwer anderen zu vertrauen… und…" weiter kam ich nicht, denn Tyler fiel mir ins Wort.

„Hör zu, June", begann er leise und suchte ihren Blick. „Vielleicht war es verkehrt dich zu verurteilen, ohne dich zu kennen. Und genau aus diesem Grund bitte ich dich, nicht denselben Fehler zu machen. Lass uns reden. Allein. Ohne Summer…"

Ich wirbelte zu Tyler herum. „Du willst allein mit ihr reden? Vor nicht einmal fünf Minuten…"

„Ich weiß“, sagte Tyler besänftigend. „Und ja, du hast Recht… ich habe Angst. Angst vor dem, was June gleich sagen könnte. Doch… Verdammt, Summer. Ich möchte nicht, dass du dir unnötig Sorgen machst. Ich werde jetzt mit June reden. Allein. Und erst, wenn du dich beruhigt hast… wenn dich die Sache mit deinem Vater nicht mehr so mitnimmt, werde ich dir alles erklären. Versprochen.“

„Vielleicht hast du Recht. Vielleicht wäre es wirklich besser, wenn ich erst einmal in Ruhe über alles nachdenke“, hörte ich mich schließlich sagen. Einen Atemzug später drehte ich mich um und lief den Korridor entlang.

Bevor ich um die Ecke bog, warf ich einen kurzen Blick über die Schulter. June und Tyler standen noch immer an derselben Stelle. Starrten sich stillschweigend, mit Wut im Herzen, an. Dieser winzige Moment flüsterte mir, meiner Seele, trotz der Entfernung, geheime Botschaften zu. Verschlüsselte Nachrichten. Gedanken, die mich schlagartig mit Misstrauen fluteten. Und, obwohl ich spürte, was dieses Gefühl mir versuchte zu sagen, ignorierte ich es. Die Stimme der Vernunft – ich wollte sie nicht hören.

Summer

Ich wollte mich gerade mit einem frustrierten Seufzer aufs Bett schmeißen, als ein Flimmern, magisch hell und leuchtend schön, meine Aufmerksamkeit erregte. So magisch wie ein geflüsterter Kuss. So einzigartig wie aus gefrorenem Licht gemalte Eistränen. Dieses frostweiße Flimmern strahlte mir aus jenem Spiegel entgegen, den ich bereits unzählige Male versucht hatte zu zerstören. Den Seelenspiegel.

Der Rahmen - ein filigranes, aus purem Gold bestehendes Kunstwerk. Das Spiegelglas bestand aus Perlmuttstaub. Mit jenem glitzernden Staub, der entstand, wenn ein Schmetterling hinauf zu den Wolken flog. Der feine glitzernde Staub, der dann vom Himmel rieselte, war nur für jene sichtbar, die eine reine Seele besaßen. Und, weil dieser Spiegel sich genauso wenig von der Äußerlichkeit blenden ließ, wurde der eingefangene Flügelstaub einzig und allein für diesen Spiegel eingefangen.

Das Licht flammte in meinen Augen auf, ehe es sich einen Atemzug später auf mein Herz, meine Seele, meinen gesamten Körper ausbreitete. Die Augen, die mir in dieser Sekunde entgegenstarrten, zeigten mir das, wovor ich die letzten Jahre versucht hatte zu fliehen.

Die Wahrheit.

Kein Spiegel unserer Welt war in der Lage, einem das wahre Gesicht zu zeigen. Kein Einziger. Bis auf dieser. Dieses Glas zeigte einem das, was kein Auge in der Lage war zu erkennen... das tiefverborgene ICH. Die Seele.

Während ich jeden Tag versucht hatte die Welt, und letztendlich auch mich selbst, davon zu überzeugen, dass einzig und allein Dunkelheit in mir existieren würde, hatte mir dieser Spiegel immer wieder aufs Neue die in mir verborgene ~~weggesperrte~~ Liebe gezeigt.

Das Licht.

Mein Licht.

Ganz egal, wie sehr ich versucht hatte die Welt zu belügen, dieser Spiegel hatte mir immer wieder gezeigt, dass keine existierende Dunkelheit in der Lage sein würde, mir mein Licht zu stehlen, dass ich niemals aufhören würde zu leuchten.

Die Liebe hatte meine Seele erstrahlen lassen, schweben lassen, und doch hatte ich das Licht, die darin verborgene Wahrheit, weder sehen noch in meinem Herzen spüren wollen. Genau aus diesem Grund hatte ich versucht den Seelenspiegel zu zerstören. Immer und immer wieder. Mit jedem Schlag hatte das Glas Risse davongetragen. Jeder einzelne dieser Risse war für mich gleichbedeutend mit einer Narbe. Narben, die auf meiner Seele entstanden waren, während ich versucht hatte jemand zu sein, der ich nicht war.

Jede Lüge schmerzte.

Doch die Wahrheit… konnte ebenso verletzen. Jetzt, wo ich *mich* nicht länger verleugnete, wand ich den Blick nicht ab. Ich sah das Leuchten, in meinem Blick, um mich herum. Ich strahlte. Und zum ersten Mal genoss ich diesen Anblick, ohne schlechtes Gewissen.

Vorsichtig berührte ich mit der Fingerspitze das kühle Glas, zeichnete die Risse nach, jeden einzelnen. Die Augen, die mir entgegenstarrten, zauberten mir ein Lächeln ins Gesicht und eine volle Minute lang konnte ich nichts Anderes tun, als dieses befreiende Lächeln zu bewundern.

Schließlich trat ich vom Spiegel zurück, lief hinüber zum Fenster. Mein Blick verlor sich gerade in der Schönheit der Nacht, als sich im gleichen Atemzug die Tür öffnete. Ein zarter Windhauch, wie eine geflüsterte Liebeserklärung, wehte über mich hinweg. Ich fühlte das Erwachen der Magie und drehte mich lächelnd um.

Phoenix.

Sofort begegneten sich unsere Blicke.

Auch er lächelte.

Langsam kam er auf mich zugelaufen, blieb direkt vor mir stehen. Sein Atem strich zärtlich über mein Gesicht und ich hörte, wie unsere Herzen im gleichen Rhythmus schlugen. Er neigte den Kopf, fing an meinen Hals mit winzigen gehauchten Küssen zu bedecken. Seine Hände ruhten auf meiner Hüfte und bevor ich wusste, was geschah, drückte er mich mit dem Rücken gegen die Wand. Er hob den Kopf, holte tief Luft. Ich wollte den Blick senken, aber ich konnte nicht… ich sah nur noch ihn. Meinen dunklen Engel.

„Und?", fragte er mit rauer Stimme, während mich seine Gefühle um den Verstand brachten, mir die Sinne vernebelten.

„Und was?"

„Oh...", brummte er zufrieden und schenkte mir dieses umwerfende charismatische Lächeln. Strich mir übers Gesicht, über den Hals, über mein Schlüsselbein, bis hinab zu meiner Hüfte… zu meinem Po. „Dich mit nur einer einzigen

Berührung alles vergessen zu lassen", seufzte er gefühlvoll und hauchte mir einen Kuss auf den Mund. „Ist etwas, woran ich mich nie gewöhnen werde."

Die Gefühle, die lachende Zerstreuung, die er jedes Mal in mir auslöste, waren unbeschreibliche, nicht in Worte zu fassende, Momente voller Liebe. Zu wissen, dass ich die Ewigkeit mit ihm verbringen durfte, war für mich das größte Glück, das schönste Geschenk. Jede Emotion, die er in mir hervorrief, so einzigartig wie unsere Liebe selbst. „Küss mich endlich…", hauchte ich, erfüllt von freudiger Sehnsucht.

Starke Arme legten sich um meine Taille und einen Herzschlag später hob er mich hoch. Meine Beine schlangen sich von ganz allein um seinen Körper. Ich war gefangen zwischen ihm und der Wand, die ich im Rücken spürte. Sein Blick fesselte mich und ich atmete seinen Duft ein. Erwartungsvoll biss ich mir auf die Lippe und verbotene Gefühle rauschten durch meinen Körper, während sich meine Hände um seinen Nacken legten.

Langsam kam sein Gesicht näher. Und näher. Bis seine Lippen mich berührten. Doch, anstatt mich zu küssen, hauchte er heiser: „Wenn du wüsstest, wie viel Macht du über mich besitzt…"

„Hoffentlich genauso viel, wie du über mich..."

Ich vergrub mein Gesicht in seiner Halsbeuge, genoss dieses überwältigende Gefühl. Das Gefühl der Liebe. Lächelnd öffnete ich die Augen... ehe mein Blick einen Herzschlag später in dem mir gegenüberstehenden Spiegel hängenblieb. Ich sah Phoenix Rücken, mein strahlendes Gesicht, ehe ich die Dunkelheit bemerkte, die uns wie ein aus dunkler Seide bestehender Schatten umhüllte.

Meine Seele rang nach Atem, wollte die dunkle Schönheit, das schwarze Schimmern, berühren. Ich fühlte, wie seine Dunkelheit über meine Haut streichelte, fühlte, wie sie meine Seele küsste, umarmte und mein Herz die Farbe der Liebe, wie einen am Himmel erwachten Regenbogen, einatmete.

Wortlos nahm ich sein Gesicht in meine Hände, und das Flüstern seiner Augen, die Tiefe seiner Liebe, die sich in dem smaragdgrünen Meer spiegelte, wie Mondlicht auf dem Meer der Träume bei Nacht, beraubte mich meiner Stimme. Mein Herz stolperte, wollte zu ihm, sich von ihm in die Arme schließen lassen... und dann, völlig unerwartet… hörte ich die Worte der Prophezeiung des Schattenreichs in meinem Kopf…

Wenn bedingungslose Liebe sich mit unbändigem Hass vermischt, wenn Kälte das Eis zerbricht… und Licht auf Dunkelheit trifft, wird zusammengeführt, was zusammengehört.

Liebe und Hass.

Licht und Dunkelheit.

Feuer und Eis.

Das eine kann ohne das andere nicht existieren…

Zwei Herzen, vereint in einer Seele.

Eine Seele, dazu bestimmt, die Gefühle aus der Obhut des Vergessens zu befreien.

Eine Seele, geküsst von der Dunkelheit, so unsterblich wie die Zeit.

Die Worte – ich sah sie vor mir… wie auf einem Blatt Papier, geschrieben mit einer Tinte so blau wie das Meer, so tief wie der Ozean. Unberührbar. Gehüllt in Vollkommenheit.

Noch während ich darüber nachdachte, fühlte ich, wie eine Welle des Schocks durch mich hindurchjagte. Das, was ich fühlte, war nicht bloß eine Vermutung… nein, es war Gewissheit. Die Puzzlestücke setzten sich zusammen. Jedes einzelne. Stück für Stück. Plötzlich begriff ich was hinter der Prophezeiung steckte. Fühlte die unausgesprochenen Worte. Die, zwischen den Zeilen, versteckte Botschaft.

Es ging um Phoenix. In seiner Seele existierten Licht und Finsternis. Nebeneinander. Seite an Seite. Zwei Herzen. In der Vergangenheit hatte er stets versucht gegen die Finsternis, gegen das Erbe der Magie, anzukämpfen...

Die Worte, die die Schicksalsgöttin dem Goldenen Buch anvertraut hatte, dienten nur einem Zweck - Phoenix die Angst zu nehmen, die Angst vor der Dunkelheit, die in ihm schlummerte. Jene dunkle Seite, die in jedem von uns existierte. Zwei Seiten derselben Magie. Licht und Dunkelheit. Liebe und Hass. Um die Prophezeiung erfüllen zu können, muss er beide Seiten in sich vereinen. Licht und Finsternis müssen zusammengeführt werden.

Auf einmal sah ich alles so viel klarer… nicht nur in Bezug auf die Prophezeiung. Die geflüsterten Worte des Goldenen Buches ergaben einen Sinn. Seine bedingungslose Liebe war das Licht seiner Seele. Sein unbändiger Hass auf das Phantom... die Atemzüge seines Herzens.

Doch, damit sich die Prophezeiung des Schattenreichs erfüllen konnte, MUSSTE Phoenix sich an seine Vergangenheit erinnern. Sofort stellte ich mir die Frage, WAS June versuchte vor ihm zu verbergen? WAS so grausam war, dass es Phoenix zerstören könnte? Warum hatte ich ihr schwören müssen ihm NICHTS zu sagen?

Obwohl das alles nur den Bruchteil einer Sekunde dauerte, fühlte es sich an, wie eine nie enden wollende Ewigkeit. Wie sollte ich mich jetzt verhalten? Was war richtig? Was falsch?

Sollte ich es ihm sagen? Oder wäre es besser ihm die Wahrheit, seine Vergangenheit, vorzuenthalten?

Wobei... wie sollte ich ihm etwas begreiflich machen, von dem ich nichts wusste? Ja, noch nicht einmal etwas ahnte... Wie sollte ich ihm glaubhaft versichern, dass er derjenige war, der in der Prophezeiung beschrieben wurde, dass er der dunkle Prinz war? Der Sohn des Dämons, der meinen Tod wollte? Wie sollte ich ihm sagen, dass er in Wahrheit versuchte seinen eigenen Vater umzubringen?

Explosionsartig erwachte eine Erinnerung, und ich hörte die Worte der Dunkelheit leise flüstern...

„Ich bin immer und überall. Selbst dort, wo du mich nie vermuten würdest. Soll ich dir ein kleines Geheimnis verraten? Ich vergesse NIE. Jede Erinnerung, die in diesem Schloss das Licht der Schattenwelt erblickt hat, bewahre ich auf. Archiviere sie. Die Erinnerungen des Prinzen sind nicht nur in deinem Traum erwacht... selbst jetzt, in diesem Moment, sind die Bilder noch immer lebendig... so verdammt lebendig.“

Jede Erinnerung. Die Dunkelheit... sie kannte die Antworten auf meine ungestellten Fragen. Und zwar...

Auf.

JEDE.

Einzelne.

Frage.

Summer

Während ich den Wind teilte, um unbemerkt die Dunkelheit aufsuchen zu können, verwandelte sich mein Herz in einen Specht der Nervosität.

Hämmerte.

Hämmerte.

Schlug wie verrückt gegen meinen Brustkorb.

Meine Gedanken zitterten, wollten sich verstecken, wollten nicht gefunden werden, doch ich brauchte Antworten. Und zwar auf jede ungestellte Frage.

Das Geheimnis, dass ich in mir aufbewahrte, seine Vergangenheit, UNSERE Vergangenheit, war ein Ozean voller Gefühle.

Tief.

Unergründlich.

Gefüllt mit Momenten voller Liebe.

Freude.

Glück.

Licht.

DUNKELHEIT.

Jeder Menge... Schmerz.

Mit kalter Wut.

Hass im Herzen...

Erinnerungen, die mit unendlich viel Leid gefüllt waren.

Je länger ich schwieg, glaubte schweigen zu müssen, desto wütender wurden die Gefühle, die in den Tiefen des Ozeans gefangen gehalten wurden. Ich fühlte den Sturm in meinem Herzen. Fühlte, wie die Gefühle versuchten sich aus dem Gefängnis zu befreien, versuchten zu entkommen, um sich endlich an die Oberfläche kämpfen zu können.

Atemzug um Atemzug drängte ich die bitterkalte Flut zurück, versuchte das tobende Meer zu beruhigen, so lange, bis der eisige Schneetsunami verstummte, und aufhörte meinem Herz die Atemzüge zu stehlen.

Wenig später erreichte ich geräuschlos mein Ziel. Sofort umarmte mich die hier unten lauernde Finsternis. In den Gängen herrschte rabenschwarze Nacht. Kein Licht brannte.

Ich schloss die Augen und verwandelte, wie beim letzten Mal, die in mir existierenden Gefühle in unzählige lichtgetränkte Schmetterlinge. Die Finsternis erstrahlte, funkelte und einen Atemzug später hörte ich ein sanftes, von Wärme erfülltes, Lachen durch die Gänge huschen. Fühlte, wie es mich berührte, mich kitzelte.

„Du bist zurück?“ Die Verwundung in der Stimme der Dunkelheit war nicht zu überhören. „Nicht, dass ich mich beschweren möchte... ich LIEBE es, wenn du mich mit deinem Licht erstrahlen lässt... Aber, ich gehe davon aus, dass du nicht deshalb hier bist.“

„Nein, deshalb bin ich nicht hier.“ Für einen winzigen Augenblick verhedderten sich meine Gedanken. „Ich habe Fragen. Um ehrlich zu sein... jede Menge Fragen. Und, naja, ich dachte oder vielmehr hoffe ich, dass du sie mir beantworten kannst. Vielleicht nicht jede Frage... aber zumindest die ein oder andere“, gestand ich leise. Lächelte.

„Dann lass mal hören...“

„Was sind das für Erinnerungen, die June vor Phoenix versucht zu verbergen? Warum ist sie davon überzeugt, dass seine Vergangenheit ihn zerstören würde? Wenn..." Ich stockte. Suchte nach den richtigen Worten. „Wenn das, was damals passiert ist, so schlimm war... Phoenix aber NICHT daran zerbrochen ist... Ich mein, warum sollte er dann jetzt daran zerbrechen?"

„Prinzessin... damals hatte er DICH vergessen."

„Ich weiß, dass er die Erinnerungen an mich aufgegeben hatte... Aber doch nur, um mich vor diesem Monster zu beschützen."

„Du verstehst nicht..."

„WAS versteh ich nicht?"

„Was ich dir versuche zu sagen."

„Dann erklär es mir." Ein beklemmendes Gefühl erwachte. Mir stockte der Atem und meine Brust fühlte sich an, als würde eine unsichtbare, nicht greifbare Macht ~~namens Wahrheit~~ versuchen sie zu zerquetschen.

Während im Nebel verschleierte Gedanken durch meinen Kopf rasten, wanderte meine Hand zu meinem Herzen, als könnte ich es festhalten, beruhigen, mit Gefühlen, die ich nicht mal ansatzweise benennen konnte, vor der Wahrheit beschützen.

„Du bist die Königin der Gefühle... vielleicht sollte ich dir, anstatt es dir erklären zu wollen, die Bilder seiner Vergangenheit zeigen. Und zwar durch seine Augen. Du wirst sehen, was er gesehen hat. Fühlen, WAS er gefühlt hat. Und zwar ALLES. Jedes noch so grausame Gefühl..."

***E**in nachtschwarzer Schatten bewegte sich. Tanzte. Verfolgte mich. Doch es war kein graphitgrauer Nebel, kein geraubtes, in der Dunkelheit umherirrendes ruheloses Gefühl, das mich verfolgte, das versuchte mich zu bewachen, das mich auf Vaters Befehl hin versuchte zu kontrollieren.*

Nein, es war bloß der Schatten meiner Schwingen.

Ich lief, begleitet von einer grausamen Stille, durch die Dunkelheit der Flure. Die Kälte, meine Gefühllosigkeit, brannte in den Lungen, verwandelte sich mit jedem Atemzug meiner Seele in Eiszapfen. Glitzernde, wunderschöne und doch mit unerbittlicher Kälte gefüllte rasiermesserscharfe Klingen.

Die Stille verschluckte das Echo meiner Schritte, verschluckte die Herzschläge meiner Seele. Kein einziges Geräusch drang zu mir durch. Diese Geräuschlosigkeit fühlte sich an wie eine verblassende, sich in Luft auflösende, in Kälte und Grausamkeit getränkte, Erinnerung.

Ich breitete meine dunklen, tiefschwarzen Schwingen aus. Jede Feder leuchtete in der Farbe unseres Königreichs. Dunkel. Unheilvoll. Wie eine Nacht ohne Sterne.

Innerhalb eines Herzschlages verschmolz ich mit meinem Schatten, wurde eins mit ihm. Ich flog mit dem Wind, ließ mich von der Luft umarmen, ehe es sich anfühlte, als wäre ich selbst der Wind, als wäre ich frei.

Endlich frei.

Freiheit.

Dieses Gefühl ließ mein Herz, oder das, was davon übrig war, zerspringen, umklammerte meine Seele und eine Welle des Schmerzes rollte über mich hinweg. Sofort rief ich die Dunkelheit in mir hervor, warf mich in ihre ausgestreckten Arme.

Das Freiheitsgefühl zersprang, in eine Millionen Scherben. Die Freiheit, nach der ich mich früher immer gesehnt hatte, die hatte vor langer Zeit aufgehört zu existieren. War... gestorben... ~~zusammen mit mir.~~

Ich kehrte der Nacht den Rücken zu, kehrte zurück zum Schloss und im gleichen Atemzug hörte ich die Stimme meines Bruders. Mit Wut im Blut lief ich durch den Korridor, zerschmetterte mit Hilfe meiner Magie die Tür, die hinab zu den Verließen führte. Holzsplitter flogen durch die Luft, während die Wut mich zerriss, sich in etwas Unberechenbares verwandelte.

Aus Hass geborener Zorn explodierte.

Erfüllte mich.

Pulsierte in meinen Adern.

In meinen Gedanken.

Ich WAR der Zorn.

Ich stürmte die unzähligen Steinstufen hinunter. Je tiefer ich in die Dunkelheit vordrang, desto kälter wurde es. In mir. Um mich herum. Nichts fühlen zu können war kein Fluch, sondern ein Geschenk. Ich wollte kein Licht. Brauchte kein Licht. Alles, wonach sich mein Herz sehnte, verzweifelt sehnte, war die in meinem Vater existierende Dunkelheit. Ich wusste, dass Mo erst aufhören würde zu leiden, wenn ER tot wäre... und in diesem Moment hörte ich auf gegen etwas ankämpfen zu wollen, das sich nicht bekämpfen ließ.

Gitterstäbe… soweit das Auge reichte.

Eine Zelle nach der anderen… und doch war jede einzelne leer. Ein quälender Gedanke erwachte. Die daraus resultierende Angst würgte mich, und mein Herz drohte zu ersticken. Wo zum Teufel war MO?! Wo hielt er ihn versteckt?

Ich schloss die Augen, atmete tief durch und drängte das beklemmende, würgende Gefühl zurück. Unbeirrt lief ich weiter, suchte jede Zelle nach ihm ab.

JEDE.

BESCHISSENE.

ZELLE.

Ich suchte.

Und suchte.

Dann, endlich fand ich ihn.

Mit zittrigen Händen umklammerte ich die Gitterstäbe und flüsterte leise: „Mo? Ich bin hier. Ich hol dich hier raus…" Als ich sah, dass seine Handgelenke mit einer Eisenkette umwickelt war, war ich sprachlos vor Wut.

Das Eisen schnitt ihm in die Haut. Blut tropfte aus den unzähligen Schnittwunden, hatte den Boden unter ihm bereits rot gefärbt. Seine Wangen waren eingefallen und farblos… und es sah aus, als wenn das Leben aus ihm verschwinden wollte.

Erschrocken, erfüllt von Panik, blickte ich meinem kleinen Bruder in die Augen. „WAS hat dieses Monster dir angetan?" In meiner Stimme schrie die Stille des Schmerzes. Ungehört. Während Tränen meine Augen füllten. Tränen, die ich jedoch nicht bereit war zu vergießen. Nicht vor meinem Bruder. Also schluckte ich sie runter. Schluckte den darin eingesperrten Hass runter. Mo brauchte mich. Ich durfte ihm nicht zeigen, wie sehr mich sein Anblick, sein Schmerz, zerriss.

„Dafür wird er bezahlen." Ich streckte den Arm durch die Gitterstäbe und berührte meinem Bruder im Gesicht, streichelte ihm über die Wangen, wischte ihm die Tränen weg.

Lächelnd sah Mo mich an, flüsterte leise, kaum hörbar: „Verschwinde. Ich will nicht, dass Vater dich erwischt."

„Ohne dich gehe ich hier nicht weg!" Knurrte ich und spürte, wie der Hass erneut in meiner Seele explodierte, mich in Ketten legte.

„Phoenix... du kannst mich hier nicht rausholen. Du kannst mich nicht retten. Nicht dieses Mal." Mo starrte mich an und Tränen rannen über seine Wangen.

„Geh von den Gitterstäben weg, Mo. Jetzt. Sofort!" Kaum waren die Worte raus, ließ ich den Hass auf meinen Vater in Form einer Druckwelle frei. Der Hass, er musste raus…

Die mich umgebene Luft verwandelte sich in Eis, tödliches Eis. Im Bruchteil einer Sekunde waren die Gitterstäbe von einer dicken Eisschicht überzogen, sodass die Magie, die Vater angewendet hatte, um Mo hier einzusperren, ebenso zerbrechlich war wie das Gefängnis selbst.

Ich ballte die Hände zu Fäusten, zertrümmerte die Eisenstangen… und schloss erleichtert meinen Bruder in die Arme.

„Ich werde dich vor ihm verstecken. Hörst du? Er wird dir nie wieder wehtun können. Nie wieder. Das schwöre ich, bei meinem Leben." Sanft wischte ich Mo das getrocknete Blut von den aufgescheuerten Handgelenken, ließ meine Magie durch seinen Körper strömen und sofort schlossen sich die Wunden. Wimmernd sank Mo in meinen Armen zusammen.

„Glaubst du ernsthaft, dass du ihn vor MIR verstecken kannst?! Vor MIR?" Ertönte es aus der Dunkelheit heraus. Vater. Er war hier. Einen Atemzug später stand er vor uns. Sah mich an. Kaltlächelnd. „Du wirst weder ihn noch June... noch sonst irgendjemanden vor mir verstecken können. ICH bin der König. Ich bin die DUNKELHEIT selbst. Ich bin immer und überall. Also... verrate mir, warum du deinem Bruder etwas schwörst, was dich... im schlimmsten Fall schon jetzt das Leben kosten könnte?!"

„Du willst mich töten? Mich?!" fragte ich zischend. Meine Stimme... honigsüß, eiskalt und doch vollkommen emotionslos. „Wir beide wissen, dass du DAS nicht kannst."

„Ich muss dich nicht töten, um dich sterben zu sehen."

Ich verstand seine unausgesprochene Drohung. Wusste, was er damit gemeint hatte. Er mochte mich, seinen einzigen Thronerben vielleicht nicht töten können, aber... er könnte MO umbringen... und er wusste, dass dies mein Ende wäre. Er wusste, dass ich sterben würde, ohne jemals wirklich sterben zu DÜRFEN.

„Oh, sieh an... du hast verstanden WAS ich gesagt habe."

„Du willst mir drohen? MIR?!", knurrte ich leise, erfüllt von jener Düsternis, die ihm zum Verhängnis werden könnte. Einer Düsternis, die nach seinem Leben trachtete, die ihn sterben lassen wollte, damit ICH den Thron besteigen konnte, damit ich mir das nehmen konnte, was mir zustand, was MIR gehörte.

Vielleicht mochte er mich nicht umbringen können, doch er wusste, dass ich, im Gegensatz zu ihm, sehr wohl dazu in der Lage war. Ich konnte ihn töten. UND es war nur noch eine Frage von Sekunden, bis ich ihn genauso skrupellos, genauso kaltlächelnd umbringen würde, wie er damals seinen Vater umgebracht hatte, nur um seine Macht, seine Dunkelheit in sich verankern zu können.

Ein Blick in seine Augen reichte, um spüren zu können, dass er sehr wohl wusste, dass er kurz, verdammt kurz davor war, zu sterben. Meine Schwingen breiteten sich aus. Schatten, schwarze unheilvolle Schatten erwachten zum Leben, legten sich wie ein Tarnumhang über Mo, während ich aufstand und auf meinen Vater zulief.

„Nicht. Du... darfst ihn nicht töten...", hörte ich Mo rufen.

„Mo, es ist mein Schicksal uns von diesem Monster zu erlösen. Genauso wie es mein Schicksal ist, seinen Platz einzunehmen. Und... Mo... glaub mir, ich habe mich damit abgefunden. Verstehst du? Es ist okay... ich habe damit meinen Frieden gemacht. Ich habe mein Schicksal akzeptiert..."

„Nein... du verstehst nicht. Wenn du ihn tötest... dann tötest du nicht nur ihn. Sondern auch JUNE."

Wie angewurzelt blieb ich stehen. Drehte mich zu Mo. Sah ihm in die Augen. „WAS hast du gesagt?"

„Tötest du ihn... tötest du auch unsere Schwester..."

„Ach..." Das Monster lachte. „Das hatte ich ganz vergessen zu erwähnen. Tötest du mich... stirbst du... so oder so. Es spielt keine Rolle, wen ich von deinen Geschwistern in den Tod schicken werde... und es spielt auch keine Rolle, ob ich sterben werde oder nicht... denn weißt du WAS? Ich gewinne. So. Oder. So..."

„Du hast ihr Leben an deines gebunden?!"

Er lachte.

Und lachte.

„Weißt du, Junge... der Tod... er wird mich früher oder später finden, so wie jeden anderen Schattenkönig vor mir... Ob durch deine Hand oder durch die eines Fremden. Letztendlich spielt es keine Rolle. Doch... sollte ich jetzt sterben... dann zusammen mit JUNE und DIR."

Er machte einen Schritt auf mich zu. Stand mir jetzt genau gegenüber. Schaute mir direkt in die Augen. „Du willst deine Geschwister retten? Dann hör mir jetzt gut zu... Du weißt, dass ich das Licht hasse, und dass ich alles in meiner Macht stehende unternehmen werde, um diesen Kampf zu gewinnen. Und glaub mir, ich werde gewinnen."

„WAS?!", schrie ich mit wuterfüllter Stimme. „Was muss ich tun, um das Leben meiner Geschwister zu retten? WAS?!"

„Im Grunde nicht viel. Nur... eine Kleinigkeit..."

„Rede!"

„Bring das Licht dazu sich in dich zu verlieben."

„Welches Licht? Wovon zum Teufel redest du?", knurrte ich durch zusammengebissene Zähne.

„Von der Tochter des Lichtkönigs, du dämlicher Schwachkopf. Hast du denn immer noch nicht kapiert, WORUM es geht?! Bring sie dazu, sich in dich zu verlieben."

„Wozu?"

„Weil ich ihr Licht brauche, um diesen Kampf gewinnen zu können."

„Wie stellst du dir das vor? Ich habe, dank dir, sämtliche Gefühle aufgegeben, habe sie AUSGELÖSCHT. Unwiderruflich zerstört. WEIL du es so wolltest."

„Du musst nicht lieben können, um jemanden dazu zu bringen sich in dich, in deine Dunkelheit, zu verlieben. Mein Blut fließt durch deine Adern, und somit auch meine Finsternis. Du wurdest geboren, um zu lügen, zu manipulieren..."

„Wenn du ihren Tod willst, warum kann ich sie dann nicht direkt umbringen? Wozu dieses Theater? Wozu der ganze Scheiß... wenn sie am Ende so oder so sterben muss..."

„Spaß! Wenn du sie töten würdest, ohne dass sie sich vorher unsterblich in dich verliebt... wo würde dann der SPASS bleiben?! Oder das Gefühl des Verrats? Junge... es geht immer nur um Spaß. Ich will in der ersten Reihe sitzen und dabei zusehen, wie das Licht von der Dunkelheit zerstört wird. Ich will, dass sie MICH, wenn sie spürt, dass sie ALLES verloren hat, anbettelt sterben zu dürfen. Ich will ihren Schmerz spüren, ihr in die Augen sehen, wenn die Liebe, die sie hat atmen lassen, ihr den Atem stehlen wird." Er lächelte. Tief versunken in seinen Wahnvorstellungen.

„UND... in dem Moment, wo DU sie umbringst, sie unwiderruflich auslöscht, werde ich deine Schwester von dem Fluch, der Junes Leben an meins bindet, befreien. Erst DANN. Und NUR dann."

„Du willst, dass ich ein x-beliebiges Leben opfere, um das meiner Geschwister zu retten? Wo ist der Haken? Ich mein, du weißt, dass ich ALLES für die beiden tun würde. Ich würde, wenn es sein müsste, mich selbst opfern, nur um sie vor dir beschützen zu können. Also... Was verschweigst du mir?"

„Es ist ein Spiel. Nicht mehr. Und nicht weniger. Doch es macht keinen Spaß zu gewinnen OHNE den Gegner zuvor erniedrigen zu können, dabei zusehen zu können, wie das Licht langsam erlischt. Wenn ich könnte, würde ich dieses Spiel allein spielen. Ganz einfach, weil es mehr Spaß machen würde, wenn dieser Bastard begreifen würde, dass sich seine geliebte Tochter in MICH verliebt hätte. Wenn er mitansehen müsste wie ich, sein verhasster Gegenspieler, seine Tochter zerstöre. Doch, seien wir ehrlich, in MICH wird sich die Prinzessin wohl kaum verlieben... demnach bleibt mir keine andere Wahl als DICH ins Spiel zu bringen. Du bist, wenn du so willst, mein Ass im Ärmel.

Denn... in dem Moment, wo du seine Tochter töten wirst, werde ich nicht nur ihn besiegen, nein, ich werde DAS SPIEL gewinnen."

„Welche der Töchter soll sich in mich verlieben? Lia? Oder... die andere?" Keine Ahnung wieso, aber ich schaffte nicht sie beim Namen zu nennen.

„Ach, warte... kleine Planänderung. Bring die Zweitgeborene dazu sich in dich zu verlieben. Die, in der die Dunkelheit verankert ist... UND... sobald du das geschafft hast... wirst du vor ihren Augen ihre Schwester umbringen."

„Ich dachte... ich soll diejenige umbringen, die sich in mich verliebt?"

„DAS wirst du. Glaub mir... DAS wirst du. Denn in dem Moment, wo du Lia umbringst, wird auch sie sterben, jeden Tag, ohne sterben zu dürfen... es sei denn ICH erlaube es ihr. Nenn es... doppelten Sieg. SCHACHMATT."

Die Bilder, die vielen verlorenen, nein, geraubten Bruchstücke seiner Vergangenheit, gingen vor meinen Augen in Flammen auf. Das Feuer der Finsternis verwandelte die Bilder in einen graphitschimmernden Nebel, damit sich jeder unsterbliche Augenblick wieder in die Obhut der Dunkelheit begeben konnte.

Die Erinnerungen erloschen. Die Bilder der Vergangenheit gaben mich frei und ich kehrte zurück. Schlagartig wurde mir heiß, so entsetzlich heiß, dass ich kaum noch atmen konnte... und egal was ich versuchte, das Feuer, diese riesige Flammenwelle, die meine Seele in Brand gesteckt hatte, wollte nicht verschwinden, hörte nicht auf mich von innen heraus verbrennen zu wollen. Glühender Zorn umklammerte mich, flutete mich, meinen Verstand. Hielt mich gefangen.

Alles, woran ich denken konnte, alles, woran ich denken WOLLTE, war Schmerz. Zerstörung. Ich wollte IHN brennen sehen. Wollte IHN schreien hören. Für das, was er Phoenix, Mo und June angetan hatte, für DAS, was er von ihm verlangt hatte... würde ich ihn durch tausend Höllen schicken.

Dieses Monster wollte Lias Tod. Um MICH zu zerstören?!

Du wirst brennen. Tausend Tode sterben. DU wirst sterben... ohne sterben zu dürfen. Du denkst, du bist ein Monster? Oh... ich zeige dir, WAS ich für ein Monster bin... denn NIEMAND vergreift sich ungestraft an meiner Schwester.

Das Feuer pulsierte in meinen Adern, ließ mein Herz höherschlagen. Mein Puls raste. Kochende Lava floss durch meinen Körper, brach durch meine Haut. Ich gab mich dem Gefühl hin. Die lichtgetränkten Schmetterlinge fingen Feuer. Rotglühende Flammen, brennender Zorn, erwachten und wollten die Welt in Schutt und Asche legen. Verbrannte Luft. Ascheflocken wirbelten umher, fielen still und leise zu Boden. ICH bestand aus nichts anderem mehr als aus purem

Z
O
R
N
...

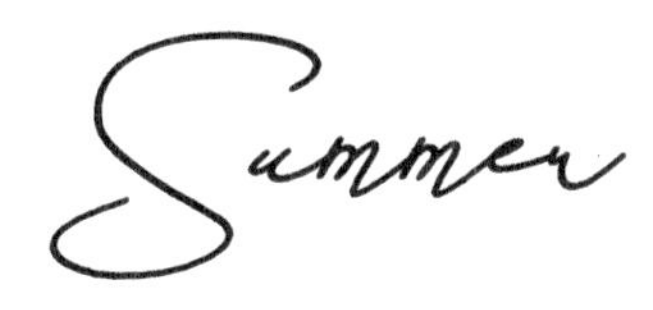

„Prinzessin... Du musst dich beruhigen. Hörst du? Kämpf dagegen an. Bekämpf dieses Gefühl, kämpf gegen das Feuer an. Hast du verstanden?! Summer... Fang an zu KÄMPFEN!“, schrie die Dunkelheit. Wie durch ein Wunder wurden die Worte nicht vom Feuertsunami verschluckt, sondern fanden den Zugang zu meinen Gedanken.

In dem Moment, wo sich die brennenden Schmetterlinge türkis färbten... verschwand schlagartig das Feuer und meine Seele konnte endlich... endlich wieder Luft holen.

„Danke“, keuchte ich leise, mit zittriger Stimme. Mir fehlte ganz einfach die Kraft zu sprechen, denn jedes weitere Wort, dass meine Lippen verlassen hätte, hätte meine wahren Gefühle offenbart. Und die im Dank eingesperrte Lüge wäre noch im gleichen Atemzug zu Staub zerfallen. Das Feuer, dass mich gerade eben schier um den Verstand gebracht hatte, mochte vielleicht erloschen sein... ABER... es hatte den Wunsch nach Rache nicht sterben lassen.

Ich atmete tief durch und sah, wie ein Nebel aus dem Boden unter meinen Füßen emporstieg. Wie ein wärmender Mantel legte er sich schützend über die umherfliegenden Gefühle.

Gerade als ich dachte, dass die vom glitzernden Nebel verschluckten Gefühle endlich verschwunden wären, erwachte ein sanftes Flüstern und eine aus Sehnsucht geborene Melodie erfüllte die Luft, tanzte über meine Haut. Ich hörte, wie die gestohlenen Gefühle nach mir riefen.

Ich schloss die Augen. Hörte zu. Versuchte das in der Finsternis geborene Geheimnis zu lösen... und begriff, dass die Dunkelheit selbst es war, die versuchte mir etwas anzuvertrauen.

Instinktiv legte ich eine Hand an die Steinwand und im gleichen Atemzug jagte ein so gewaltiger Feuertsunami durch meinen Verstand, durch meinen gesamten Körper, dass meine Seele aufhörte zu atmen.

Ich spürte einen Verlust, für den es keine Worte gab. Spürte einen so entsetzlich tiefen Schmerz, dass mein Herz aufhören wollte zu schlagen. Doch, um die daraus entstandenen Qualen verstehen zu können, musste ich den damit verbundenen Gefühlen zuhören. Also verwandelte ich mit Hilfe meiner Gabe die in der Wand eingesperrten Gefühle in Bilder.

Eine im Umhang gehüllte Gestalt rannte, im Schutz der Dunkelheit, durch den Schattenwald. Ein winziges Bündel fest an ihren Körper, an ihr Herz, gepresst. Ihre Seele weinte, schrie in stiller Verzweiflung nach Hilfe, während sich die Tränen in blutgetränkte, gefrorene Regentropfen verwandelten.

Jeder Schritt schmerzte.

Jeder Atemzug.

Doch sie wurde nicht langsamer. Sie spürte, dass sie verfolgt wurde. Spürte, dass das Grauen ihr dicht auf den Fersen war. Sie rannte. Immer schneller und schneller. Durfte nicht stehenbleiben. Weil sie wusste, dass er, sollte er sie erwischen und herausfinden WAS sie von langer Hand geplant hatte, würde er ihr noch im gleichen Atemzug das Herz, das außerhalb ihrer Brust schlug, dass sie an sich presste, vor ihren Augen in sein Ebenbild verwandeln. In ein herzloses, gefühlstotes Monster.

Ihr Körper bestand aus purem Adrenalin. Außer durch Verzweiflung erwachte Panik, fühlte sie NICHTS. Immer tiefer rannte sie in die ausgestreckten Arme der Dunkelheit, des Waldes, Schutz suchend.

Dann endlich... entdeckte sie in weiter Entfernung das Licht. Nicht mehr lange und ihr geliebter Sohn wäre in Sicherheit. Tränen der Erleichterung stiegen ihr in die Augen. Doch, obwohl sie glücklich war es geschafft zu haben, erwachte im gleichen Atemzug ein allesvernichtender Schmerz.

Ihr Herz schrie.

Und Schrie.

Immer lauter.

Immer verzweifelter.

Während ihre Seele zerbrach. Zersplitterte. Innerlich war sie verzweifelt, müde, doch sie musste kämpfen. Durfte sich von dem Schmerz nicht lautschreiend in die Tiefe ziehen lassen. Der Tränenschleier erschwerte ihr die Sicht, behinderte sie. Alles verschwamm, wurde unscharf. Mit dem Handrücken wischte sie sich die Tränen fort. Einen Atemzug später stand sie dem Dämon gegenüber, dem sie gleich das Leben ihres Kindes anvertrauen würde.

Ein Teil von ihr wusste, dass sie ihren Entschluss zutiefst bereuen müsste, verfluchen müsste, dass sie ihr geliebtes Kind nicht in die Obhut fremder Hände geben durfte, doch die Liebe in ihrer Seele, die Liebe, die nur ein Mutterherz verstehen konnte, wusste, dass diese Entscheidung, egal wie grausam sie auch sein mochte, die einzig richtige war. Nur so würde die Dunkelheit, die in der Seele ihres Erstgeborenen verankert war, lernen das Licht zu lieben, anstatt es zu fürchten. Nur so könnte, nein, dürfte er die LIEBE kennenlernen. Nur so wäre er vor der Welt, die sein Vater ihm zweifelsohne zeigen würde, in Sicherheit.

„Versprich mir, dass du alles in deiner Machtstehende unternehmen wirst, um zu verhindern, dass dieses Monster ihn in die Finger bekommt. Er darf ihn nicht finden. NIEMALS. Versprich mir, mein Kind so zu lieben, wie du deine eigenen Kinder liebst. Versprich mir, ihn mit deinem Leben zu beschützen. Bitte... versprich es mir... Du musst es mir versprechen...“

„Ich SCHWÖRE, dass ich deinen Sohn lieben werde als wäre es mein eigener. Und... ich SCHWÖRE, bei meiner Seele, dass ich lieber sterben würde als zuzulassen, dass sein Vater ihn mit seiner Dunkelheit vergiftet. Doch dafür musst auch du mir etwas versprechen.“

„Alles was du willst, Claus. ALLES.“ Ihre Stimme zitterte, bebte. Ihr Herz weinte, genau wie die Nacht. Kalte, dunkle, mit Schmerz gefüllte Regentropfen fielen auf die Erde und schwarzer Qualm verdunkelte den ohnehin schon düsteren, sternenlosen Himmel.

„Versprich mir auf dich und Phoenix aufzupassen...“

Die Gefühle, jedes einzelne, stöhnte, keuchte, als würde der Schmerz der Frau, sie auseinanderreißen. Reflexartig nahm ich die Hand von der Wand und sank schwer atmend auf die Knie, öffnete den Mund, wollte die Fragen, die erwachten, hinausschreien, doch kein Ton drang über meine Lippen.

Ich starrte auf die Wand, auf die darin eingesperrten, in Traurigkeit versunkenen Erinnerungen. Bilder, die sich in eine düstere, gähnende Leere verwandelten. In eine schwarze Landschaft des Schmerzes. Kleine Risse, Linien, wie winzige Narben, zogen durch die Leere, verwandelten die kahle Steinwand in unendlich viele Mosaiksteine. In ein Gemälde nie enden wollender Qualen.

Mit rasendem Herzen saß ich da, versuchte das Gesehene zu begreifen, das Gehörte zu analysieren, zu verstehen.

„Warum wolltest du, dass ich diese Erinnerung sehe?“

„Weil es Zeit wurde, dass du verstehst, WAS es zu beschützen gilt..."

„Was es zu beschützen gilt? Darum geht es? Um das Kind, dass MEIN Vater irgendwo versteckt hält?! WAS zum Teufel ist mit Phoenix? Warum hat sie ihn nicht versucht zu retten? Warum nur dieses namenlose Kind?!" Ich wurde wütend.

So.

Verdammt.

Wütend.

„Durch ihre Entscheidung musste ER leiden. War ihr seine Seele egal? War er weniger wert? Verflucht... er hätte daran zerbrechen können. Nein. Er hätte STERBEN können. Verstehst du?! Sterben!" Ich war ungerecht. Aber das war mir in diesem Moment egal, denn ich konnte mit den in mir erwachten Gefühlen nicht umgehen. Gefühle, die sich wie brodelnde Lava durch meine Adern schlängelte, durch meinen Körper und meine Seele mit dem Feuer der Wut infizierten. Zu wissen, dass es eine Möglichkeit gegeben hätte Phoenix vor diesem Monster zu beschützen, brachte mich schier um den Verstand.

„Glaubst du Holly hätte ein Kind für das andere geopfert? Prinzessin... ohne die Schicksalsgöttin, ohne die Träume, die Holly von ihr geschenkt bekommen hatte, ohne das WISSEN, dass ihr geliebter Phoenix, der Prophezeite des Schattenreichs war, ohne die Gewissheit zu haben, dass seine Seele UNSTERBLICH ist, hätte sie die Bitte der Göttin niemals erhört. Weil keine liebende Mutter jemals bereit wäre das Leben eines ihrer Kinder zu riskieren, sollte auch nur der Hauch einer Möglichkeit bestehen, dass es bei dem Versuch es retten zu wollen, sterben könnte."

„Holly wusste, dass Phoenix der Prophezeite ist?"

„Natürlich. Allerdings gab es da etwas, womit sie nicht gerechnet hatte... Zu dem Zeitpunkt, wo sie den Entschluss gefasst hatte, ihren Erstgeborenen in die Obhut deines Vaters zu geben, war sie davon überzeugt gewesen kein weiteres Kind für dieses Monster zur Welt bringen zu müssen, geschweige denn... Zwillinge. Sie wusste, dass dieses Monster Phoenix mit seiner Liebe dazu zwingen würde, grausam zu werden. Dass er diejenigen foltern würde, die Phoenix liebt... UND sie war bereit gewesen diesen Preis zu zahlen. Sie war bereit gewesen sich zu opfern... doch dann..."

„June und Mo..." flüsterte ich leise und spürte die Stille der Worte in meinem Herzen.

„Du musst wissen, jedem König, JEDEM, wird nur ein Zwillingspärchen von der Göttin geschenkt. Nur eins... und doch brachte die Königin das zweite Zwillingspärchen zur Welt. June... und Mo..."

Ich schwieg. Hörte zu.

„Als die Zwillinge geboren wurden, hatte sie diesem Monster gegenüber behauptet, dass die Schicksalsgöttin ihm ein weiteres Zwillingspärchen geschenkt hätte als... naja... als Wiedergutmachung dafür, dass sie seinen Erstgeborenen zu sich geholt hatte. Was der König auch geglaubt hatte... bis... naja... bis er die Wahrheit herausgefunden hatte..."

„Versuchst du mir gerade zu sagen, dass dieses Monster gar nicht der Vater von June und Mo ist?"

„Was glaubst du denn, warum Cayden hatte sterben müssen?"

„Weiß sie es? Ich mein... June... weiß sie, dass dieses Monster nicht ihr Vater ist?"

„Du bist die Königin der Gefühle... finde es heraus. Denn, auch wenn ich die Erinnerungen aller Schattendämonen aufbewahre, gibt es Geheimnisse, die selbst ich nicht kenne. Fragen, die selbst ich nicht beantworten kann..."

„Wo ist Phoenix' Bruder? Wo hält mein Vater ihn versteckt?"

„Prinzessin... genau DAS sollst du herausfinden. Finde ihn. Beschütze ihn. Denn wir beide wissen, dass es nur noch eine Frage der Zeit ist, bis das Phantom, bis der Schattenkönig einen Weg findet, um aus seinem Gefängnis auszubrechen."

Ich riss die Augen auf. Die Tür wurde geöffnet, ehe ich „Herein“ sagen konnte. Es gab nur einen Dämon, dem ich dieses unverschämte Verhalten durchgehenließ. Naja, genaugenommen zwei.

„Es wird Zeit.“ Lächelnd steckte Tyler seinen Kopf zwischen den Spalt der Tür und suchte das Zimmer nach mir ab.

Als er mich entdeckte trat er mit weit aufgerissenen Augen ein. „Du hast dich selbst übertroffen. Wow“, staunte er. „Komm, dreh dich mal.“

„Vergiss es“, knurrte ich ungehalten. Die Erinnerungen an das Gespräch mit der Dunkelheit vor ein paar Tagen, zusammen mit all den vielen, zum Teil verstörenden Gefühlen, hatten nicht nur neue Fragen aufgeworfen, sondern auch Spuren hinterlassen… und bisher hatte ich nicht geschafft mich vollends wieder unter Kontrolle zu bringen.

Was vielleicht daran lag, dass June wie vom Erdboden verschluckt zu sein schien, als würde sie nicht gefunden werden wollen. Dabei musste ich dringend mit ihr sprechen. Sie musste mich von dem Schwur, Phoenix die Vergangenheit vorzuenthalten, befreien. Er musste endlich erfahren, was dieses Monster getan hatte, WAS sein Vater wirklich getan hatte...

Phoenix musste wissen, welchen Schwur er diesem Teufel gegenüber geleistet hatte. Nur dann, wenn die Karten offen auf dem Tisch liegen würden, wenn es keine Geheimnisse mehr gab, die ich vor ihm verbergen musste, erst dann... würden wir eine Lösung finden können. Eine Lösung, wie wir die Leben würden retten können, die dieses Monster versuchte auszulöschen.

Es ging nicht nur um UNSERE Liebe.

Es ging um diejenigen, die WIR liebten.

Lia.

June.

„Wenn du weiter so rum zickst, werden wir noch zu spät kommen“, erinnerte Tyler mich mit Vorfreude in den Augen.

Ich schüttelte den Kopf und verdrängte all die dunklen Fragen. Jetzt war nicht der geeignete Augenblick, um sich mit der Suche nach Antworten auseinanderzusetzen. Ich brauchte einen klaren Kopf. Heute war Lias Tag. Das Einzige, an das ich in diesem Moment denken wollte, denken SOLLTE, war ihr Glück.

Tyler schenkte mir ein zaghaftes Lächeln. Oh – ich liebte diesen Idioten… Ich lachte, als ich mal wieder begriff, dass Tyler für mich nie das gewesen war, was er eigentlich hätte sein sollen. Er war nie mein Leibwächter gewesen, sondern ein Freund. Mein bester Freund. Auf gewisse Weise mochte er mein Schatten gewesen sein, aber nur, weil ich Tyler in meiner Nähe hatte haben wollen. Er trat zu mir und küsste mich leicht auf die Wange.

„Verdammt. Du sollst mich doch nicht immer küssen“, beschwerte ich mich halbherzig und stieß ihm gegen die Brust.

Er grinste dreckig. „So gefällst du mir schon viel besser. Verrätst du mir, was dich so beschäftigt, dass du nicht mal in der Lage bist mir vernünftige Schimpfwörter an den Kopf zu werfen?“

Das meinte ich. Tyler war für einen Erschaffenen viel zu aufmerksam. Instinktiv spürte er, wenn mich etwas bedrückte. Jedes Mal. Manchmal, so wie jetzt, war es nervig. Und, obwohl ich nicht darüber reden wollte, hörte ich mich fragen: „Wusstest du, dass es, genau genommen, zwei Schattenprinzen gibt? Prinzen... die, genau wie Lia und ich, Zwillinge sind?“ Ich senkte den Blick. Wollte nicht riskieren, dass er mir in die Augen sah und erkennen konnte, wie aufgewühlt ich in Wahrheit war.

„Du meinst wohl eher... das Schattenreich *hatte* zwei Prinzen... Ja, das wusste ich. Jeder weiß darüber Bescheid... Immerhin war es das erste Mal, dass die Schicksalsgöttin direkt nach der Geburt ein Königskind hat sterben lassen...“

Erschrocken hob ich den Kopf. Suchte seinen Blick.

„Naja... ICH wusste es nicht“, sagte ich angriffslustig und wünschte, er hätte mir eine andere Antwort gegeben.

„Wenn du es nicht wusstest... Wieso weißt du es dann jetzt?“

„Weil…naja…,“ druckste ich auf der Suche nach den richtigen Worten herum, „weil die Dunkelheit es mir verraten hat.“

„Die Dunkelheit?“

Ich nickte. Wollte ihm gerade erzählen, WAS ich herausgefunden hatte, als er mich mit den Worten: „Wir sollten jetzt wirklich los“, daran hinderte.

„Willst du denn gar nicht wissen, WAS die Dunkelheit mir anvertraut hat? Verdammt... Tyler! Es ist wichtig. Und ich kann dieses Geheimnis nicht ewig für mich behalten. Ich mein, genau genommen ist es kein Geheimnis... naja, kein richtiges... glaub ich zumindest.“ Ich wollte dieses Thema nicht ruhen lassen und noch weniger wollte ich, dass Tyler versuchte dieses für mich so wichtige Thema unter den Teppich zu kehren, indem er versuchte mich abzulenken.

Irgendwie beschlich mich das ungute Gefühl, dass Tyler mir etwas verheimlichte. Etwas, von dem er mir nichts erzählen wollte, oder vielleicht nicht erzählen durfte.

„Summer, bitte. Lass uns später darüber reden. Okay? Ich mein... es ist die Hochzeit deiner Schwester. Willst du wirklich zu spät kommen?“

In seiner Stimme lag eine Zerrissenheit, die ich nicht nachvollziehen konnte. Und obwohl ich am liebsten jetzt darüber geredet hätte, behielt ich meine Gedanken für mich.

Wortlos nickte ich, strich mein Kleid glatt und wechselte das Thema. „Kann ich mich überhaupt so blicken lassen?“

„Nein. Aber da es ohnehin niemanden interessieren wird, spielt es keine allzu große Rolle, wie du aussiehst“, erwiderte er frech grinsend und entlockte mir mit dieser Antwort ein Lächeln. „So, jetzt siehst du perfekt aus. Weißt du Summer, du solltest viel öfter lachen.“

„Weißt du, Tyler… im Moment ist mir ehrlich gesagt nicht zum Lachen zu Mute…“

„Summer…“

Ich schnitt ihm das Wort ab. „Was soll das? Willst du jetzt plötzlich doch reden? Verdammt! Entscheide dich. Entweder wir bleiben hier und reden…und du hörst dir an WAS ich zu sagen habe… oder du behältst deine Gedanken für dich und ziehst es vor zu Schweigen. Denn BEIDES geht nicht. Wenn ich dich daran erinnern darf, bist du derjenige gewesen, der das Thema für beendet erklärt hatte.“

„Wie gesagt... später werde ich mir alle Zeit der Welt für dich nehmen. Aber nicht JETZT. Summer… willst du wirklich die Hochzeit deiner Schwester verpassen?“

„Nein", gab ich zu. „Natürlich nicht."

Kopfschüttelnd hielt er mir den Arm hin, ohne ein weiteres Wort darüber zu verlieren. Ich hakte mich bei ihm unter und ließ mich von ihm Richtung Ballsaal führen. Auf dem Weg die Treppe runter sperrte ich meine Gedanken und Gefühle weg. Es war Showtime. Man wollte keine lächelnde Schwester neben Lia sehen, sondern MICH. So, wie ich eigentlich sein *sollte.*

Emotionslos.

Gefühlskalt.

Dunkel.

Summer

In dem Moment, wo wir durch die Tür traten und sich alle Köpfe in unsere Richtung drehten, stahl sich ein kaltes, berechnendes Lächeln in mein Gesicht.

Ich spürte ihre Blicke. Jeden Einzelnen. Wie Nadelstiche auf meiner Haut. Instinktiv suchte ich nach der Dunkelheit in mir und sofort legte sie sich wie ein Schleier über meine Seele. Schirmte mich auf diese Weise vor den unzähligen Blicken ab. Und mein Herz wurde endlich unempfänglich für die vielen fremden Gefühle.

Während einer nach dem anderen einen Schritt zurückwich, um mir den gebürtigen Respekt entgegenzubringen, schritt ich mit Tyler an meiner Seite durch das leise Raunen im Saal. Je weiter ich voranschritt, desto leiser wurde das Stimmengewirr… bis es endlich komplett verstummte.

Dann sah ich sie – Lia.

Erschrocken schnappte ich nach Luft, versuchte mir meine Bewunderung nicht anmerken zu lassen. Zu viele Augenpaare waren jetzt auf mich gerichtet. Viel zu viele. Mit ausdrucksloser Miene lief ich ihr entgegen. Dabei hätte ich sie am liebsten umarmt, durch die Luft geschwungen, nur um ihr zu sagen, dass sie die schönste Braut war, die diese Welt je zu Gesicht bekommen hatte.

Lia glänzte in einem Traum aus weißer Seide, vermischt mit weißem Perlmutt. Das Schimmern der unzähligen schwarzen Kerzen ließ sie heller strahlen als jeden Stern am

Firmament. Jeder hier im Raum wirkte dunkel, mich eingeschlossen.

Es war Tradition, dass jeder Gast in den Farben der Dunkelheit zu solchen Feierlichkeiten erschien. Nicht nur, um der Braut den gebürtigen Respekt entgegenzubringen, sondern auch, damit sie auf diese Weise, für jeden sichtbar, ihr Erbe, ihr Geburtsrecht, präsentieren konnte. Lia verkörperte das Licht in der Dunkelheit. Und genau DAS brachte sie in diesem Moment zum Ausdruck.

Dann fiel mein Blick auf den Bräutigam. Damon. Es wäre eine glatte Lüge, wenn ich behaupten würde, dass sich meine Gefühle für meinen Schwager geändert hätten. Ich duldete ihn. Das war alles. Und das auch nur Lia zuliebe. So lange meine Schwester ihn liebte, so lange würde ich das Verlangen ihn zu verletzen, zurückhalten.

Obwohl Damon meine Wut schon des Öfteren zu spüren bekommen hatte, wusste ich, dass es ihn nicht davon abhalten würde, MICH zu verletzen oder Schlimmeres, wenn Lia etwas zustoßen würde. Ob meinetwegen oder nicht. Ich war mir sicher, dass Damon mich dafür bezahlen lassen würde.

„Tief durchatmen. Glaub mir, du willst ihm gar nicht wehtun“, flüsterte Tyler mir leise ins Ohr.

„Wo willst du hin?“, fragte ich ihn, als er mich im gleichen Atemzug an meiner Schwester vorbeiführte.

„Ich dachte, es wäre besser, wenn wir uns setzen.“

„Ich will mich aber nicht setzen“, zischte ich hinter vorgehaltener Hand und in Gedanken fügte ich hinzu *Ich will ihm die Augen auskratzen.*

„Genau das meinte ich“, hörte ich ihn sagen. „Du musst lernen deine Gedanken abzuschirmen. Jeder, der es drauf anlegt, wird hören, was du denkst.“

„Und?“, erwiderte ich schnippisch. „Was ist so schlimm daran? Sollen sie doch hören, was ich von dem Idioten, den meine Schwester vorhat zu heiraten, halte. Es ist schließlich kein Geheimnis, dass ich ihn nicht ausstehen kann.“

Als ich sah, wer bereits an der gedeckten Tafel Platz genommen hatte, stemmte ich die Fersen in den Boden und blieb wie angewurzelt stehen. Tyler folgte meinem Blick. „Ich bin bei dir. Du schaffst das.“

Der Raum verfinsterte sich, als ich meinen Vater entdeckte. Die Kehle schnürte sich mir zu und mein Herz zog sich schmerzhaft zusammen als ich in diesem Moment realisierte, dass der Platz direkt neben ihm leer bleiben würde. Der Verlust meiner Mutter riss jedes Mal aufs Neue ein Loch in mein Herz.

Es fiel mir unsagbar schwer weiterzulaufen. Ich zitterte, doch der Blick meines Vaters reichte, um die Starre in mir zu lösen. Stumm gab er mir zu verstehen, dass ich mich gefälligst zusammenreißen sollte.

Für den Bruchteil einer Sekunde spürte ich seine Trauer, tief in ihm verborgen. Hörte, wie sie leise das Lied der Einsamkeit sang. Manchmal, so wie jetzt, glaubte ich mich an Momente zu erinnern, in denen er mich in den Armen gehalten und mir gesagt hatte, dass er mich liebte und ich konnte das Leuchten in seinen Augen sehen, konnte den Klang seines Lachens hören.

Ich blinzelte und begriff, dass es keine Erinnerung gewesen war, sondern nur, wie so oft in letzter Zeit, der Wunsch, dass er sich jemals in seinem Leben wie ein ganz gewöhnlicher Vater verhalten hatte.

Tyler umschloss meine Hand. Sanft drückte er zu, versuchte mir wortlos Kraft zu schenken. Dankbar nickte ich in seine Richtung. Ich wollte mich gerade hinsetzen, als mir der Atem stockte. Das konnte nicht sein. Ich blinzelte. Traute meinen Augen nicht. Es musste sich um eine Halluzination handeln.

Was verflucht nochmal hatte Phoenix hier zu suchen? Sein Blick traf mich unvorbereitet und ein Verlangen loderte darin auf, dass mich überwältigte. Meine Gefühle lachten, wollten ihm entgegenfliegen, ehe sie einen Atemzug später zurücksprangen, sich versteckten, um mich vor Vaters Blick, den ich auf meiner Haut spürte, zu beschützen.

Der Augenblick hielt mich gefangen. Ich fühlte Phoenix Blick auf meiner Haut, auf meiner Seele. Wollte ihm sagen, hör auf mich anzusehen, hör auf mein Herz zu küssen und meiner Seele geflüsterte Sehnsüchte ins Ohr zu hauchen.

Ich biss mir auf die Lippe und rief mir in Erinnerung WER ich war. Sofort senkte ich den Kopf, schloss die Augen, atmete tief durch und setzte mich neben Tyler.

„Spar dir die Worte. Ich will nicht darüber reden", warnte ich Tyler, bevor er überhaupt die Möglichkeit bekam mich auf mein sonderbares Verhalten ansprechen zu können.

„Du musst atmen, Summer."

Erst jetzt merkte ich, dass meine Lungen leer waren, als hätte ich vergessen, wie man Luft holte.

„Ich weiß nicht wie", gab ich leise keuchend zurück.

Unterm Tisch suchte er nach meiner Hand, umschloss sie und spendete mir erneut wortlos Kraft. Ich hasste diese Hilflosigkeit. Hasste, dass ich manchmal zu schwach war, um die dunklen Gedanken in mir zu verdrängen. Der Druck ließ nach und ich schaffte endlich Luft zu holen.

„Es ist so weit", hörte ich Stimmen flüstern. Im nächsten Moment herrschte eine gespenstische Stille im Saal. Alle Gespräche verstummten.

Alle lauschten der Ansprache meines Vaters.

Alle.

Bis auf mich.

Ich war viel zu sehr damit beschäftigt Phoenix, der neben meinen Vater Platz genommen hatte, zu beobachten. Meine Aufmerksamkeit lag einzig und allein auf ihm.

Nicht auf Vater.

Nicht einmal auf Lia.

Nur auf Phoenix.

Unsere Körper, nur einen Wimpernschlag voneinander entfernt. So nah, dass ich nicht wagte zu atmen, nicht wagte zu blinzeln. Seine Liebe küsste mich, umarmte mich, flüsterte mir geheime Botschaften zu.

Einen Atemzug später flutete Misstrauen mein Herz und all die weggesperrten Zweifel befreiten sich aus dem Gefängnis, in das ich sie gesperrt hatte. Jeder Gedanke, jede Frage, würgte mein Herz. Was, wenn June Recht hatte? Was, wenn die Wahrheit Phoenix zerstören würde? Wie würde er reagieren, wenn er erfahren würde, dass er geschworen hatte MICH sterben zu lassen?

Musik erklang. Leise. Lia und Damon liefen Hand in Hand durch die Menge. Begaben sich auf die Tanzfläche, mitten im Saal. Lächelnd schauten sie sich in die Augen... und fingen an zu tanzen, während alle Blicke auf sie gerichtet waren.

Nachdem der Hochzeitstanz vorbei war, änderte sich der Takt der Musik und alle Anwesenden nahmen Tanzhaltung ein. Mit geschlossenen Augen ließ ich mich von Tyler durch den Saal führen. Kühle Finger legten sich auf meine Wangen, umschlossen zärtlich mein Gesicht und ich öffnete lächelnd die Augen. Vor mir stand nicht, wie erwartet Tyler, sondern Phoenix. „WAS. MACHST. DU. HIER?“

„Hätte ich dich vorher um Erlaubnis fragen müssen?“, erwiderte er mit einem Grinsen im Gesicht, dass mir die Sprache verschlug, dass mein Herz höherschlagen ließ.

„Nein, natürlich nicht. Ich dachte nur… Naja. Du wolltest doch nicht kommen, weil du der Meinung warst, dass ich noch nicht so weit wäre, um meine Gefühle für dich vor meinem Vater verbergen zu können. Wieso hast du deine Meinung geändert?“ fragte ich verunsichert.

„Ich habe meine Meinung eben geändert.“

„Du MUSSTEST kommen, weil ER es wollte.“

„Ich bin nun einmal seine Rechtehand“, knurrte er leise und seufzte frustriert.

„Tja… wenn er wüsste WO deine Hände sonst noch überall waren…“, sagte ich mit einem anzüglichen Grinsen. Meine Antwort schien ihm zu gefallen. Sein Lächeln wurde breiter… und arroganter.

„Stimmt“, hauchte er mir ins Ohr, legte mir die Hand in den Rücken und zog mich im nächsten Moment an seine Brust. „Wenn er wüsste, *was* seine Rechtehand mit seiner Tochter angestellt hat, würde er mich dafür bezahlen lassen“, hörte ich ihn murmeln. Er verstärkte den Griff, so dass es mir unmöglich war, ihm in die Augen gucken zu können.

„Ich werde nicht zulassen, dass das passiert“, antwortete ich und fühlte, wie die Wut in mir erwachte, sich streckte… und sich durch meine Adern schlängelte. Die Wut auf meinen Vater.

„Summer, sieh mich an“, bat Phoenix leise und versuchte sich nicht anmerken zu lassen, wie sehr ihn die Intensität meiner Wut, die sich anfing in ihm zu spiegeln, schmerzte.

„Tut mir leid“, sagte ich und sperrte unverzüglich die Wut weg.

Er suchte meinen Blick, sah mir tief in die Augen. Dieses charmante Lächeln. Ich wollte weggucken – doch sein Blick hielt mich gefangen. Mein Herz raste, ohne dass ich in der Lage gewesen wäre es zu verhindern.

„Die Prinzessin sollte sich wegen ihrer Gefühle weder schuldig fühlen… noch sich dafür entschuldigen müssen.“ Er verstummte.

„Selbst eine Prinzessin macht Fehler.“

„MEINE Prinzessin muss sich nicht entschuldigen.“

„Ohhh... doch. Muss sie.“ Ich sah ihn an. „Ich habe doch gemerkt, dass es dir weh getan hat… dass ICH dir weh getan habe…“

„Summer. DU hast mir nicht wehgetan. Ich weiß, dass du mir nie absichtlich weh tun würdest.“ Er hob mein Kinn leicht an. „Das, was du gerade gefühlt hast, war nicht mein Schmerz gewesen, sondern dein eigener. Weil… naja… ich weiß nicht, ob du dir darüber im Klaren bist, aber… du fühlst dich schuldig, WEIL du deinen Vater so sehr hasst. Denn trotz allem… er ist und bleibt nun einmal DEIN Vater…“ Seine Worte überraschten mich und hinterließen einen bitteren Geschmack. Die Wut mochte zwar verschwunden sein, doch dass zählte nicht für die in mir erwachten Schuldgefühle.

Hatte Phoenix womöglich Recht? Fühlte ich mich schuldig, weil ich meinen Vater hasste? Aber… wie sollte ich in der Lage sein keinen Hass für ihn zu empfinden? Er war grausam. Ließ keine Gelegenheit aus, um mich zu verletzen, um mir seine Macht zu demonstrieren.

Er ist und bleibt dein Vater. Bevor ich mir erlaubte, noch länger über seine Worte nachzudenken, sagte ich: „Bitte. Bring mich auf andere Gedanken… JETZT!"

„Hm...", überlegte Phoenix mit einem anzüglichen Grinsen im Gesicht. „An WAS möchtest du denn denken?"

„Wie wäre es, wenn du versuchst es herauszufinden?" Er trieb mich in den Wahnsinn, seine Gefühle überwältigten mich… und ich konnte an nichts anderes denken als an die vielen *Dinge,* die er mit mir anstellen sollte.

„Wie wäre es, wenn ich dir meine Gedanken *zeige*…"

Ich fühlte sein Verlangen und in seinem Blick sah ich, wie sich mein eigenes Verlangen darin spiegelte. Ich wollte ihn küssen, jetzt, und so oft, dass mir die Luft wegblieb.

„Zeig mir, wie sehr du mich liebst…" hauchte ich ihm leise ins Ohr. Meine Atmung beschleunigte sich, genau wie mein Herzschlag. Meine Vernunft ermahnte mich, mich zusammenzureißen… doch jede Sekunde, die verstrich, ohne dass ich ihn fühlen konnte, wurde zur Qual. Nicht nur mein Herz sehnte sich nach ihm, auch mein Körper. Ganz besonders mein Körper. Ich wollte ihm in die Haare fassen, daran ziehen, mich in ihm verlieren… ihn schmecken.

„Prinzessin", knurrte er zärtlich, „sperr deine Gefühle weg!"

„Warum?", fragte ich verwirrt.

„Weil es schon schwer genug ist, meine eigenen Gefühle unter Kontrolle zu halten…"

„WER wollte mir denn seine GEDANKEN zeigen?"

„Verdammt. Hör auf. Sonst…"

„Sonst WAS?“, fragte ich mit gespielter Unschuld und verstärkte meine Gefühle.

Phoenix brummte, griff mir in den Nacken und zog mich näher zu sich. Leise knurrend flüsterte er mir ins Ohr „Scheiß drauf! Wir verschwinden… JETZT!“ Die Art wie er redete, steigerte meine Lust ins Unermessliche. Ich wollte über ihn herfallen, ihm das Hemd vom Körper reißen und jede Stelle seines Körpers mit der Zunge erkunden. Gerade als ich etwas sagen wollte, legte er mir den Finger auf den Mund und brachte mich augenblicklich zum Schweigen.

„Verdammt, Summer. Wir sollten vorsichtiger sein…“

„Unvorsichtig wären wir, wenn ich dich JETZT und HIER küssen würde“, versicherte ich in einem Ton, der mich selbst überraschte. Denn ich hörte mich viel selbstsicherer an, als ich mich in Wahrheit fühlte. Meine Gefühle waren außer Kontrolle und ich schaffte ehrlich gesagt nicht einen einzigen klaren Gedanken zu fassen.

Er lachte. Gegen meinen Willen stimmte ich in sein Lachen ein, nur um mich im nächsten Moment daran zu erinnern, wo ich mich befand. Verdammt. Ich durfte mich nicht so gehenlassen. Nicht, wenn so viele Augenpaare auf mich gerichtet waren.

„Du bist also ein weiterer misslungener Versuch meines Vaters. Vielleicht sollte er das nächste Mal nicht selbst versuchen seine Leibwächter zu erschaffen. Sondern es denjenigen überlassen, die was von ihrem Handwerk verstehen“, beleidigte ich ihn mit einem scharfen Ton. Er wusste, dass die Worte nicht für ihn, sondern in Wahrheit für die Gäste bestimmt waren, die versuchten uns unauffällig zu beobachten.

Plötzlich zogen sich meine Gefühle zurück, machten Platz für all die fremden, umherschwirrenden Gefühle. Neugier.

Vorsicht. Hoffnung. Angst. Wut. Abscheu. Missbilligung. Verachtung. Hoffnung. Immer wieder Hoffnung. Verflucht, das hätte nicht passieren dürfen.

„Wer sagt, dass es nicht pure Berechnung war?! Vielleicht wollte er Tyler und mich genau *so* erschaffen!", knurrte er bedrohlich und so laut, dass es jeder, der in unserer unmittelbaren Nähe stand, hören konnte. Phoenix spielte mit.

Erleichtert schloss ich die Augen und zischte gleichzeitig angriffslustig: „Stimmt. Vielleicht wollte er, dass du spürst, wie sich Erniedrigung anfühlt."

„Oh… glaub mir, Prinzessin. Es gibt nichts, was MICH erniedrigen könnte…"

Die Musik verstummte. Jetzt konnte ich ihm nicht einmal sagen, wie erbärmlich seine Antwort war, denn jetzt wäre es zu auffällig. Allerdings hielt es mich nicht davon ab ihn mit einem herablassenden Blick anzusehen und ihm kalt ins Gesicht zu lächeln. Er verbeugte sich vor mir und ehe ich mich versah, umschloss er meine Hand und zog mich von der Tanzfläche, Richtung Ausgang.

Ich war so perplex, dass ich nicht einmal in der Lage war zu reagieren. Plötzlich hörte ich ein tiefes Knurren und Phoenix fuhr mit gefletschten Zähnen herum. Sein kalter Blick traf jedoch nicht mich, sondern denjenigen, der versuchte ihn aufzuhalten und sich uns in den Weg stellte. Tyler.

„Wo willst du mit ihr hin?"

„DAS, Brüderchen, geht dich nichts an!"

„Lass sie los, Phoenix. SOFORT", zischte Tyler.

„Wer will mich daran hindern? Du?!"

„Verdammt... WAS soll das? Du ziehst gerade sämtliche Aufmerksamkeit auf euch. Du weißt, dass DAS gefährlich ist.

ER darf von eurer Liebe nichts erfahren. Also... nochmal. LASS. SIE. LOS."

Ich beugte mich zu Tyler und flüsterte ihm leise ins Ohr: „Er ist dein Bruder. Lass gut sein. Ich weiß, was ich tue. Vertrau mir." Dann zog ich Phoenix zurück, Richtung Tanzfläche.

„Was sollte das?", fauchte ich und funkelte Phoenix an, sodass es jeder mitbekommen konnte. Er sah mich an, als wäre ich diejenige gewesen, die eine Grenze überschritten hätte.

Er hüllte sich in Schweigen. Ich entriss ihm meine Hand, drehte mich um und wollte gerade in der Menge untertauchen, als sich seine Finger um mein Handgelenk legten und meine Flucht verhinderten. „Du bleibst hier. Bei mir."

„Du vergisst mit wem du redest. Ich lasse mir von niemandem Befehle erteilen. Und ganz besonders nicht von einem Erschaffenen." Das Wort Erschaffenen spuckte ich ihm wie ein Schimpfwort ins Gesicht. Finster starrte er mich an. Dann ließ ich ihn stehen. Hoffentlich waren wir überzeugend genug gewesen, um die, in den umherstehenden Dämonen erwachte Hoffnung, zu vernichten, und zwar bevor aus der winzigen Flamme ein Feuersturm geworden wäre...

Eine Hand schloss sich um meinen Arm. Ich drehte mich um. Und erstarrte. Denn es waren nicht, wie erwartet Phoenix' Augen, die mich fanden, sondern die meines Vaters. Schwarze Flammen tanzten in seinem Blick, ehe sie einen Atemzug später anfingen zu flackern, zu flimmern, wie vergossene Tränen eines sterbenden Sterns. Dann glühten seine Augen.

Schwarz.

Pechschwarz.

Schlagartig fühlte ich mich gefangen, wie in einem beschissenen Alptraum. Ich wollte aufwachen, endlich aufwachen. ~~Ich hörte seine Gefühle flüstern. Leise. Ängstlich. Hörte, wie sie mir versuchten etwas zu sagen, wie sie versuchten mich zu beschützen, zu warnen, mich anflehten zuzuhören, zu verstehen. ENDLICH zu verstehen.~~

„Liebst du ihn?"

„Wen?"

„Du weißt genau, von wem ich rede..." Seine Stimme leise. Gefährlich leise. UND... eiskalt.

„Du willst wissen, ob ich ihn liebe?! Deine Marionette? Ernsthaft? Selbst WENN es so wäre, würde es dich einen Scheißdreck angehen. Und jetzt, lass mich gefälligst los. Oder ich werde dir hier und jetzt unter Beweis stellen, WOZU ich fähig bin. Wozu ich wirklich fähig bin!" Meine Stimme so kalt wie seine Augen.

Ich riss mich los, verließ den Saal, verließ die vielen verstörenden Gefühle. Die Wachen auf dem Flur schenkten mir keine Beachtung, sie wirkten wie in Stein gegossene Statuen, wie aus schwarzem Frost gefrorene Eisskulpturen.

Ich bog gerade um die Ecke und wollte die Treppe zu den Verließen hinunterstürmen, als sich von hinten eine Hand auf meine Schulter legte und mich davon abhielt mit der Dunkelheit verschmelzen zu können.

„Du kannst nicht immer weglaufen, Summer."

„Doch. Kann ich wohl. Ich bin…"

„…die Prinzessin. Ich weiß. Trotzdem. Selbst eine Prinzessin muss lernen sich ihrem Schicksal zu stellen", beendete Tyler meinen angefangenen Satz. Traurig. Kaum hörbar.

„Verstehst du nicht?! Ich darf den Dämonen keine Hoffnung schenken. Nicht bevor...“ Meine Gedanken verwandelten sich in Beton und ich schaffte nicht meinen angefangenen Satz zu beenden.

„Nicht bevor... WAS? Summer… Wovor hast du Angst? Glaubst du etwa, dass du das, was die Prophezeiung besagt, nicht erfüllen kannst? Die Dämonen brauchen Hoffnung. Und gerade eben... Verdammt… Du musst das nicht allein schaffen. Ich werde dir helfen. Ich bin bei dir… genau wie Phoenix… und Lia.“

„Die Prophezeiung... die wir gefunden haben, war die des Schattenreichs. Nicht die des Lichts.“, sagte ich mit zitternder Stimme und sah ihn an, als könnte er meine Gefühle spüren, als könnte er das Chaos meiner Gedanken ordnen.

„Was? Ich mein... wie kommst du darauf?“, fragte er und suchte in meinen Augen nach einer Antwort. Er konnte meine Wut zwar spüren, er konnte sie jedoch nicht nachvollziehen.

„Ich weiß es eben. Okay?!“

„Woher? Etwa von der Dunkelheit? Ist es das, was sie dir erzählt hat? Verdammt... Summer... Du darfst der Dunkelheit nicht vertrauen. Sie versucht dich zu manipulieren...“

„Nein! Tut sie nicht! Sie versucht zu helfen.“

„Ach... und wobei will sie helfen? Verstehst du denn nicht? Sie versucht deine Gedanken zu vergiften, damit sie dir, wenn du am verwundbarsten bist, das Licht stehlen kann. Darum geht es ihr. Und NUR darum. Weil es ihr schon immer darum ging.“

„Du verstehst nicht. Licht UND Dunkelheit gehören zusammen. Das eine kann nicht ohne das andere existieren.

Nicht, ohne zu sterben. Sie wollen sich nicht gegenseitig zerstören. Das wollten sie NIE. Sie brauchen sich. Die Dunkelheit selbst... sie sehnt sich nach dem Licht, genauso wie das Licht sich nach ihr sehnt. Ich kann es fühlen. Deshalb versucht die Dunkelheit mir zu helfen. Sie will das Phantom aufhalten. Genau wie wir. Denn nur, wenn dieses Monster stirbt... wird die Dunkelheit frei sein und muss sich nicht länger seinem Willen beugen..."

„Nehmen wir mal an... du hast Recht..."

„Ich habe RECHT", unterbrach ich Tyler. „Doch das ist nicht das Einzige, was die Dunkelheit mir verraten hat."

„Was hat sie dir noch erzählt?"

"Nicht erzählt... sie hat es mir gezeigt. Ich habe es gesehen. Gesehen UND gefühlt. Ich habe ALLES gefühlt. Einfach alles."

„Summer, WAS? Was hast du gefühlt. Verdammt. Lass dir doch nicht jedes Wort aus der Nase ziehen. Rede mit mir."

„Seine Erinnerungen..."

„Wessen Erinnerungen?"

„Die des Prinzen..." flüsterte ich leise, kaum hörbar.

„Du weißt, wer der Schattenprinz ist?"

Ich nickte.

„Wer?"

„DAS kann ich dir nicht erzählen. Nicht, bevor er seine Erinnerungen zurückbekommen hat. Erst wenn er weiß, WER er ist... erst dann werde ich das Geheimnis lüften. Und keine Sekunde früher. Doch... vorher muss ich mit June reden."

„Was hat June damit zu tun?"

„Weil sie genauso in Gefahr ist, wie der Prinz selbst..."

Eine Erinnerung blitzte auf. *Schwarze Augen, die mich fanden. Schwarz. So dunkel, so abgrundtief dunkel, wie...* Nein! UNMÖGLICH. Nein. Das kann nicht sein... Das darf nicht sein...

Erschrocken presste ich mir die Hand vor den Mund. Ich verstand. Endlich begriff ich, ohne es begreifen zu wollen. Schlagartig wurde mir bewusst, WAS in den Augen meines Vaters das einzig sichere Gefängnis für dieses Monster gewesen war. Ich wusste, wo er das Phantom gefangen hielt. Er selbst war das GEFÄNGNIS.

Sein Körper.

Seine Gedanken.

Seine SEELE.

Und... das Monster... es wusste, wie es fliehen konnte, weil er es schon immer wusste... Genauso wie mein Vater wusste, längst begriffen hatte, dass er mich, sein geliebtes Kind, nur dann würde beschützen können, vor dem eingesperrten Parasiten in ihm, wenn ich lernen würde mich zu schützen, wenn ich lernen würde ihn, meinen eigenen Vater, zu HASSEN.

Unbekannte, und doch vertraute, Gefühle nahmen mir die Luft zum Atmen. Plötzlich hörte ich die Stimme meines Vaters in meinem Kopf.

Lerne deine Schutzbarriere zu verstärken. Lerne MICH auszusperren… Das Echo seiner Worte wollte nicht verstummen. *Gefühle bedeuten Schwäche. Gefühle besitzen die Kraft dich zu zerstören. LERNE!*

Das, was ich immer wieder gefühlt hatte, aber nicht hatte fühlen wollen, war seine, tief in ihm weggesperrte Liebe gewesen.

Vater umklammerte meine beiden Handgelenke, guckte mir wütend ins Gesicht. „DAS passiert, wenn du dein Schutzschild fallen lässt. Du kannst mich anschreien, mich schlagen… du kannst mich meinetwegen sogar hassen… ABER lerne verdammt noch mal DEINEN Geist zu schützen. Vor MIR! Hast du verstanden?!", knurrte er außer sich. „Dort draußen lauern überall Gefahren. Monster, die dich täuschen, dich manipulieren und in deinen Geist eindringen – ohne, dass du es merkst."

Jetzt ergaben die Manipulationen Sinn. Endlich verstand ich, WARUM er wollte, dass meine Erinnerungen manipuliert wurden. Warum er meine Kindheitserinnerungen durch falsche, mit der Farbe des Schmerzes gezeichnete Bilder hatte ersetzen lassen. Warum er Licht in Dunkelheit verwandelt hatte. Liebe in Hass. Wärme in Kälte.

Nicht, um mich zu bestrafen, sondern um mich auf eine Welt vorzubereiten, die mich eines Tages, wenn dieses Monster geschafft hätte ihn, meinen geliebten Vater, auszulöschen, mir den Boden unter den Füßen weggezogen hätte. Eine aus Kälte und Grausamkeit bestehende Welt. Seine Welt... die des Phantoms. June hatte mir bereits gezeigt WIE seine Welt aussah, WIE er die Liebe gezielt als Waffe eingesetzt hatte, um zu bekommen WAS er wollte.

Die ganze Zeit über hatte ich es tief in mir gespürt, ich hatte es nur nicht wahrhaben wollen. Doch jetzt, wo ich dem Gefühl zuhörte, konnte ich fühlen, was ich die ganze Zeit über gefühlt hatte... PAPA er hatte uns, Lia und mich, nie verlassen, er war die ganze Zeit über da gewesen. Hatte auf uns aufgepasst. Hatte versucht mich zu beschützen, ohne mir sagen zu können WOVOR.

Vielleicht wirst du eines Tages erkennen, welches Monster das Grausamere ist. Das, dass es genießt seine Kinder zu quälen und ihnen dabei kalt lächelnd ins Gesicht sieht… oder das Monster, dass..."

In diesem Moment spürte ich Papas Schmerz. In jeder Zelle meines Körpers. Etwas wie gedämpfte Panik huschte durch mein Herz und ein heißer, glühender Kloß bildete sich in meinem Hals, umschloss die Worte, die mir im Kopf herumschwirrten, verwandelte meine unausgesprochenen Gedanken in brennende Buchstaben... denn ich fühlte... wie Papa dabei war zu verschwinden, weil das Monster einen Weg gefunden hatte sich zu befreien...

Das Phantom war genau da, wo es sein wollte. Wo es von Anfang an hatte sein wollen...

IN.

DER.

ERSTEN.

REIHE.

Bei diesen Gedanken brach ich zusammen.

Etwas Dunkles explodierte in mir.

In meinem Kopf.

In meinem Herzen.

Dröhnend.

Unbarmherzig.

Tyler sah mich mit besorgtem Blick an, versuchte mir Halt zu geben, während ich fiel. Und fiel. Immer tiefer und tiefer… Eine nie gekannte Leere drohte mich zu verschlucken.

Stimmen.

Plötzlich hörte ich Stimmen.

Wütende Stimmen.

Traurige Stimmen.

Ängstliche, besorgte Stimmen.

Meine Lider flatterten. Noch ehe ich die Augen aufschlug, durchflutete mich ein Gefühl von bedingungsloser Liebe, von grenzenloser Geborgenheit.

Blinzelnd begegnete ich dem einzigen Blick, der in der Lage war, mich zurückzuholen.

Phoenix.

Mein schwarzer Engel.

Er hielt mich in den Armen, zog mich an seine Brust. Eine Umarmung, wie eine sanfte Decke aus Trost und Geborgenheit, die mir das Gefühl von Sicherheit schenkte, die die Kälte in meinem Herzen erträglicher machte, sodass die gefrorenen Tränen meiner Seele sich in blauschimmernde, mit Hoffnung gefüllte, Regentropfen verwandeln konnten...

Summer

***S**chwarzglühende Augen, die mich anstarrten, die mein Herz folterten, während meine Seele nach Luft schnappte, versuchte zu ATMEN*. Ein scharfes Einatmen und ich schlug die Augen auf, befreite mich aus dem eiskalten Traum. Meine Gedanken waren noch immer mit Eiskristallen gefüllt, rieselten durch meinen Verstand, warnend, mahnend, während eine sonderbare Kälte mein Herz umschloss und drohte meinen Körper in eine Eiswüste zu verwandeln.

Jetzt, wo die Dunkelheit mich ausgespuckt hatte, fühlte ich mich erschöpft. Und allein. So verdammt allein. Die Erinnerungen an das, was ich herausgefunden hatte, an die Gefühle und Gedanken, die mich gewürgt hatten, kehrten schlagartig zurück. Fluteten meinen Kopf.

Ein Schrei riss mich aus den Gedanken. Im Bruchteil einer Sekunde sprang ich aus dem Bett, stürmte nach draußen auf den Flur. Ohne zu wissen, woher die Schreie kamen, rannte ich los.

Eine nie gekannte Panik explodierte in mir. Alles, woran ich denken konnte, war Lia. Ich musste zu ihr, musste sie finden, musste Damon finden. Musste ihnen sagen WAS ich herausgefunden hatte, damit Damon zusammen mit ihr verschwinden konnte, damit er sie vor diesem Monster in Sicherheit bringen konnte.

Weg.

Von.

MIR.

Ich musste mich beeilen. Musste mich davon überzeugen, dass es ihr gut ging, dass es nicht ihr Schrei gewesen war, dessen Echo noch immer durch die Flure hallte. Ich rannte. Und doch hatte ich das Gefühl nicht vorwärtszukommen.

In dem Moment, wo ich um die Ecke bog, hörte die Welt sich auf zu drehen. Fassungslos blieb ich stehen. Alles, was ich sah, was meine Augen sehen konnten, war das Messer, dass an der Kehle meiner Schwester ruhte. Wie sich die Klinge, nur einen Wimpernschlag später in ihre Haut bohrte. Blut quoll aus der Wunde, tränkte die Klinge rot.

Die Zeit erstarrte.

Die Welt hielt den Atem an.

Niemand rührte sich.

Eine eiskalte Faust legte sich um mein Herz, drückte zu. *Ich war zu spät. Ich hatte es zu spät erkannt. Die Wahrheit zu spät begriffen. Es war... ZU SPÄT.*

Lia sackte in sich zusammen.

UND.

ICH.

STARB.

Alles verwandelte sich in Schmerz.

Meine Gedanken.

Meine Gefühle.

Mein Herz.

ALLES in mir war taub, stumm, blind, während ich lautschreiend in die Knie gezwungen wurde. Ich schrie… und hörte nicht mehr auf.

Meine Seele verwandelte sich in Granit. Hass, grenzenloser, nie gekannter Hass erwachte zum Leben und alles, was mich jetzt noch am Leben hielt, was mich nicht zusammenbrechen ließ, war der Wunsch nach Rache. Der gesichtslose Dämon starrte mich an. Starrte mir in die Augen.

Eine fremde Kälte versuchte mich in Ketten zu legen. Mein Körper zitterte. Die Luft verwandelte sich in blutgetränkte Asche. Meine Seele wurde SCHWARZ. Der Hass löschte alles in mir aus… alles… bis nichts mehr übrig war. Ich hörte auf zu denken, hörte auf zu fühlen.

Das in mir erwachte Feuer war so heiß, so zerstörerisch, dass ich innerlich in Flammen aufging, ehe die in mir schlummernde Kälte zum Leben erwachte und sich mit dem Feuer verbündete. Kalte Flammen, die nach Blut verlangten.

Ich wollte Rache… und ich würde sie bekommen, egal zu welchem Preis. Eine nie gekannte Finsternis ergriff von mir Besitz, füllte mich aus und es war nur noch eine Frage der Zeit, bis meine Finsternis ihn in Fetzen reißen würde.

Die Dunkelheit beflügelte mich. Noch nie hatte ich mich so berauscht gefühlt. So LEBENDIG. Diese Macht… diese grenzenlose, alles verschlingende Macht. Ein kaltes, herzloses Lachen kam aus meinem Inneren. Die Luft veränderte sich. Rasiermesserscharfe, winzige Eiskristalle tanzten durch die Luft, hinterließen auf dem Körper des Dämons tiefe Schnitte. Mein Hass wuchs und wuchs.

In meinen Händen erwachten Feuerbälle zum Leben und warteten nur darauf zu töten. Japsend schnappte ich nach Luft, versuchte meinen Zorn zu kontrollieren… noch wollte ich ihn nicht töten. Ich wollte ihn leiden sehen. Wollte in seinem Schmerz baden.

Meine Miene wurde hart und ein bedrohliches Knurren brach aus mir hervor. Er versuchte zurückzuweichen, zu fliehen… wie ein erbärmlicher Feigling… doch ich hielt ihn mit meinem Blick gefangen… fügte ihm unsagbare Qualen zu, sodass er nicht in der Lage war auch nur einen Fuß vor den anderen zu setzen.

Die in seinen Augen erwachte Angst schürte meinen Hass. Schreiend brach er vor meinen Augen zusammen. Ich kannte keine Gnade. Ließ ihn in Flammen aufgehen, ließ ihn all meinen Schmerz fühlen. Ich wollte, dass er anfing zu wimmern, zu betteln… damit ich ihm dreckig ins Gesicht lachen konnte, während meine Kälte ihn ganz langsam, Stück für Stück in zerbrechliches Eis verwandeln würde… nur, um ihn danach erneut in Flammen aufgehen zu lassen. Immer und immer wieder. Bis in alle Ewigkeit.

Er würde von jetzt an jede Minute, jede Sekunde des Tages Schmerzen erleiden, die an Grausamkeit nicht zu übertreffen sein würden. Er würde den gleichen Schmerz erleiden, der auch mich von nun an, bis ans Ende aller Tage begleiten würde. Einen Schmerz, den er mir zugefügt hatte, indem er mir das genommen hatte, was ich all die Jahre zu beschützen versucht hatte. Meine bessere Hälfte, meine Seelenverwandte, meine Schwester… mein Herz.

Ich genoss seinen Schmerz und ein berauschendes Gefühl erwachte in mir. Nicht die Dunkelheit ergriff von mir Besitz… nein, ich war kurz davor die Dunkelheit zu MEINER Gefangenen zu machen… ich änderte die Spielregeln.

Ich legte den Kopf schräg, beobachtete den sich am Boden krümmenden Haufen Dreck. Ich lächelte, während ich ihn quälte, folterte.

Dann passierte etwas Unerwartetes, etwas, womit ich nie gerechnet hätte. Damon riss mich zu Boden, hielt mich fest… verhinderte, dass ich meinen Durst nach Rache stillen konnte. Ich konnte nicht länger auf meine Kraft zurückgreifen. Es ging nicht. Ich versuchte mich aus seiner Umklammerung zu befreien. Wehrte mich. Kämpfte. Vergebens...

Wieso schaffte Damon mich aufzuhalten? Das war... UNMÖGLICH. Niemand konnte mich aufhalten. Niemand. Die Einzige, die je geschafft hatte, mich aus der tiefsten Dunkelheit, wieder auftauchen zu lassen, war Lia gewesen. Und Lia war tot.

„Lass mich los. Ich bin noch nicht fertig mit ihm. Er wird dafür bezahlen." Mich umgab ein Nebel, der mich von der Außenwelt abschirmte. Nichts drang zu mir durch. Absolut nichts.

Das Atmen fiel mir immer schwerer, der Schmerz jagte durch meinen gesamten Körper. Mit letzter Kraft keuchte ich: „Loslassen. SOFORT."

Es war meine Schuld. Alles. Wenn ich den Gefühlen zugehört hätte, RICHTIG zugehört hätte, wenn ich doch bloß... Als ich den Schmerz nicht länger ertragen konnte, ließ ich ihn raus.

Ich schrie.

Und SCHRIE.

So laut ich konnte

Und doch nicht laut genug.

Niemals LAUT genug.

Ich öffnete die Augen und sah, wie der Dämon nach dem Messer griff, doch bevor ich in der Lage war zu reagieren... oder ihn aufzuhalten, war es bereits zu spät. Er rammte sich das Messer in die Brust, mitten ins Herz. Benommen schüttelte ich den Kopf, kniff die Augen zusammen. Blinzelte. Sah, dass es nicht seine Hand war, die die Klinge umklammerte, sondern die meiner Schwester. Mit letzter Kraft hatte sie mich davor bewahrt für immer in der Dunkelheit zu ertrinken.

Sie rettete mich, indem sie ihn in die ewige Verdammnis beförderte. Unsere Blicke trafen sich. Ich hörte ihre Stimme in meinem Kopf *„Du hast es mir versprochen, Summer. Vergiss es nicht.“*

Damon ließ mich los, kroch hinüber zu Lia und hielt ihren schlaffen Körper im Arm, während sich seine Tränen mit ihrem Blut vermischten.

Als Lia ihre Augen schloss, für immer schloss, verstummte ich. Mit roten, tränennassen Augen funkelte Damon mich an. Flüsterte Worte, die alles veränderten: „Phoenix… er wird sterben... genau wie Lia. Er wird dich nicht retten können, WEIL Niemand dich retten KANN. Wann begreifst du das endlich? Wie viele müssen noch ihr Leben für dich lassen, Summer? Wie viele?!“

Das, was Damon gesagt hatte, konnte nicht stimmen. Durfte nicht stimmen. Es war der Schmerz, der aus ihm gesprochen hatte. Es MUSSTE der Schmerz gewesen sein. Alles andere... Nein. Ich durfte nicht länger darüber nachdenken. Nicht, wenn ich Phoenix retten wollte, doch dazu musste ich ihn finden. Und zwar bevor sein Vater ihn finden würde, nein, bevor Phoenix IHN finden würde.

Wenn er ihn umbringen würde, ohne seine Erinnerungen zurückbekommen zu haben... Das wäre nicht nur JUNES Todesurteil, sondern auch seins. Denn DAS würde er sich nie verzeihen. Niemals.

Plötzlich hörte ich eine Stimme in meinen Gedanken leise flüstern. Die Stimme der Dunkelheit. *„Der See... dort wird er dich finden... Du musst den DARK DEPTH finden, bevor es zu spät ist...“*

Einen Atemzug später teilte ich den Wind. Spürte die leuchtende Dunkelheit zwischen meinen Schwingen. In jeder einzelnen Feder.

Dann sah ich ihn. Den Wald. Bäume, überall meterhohe Bäume. Ich setzte zur Landung an... und rannte los.

Rasiermessserscharfe Dornen, spitze Äste, Brombeerranken, Kiefern… zerrten an mir. Rissen mir die Haut auf. Blut tropfte zu Boden. Das Geräusch immer näherkommender Schritte ließ mich innerlich erstarren. Ich spürte die Gefahr, die von demjenigen ausging, der mich verfolgte. Denn das, was ich spürte war abgrundtief hässlich. Ich biss die Zähne zusammen. Presste meine Hand auf die Wunde, die am stärksten blutete. Rannte weiter, während das Blut auf den Boden tropfte. Ich wartete auf den einsetzenden Schmerz, doch die Welle des Schmerzes erreichte mich nicht. Mein Körper bestand aus purem Adrenalin. Ich fühlte NICHTS. Immer tiefer rannte ich in den Wald, suchte den Dark Depth.

Blätter raschelten. Der Wind wehte plötzlich so stark, dass die Blätter sich von den Ästen trennten, in einem Sinkflug zu Boden fielen, nur um dort meine blutigen Fußabdrücke zu verdecken.

Tränen brannten in meinen Augen, tropften still und leise zu Boden. *Lia...* Im gleichen Atemzug erwachte ein allesvernichtender Schmerz. Mein Herz weinte. Meine Seele schrie. Der Tränenschleier erschwerte mir die Sicht, behinderte mich. Alles verschwamm, wurde unscharf. Mit dem Handrücken wischte ich die Tränen fort.

Steine, Kiefernnadeln und getrocknetes Geäst, alles bohrte sich in meine blutigen Fußsohlen. Der Geruch von Blut lag in der Luft, doch es war nicht mein Blut, dass ich roch. Ich stoppte meine Gedanken und rannte tiefer in den Wald, versuchte mich, vor wem auch immer, zu verstecken.

Vereinzelt fielen Lichtstrahlen durch die Baumkronen und wiesen mir immer dann, wenn ich glaubte mich verlaufen zu haben, den Weg, sodass ich wusste in welche Richtung ich rennen musste. Fliehen musste.

Mein Kopf, meine Beine, meine Füße, mein gesamter Körper schmerzte. Blut rann aus meinen aufgeschürften Händen. Tränen, vermischt mit Schweiß, perlten von meinem Gesicht. Doch all die Schmerzen waren NICHTS im Vergleich zu dem Schmerz, der mich innerlich zerriss.

Eine leichte Brise wehte mir unerwartet sanft ins Gesicht, flüsterte leise meinen Namen. Diese Stimme! Wie angewurzelt blieb ich stehen, während mein Blick hin und her huschte. Erneut hörte ich meinen Engel nach mir rufen. **Phoenix** schrie mein Herz. Panisch rief ich nach ihm. Rief seinen Namen. „Phoenix. Phoenix… Phoenix."

Ich rannte los, ohne zu wissen, wohin… Alles, woran ich denken konnte, war ihn zu finden. Ununterbrochen schrie ich der Dunkelheit seinen Namen entgegen. Der Gedanke an ihn trieb mich immer weiter voran. Meine Brust schmerzte und ich bekam kaum noch Luft, doch ich ignorierte das Flehen meines Körpers nach einer Pause. Ich musste ihn finden.

Endlich hörte ich wieder seine Stimme. Hörte, wie er meinen Namen rief. Doch mit jedem Schritt, mit jedem Atemzug… mit jedem Herzschlag wurde die Stimme leiser. Und leiser. Ich fühlte seine Verzweiflung. Seine Hoffnungslosigkeit. Seinen Schmerz. Hörte, wie seine Seele um Hilfe schrie. Meine Lungen brannten und ich schnappte verzweifelt nach Luft, doch ich blieb nicht stehen, hörte nicht auf zu suchen.

Graphitgraue Nebelschleier legten sich über die Welt, Samtschwarze Schatten schlängelten über den Boden. Ein Schrei ertönte, ließ das Blut in meinen Adern gefrieren, ließ die mich umgebene Finsternis wie Glas zerbrechen.

Dann sah ich ihn, meinen Engel... und in derselben Sekunde hörte meine Seele auf zu leuchten, mein Herz auf zu schlagen.

Leere, tote Augen starrten mich an. Sein Körper... vollkommen bewegungslos. Ich ging zu Boden, kniete mich vor ihm und schlug mit den Fäusten auf ihn ein. Immer und immer wieder. Mit jeder Träne, die auf seinen leblosen Körper tropfte, spürte ich, wie sich mein Blut in lebendiges Eiswasser verwandelte.

Zum ersten Mal schaffte ich meine Gabe auszublenden, fing an zu spüren... anstatt zu fühlen. FÜHLEN wäre zu intensiv gewesen, zu tief. Meine Welt, die im Grunde immer nur aus Gefühlen bestanden hatte, verwandelte sich in gefrorene Schmetterlinge, stürzten zu Boden... färbten den Boden unter mir weiß. Schneeflocken rieselten vom Himmel, und das einst farbenprächtige Land verwandelte sich in eine vom Eis und Kälte geküsste Schneelandschaft. Der Schattenwald... wurde zum WINTERWALD.

Alles gefror.

Gläsernes Herz.

Zerbrochene Gefühle.

Zersplitterte Seele.

Lebendiges Eis floss durch meinen Körper, vertrieb jegliche Wärme in mir. Phoenix, er nahm mich mit. MICH. Oder zumindest DAS, was von mir übrig war. Ich war eine leere Hülle – gefüllt mit eisiger Kälte.

Gefühllos.

Emotionslos.

Ich konnte spüren, wie ich mich in jemanden verwandelte, vor dem ich selbst Angst hatte, aber ich war dennoch nicht in der Lage es zu verhindern. Ich wollte ertrinken im Vergessen, wollte erfrieren in der Gefühllosigkeit.

Mein Körper zitterte, vor Kälte. Eiszapfen erwachten und versuchten durch meine Haut zu brechen. Ich kniff die Augen fest zusammen, atmete durch die Nase. Das Zittern ließ zwar nach, aber die Kälte blieb.

In dem Moment, wo seine Seele aufhörte zu leuchten, wo er mir entrissen wurde, fühlte es sich an wie sterben. Die einsetzende Qual wurde mit jedem Herzschlag unerträglicher. Vernichtender. Zerstörte mich. Diese Seelenqual – ich wusste, dass mich dieser Schmerz, nie wieder verlassen würde. Nichts und Niemand würde ihn mir nehmen können. Ich wusste, dass ich leiden würde, und zwar bis in alle Ewigkeit.

Die Ewigkeit – sie verwandelte sich in diesem Augenblick in einen Fluch. In einen beschissenen Fluch. In einen Fluch, den selbst die Unendlichkeit nie würde brechen können.

Bis zu dem Moment, wo ich aus dem Schatten der Bäume heraus auf eine Lichtung trat, hatte ich nicht einmal mitbekommen, dass ich mich überhaupt bewegt hatte.

Das Leben – es hatte mir ALLES genommen. Es hatte mir IHN genommen. Phoenix. Mein Licht in der Dunkelheit. Mein ganzer Körper zitterte. Ich stolperte über einen am Boden liegenden Ast, fiel auf die Knie. Schluchzend vergrub ich mein Gesicht in den Händen. Ich schrie. Und schrie. Und… ich wollte nie wieder aufhören zu schreien. Nie, nie wieder.

Ein Regentropfen landete auf meinem tränennassen Gesicht. Mein Blick huschte durch die mich umgebene Dunkelheit... dann entdeckte ich den See. Dark Depth. Still. Düster. Schwarz. Seelenlos. Ich hörte ihn rufen. Hörte, wie er meinen Namen rief. Obwohl ich spürte, dass sich eine unheimliche Macht in seinen Tiefen versteckte, robbte ich auf ihn zu, anstatt vor ihm zu fliehen. Plötzlich sehnte sich alles in mir nach dieser düsteren Leere. Vergessen. Den Schmerz. Ihn. Mich. Einfach alles.

Mit letzter Kraft kroch ich auf den See zu. Tief in mir spürte ich, dass es falsch war. Feige. Aber das interessierte mich nicht. Nicht mehr. Ich hielt das *alles* nicht länger aus, und so fällte mein Unterbewusstsein eine Entscheidung, zu der ich nicht mehr in der Lage war.

Vergessen.

Vergessen.

Einfach nur…

VERGESSEN.

„Verzeih mir“, flüsterte ich, während mir die Tränen unkontrolliert vom Gesicht liefen. Rote Tränen, die sich, bevor sie auf die Erde aufschlugen, in rote Eiskristalle verwandelten. Ich streckte die Hand aus, spürte das Wasser an meinen Fingerspitzen und schloss die Augen.

Im gleichen Atemzug durchbrach etwas Grauenhaftes die Oberfläche, verschluckte mich, zog mich in seine tiefsten Abgründe.

Eiszapfen erwachten.

Kälte umschloss mein Herz.

Das Wasser explodierte.

Verschluckte mich.

Wasser. Überall Wasser. Instinktiv versuchte ich nach Luft zu schnappen, zu atmen. Anstatt meine Lungen mit Sauerstoff zu füllen, füllte sich mein Mund mit Wasser. Ich schluckte, hustete. Wild strampelnd versuchte ich die Oberfläche zu erreichen. Diese zu durchbrechen. Ich bekam keine Luft. Ich konnte nicht mehr atmen. Irgendetwas zog mich nach unten, immer tiefer und tiefer. Meine Lungen brannten. Ich schrie, und schluckte doch nur Wasser.

Immer mehr Wasser drang in meinen Mund, füllte mich, bis kein Platz mehr war. Mein Kopf begriff, dass ich nichts mehr tun konnte. Nichts. Außer aufgeben.

Es wurde dunkel, stockdunkel.

Die Dunkelheit, sie hatte keinen Anfang und kein Ende. Alles, was ich sah, war das Nichts. Dieses ~~befreiende~~ erdrückende, furchteinflößende Nichts. Suchend huschte mein Blick hin und her. Doch die in der Nachtschwärze existierende Leere verschluckte alles: Mich eingeschlossen. ~~Erleichterung durchflutete mich, erfüllte mich. Denn das war alles, was ich wollte. *Vergessen.*~~

Ich ~~wollte~~ konnte nichts sehen. Nichts hören. Noch nicht einmal etwas fühlen. All meine Sinne – weg.

Ich fiel und fiel. Immer weiter. Immer tiefer. Verwandelte mich in einen Schatten, ein Echo meiner Vergangenheit. Eine Vergangenheit, die zu Asche und Staub zerfiel, sich in Luft auflöste, genau wie die Zeit. Erinnerungen verblassten, legten sich wie ein Schleier um die Nacht. Bilder und Gedanken befreiten sich, suchten sich einen Weg hinauf zu den Sternen. Ich schloss die Augen und entleerte meine Seele, schickte mein ICH auf eine unbekannte Reise, einem ungewissen Ende entgegen.

Erinnerungen, waren das Gift der Gegenwart.

Der See nahm mir diese Erinnerungen.

Alle.

Jede einzelne.

Befreite mich.

Der Schmerz schwächte ab, und irgendwann hörte es auf wehzutun. Die Traurigkeit verschwand und ich spürte nichts mehr.

Nichts.

Außer diese unendliche Leere, in einer nie enden wollenden Dunkelheit.

Eine Dunkelheit, die mich tröstete.

Mich beschützte.

Mich wärmte...

Schwarz.

ALLES

WURDE

S C H W A R Z

Ich wünschte ich könnte behaupten, es war die Liebe, mit der alles begann. Aber so war es nicht, nein. Es begann mit Hass und Finsternis, doch am Ende war es die Liebe, welche über mein Leben entschied.

Entführt, angekettet, geschlagen und durchnässt, wie ein Tier in eine Höhle verbannt, wo es darauf wartet, zur Schlachtbank geführt zu werden. Die hasserfüllten Blicke des Henkers, die sich in die Haut brennen. Schmerzen von den Qualen, die er mir zufügte und die Angst, zu wissen, wie es endet. So sitze ich hier seit Tagen und was mich wirklich beschäftigt, ist nicht die Tatsache, dass mir dies gerade widerfährt, sondern die Fragen, wer er ist und wie er zu diesem Biest wurde. Kein Mensch- weder körperlich noch physisch.
Nein, ein Monster mit dem Antlitz eines Gottes. Hässlichkeit schön verpackt. Nichts an ihm strahlt Emotionen aus, nur Zorn liegt in seinen Blicken. Und Trauer. Trauer darüber, wer er ist oder war?Was könnte er sein? Ein Vampir? Oder ein Werwolf? Nein! Er ist etwas anderes. Eins steht fest:
Egal wie ich es drehen und wenden mag, er wird mich töten. Und ob ich es will oder nicht, ich bin dabei mein Herz zu verlieren.

Kobaltkrone - Band 2 der Nachtkönig-Reihe Veronika Weinseis

Finster. Erbarmungslos. Mitreißend.

Die ehemalige Eliteassassine Nereida ist Königin Elrojana treu ergeben. Doch seit Elrojana sie in das Geheimnis der Kobaltkrieger eingeweiht hat, verliert sie zusehends das Vertrauen in ihre Herrin. Überall an Vallens Grenzen drohen Kriege. Der bis vor Kurzem verschollene Prinz Thalar sammelt seine Unterstützer um sich und zieht in die Schlacht, um die unsterbliche Königin zu stürzen.

Nereida versinkt immer mehr in den Intrigen und dem Chaos am Königshof. Um in der Gunst ihrer Herrin zu bleiben, muss sie einen scheinbar einfachen Auftrag annehmen: den Mann aus Helrulith töten, der die Finsternis mit sich bringt und sie direkt in die Hauptstadt führt.

Klappentext:

Ronland im Jahre 301 nach Reichsgründung.
Seit zwei Jahren herrscht ein provisorischer Frieden mit dem Nachbarreich Matrienna. Als der vielbesungene Held des Landesteils Maulion stirbt, ist sein einziger Sohn Gerard ser Beetz gezwungen, dessen Nachfolge anzutreten.
Geplagt von schweren Selbstzweifeln erfährt er, dass die marode Wirtschaft seines Landesteils seit Jahren mit Gold aus Matrienna stabilisiert wurde. Eine Entscheidung, die in Ronland als Verrat gewertet wird.
Das bringt den frischen Herrscher in eine Bedrängnis, deren Brisanz noch größer wird, als der unberechenbare König von Ronland ihn beschatten lässt.
Als dann auch noch die jugendliche Regentin von Matrienna ein Auge auf Maulion wirft, geraten die drei Herrscher und ihre Untergebenen in einen Konflikt, dessen Samen ihre Vorgänger säten, der jedoch mit ihnen enden wird.

Graalstadt ist gefallen, vernichtet durch die Flammen des Feuergreifs. Der überraschende Angriff auf das Zwergenreich stellt alle Völker der Neuen Welt vor eine neue, unbekannte Bedrohung. Lucien, vom Verlust seiner Heimat gezeichnet, ist fest entschlossen seine Vergangenheit hinter sich zu lassen und sich ein neues Leben aufzubauen. Rayna, erste unsterbliche Erbin der fünf Elemente, flieht vor ihrer Bestimmung und dem erbarmungslosen Opfer, das zu Wiederherstellung des Friedens erbracht werden muss. Nun ist es an den Menschen Equiranias sich der wachsenden Macht der Feuerlande entgegenzusetzen. Schaffen sie es, ihren Platz inmitten von Krieg, Zerstörung und Machtspielen zu finden, oder ist das Schicksal der Feind, dem niemand entkommen kann?